Barbara Vine

Kindes Kind

Roman
Aus dem Englischen von
Renate Orth-Guttmann

Diogenes

Titel der 2013 bei Viking (Penguin), London,
erschienenen Originalausgabe: ›The Child's Child‹
Copyright © Kingsmarkham Enterprises Ltd, 2012
Umschlagillustration von Bernard Villemot (Ausschnitt)
Copyright © 2015, ProLitteris, Zürich

Alle deutschen Rechte vorbehalten
Copyright © 2015
Diogenes Verlag AG Zürich
www.diogenes.ch
80/15/44/1
ISBN 978 3 257 06946 4

2011

I

Das Buch lag vor uns auf dem Tisch, daneben standen die Teekanne, die beiden Tassen und ein Teller mit Mince Pies. Ein Buch und nicht ein Manuskript, wie ich erwartet und – wenn ich ehrlich bin – gefürchtet hatte.

»Ein Privatdruck, wie du siehst«, sagte Toby Greenwell.

»Den dein Vater anfertigen ließ?«

»Sehr richtig.«

Er gab mir das Buch in die Hand. Wie viele selbstveröffentlichte Bücher hatte es keinen Schutzumschlag. Auf dem glänzenden Buchdeckel war ein bezopftes junges Mädchen im Trägerrock auf einer grünen Wiese zu sehen, und den Titel hatte in laienhaften schwarzen Lettern jemand verfertigt, der von Schriften wie der Times Roman wenig verstand.

»Du sagtest, dein Vater habe das Buch dir gegenüber erwähnt, zu Gesicht bekommen aber hättest du es erst nach seinem Tod und dem deiner Mutter. Er war ein bekannter Schriftsteller, nicht wahr… Wie viele Bücher hat er doch gleich veröffentlicht?«

»Zwölf. Keine Bestseller, aber ›er erfreute sich einer großen Leserschaft‹, wie man wohl sagen würde.«

Toby selbst hat noch nie ein Buch geschrieben. Er ist Architekt, mittlerweile im Ruhestand und wohnt mit seiner Frau und dem einzigen Kind, das noch daheim lebt, in einem nach eigenen Entwürfen gebauten Haus. Wir trafen uns aber nicht dort, sondern in Highgate, in jenem Giebelhaus – viktorianische Gotik –, das er ein halbes Jahr zuvor von seiner Mutter geerbt hatte. Er mochte es nicht sonderlich, obwohl er dort aufgewachsen war. Seine Eltern, Martin und Edith Greenwell, hatten seit den dreißiger Jahren dort gelebt, waren ein paar Jahre vor Tobys Geburt dort eingezogen und hatten bis zum Tod von Martin und dann Edith dort gewohnt. Hier hatte Toby, als er das Erbe antrat, in einem Bücherregal in Martins Arbeitszimmer jenen Privatdruck gefunden. Ob er sich erinnere, was sein Vater über *Kindes Kind* gesagt und wie er begründet habe, dass es nie publiziert worden war, fragte ich.

»Er hat den Titel genannt«, sagte Toby. Aber dass er es hat drucken und binden lassen, hat er nie erwähnt. Ich war gelinde gesagt überrascht – doch dann fiel mir die ganze Geschichte wieder ein. Meine Mutter war strikt gegen jeden Versuch einer Veröffentlichung. Das weiß ich von ihm, nicht von ihr. Sie selbst hat sich darüber ausgeschwiegen.«

Ich fragte Toby, ob er dem nie nachgegangen sei.

»Und ob. Nach seinem Tod. Ich dachte, der Text müsse sich als Manuskript irgendwo in seinen Unterlagen befinden. Den Kommentar meiner Mutter dazu werde ich nie vergessen. Du musst bedenken, dass sie gegen Ende des Ersten Weltkrieges geboren wurde und demnach sehr betagt war, als wir über das Buch sprachen.«

»Was hat sie gesagt?«

»Sie habe zwar angefangen, es aber nie über sich gebracht, so etwas zu Ende zu lesen. Ihre Ablehnung mag auch daher rühren, dass es eine wahre Geschichte war oder auf einer wahren Geschichte beruhte, mit einem Mann zu tun hatte, den mein Vater persönlich kannte. Würde man das Buch veröffentlichen, würde keiner ihrer Bekannten je wieder ein Wort mit ihnen wechseln, meinte sie. Aber bestimmt würde es ohnehin niemand herausbringen. Und damit hatte sie recht. Mein Vater fragte bei dem Verlag an, bei dem heute dein Bruder arbeitet – dort waren bis dahin alle seine Bücher herausgekommen, neun an der Zahl –, und sein Lektor schlug einige Eingriffe vor. Aus Bertie könnte man eine Frau und Maud könnte man drei Jahre älter machen als in dem Roman. Vor allem aber hatte der Verlag etwas gegen das Thema Homosexualität. Ich spreche von 1951, und das Gesetz, das einvernehmliche homosexuelle Kontakte zwischen Erwachsenen erlaubt, trat erst sechzehn Jahre später in Kraft.«

»Dein Vater war nicht bereit, etwas zu ändern, nehme ich an?«

»Nein, und wenn du es liest, begreifst du auch den Grund. Ich bin kein Literaturkritiker, aber ich kann mir denken, dass es an dem Klima von damals liegt, wenn er es so und nicht anders haben wollte. Deshalb hat er es dann lieber privat drucken lassen. Er wollte ja nicht nur um Verständnis für Homosexuelle werben, sondern auch die Einstellung zu unehelichen Verbindungen und sogenannten ›ledigen Müttern‹ ändern. Wie würde man heute dazu sagen?«

Ich musste lächeln. Toby war manchmal so unbedarft. »Alleinerziehende, denke ich.«

»Aber das bezieht sich auch auf Väter.«

»Ich weiß. So ist das in Zeiten der Gleichberechtigung und Political Correctness.«

»Das ist jedenfalls das zweite Thema des Romans. Ist ›Thema‹ das richtige Wort?«

»Ja, warum nicht?«

»Das eine Thema ist die Ungerechtigkeit, unter der Schwule in den Dreißigern und Vierzigern zu leiden hatten, und das andere die Ungerechtigkeit Alleinerziehenden und deren Kindern gegenüber. In dem Buch geht es um einen Bruder, der schwul ist – der Bekannte meines Vaters –, und seine Schwester, die ein uneheliches Kind hat –«

»Lass gut sein«, unterbrach ich ihn. »Warte, bis ich es gelesen habe.« Ich warf noch einen Blick auf das Buch, ehe ich es in meine Tasche steckte. »Du weißt ja, dass ich keine Literaturagentin bin, sondern nur einen Kurs an der Uni gebe. Doch meine Doktorarbeit, an der ich gerade sitze, behandelt gewissermaßen eines der beiden Themen.«

»Dein Bruder meinte, du wärst vielleicht die Richtige. Ich dachte erst, er würde es selbst lesen, aber wie er mir sagte, arbeitet er zwar in einem Verlag, aber nicht im Lektorat, sondern im Marketing. – Ich möchte ja nur wissen«, sagte Toby fast demütig, »ob das Buch deiner Meinung nach einen Verleger finden könnte. Selbst kann ich mich von dem, was meine Mutter gesagt hat, nicht mehr frei machen.«

Natürlich würde ich das Buch lesen, sagte ich, aber es könne eine Weile dauern.

»Mein Vater hätte es bestimmt gern gesehen, wenn du es liest. Er wollte, dass es veröffentlicht wird, aber so, wie es ist, nicht bereinigt, nicht verwässert, für einen engstirnigen Leserkreis passend gemacht.«

»Ich weiß nicht, ob ›engstirnig‹ das richtige Wort ist. Es waren andere Zeiten, die Gesellschaft war damals so. Ganz gleich, was ich von deinem Buch halte – ich kann dir jetzt schon garantieren, dass niemand es mehr bereinigen wird. Wir leben in einem viel freigeistigeren und freizügigeren Klima, zwischen gestern und heute liegen Welten.« Ihm war immer noch ein Zögern anzumerken. »Die jungen Leute heutzutage – viele oder vielleicht sogar die meisten – verstehen gar nicht mehr, was das Problem daran ist.«

»Das stimmt. Meine Kinder schon gar nicht.« Und mit plötzlicher Offenherzigkeit: »Meine Mutter ist tot. Zu ihren Lebzeiten konnte das Buch nicht erscheinen, aber jetzt vielleicht, und trotzdem hadere ich immer noch.«

»Du kannst immer noch hin und her überlegen, wenn es publizierbar sein sollte und sich dafür ein Verlag findet. Erst will ich es mal lesen.«

Ich nahm *Kindes Kind* mit nach Hause, wo meine Großmutter alle zwölf Romane von Martin Greenwell als gebundene Bücher im Regal stehen hatte. Es waren Erstausgaben, alle mit ihrem Original-Schutzumschlag, jede ein kleines Kunstwerk und alle geschmacklich und vom Design her denkbar weit entfernt von dem Kind mit den Zöpfen vor einer grünen Wiese. Ich schlug eines der Bücher auf, aber natürlich war *Kindes Kind* nicht unter Greenwells Werken aufgeführt. Mir fiel ein, dass die Mutter einer Freundin mir mal erzählt hate, sie habe in den fünfziger Jahren ein Exemplar von Henry Millers *Sexus* durch den Zoll geschmuggelt, als sie mit dem Schiff aus Frankreich zurückkam. Heute würde man so etwas mit Drogen, aber doch nicht mit Büchern machen.

2

Ich unterrichtete also in West London an der Universität Literaturwissenschaft und schrieb gleichzeitig an einer Dissertation, mit deren Thema niemand in meiner Familie und meinem Bekanntenkreis etwas anfangen konnte: dem Problem Alleinerziehender oder, wie Toby Greenwell es ausgedrückt hatte, lediger Mütter. Wie meine ›Doktormutter‹ bemerkte, nachdem ich mich für das Thema entschieden (und sie widerstrebend eingewilligt) hatte, wirkte es leicht absurd in einer Gesellschaft, in der fast die Hälfte aller Mütter unverheiratet bleibt und es zahllose Einzeleltern gibt. Mir aber ging es um die ledigen Mütter in der Literatur. Ich fragte mich nur, und auch Carla, meine Betreuerin, inwieweit man die Realität mit einbeziehen durfte oder ob dadurch vielleicht zu sehr ein sozialwissenschaftliches Traktat daraus würde.

Als meine Großmutter starb, war ich gerade damit beschäftigt, alle englischen Romane über Unehelichkeit beziehungsweise die Mütter unehelicher Kinder zu lesen, die ich finden konnte. Ich lebte in einer Wohnung in West London, die ich mit zwei anderen Frauen und einem Mann teilte, eine nicht ungewöhnliche Lösung im dichtbesiedelten London des einundzwanzigsten Jahrhunderts. Einen Tag vor ihrem Tod war ich noch bei ihr im Krankenhaus, in dem sie erst seit einer Woche lag. Ein Schlaganfall hatte sie gelähmt, aber nicht entstellt, nur sprechen konnte sie nicht mehr. Ich hielt ihre Hand und redete mit ihr. Sie hatte immer gern gelesen und kannte alle Werke von Thomas Hardy und Elizabeth Gaskell und einer Vielzahl anderer Schriftsteller, die ich gerade für meine Dissertation las. Als ich sie aufzählte, gab sie nicht zu erkennen, ob sie mich hörte, aber kurz bevor ich ging, spürte ich ganz leicht den Druck ihrer Hand. Am nächsten Morgen kam der Anruf meiner Mutter: Meine Großmutter, ihre Mutter, war in der Nacht gestorben.

Sie war fünfundachtzig geworden. Ein gutes Alter, wie man so sagt. Niemand sagt »ein schlechtes Alter«, aber wenn, dann träfe dies wohl auf mich und meinen Bruder zu. Mit achtundzwanzig und dreißig hatten wir es satt, uns mit zwei oder drei Personen eine Wohnung zu teilen, wollten uns aber auch nicht für zwei oder drei Zimmer eine riesige Hypothek aufladen, doch sahen wir keine andere Möglichkeit. Da starb meine Großmutter. Wir trauerten um sie. Wir gingen beide in Schwarz zur Beerdigung. Ich, weil es mir stand, Andrew, weil er als modebewusster Schwuler einen schmalgeschnittenen schwarzen Anzug besaß. Meine Mutter trug ein graues Kleid und weinte – untypisch für sie! – die ganze Zeit. Am nächsten Tag erfuhren wir von den Anwälten meiner Großmutter, dass sie ihr Haus in Hampstead meinem Bruder und mir vermacht hatte.

Ich habe ehrlich gestanden, warum ich Schwarz trug, also will ich auch weiter ehrlich sein und gestehen, dass wir auf etwas gehofft hatten. Verity Stewart – wir hatten sie immer

Verity genannt – hatte einen Sohn und eine Tochter, denen ihr beträchtliches Vermögen zufallen würde, aber da wir die einzigen Enkel waren, dachte ich mir, würden vielleicht auch wir etwas bekommen, unter Umständen genug, um unsere Wohnsituation zu verbessern, wie es so schön heißt. Stattdessen erbten wir die ganze Immobilie, ein schönes großes Haus in der Nähe des Parks.

Fay, meine Mutter, und ihr Lebensgefährte Malcolm gingen davon aus, dass wir so vernünftig sein würden, das Haus zu verkaufen und uns den Erlös zu teilen. Stattdessen waren wir unvernünftig und behielten es. Ein Haus mit vier Wohnzimmern, sechs Schlafzimmern, drei Badezimmern (und an die dreitausend Büchern) sollte allemal groß genug für einen Mann und eine Frau sein, die immer gut miteinander ausgekommen waren. Wir hielten uns nicht weiter damit auf, dass das Haus nur eine Küche, ein Treppenhaus und eine Haustür hatte, und beglückwünschten uns dazu, dass wir beide weder laute Musik spielten noch Partys geben würden, ohne den anderen dazu einzuladen. Eins war uns merkwürdigerweise nie in den Sinn gekommen: dass sich einer von uns oder beide – wir waren jung und damals ohne Partner, hatten aber schon einige Beziehungen hinter uns – früher oder später einen Liebhaber ins Haus holen könnte.

Bei Andrew kam es dazu sehr bald.

James Derain ist Romanschriftsteller, seine Bücher erscheinen in Andrews Verlag, der auch die Bücher von Martin Greenwell herausgebracht hat.

Sie lernten sich bei einer Verlagsparty kennen. Der Anlass kann nicht Oscar Wildes Geburtstag oder sein Todestag gewesen sein, aber etwas mit Wilde hatte es zu tun, der ein Vorbild von James Derain war. Auf dieser Party erzählte James meinem Bruder von Martin Greenwell und dem nie veröffentlichten Buch, das auf dem Leben von James' Großonkel basierte. Diese Party war der Beginn ihrer Freundschaft, aus der ein Verhältnis und bald eine Beziehung wurde, die sie mit einem Wochenendtrip nach Paris besiegelten. Sie besichtigten Wildes wiederhergestelltes Grab. Es strahlte so makellos weiß, wie Jacob Epstein es seinerzeit geschaffen hatte, ehe die Lippenstiftspuren der vielen Frauen, die es über die Jahre geküsst hatten, den Marmor angriffen. Wer hätte gedacht, dass Lippenstift Marmor etwas anhaben könnte? Trotzdem, fand Andrew, entschädigten die Küsse Wilde für die vielen Frauen, die ihn nach dessen Niedergang auf der Straße angespuckt hatten.

Andrew und ich hatten das Haus ungefähr in der Hälfte geteilt, die Zimmer links oben und unten bekam ich, die Zimmer rechts er. So weit, so gut. Ich hatte nun ein Badezimmer, er hatte zwei, ich bekam drei Schlafzimmer und Veritys Arbeitszimmer, er bekam das Arbeitszimmer meines Großvaters Christopher und zwei Schlafzimmer. Die riesige Küche, die auf meiner Seite des Hauses lag, mussten wir uns teilen.

»In wie vielen Wohnungen«, fragte Andrew, »hast du die Küche mit zwei oder drei anderen Leuten teilen müssen?«

Ich versuchte zu zählen. »Es waren vier. Bei einem so großen Haus ist es irgendwie anders, finde ich.«

»Versuchen wir's. Wenn es nicht klappt, lassen wir eine zweite Küche einbauen.«

Ich dachte nicht groß darüber nach. In den ersten Wochen

wohnte es sich wunderbar in diesem Haus, und ich verbrachte – genauso wie meine Großmutter – den größten
Teil meiner Zeit gemütlich lesend. Es war Frühling, es war
warm, ich hatte es mir in einem Korbstuhl im Garten bequem gemacht, vor mir auf dem Tisch ein Stapel Bücher,
alles Romane über unerwünschte Schwangerschaften und
uneheliche Geburten. Manchmal hob ich den Blick, um
»ins Grüne zu sehen«, wie es bei Jane Austen heißt. In ihren Werken kommt nur eine einzige »natürliche Tochter«
vor, wie es damals hieß, nämlich Harriet Smith, für die
Emma in dem gleichnamigen Roman vergeblich versucht,
einen Pfarrer – also einen Gentleman – an Land zu ziehen.
Harriet ist zwar vermutlich die Tochter eines Gentlemans,
aber wegen ihrer unehelichen Geburt bekommt sie schließlich nur einen Bauern zum Mann, ein weiterer gesellschaft-
licher Aufstieg bleibt ihr verwehrt. *Kindes Kind* nahm ich
nicht in die Hand und hatte – jedenfalls damals – kein
schlechtes Gewissen deswegen, allerdings erwähnte ich es
Andrew gegenüber, der, ehe er in den Verlag ging, zu mir in
den Garten gekommen war. Er musste mühsam in seinem
Gedächtnis kramen, bis ihm das Buch wieder einfiel.

»Wenn es ein halbes Jahrhundert irgendwo im Schrank
gelegen hat«, sagte er, »kann es sich gut und gern noch eine
Weile gedulden.«

An diesem Nachmittag geschah etwas, was für mein wie
auch für Andrews Leben von großer Tragweite sein sollte.
Ich lernte James Derain kennen.

3

Als Erstes fiel ins Auge, was für ein gutaussehender Mann James war. Nicht direkt wie ein Star, denn Schauspieler müssen heute nicht mehr unbedingt gut aussehen. Eher wie ein Filmstar der dreißiger und vierziger Jahre. Andrew besaß eine riesige Sammlung von DVDs. Die männlichen Stars, Clark Gable, Cary Grant, James Stewart und Gregory Peck, sahen alle umwerfend gut und zusammengenommen alle wie James aus – oder er sah aus wie sie. Vielleicht vor allem wie Cary Grant. Der soll ja angeblich nicht besonders helle gewesen sein, und wenn das stimmt, endet hier die Ähnlichkeit, denn James war hochintelligent. Er war – *ist* – groß, schlank, dunkelhaarig und hat eine völlig natürlich wirkende dauerhafte Bräune. Seine Augen sind dunkelblau, seine Zähne blitzen, wie bei Amerikanern üblich, er hat von Kopf bis Fuß einen perfekten Körper mit wohlgeformten, langgliedrigen Händen und kräftigen Beinen, die ich an einem heißen Tag nackt im Garten sah, muskulös, aber so makellos wie bei einem Kind.

Nach dieser Beschreibung könnte man denken, dass ich ihn begehrenswert fand, und in gewisser Weise tat ich das auch, aber nur so, wie man einen Mann auf einem Gemälde oder einem Foto anziehend findet. Und auch dann hätte ich versucht, meine Gefühle zu verdrängen, weil er Andrew gehörte und weil ich weiß, wie sinnlos es für eine Frau ist, sich sexuell für einen schwulen Mann zu interessieren. Außerdem war er mir eher unsympathisch, und ich versuchte, auch das zu verdrängen.

Wir trafen in der Diele aufeinander. Die beiden waren gerade hereingekommen, und Andrew machte uns miteinander bekannt. James sagte kurz angebunden »Hi!« und bog dann gleich rechts ab, weil er offenbar schon wusste, dass die rechte Hälfte Andrew gehörte und die linke mir.

Vielleicht, redete ich mir ein, ist er schüchtern oder Frauen gegenüber gehemmt. Er verbrachte diese, nicht aber, soweit ich das beurteilen konnte, die nächste Nacht in unserem Haus. Ich ertappte mich dabei, dass ich am Morgen auf seine Schritte lauschte, und als ich hörte, wie Andrew ihn verabschiedete, und vom Zimmer meines Arbeitszimmers aus sah, wie James die Straße hinunterging, war ich erleichtert. Doch ich versuchte nach Kräften, mir dieses Gefühl zu verbieten, und sagte mir, dass man niemanden nach einer einzigen Begegnung beurteilen könne. Als James nach einer Woche wiederauftauchte, konzentrierte ich mich auf den Gedanken, wie schön das für Andrew war, der vor Freude strahlte.

James war nun immer öfter in Dinmont House. Natürlich ist das in einer Liebesbeziehung völlig normal. Wenn die Liebe nicht verpufft, wird sie ständig intensiver. Ich merkte, dass ich viel zu oft darüber nachdachte, spekulierte, sogar nach Zeichen Ausschau hielt, ob es etwas Ernstes war. Am schlimmsten aus meiner Sicht wäre es, wenn sie die Absicht hätten zusammenzuleben, mit anderen Worten, wenn James hierherziehen würde. Ich hätte Andrew darauf ansprechen können, wollte ihm aber keinen Floh ins Ohr setzen. Was töricht von mir war, denn wer würde mit einem

Liebhaber zusammenziehen, weil seine Schwester es ihm suggeriert hatte?

Weil ich die Entwicklung weiter beobachten wollte, bat ich sie an einem Samstagvormittag zum Kaffee. James war seit Donnerstagabend im Haus. Wir gingen in den Raum, den ich am liebsten hatte, das Arbeitszimmer von Verity. Wie der Salon (so hatte Verity ihn genannt), das unbenutzte Esszimmer und mehrere Schlafzimmer ist es voller Bücher. Bücher auf den Regalen, Bücher in den Schränken, in bis zu drei Reihen gestaffelt. James griff nach George Eliots *Adam Bede*, das mit dem Gesicht nach unten auf dem Tisch lag, blätterte kurz darin und sagte, er würde nie die Geduld aufbringen, so etwas zu lesen.

»Dieses Gelaber, Absatz um Absatz, Seite für Seite, Beschreibungen, Dialoge in Dialekt – schnarchlangweilig, der Kerl.«

»Es war eine Frau«, sagte ich schockiert, weil ich gedacht hatte, das müsste jeder wissen, schließlich hatte James selbst Bücher veröffentlicht. Schockiert aber auch über meinen abfälligen Ton. Ich versuchte immer noch, ihn zu mögen.

»Warum nennt sie sich dann George?«

»Weil ihre Chancen, gelesen zu werden, dadurch größer waren, als wenn die Bücher unter ihrem eigenen Namen erschienen wären.«

»War das nicht verlogen?«

Auch wenn ich ihm gerade über den Mund gefahren war – streiten wollte ich nicht mit ihm, und deshalb sagte ich nur, das sei eine originelle Betrachtungsweise, und fragte, ob sie schon gegessen hätten, etwas essen wollten.

»Nein, danke, *Sis*.« Diesen ungewöhnlichen und veralteten Ausdruck hatte Andrew irgendwo aufgeschnappt, als wir Kinder waren. »Wir sind beide verkatert. Nur Kaffee, danke.«

James sah uns groß an. »*Sis?* Nie gehört! Wer sagt denn so was?«

Ich brachte ein breites Lächeln zustande, aber meine Augen lächelten nicht mit. Dennoch war ich entschlossen, ihn zu mögen, komme, was da wolle. Als sie fort waren, setzte ich mich wieder an den Roman, von dem *der Schriftsteller* James Derain glaubte, er sei von einem Mann. Verity hatte mich immer ermahnt, »nicht da zu sitzen, wo die Spötter sitzen«, wie es in der Bibel heißt, und ich verbot mir deshalb sogar in Gedanken jeden Hohn und Spott, sagte mir, dass dieser Fehler selbst einem Gebildeten unterlaufen konnte. Also zurück zu *Adam Bede*. Beim Lesen fiel mir auf, dass George Eliot nirgends ausdrücklich schreibt, dass die siebzehnjährige Hetty Sorrel ein Kind erwartet. Auch dass Hetty von Arthur Donnithorne verführt wurde, können wir nur vermuten. Dem Leser wird lediglich gesagt, dass die beiden einen Kuss getauscht haben. Es gibt dunkle Andeutungen, dass ein großer Kummer auf der armen Hetty lastet, aber dass sie schwanger sein könnte, wird nie erwähnt. James würde das bestimmt verlogen nennen, aber wer sich schon mal mit viktorianischer Prüderie beschäftigt hat, weiß natürlich, dass die Autorin es nicht wagte, die Schwangerschaft der unverheirateten Hetty direkt anzusprechen, weil sie damit die Veröffentlichung des Romans gefährdet hätte. Wir erfahren von der Existenz des Babys erst, als man Adam sagt, dass es tot ist, und als Hetty unter Mordanklage vor Gericht steht.

Vorgeblich spielt das Buch 1799, obwohl George Eliot es in den fünfziger Jahren des neunzehnten Jahrhunderts schrieb. Wie wenig sich doch die Moralvorstellungen bis dahin verändert hatten. Ehe ich mir *Adam Bede* vornahm, hatte ich einen Artikel über eine Schule in Cheshire gelesen, in der sich junge Mädchen – fünfzehn Jahre oder jünger – auf den Realschulabschluss vorbereiten und ihre Babys mitnehmen können. Von so etwas konnte Hetty Sorrel nur träumen. Der Begriff der Schmach und Schande ist völlig verschwunden. Zu George Eliots Zeit – und auch noch bis in die Mitte des zwanzigsten Jahrhunderts – ging es bei einer unehelichen Schwangerschaft vor allem darum, aber auch um Strafe und Vergeltung. Ich las noch einmal sorgfältig bestimmte Stellen in *Adam Bede* und überlegte, ob Hetty überhaupt wusste, dass sie schwanger war, ob sie sich vielleicht, weil sie ja auf dem Land lebte, über die möglichen Folgen ihrer Beziehung zu Arthur im Klaren gewesen war. Würde ein Mädchen, dem man nicht gesagt hatte, wie man schwanger werden konnte, den Zusammenhang zwischen sich und einer Kuh sehen, die auf einem Feld von einem Bullen besprungen wird?

Immerhin hatte mich das alles von Andrew und James abgelenkt. Nur George Eliot macht es möglich, dass wir die Heirat eines Mannes wie Adam Bede mit einer methodistischen Predigerin gutheißen. Wir verurteilen ihn nicht dafür, wir verdrehen nicht die Augen, weil er sich diese Frau nimmt, die auch die Wahl seiner schwierigen alten Mutter ist. Wir empfinden sogar so etwas wie schuldbewusste Erleichterung, dass er die arme kleine Hetty jetzt nicht heiraten kann, weil die zur Strafe für ihr Verbrechen deportiert worden ist. Wie hätte sich das wohl bei Trollope angehört? In seinen Romanen gibt es mindestens eine »natürliche Tochter«, doch aus ihr wird eine reiche Frau mit besten Verbindungen, deren Leben eine günstige Entwicklung nimmt. Inzwischen bin ich bei Fanny Robin in Hardys *Am grünen Rand der Welt* angelangt – einer jungen Magd, die sich vor ihrer »Niederkunft« ins Arbeitshaus flüchtet. Um ein Haar hätte sie heiraten können, landet aber versehentlich in der falschen Kirche. Dabei liebt Sergeant Troy sie und nicht Bathsheba Everdene, die er ehelicht, nur hat von dieser Liebe die arme Fanny nichts, die stirbt allein und unglücklich im Kindbett.

Ich versuchte mir auszurechnen, wann die Verurteilung lediger Mütter vorüber war. Wann sie begann, ist die leichtere Übung: in ferner Vergangenheit, seit es die Ehe gibt, jene Verbindung, um die sich die Männer so gern drückten, von der die Frauen träumten und für die sie kämpften. Doch wann hörte die Gesellschaft auf, die Frauen auszugrenzen, fing sogar an, sie zu unterstützen, und ermutigte sie, mit ihren Babys wieder die Schule zu besuchen und ihre Zukunft in die Hand zu nehmen? Die konservative christliche Kultur der fünfziger Jahre hielt viele Frauen von vorehelichem Sex ab, doch das änderte sich mit der Pille. Ich komme auf die mittleren bis späten sechziger Jahre, in denen auch homosexuelle Handlungen aufhörten, eine Straftat zu sein.

Dass ich das ganz harmlos verkündete – wir hatten über eingetragene Partnerschaften gesprochen und dass auch die gleichgeschlechtliche Ehe anerkannt werden sollte –, führte zu einem Streit zwischen James und mir, den ich ja unbedingt hatte vermeiden wollen. Ich hatte mir redliche Mühe gegeben, ihn zu mögen, nicht da zu sitzen, wo die Spötter sitzen – auf dem bequemen Sofa der Vorurteile, das längst auf den Sperrmüll gehörte –, sondern ihm freundschaftlich entgegenzukommen, und deshalb lud ich die beiden zum Essen ein. Ich wagte mich durchaus auch an anspruchsvollere Gerichte, und so gab es an jenem Abend ein Käsesouffé und danach ein Lammgericht mit Auberginen, leicht griechisch angehaucht, das Andrew gern hatte. James aß kommentarlos. Sie hatten den Wein beigesteuert, eine Flasche weißen und eine Flasche roten, und ich war bereit, von jedem ein Glas zu trinken, auch wenn es billiges Gesöff aus dem Supermarkt war. Sie tranken nie etwas anderes, das wusste ich schon, aber nicht aus Geldnot. James hatte nicht nur die Einnahmen aus seinen Büchern, ich glaube, er hatte einen betuchten Vater.

Ich wählte *Kindes Kind* als Tischgespräch, *weil* Andrew davon gehört hatte und James dank seinem Großonkel ebenfalls Bescheid wusste. Auch die angesprochenen Themen konnten uns verbinden. Dass eins davon so viel mit meiner Dissertation zu tun hatte, war ein willkommener Nebeneffekt. Wir waren bis zum Käse gediehen, als James sich durchaus liebenswürdig erkundigte, wie weit ich mit meiner Arbeit sei. Daraufhin erzählte ich, dass ich versucht hatte festzustellen, ab wann ein uneheliches Kind nicht mehr als Schande galt, und dass etwa zur gleichen Zeit Homosexualität im nichtöffentlichen Raum aufhörte, eine strafrechtliche Handlung zu sein.

Doch James fiel mir scharf ins Wort: »Das lässt sich überhaupt nicht vergleichen. Männer ins Gefängnis zu stecken, weil sie schwul waren, ist empörend, eine Verletzung ihrer Menschenrechte. Deine Mädels mussten sich nur von einem Haufen alter Weiber schief ansehen lassen.«

1967 waren Menschenrechte nicht das Thema, sagte ich, und ›meine Mädels‹ hätten nicht weniger durchgemacht. Nicht nur schwule Männer brachten sich aus Angst vor Entdeckung um, sondern ebenso junge Frauen, die sich vor der Schande fürchteten.

»Keine junge Frau musste in den Knast, weil sie ein Kind bekam«, sagte er.

»Doch – es erging ihnen ähnlich. Sie wurden ausgestoßen und in Anstalten gesteckt – damals nannte man sie Irrenhäuser –, nur weil sie ein Kind bekommen hatten, ohne verheiratet zu sein. Manche wurden jahrelang eingesperrt.«

»Hab ich noch nie gehört, das kann nicht stimmen. Mag sein, dass so was in den Romanen vorkommt, die du ständig liest, aber nicht im wirklichen Leben. Erzähl ihr, wie Wilde auf dem Bahnhof Clapham Junction in Ketten ausgestellt wurde, And.«

So nannte er also meinen Bruder. »Er hat es mir bereits erzählt«, sagte ich. »Außerdem wusste ich es schon. Ich leugne ja auch nicht, dass schwule Männer schrecklich gelitten haben, ich sage nur, dass es den Frauen nicht besser erging.«

»Von wegen.« James schüttete so viel Pinot noir in sein Glas, dass es überschwappte. »Du beanspruchst für die Frauen das Leid der Welt, erklärst sie mal wieder zu den armen Opfern.«

»James«, bat Andrew leise.

»Nichts da, James! Du brauchst ihr nicht beizustehen, sie weiß sich selbst zu helfen. Ihre Mädels brauchten sich nur

24

einen Trauring anzustecken, und alles war in Ordnung. Männer wurden geächtet, angegriffen, getötet. Mein Großonkel wurde erpresst, ausgegrenzt, er lebte in ständiger Angst vor Entdeckung.« Jetzt fixierte er mich, statt in der dritten Person über mich zu reden. »Diese Doktorarbeit, die einen Zusammenhang zwischen dem Gesetz von 1967 und der Pille für die Frau herstellen will, ist eine Beleidigung für alle Männer, die gelitten haben. Viele leben noch, sind erst in den Sechzigern und dürften das als Skandal empfinden. Zum Glück wird sie nie erscheinen, jedenfalls nicht in einem größeren Verlag, wo sie sie zu sehen bekämen.«

Andrew war aufgestanden, hatte einen Lappen geholt und den verschütteten Wein aufgewischt. Mein Bruder war rot geworden, so peinlich war ihm das Ganze, so sehr litt er. Die Hand, in der er den Lumpen hielt, zitterte. Kein Zweifel, er liebte diesen Kerl. »Ich denke, wir wechseln das Thema«, sagte ich Andrew zuliebe.

Doch jetzt nahm James die Position des Spötters ein. »Das hättest du wohl gern. Du hast dich ins Aus manövriert. Das Thema wechseln … Was bleibt dir anderes übrig?«

Ich könnte das Zimmer verlassen, sagte ich.

»Nein, *Sis*, nein«, bat Andrew. »Ich weiß gar nicht, wie wir da hineingeraten sind. Das ist doch lächerlich. Bitte bleib.«

»Bitte bleib, *Sis*«, piepste James höhnisch. »Bitte geh nicht.«

Man hätte glauben können, einen Fünfjährigen vor sich zu haben, nicht einen erwachsenen Mann. Er war blaurot angelaufen vor Wut. Ich zuckte die Schultern und verzog mich in die Küche. Stellte Geschirr in die Spülmaschine, wusch Veritys Silber mit der Hand ab und horchte, das Besteck in der Hand, auf Geräusche aus dem Esszimmer, eigentlich aber auf Schritte, die durch die Diele Andrews Wohnzimmer oder seine Treppe ansteuerten. Seit wir klein waren, hatte ich keinen Streit mehr mit meinem Bruder gehabt. Nach einer Weile hörte ich die Schritte, hörte Lachen. Nur James hatte gelacht. Eine Tür schlug zu. An diesem Abend würde ich die beiden wohl nicht mehr wiedersehen.

Ich räumte den Tisch ab und stellte die Spülmaschine an. Und erinnerte mich an unser früheres Zerwürfnis. Ein Tisch in einem anderen Haus, dem Haus, in dem wir aufgewachsen waren. Das Telefon läutete, Fay ging hin und ließ uns mit allerlei Leckerbissen allein. Andrew stocherte darin herum, futterte Käsewürfel, Überbleibsel von Crème brûlée, Ananasschnitze. »Lass das«, zischte ich, »nichts anfassen« – im Nebenzimmer waren Gäste –, und dann packte ich seine Hand, mit der er einen Löffel Pflaumengelee, glaube ich, ergattern wollte. Der zwölfjährige Andrew fing an zu weinen, und unsere Mutter konnte nur noch verzweifelt den Kopf über uns schütteln.

Das lag achtzehn Jahre zurück, heutzutage weinte Andrew nicht mehr, war aber immer noch sehr verletzlich. Diesmal aber reagierte ich empfindlich, nicht zuletzt deshalb, weil ich fand, dass man sich, wenn es denn sein musste, um Persönliches streiten mochte, nicht aber über gesellschaftliche Themen, wo die Meinungen doch bekanntlich verschieden sind. Mir kam der Verdacht, dass James mich hatte provozieren wollen. Es war ein schöner Abend, der Mond fast voll. Ein Gang durch den Garten würde mir guttun, mich beruhigen. Wie alle Gärten in unserer Gegend war auch unserer groß, sein Rasen eine grüne Insel, von einem dichten Wall aus Bäumen und Büschen gesäumt. Die Gartenmauern waren von Efeu, Kletterpflanzen und Clematis überwuchert, so dass man meinen konnte, nicht einzelne Gärten, sondern ein einziges großes Grundstück, beinahe so etwas wie die Anlagen eines großen Landsitzes, vor sich zu haben.

Einen Mantel würde ich nicht brauchen, dazu war es noch zu warm. Ich ging durch den Gang zu der kleinen Tür, die in den Garten führte – auf Andrews Seite gab es eine Flügeltür –, doch noch während ich den Schlüssel ins Schloss steckte, bemerkte ich ihn und James. Sie kamen unter den Bäumen hervor und liefen über den Rasen. Der Mond schien so hell, dass ich alles erkennen konnte. James hatte Andrew einen Arm um die Taille gelegt, und jetzt zog er Andrews Kopf zu sich heran und gab ihm einen langen Kuss. Ich machte auf dem Absatz kehrt und flüchtete in den Raum, der am weitesten vom Garten entfernt war, das Arbeitszimmer mit den vielen Büchern. In diesem Augenblick schwante mir, dass Andrew, ob ich wollte oder nicht, James auf Dauer zu uns ins Haus holen würde.

Ich hätte alt genug sein sollen, um zu wissen, dass am nächsten Morgen alles nicht mehr so schlimm aussieht. Je später die Stunde, je fortgeschrittener die Nacht, desto kopfloser sind wir, desto anfälliger für schlimme Ängste und Hirngespinste. Am Morgen – nicht gleich nach dem Aufwachen, aber nach und nach – erscheinen die Dinge in einem anderen Licht als nachts um elf oder zwölf. Für eine Tragödie gilt das natürlich nicht, und auch über einen schweren

Schock kommt man wohl nicht so ohne weiteres hinweg, aber derlei war mir bisher erspart geblieben. Ich hatte auch keine bösen Vorahnungen. Was also war geschehen, was hatte ich gehört oder gesehen? Nichts als einen Kuss. Noch lange kein Grund zu der Annahme, dass James nächstens hier einziehen würde. Ich wusste ja noch nicht mal mit Sicherheit, ob Andrew in James auf Dauer verliebt war.

An diesem Morgen hatte ich einen Termin bei meiner ›Doktormutter‹. Ich wollte mit ihr über den Fortgang meiner Arbeit sprechen und sie fragen, was sie davon hielte, reale Fälle unehelicher Geburten im neunzehnten Jahrhundert einzubeziehen, oder ob ich mich ausschließlich auf Romane konzentrieren sollte.

Andrew kam herein, er wirkte nicht so sehr verlegen als bedrückt. »Das mit gestern Abend tut mir leid, *Sis*. Ich wünschte, ich könnte es ungeschehen machen.«

Es sei schon gut, sagte ich. Sein Gesichtsausdruck war nicht viel anders als damals, als ich seine Hand gepackt hatte und das Gelee auf ein weißes Spitzendeckchen geplumpst war. Natürlich weinte er nicht, aber er war nah dran.

»James fühlt eben das, was schwule Männer durchmachen mussten, sehr intensiv mit. Es geht ihm persönlich nah. Der Freund dieses Großonkels hat sich erhängt, weil er schwul war, und einen Bekannten von James, einen inzwischen sehr alten Mann, haben sie in einem Irrenhaus mit einer Aversionstherapie behandelt. Er bekam schwule Pornobilder vorgeführt, und wenn er reagierte, also wenn sie ihn erregten, verpassten sie ihm Elektroschocks.«

Ich musste an die armen Mädchen denken, die in Besserungsanstalten geschickt wurden und dort schwerste häusliche Arbeiten verrichten mussten, nur weil sie unverheiratet schwanger geworden waren. Aber es war sinnlos, darüber zu reden. »Schon gut«, wiederholte ich, auch wenn nichts gut war. »Schwamm drüber.« Und dann musste es einfach heraus: »Wird James zu dir ziehen?«

»Würde dich das stören?«

»Die eine Hälfte des Hauses gehört dir, und meine Hälfte gehört mir. Du kannst machen, was du willst.«

»Aber es wäre dir schrecklich, nicht?«

Es war eine Angewohnheit von ihm, anderen Leuten Gefühle zuzuschreiben, von denen er nichts wissen konnte. Das machte er bei mir so, bei unserer Mutter Fay und ihrem Lebensgefährten Malcolm und sicher auch bei James. Es wäre mir nicht schrecklich, schwindelte ich, aber er solle es sich gut überlegen, und dann fand ich, dass ich zu weit gegangen war, ich war nicht seine Mutter oder die Ehefrau, die er nie haben würde.

»Ich habe es mir bereits gut überlegt«, sagte er, aber das Ergebnis seiner Überlegungen verriet er mir nicht. Er musste in den Verlag, wenn er vor zehn da sein wollte. Kaum war er fort, hörte ich auch schon die Schritte von James auf der Treppe und gleich darauf die Haustür schlagen. Er knallte sie so heftig zu, dass das ganze Haus erbebte.

Carla, meine Betreuerin, warnte mich vor zu viel Realität. Wenn die Parallelen so offensichtlich waren wie bei Fanny Robin, die zur All Souls Church gegangen war statt zur All Saints Church, wo Sergeant Troy als ihr Bräutigam auf sie wartete, dann konnte ich natürlich kurz darauf eingehen. Vermutlich hatte Hardy ein realer Vorfall als Inspi-

ration gedient, dem könnte ich nachgehen. Ansonsten aber
solle ich mit sozialen Fragen und Fallgeschichten sparsam
umgehen.

Während der ganzen Zeit ging mir James Derain nicht
aus dem Kopf. Warum nur hatten wir dieses Problem nie
bedacht? Wir hatten das Haus geerbt, wir waren Geschwister, die sich gut verstanden, so übersiedelten wir voller Begeisterung mit unseren Siebensachen. Wir hatten beide
schon Partner gehabt, aber Andrew hatte nie mit einem zu-
sammengewohnt, und ich hatte mit einem Freund nur mal
für ein paar Monate ein Zimmer geteilt, es war nichts Ernstes gewesen. Sollte James in die andere Hälfte von Dinmont
House einziehen, würde ich übermenschliche Anstrengun-
gen unternehmen müssen, mit ihm auszukommen. Ich hatte
ihn gegen mich aufgebracht, dabei gab es dazu eigentlich
keinen Anlass. Er schien mir einer dieser schwulen Männer
zu sein, die Frauen – alle Frauen – ablehnen. Kennengelernt
hatte ich so einen noch nie, wusste aber, dass es sie gab. Das
Gegenstück sind Schwule, deren engste, beste Freundin
eine Frau ist, die ihnen sogar nähersteht als der derzeitige
Liebhaber.

Ich ließ mir Zeit mit dem Heimweg. Die Sonne schien, es
war wunderschön im Regent's Park, und ich überlegte, ob
ich nicht via Primrose Hill zu Fuß nach Hause gehen sollte.
Als Kind fühlte ich mich auf dem Primrose Hill immer wie
am Meer. Ich kam mir vor wie im Wasser oder knapp davor
im Sand und sah über dem Grün, das typisch für englische
Seebäder ist, die Skyline von Brighton oder Eastbourne.

Doch ich stand nicht mit den Füßen im Wasser, ich saß
auf einer Bank am Outer Circle, es war weit nach Hause

und ging immer nur bergauf, und ich wusste, dass ich den Heimweg vor mir herschob, weil womöglich James Derain dort war. Vor drei Stunden hatte ich ihn weggehen hören, aber womöglich war er mittlerweile zurück, womöglich hatte Andrew ihm einen Schlüssel gegeben. So geht das nicht weiter, sagte ich mir. Gestern war ich noch glücklich oder zumindest zufrieden gewesen, und jetzt ließ ich mich von einem Freund meines Bruders, den ich kaum kannte, aus dem eigenen Haus vertreiben.

Ich nahm den 24er Bus und bog gerade in unsere Straße ein, als ich von ferne James auf mich zukommen sah. Meine erste Regung war, mich vor ihm zu verstecken, die Straßenseite zu wechseln oder mich schnell zu bücken, wie um einen Stein aus meiner Sandale zu holen, doch ich tat nichts dergleichen. Ich ging auf ihn zu, er ging auf mich zu, strahlte über das ganze Gesicht und fragte, wie es mir gehe bei diesem herrlichen Wetter. Er bedaure das mit gestern Abend, er werde immer aggressiv, wenn er zu viel Alkohol intus habe, es sei ein Problem, das er »angehen« müsse. Er und Andrew hätten getrunken, ehe sie gekommen waren, und damit müsse Schluss sein. Ob ich ihm verzeihen könne?

Ja, natürlich. Was hätte ich sonst sagen sollen? Ich hatte die leise Hoffnung, dass er zum U-Bahnhof Hampstead wollte und nicht zum Dinmont House, aber nein, er wolle nach Hause, sagte er, und damit meinte er eindeutig mein Haus und das von Andrew. Später, nachdem ich einen Brief eingeworfen hatte, blieb ich in der Diele stehen und horchte. James war Schriftsteller, arbeitete also zu Hause. Schrieb er mit der Hand? Benutzte er die Schreibmaschine, wenn das heutzutage überhaupt noch jemand macht? Oder einen

Computer, wie ich vermutete? Hatte er sich wohl auf Dauer hier eingerichtet? Wahrscheinlicher war, dass er ein paar Tage oder eine Woche bei Andrew verbringen und danach wieder dahin zurückgehen würde, wo er hergekommen war.

Es war sinnlos, hier herumzugeistern wie eine verlorene Seele. Ich ging in mein Arbeitszimmer, sah meine Notizen durch und stieß dabei auf die Meldung über eine junge Frau, die 1801 als Kindsmörderin hingerichtet worden war. Diese Geschichte über eine mittellose junge Frau, die – das weinende, verstörte Kind im Schlepptau – kein Dach über dem Kopf hatte und nicht mehr ein noch aus wusste, hatte mich schon beim ersten Lesen erschüttert und wühlte mich jetzt noch mehr auf, vielleicht, weil ich mich selbst so ruhelos fühlte. Gut möglich, dass George Eliot von diesem Vorfall erfahren hatte und dadurch zu *Adam Bede* inspiriert worden war. Doch *Adam Bede* war erst 1859 veröffentlicht worden. Da waren die Zeitungsberichte schon ein halbes Jahrhundert alt. Sollte ich tatsächlich, statt Parallelen zwischen den Romanen und derlei Zeitungsmeldungen zu ziehen, nach Bräuten suchen, die wie Fanny Robin in der falschen Kirche gelandet waren? Und schon fiel mir wieder James Derain ein. Ich sah ihn vor mir, wie er auf der Straße vor mir gestanden hatte.

Er hatte eine »Herrentasche« dabeigehabt, schwarzes Leinen und braunes Leder an einem langen Riemen in der Größe eines normalen Laptops. Damit war alles klar. Als ich in der Früh seine Schritte auf der Treppe gehört hatte, war er nach Hause gegangen – wo immer das war –, um seinen Laptop zu holen. Um in Dinmont House an seinem neuen Buch zu schreiben. Vermutlich würde Andrew ihm ein kleines Zimmer im Obergeschoss überlassen, dort hatte er Ruhe zum Arbeiten und genoss den Ausblick auf Gärten, Bäume, ein Meer von Laub, und dahinter in dem leichten Dunst, der immer über London hängt, auf den Fluss und die milchigen Umrisse der Hochhäuser …

Ich rief mich zur Ordnung und versuchte, mir diese wilden Phantasien zu verbieten. Vielleicht war James auch nur übers Wochenende gekommen und gehörte zu jenen besessenen Schriftstellern, die es unwiderstehlich zur Tastatur zieht, so wie früher zu Feder und Tinte.

Abgesehen von *Mary Barton* hatte ich mich mit den Werken von Elizabeth Gaskell nie so recht anfreunden können. Von Carla weiß ich, dass alle sie »Mrs Gaskell« nannten, bis der Feminismus die Unterscheidung zwischen Frau und Fräulein abschaffte. Ihre Bücher haben alle ein deutliches Anliegen, sie versuchen, die Welt zu verbessern, wie auch viele andere viktorianische Romane, die aber diese Absicht lieber kaschieren. Ich setzte mich im Arbeitszimmer aufs Sofa, um mir *Ruth* vorzunehmen, wobei ich den Gedanken nicht loswurde, dass ich im Garten auf der Hollywoodschaukel sitzen würde, wenn mich nicht von dem zweiten Arbeitszimmer aus James Derain beobachten könnte. Das grenzte schon an Verfolgungswahn. Ich hatte keinerlei Grund zu der Annahme, er würde mich beobachten oder sich auch nur im mindesten dafür interessieren, was ich trieb. Wenn ich nicht da draußen saß, dann deshalb, weil ich wusste, dass ich mich unter dem Fenster im Obergeschoss, wo man mich vom Schreibtisch aus genau im Blick hatte, nicht auf mein Buch würde konzentrieren können.

Ruth liest sich nicht mühsam, sondern ausgesprochen spannend. Ich verschlang die ersten Kapitel, und dabei fiel mir auf, dass sich *Ruth* – während es bei anderen Romanen auch um anderes geht, um Nebenhandlungen und eingeflochtene Geschichten – ausschließlich mit dem Thema »Verführung und Unehelichkeit« beschäftigt. Hardys *Tess* erzählt von Angel Clares Werbung und Tess' Ehe mit ihm; Wilkie Collins' *Ohne Namen* und *Die Frau in Weiß* behandeln vor allem auch die juristischen Aspekte. Hetty Sorrells Schicksal ist in *Adam Bede* nicht unwichtig, spielt aber im Vergleich zu der methodistischen Laienpredigerin Dinah und der Lebensweise der Familie Bede eine eher untergeordnete Rolle. Und nun saß ich hier in Veritys Arbeitszimmer und las, wie es sich anfühlte, wenn man von einem treulosen Liebhaber schwanger ist, sich einen Trauring anstecken und sich »Mrs« nennen muss, ohne dass man damit den Leuten letztlich Sand in die Augen streuen kann. Alle Figuren in dem Buch sind davon überzeugt, dass Ruth eine schwere Sünde begangen hat. Selbst die Mitfühlenden, die Gütigen, die sie aufnehmen und das wenige, das sie haben, mit ihr teilen, tuscheln über ihre Sünde und ihr »Verbrechen«. Sally, die alte Dienstmagd der Bensons, schneidet Ruth unnachsichtig die Haare ab, damit sie »morgen mit Anstand eine Witwenhaube« zur Schau stellen könne, und Ruth fügt sich widerspruchslos, denn auch sie glaubt, dass sie gesündigt hat und dass die Strafe gerecht ist.

An dieser Stelle legte ich das Buch erst einmal aus der Hand, ziemlich erstaunt darüber, dass mir, die ich *Tess* und *Oliver Twist* allenfalls mit Bedauern und Verwunderung gelesen hatte, ein über 150 Jahre alter Roman derart nahegehen konnte. Für mich – so überzeugend ehrlich schreibt Gaskell – gab es keinen Zweifel daran, dass das gesellschaftliche Klima wirklich so war, dass das Schicksal eines »gefallenen Mädchens« wirklich so aussah. Es heißt, ihre Vorlage sei eine wirkliche Frau gewesen, eine gewisse Pasley, deren Ausgrenzung und Verbannung in eine Strafanstalt schlimmer gewesen sein muss als alles, was Gaskell sich auszudenken vermochte.

Abends wollte ich mit Freunden ausgehen, ein zwangloses Treffen im Pub, ohne Umziehen, ohne nervöses Auf-die-Uhr-Schauen, damit ich nicht zu spät kam – das hatte ich mir abgewöhnt. Ich hatte sogar vor, statt der hübschen, relativ neuen Sandalen Sneakers anzuziehen, weil ich zu Fuß über die Heath nach Highgate gehen wollte. Die Laufschuhe waren in einem Schrank in einem der Gästezimmer im Obergeschoss, weil ich Veritys Sachen noch nicht aus meinem Schlafzimmer geräumt hatte. Ich sagte mir – und auch zu meiner Mutter, die sich anerboten hatte, das Ausräumen für mich zu besorgen, und die sich als vielbeschäftigte Anwältin das nicht aufhalsen sollte –, dass die Sachen mich nicht störten. In Wirklichkeit hatte ich sie gern im Haus, sie erinnerten mich an Verity, und manchmal öffnete ich den Schrank und legte die Wange an zarte Seide oder feine Wolle, die noch L'Aimant von Coty verströmten, was meine Großmutter immer getragen hatte.

Oben holte ich die Laufschuhe heraus und zog sie gerade an, als mich ein Geräusch zusammenfahren ließ. Es kam von Andrews Teil des Hauses und waren die vier Akkorde, mit denen Windows startet oder sich abmeldet. Eine »kleine Phrase«, doch keine schönen Töne wie bei Prousts

Sonate von Vinteuil. James Derain saß also tatsächlich an der Arbeit, aber das wusste ich ja schon, und es war albern, dass ich mich daran störte. Ich kehrte gedanklich wieder zu Alleinerziehenden zurück, und zwar solchen, die es wirklich gegeben hatte.

Mary Woolstonecraft bekam ein uneheliches Kind von einem gewissen Gilbert Imlay, und auch das nächste wäre unehelich gewesen, wenn nicht der Philosoph William Godwin sie fünf Monate vor der Geburt des Mädchens geheiratet hätte, das wir als Mary Shelley kennen. Das war 1797. Rebecca West bekam ein Kind von H. G. Wells, Dorothy L. Sayers bekam ein Kind von einem gewissen Bill White. Beide Geburten fielen in die ersten Jahrzehnte des zwanzigsten Jahrhunderts, und beide Schriftstellerinnen sahen darin eine Geste der Auflehnung. In ihren Romanen kommen keine unehelichen Kinder vor, immerhin aber gibt es bei Sayers in *Starkes Gift* eine »gefallene Frau«. Dieser Roman erschien 1930, wenige Jahre nach Veritys Geburt. Harriet Vane steht wegen Mordes vor Gericht, und bei der Verhandlung kommt heraus, dass sie ein Jahr mit einem Mann zusammengelebt hat, ohne mit ihm verheiratet zu sein. Von ihren Freunden wird sie nicht geschnitten, weil die zum munteren Künstlervolk gehören, aber andere missbilligen ihr Verhalten. Doch die Zeiten haben sich geändert, niemand spricht mehr von Verbrechen oder Sünde. Sie wird nicht verfemt oder in tiefste Finsternis gestoßen, wie es bei Matthäus heißt, und schließlich, viele Bücher später, gilt sie als hinreichend geläutert, um Lord Peter Wimsey heiraten zu dürfen. Natürlich erwartet sie kein Kind – das heißt, erst später, als brave Ehefrau.

Sayers' Sohn kam 1924 zur Welt. Sie hat offenbar gar nicht erst versucht, sich selbst um John Anthony zu kümmern. Bestimmt war sie nicht bereit, sich Mrs zu nennen oder einen Trauring zu tragen. Das Kind wurde bei Sayers' Cousine Jay in Pflege gegeben und nannte seine Mutter »Cousine Dorothy«. Auch als Dorothy Sayers 1926 Atherton Fleming heiratete, blieb John Anthony bei Jay. Die Eltern von Sayers empörten sich schon über die standesamtliche Trauung. Sie haben nie erfahren, dass sie einen Enkel hatten. In *Der Glocken Schlag* schrieb Sayers noch einmal über unordentliche Familienverhältnisse und somit indirekt über uneheliche Kinder. Ein Paar heiratet dort in der Annahme, dass die Frau frei ist, obwohl ihr Mann in Wirklichkeit noch lebt. Die Kinder sind und bleiben unehelich, obwohl die Thodays die Eheschließung nachholen, sobald ihnen das juristisch möglich ist. Das ist eigentlich eher eine typisch viktorianische Konstellation, wie sie Wilkie Collins beschrieb, als das Thema für einen Roman, der 1934 erschien. Man sieht aber daran, dass noch zur Jugendzeit meiner Großmutter Wohlanständigkeit größte Wertschätzung genoss.

Während ich mir all das zu Gemüte führte, klopfte es. Weil Andrew und ich nie anklopfen, wenn wir in das Zimmer des anderen wollen, sondern ohne weiteres hereinkommen, konnte es nur James sein. Er hatte ein Buch mitgebracht, ein abgegriffenes Taschenbuchexemplar von *Das Bildnis des Dorian Gray*. Entschlossen, nett zu sein, schwindelte ich, dass ich mir gerade Tee machen wollte, und fragte, ob er auch einen wolle. Er wollte – also brühte ich zwei Becher Tee und brachte sie ins Arbeitszimmer. Er

redete wie aufgezogen über Wildes Roman und dass er 1891
bei seinem Erscheinen in einer entschärften Fassung verbo-
ten worden war – obwohl nicht recht einzusehen sei, sagte
James, was an dem Buch so anstößig gewesen sein sollte.
Offenbar hatte ein Rezensent oder Kommentator damals
verkündet, keiner züchtigen Frau dürfe das Buch in die
Hand gegeben werden, und dabei musste ich an Toby
Greenwells prüde Mutter denken. James hatte sich Wildes
Originalfassung gekauft, konnte aber keine großen Unterschiede zwischen den beiden erkennen, ein Wort hier, ein
Satz da. Er trank seinen Tee und kam endlich auf den An-
lass seines Besuches zu sprechen. Es war ein Friedensange-
bot. Die Entschuldigung bei unserer Begegnung auf der
Straße genügte ihm offenbar nicht. Ob noch Tee da sei,
fragte er.

Solange man heißes Wasser und Teebeutel hat, ist immer
Tee da, also ging ich notgedrungen noch einmal in die Küche. James erzählte jetzt eine Geschichte über Zeitgenossen
von Wilde, zwei Männer namens Raffalovich und Gray.
Die beiden liebten sich, Raffalovich konvertierte unter dem
Einfluss seines Lebensgefährten zum römisch-katholischen
Glauben und schloss sich den Dominikanern an. Es war
interessant und richtig romantisch, aber als ich zu James
sagte, ich sei verabredet und müsse jetzt los, glaubte er mir
nicht.

Ich hatte es offenbar mit einem Menschen zu tun, der
schnell mal die beleidigte Leberwurst spielte. Er war ohne
mein Zutun in mein Leben getreten, hatte sich ohne großes
Federlesen Zutritt in mein Zimmer verschafft, und nun

glaubte er offenbar, er könne sich bei mir häuslich einrichten. Andrew hatte wahrscheinlich zu ihm gesagt: »Ich klopfe nie an, sie ist meine Schwester, aber am besten machst du es beim ersten Mal.« Als ich mir vorstellte, wie er hereinkommen würde, wann es ihm passte, wie er dann womöglich vorschlagen würde, wir könnten doch einen gemeinsamen Haushalt führen, und ich könnte für sie kochen und Tee machen, wann immer ihnen danach war, wurde mir zum Glück klar, dass die ganze Sache für mich gewaltige (und hysterische) Ausmaße anzunehmen drohte. Natürlich würde es dazu nicht kommen.

Mittlerweile war ich in der Wedderburn Road angelangt und somit fast am Ziel. Damian und Louise warteten schon im *King of Bohemia* und teilten sich in den *Evening Standard*. Als ich hereinkam, sprangen sie auf und küssten mich, und ich merkte, wie sehr ich mich nach ihnen gesehnt hatte.

4

Am nächsten Tag gab es wieder ein Friedensangebot – diesmal von meiner Seite: Ich lud meinen Bruder und James zum Abendessen ein.

»Heute nicht, *Sis*«, sagte Andrew und gab mir überraschend einen Kuss, worauf James den Mund verzog, als hätte er uns beim Inzest ertappt. Seine Stimmung war wieder umgeschlagen, er krittelte an allem herum und lehnte meine Einladung ab. Nicht weiter schlimm, erklärte ich, auf mich warte sowieso noch Arbeit – und plötzlich war ich nicht so sehr wütend als den Tränen nah. Ein Schluck Wodka hätte mir gutgetan, stattdessen begnügte ich mich mit einer Tasse Tee. Bei Brot und Käse quälte ich mich mit allerlei unliebsamen Vorstellungen: James würde hier einziehen, mir aus dem Weg gehen, nur noch in der dritten Person mit mir reden, er würde Andrew ermuntern, den Kontakt zu mir einzuschränken, würde bedenkenlos in meine Hälfte des Hauses kommen, wenn er etwas brauchte, würde Räume mit Beschlag belegen, grauenvolle Musik spielen – alles Dinge, für die ich keinerlei Beweise hatte.

Lange Zeit legte ich auf dem Sofa die Füße hoch, ohne Licht zu machen, und horchte auf die Stille um mich her. In großen Häusern wie dem unseren, die allein in einem Garten stehen, hört man sogar in Stadtnähe abends die Stille. Grabesstille, dachte ich, was natürlich Unsinn war. Statt mich hineinzusteigern, hätte ich mir besser Greenwells Buch vorgenommen, aber weil ich beschlossen hatte, nur das zu lesen, was ich unmittelbar für die Dissertation brauchte – zumindest bis ich mit dem Schreiben angefangen hatte –, machte ich entschlossen Licht und ging ins Arbeitszimmer. Ich arbeitete ein paar Stunden an meinem Text und konzentrierte mich dabei auf *Bleak House,* auf Lady Dedlocks unglaubliches Schuldgefühl und ihre Angst vor Entdeckung, als sie Esther Summerson zur Welt brachte. Aber man braucht das Dickens nicht abzunehmen, nicht darum geht es ihm, ihre Ängste sind übergroß. Wird meine Betreuerin mich anmaßend nennen, wenn ich ihn in meiner Dissertation als den »Vater des magischen Realismus« bezeichne? Wahrscheinlich. Während ich zu Bett ging, wollte mir nicht aus dem Kopf, was diese Frauen durchgemacht hatten, als sie erfuhren, dass sie schwanger waren – ihre Fassungslosigkeit, das Begreifen, Entsetzen, die Scham, Angst und der Wunsch zu sterben.

Vermutlich hätte es mir am nächsten Tag gutgetan zu laufen, aber Hampstead ist – abgesehen vom Park – nicht gerade ideal dafür. Ich musste in eine andere Richtung und hatte kein festes Schuhwerk an. In der Heath Street holte ich mir den *Evening Standard* und setzte mich damit auf einen Cappuccino in ein Café. Der Aufmacher war ein Mord in Soho in der Nacht zuvor – vor einem Club in der Old Compton Street war ein junger Schwuler erstochen worden. Wenn man in meiner Situation so etwas liest, stockt einem der Atem. Aber es war nicht Andrew, es war nicht James, es war ein gewisser Bashir al Khalifa. Sein

Foto, ein paar Jahre alt, zeigte einen gutaussehenden jungen Mann aus dem Nahen Osten. Vielleicht war er hergekommen, weil er meinte, hier würde ihn niemand seiner sexuellen Orientierung wegen verfolgen. Sie hatten ihn auch nicht verfolgt – sie hatten ihn umgebracht.

An diesem Vormittag hatte ich einiges vor, ich fuhr mit dem 24er Bus ins West End und holte in der London Library ein paar viktorianische Romane ab, die Verity nicht in ihren Regalen stehen hatte. Weder sie noch mein Großvater hatten ihre Bücher katalogisiert, und ich spielte mit dem Gedanken, das nachzuholen. Es wäre ziemlich aufwendig, konnte aber auch Spaß machen. Vorher musste ich natürlich meine Doktorarbeit abschließen und Greenwell lesen. Auf der Heimfahrt mit dem Bus gingen mir die Unterschiede zwischen Gestern und Heute durch den Kopf. Ich hatte kaum je eine Zeit gekannt, in der es keine Handys gab. Als ich klein war, hatte meine Mutter ein backsteingroßes schwarzes Teil gehabt, das nie richtig funktionierte. Vorher hatten wir wie damals üblich einzig einen Festnetzanschluss mit einer Wählscheibe, auf der nicht nur Zahlen, sondern auch Buchstaben waren, so dass man damals – in grauer Vorzeit – Telefonvermittlungen anrufen konnte, die klingende Namen wie Ambassador, Primrose und Riverside hatten. Damals konnte man dem Läuten des Fernsprechers entkommen, man brauchte nur vor die Tür zu gehen, war nicht wie heute Gefangener des Telefons. Natürlich könnte man (würde der Besucher von einem anderen Stern einwenden) das Handy absichtlich zu Hause lassen, aber der Sinn eines Mobiltelefons ist die Mobilität. Es ist fast, als wäre es in einem, lebte in deinem Kopf, ließe dich nie allein.

Mach es aus, sagt der Besucher aus dem All, aber wann macht man das schon? Es ist zwar ein Leichtgewicht, aber wozu es mitschleppen, wenn es ausgeschaltet ist?

Als wollte es mir seine Nützlichkeit beweisen, kam ein Anruf, während ich im Bus saß. Meine Freundin Sara erzählte, sie sei mit ziemlicher Sicherheit schwanger und freue sich sehr. Ob wir uns nicht bald mal zum Essen treffen könnten, morgen vielleicht?

Die Tür zu Andrews Wohnzimmer stand weit offen, und Bob Dylans *The Times They Are a-Changin'* dröhnte mir entgegen. »Komm rein, *Sis*«, rief Andrew. »So vergnügt, wie du aussiehst, kannst du uns vielleicht aufmuntern. Wir haben es nötig.«

Bob Dylan kam aus einem Lautsprecher am iPod. Andrew stellte die Musik ab und suchte in meinen Armen Zuflucht.

»Was geht hier vor?«

»Sag nicht so was«, bat James mit tonloser Stimme. Er war ganz grau im Gesicht, wirkte gealtert. »Du redest wie die Cops in den Comics, und von Cops haben wir fürs ganze Leben genug, stimmt's, And?«

Bashir al Khalifa war ihr Freund gewesen. Sie hatten mit ihm zusammen jenen Club in Soho besucht. Eine Schlägergang mit Verbindungen zu der rechtsextremen English Defence League war früh um drei, als sich der Club leerte, über ihn hergefallen. Sie warfen ihm alle Namen an den Kopf, die solchen Leuten zur Beleidigung Homosexueller zur Verfügung stehen, und vielleicht galten ihre Beschimpfungen nur deshalb mehr ihm als Andrew und James, weil mein Bruder und sein Freund keine lila und weißen Strähnen im Haar hatten und keine weißen Anzüge trugen. Doch auch sie wurden von der Gang umzingelt, zu der sich immer mehr Leute aus der Menge hinzugesellten. Sie schlugen Bashir zu Boden, traten ihn, einer zückte ein Messer und stach auf ihn ein. Als Andrew und James versuchten, Bashir wegzuziehen, wurden auch sie zu Boden gerissen und hätten ohne das Eintreffen der Polizei womöglich Bashirs Schicksal geteilt.

»Gebrochen ist nichts, wir sind mit Schrammen und Prellungen am ganzen Körper davongekommen.« Andrew verzog das Gesicht und rieb sich die linke Schulter. »So getreten hat mich noch niemand. Es ist schlimmer als ein Fausthieb.«

»Ich weiß nicht«, sagte James. »Kommt ganz auf die Statur und das Alter des Angreifers und seine Stiefelgröße an. Jedenfalls haben wir den Rest der Nacht und den halben Vormittag auf dem Polizeiposten verbracht und dort ausgesagt, was wir wussten.«

»Viel war es nicht.« Andrew schüttelte den Kopf. »Wir kannten und wir mochten Bashir, nicht wahr, James? Ansonsten wussten wir eigentlich nur, dass er schwul und Schauspieler war.«

Es sollte nicht bei diesem einen Revierbesuch bleiben, sie mussten am Nachmittag nochmals hin. Ich war die ganze Zeit unruhig, versuchte mich in *Der Pfarrer von Wrexhill* zu vertiefen und stellte fest, dass Frances Trollope lange nicht so gut war wie ihr Sohn Anthony. Wie beengend muss es für die Schriftsteller im neunzehnten Jahrhundert gewesen sein, dass für sie das Thema Sex tabu war; dass gute Babys erst nach einer Hochzeit zur Welt kamen, während böse Babys aus einer namenlosen Sünde hervorgingen. Und wie sie stattdessen ein Loblied auf die Ehe sangen, sich daran klammerten, selbst die Größten unter ihnen, selbst Dickens. Wie gesagt – wir erwarten von ihm keinen Realismus und können nachfühlen, dass in *Große Erwartungen* seinen Lesern zuliebe Estellas Eltern ehrbare Eheleute sind, auch wenn das bei einem Sträfling und einer Frau aus den Slums höchst unwahrscheinlich wirkt. Damals wäre Saras Kind ein gutes Kind gewesen, weil Sara verheiratet ist, während das Baby von Damian und Louise, meinen anderen Freunden, ein stigmatisiertes Kind der Sünde gewesen wäre.

Schließlich rief Andrew an und erzählte, dass er und James einen der Männer, die Bashir angegriffen hatten, bei einer polizeilichen Gegenüberstellung hatten identifizieren müssen. Sie legten sich – beide getrennt – auf einen gewissen Kevin Drake fest. Später sollten sie bei einer weiteren Gegenüberstellung versuchen, den Mann zu identifizieren, der Bashir gegen den Kopf getreten hatte. Beide brachten es kaum über sich, auch wenn sie wissen, dass der Mann, den sie identifizieren sollten, einen Menschen nur deshalb umgebracht hatte, weil er homosexuell war.

Gary Summers konnten sie nicht identifizieren und waren erleichtert darüber, trotzdem hatte sich jetzt ihretwegen ein Mensch wegen Mordes vor Gericht zu verantworten, und besonders James graute es davor, als Zeuge auszusagen. Doch Kevin Drake würde als Erster vor den Untersuchungsrichter kommen, er würde auf unschuldig plädieren, und die Angelegenheit würde an den Strafgerichtshof abgegeben werden. Vermutlich würde man bei Gericht sowohl Andrew als auch James als Zeugen befragen, und Andrew traute sich zu, so eine Verhandlung ohne allzu großes Zittern durchzustehen, aber James, der eher schwarzsieht im Gegensatz zu meinem positiv eingestellten Bruder, sagte, beim Kreuzverhör, wenn ein Anwalt ihn zum Beispiel fragen würde, ob »die Art von Büchern, die er schrieb« Einfluss auf seine Aussage gehabt habe und die Phantasie mit ihm durchgegangen sei, würde er womöglich kein Wort herausbringen oder aber in Tränen ausbrechen.

»Ich weiß, was du denkst, *Sis*«, sagte Andrew. »Der Richter wird glauben, dass diese Schwulen alle gleich sind, verstockt und nah am Wasser gebaut – einer wie der andere.«

»Völlig falsch. Könntest du nicht mal aufhören zu raten, was im Kopf anderer Menschen vorgeht, wenn du damit doch immer falschliegst?«

Mit Sara traf ich mich zum Lunch. Kaum von der Hochzeitsreise zurück, hatte sie den Test gemacht und wusste nun definitiv, dass sie schwanger war. Natürlich hatte sie es schon vor der Hochzeit geahnt, aber jetzt stand es fest, und sie und Geoff waren überglücklich. Sie hatten sich irgendwie eingeredet, dass sie keine Kinder bekommen könnten.

Warum denn das, fragte ich, und sie sagte – und kicherte dabei ein bisschen –, weil sie beide vor der Ehe Beziehungen gehabt hätten, »ohne Ergebnis«, wie sie es nannte.

»Aber du hast doch die Pille genommen? Und bestimmt haben Geoff und seine früheren Freundinnen ebenfalls verhütet.«

»Ja, ich weiß. Und sobald ich die Pille abgesetzt hatte,

bin ich schwanger geworden. Aber so richtig geglaubt habe ich an die Verhütung nicht.«

»In Zukunft weißt du es besser.«

Schon zur Zeit meiner Großmutter gab es Schwangerschaftstests, wie sie mir mal erzählte. Dabei hatte ich immer gedacht, dass die Früherkennung einer Schwangerschaft erst zu meiner Zeit möglich geworden war. Wenn damals eine Frau glaubte, schwanger zu sein, wurde einem Karnickel eine Blutprobe von ihr eingespritzt, und wenn sich ihre Vermutung bestätigte, ging das Karnickel ein – oder so ähnlich. Die Ärzte machten das nicht gern, und eine Bekannte von Verity musste sich anhören, sie solle gefälligst abwarten, denn »Sie wollen doch nicht ein armes kleines Karnickel umbringen!«. Bis man einen Schwangerschaftstest für daheim über den Ladentisch kaufen konnte, sollte noch viel Zeit vergehen.

Die Vorladungen bei der Polizei, die Vernehmungen, die Aussicht, vor Gericht aussagen zu müssen, nahmen James sichtlich mit. Er konnte nicht mehr schreiben. Mit dem Roman, den er gerade angefangen hatte, war er zunächst gut vorangekommen, aber jetzt hatte er eine Schreibblockade, was ihm noch nie passiert war. Vor seinem inneren Auge sah er immer wieder den Mord an Bashir vor sich, er hörte sein Schreien in Todesangst und sah das Blut aus der Stichwunde spritzen. Andrew hingegen akzeptierte nach und nach, was geschehen war. Es war schrecklich, es war sinnlos, aber es war vorbei, und man musste darüber hinwegkommen.

»Wie lange noch, o Herr, wie lange?«, fragte James und

meinte damit, wie lange es wohl noch dauern würde, bis alle Menschen die Homosexualität als einen anderen Lebensstil akzeptierten, und ich hielt dagegen – überflüssiger- und sinnloserweise –, dass Vorurteile alle träfen, die von der Norm abweichen, ethnische Minderheiten und Behinderte, Sektenanhänger, Übergewichtige, ja sogar Rothaarige.

»Das kann man nicht vergleichen«, widersprach James. »Wann hast du zum letzten Mal von einer Frau ohne Mann gehört, die von Schlägern überfallen wird, weil sie ein Kind gekriegt hat? Wann? Das gibt es einfach nicht.«

Ich konnte dem wenig entgegenhalten. Tatsächlich hatte ich noch nie von einer ledigen Mutter in England gehört, die man zu Tode geprügelt hätte, weil sie unverheiratet war, doch wer weiß, vielleicht war das vor Jahren mal geschehen. James aber war nicht mehr zu bremsen und sagte, ich sollte mir ein lohnenderes Anliegen suchen, als »kleine Bastarde und ihre Mamis« zu unterstützen, davon gäbe es schließlich genug. Ich unterstützte sie nicht, ich untersuchte sie nur, widersprach ich. Und Andrew, ganz der unverbesserliche Optimist, sagte, er habe von irgendeiner Statistik gelesen, dass homophobe Überfälle abgenommen hätten, der Überfall und der Mord an Bashir sei der erste seit langer Zeit. Er versuchte damit, James zu helfen, auch wenn man gegen die Phantasie eines Romanschriftstellers nicht unbedingt mit Statistiken ankommt. Um Andrew war mir nicht bange, der würde sich, wenn der Prozess vorbei war, zusammen-reißen und die ganze Geschichte vergessen.

Inzwischen hatte ich angefangen, an meiner Dissertation zu schreiben. Parallel dazu hatte ich noch einiges an Lektüre vor mir, aber irgendwann musste ich ja anfangen. Wie aber sollte ich Hoffnung, Angst, Panik, Entsetzen und schließlich die endgültige Gewissheit vermitteln – jenen Punkt, an dem so viele junge Frauen lieber den Tod als die Schande wählten und ins Wasser gingen – und dabei gänzlich unbeteiligt bleiben? Gewiss, ich schrieb keinen Roman, ich schrieb nur *über* Romane, und das erfordert Distanz und Objektivität. Für einen Mann wäre es einfacher, er konnte eine ungewollte Schwangerschaft im eigenen Leben nur indirekt miterleben, und meist musste er nicht einmal das, aber ich war kein Mann.

Da meine Recherchen nun so gut wie abgeschlossen waren, hätte ich eigentlich jetzt auch *Kindes Kind* lesen können. Seit Wochen, ja Monaten lag das Buch nun schon auf dem einen oder anderen Tisch in unserem großen Haus herum und sah mich mit seinem glänzenden geschmacklosen Cover vorwurfsvoll an. Ich setzte mich also hin und schrieb Toby Greenwell einen Brief – schrieb seit Jahren erstmals wieder einen richtigen Brief, keine E-Mail –, entschuldigte mich, dass ich noch nicht mit Lesen angefangen hatte, und schützte Arbeitsdruck vor. Als er nicht antwortete, fühlte ich mich noch schlechter. Andrew aber, der kurz hereingeschaut hatte, um mir sein Leid zu klagen, wie sehr die Sache mit dem Gericht James bedrückte, wollte von meinen Selbstvorwürfen nichts hören. Ich sei schließlich keine Literaturagentin, ich würde schließlich nicht dafür bezahlt, was ich bloß hätte?

5

Zu guter Letzt ließ ich *Kindes Kind* unter einem Kissen auf Veritys Sofa verschwinden. Dort blieb es, während ich mutterseelenallein im Zimmer saß und arbeitete. Seit dem Tag, an dem mir mein Bruder von dem Mord an Bashir al Khalifa erzählt hatte, war von Andrew und James kaum mehr etwas zu sehen. Hin und wieder winkte Andrew mir auf der Treppe flüchtig zu, ansonsten merkte man eigentlich nur an dem leisen Brummen des Fernsehers in Andrews Wohnzimmer, dass sie im Haus waren. Ich fürchtete inzwischen nicht mehr, wir würden uns ständig vor die Füße laufen. Fast war ich zur Einsiedlerin geworden.

Bis zu jenem Abend hatte mich das nicht weiter belastet. Doch nun wollte ich einen Vorstoß wagen, um die Einladung zum Essen nachzuholen, die sie neulich abgelehnt hatten. Ich platzte nicht unangemeldet bei meinem Bruder herein, sondern klopfte. Und er rief nicht einfach »Herein!«, sondern machte die Tür auf und sagte: »Ich dachte schon, du bist das Gespenst.«

James hing in einem Sessel und starrte an die Decke. Man sah, dass er seine Ängste noch nicht los war. Er sagte nichts, sondern rang sich nur ein gezwungenes Lächeln ab.

»Das Gespenst?«

»James behauptet, dass hier eins herumspukt. Es klopft an Türen.« Er habe gerade etwas zu essen machen wollen, fuhr Andrew fort und fragte, ob ich mithalten wollte. James rührte sich nicht.

Zum ersten Mal war ich froh, dass wir eine gemeinsame Küche hatten. Andrew holte Räucherlachs und Frischkäse und Brot aus dem Kühlschrank und erzählte. Er selbst hatte sich damit abgefunden, vor Gericht zu erscheinen und bohrende Fragen von Kevin Drakes Verteidiger auszuhalten, aber für James war das inzwischen nicht nur eine unerfreuliche Aussicht, sondern das Verhängnis schlechthin. Der für November angesetzte Prozesstermin schwebte wie ein Damoklesschwert über ihm. Es hatte ihn krank gemacht, er konnte nicht schreiben, verließ kaum mehr das Haus.

Er saß oder vielmehr lag herum und nahm fast nichts mehr zu sich. Andrew musste aus dem Haus, weil Arbeit auf ihn wartete, aber er widmete, wie er sagte, James mehr Zeit als seinem Job.

»Mir ist noch nie ein Mensch begegnet, den seine Ängste derart gefangen halten.«

Dieser Satz war so ungewöhnlich für meinen Bruder, dass ich den Blick von seinem zerquälten Gesicht abwenden musste. Ich begriff, dass er James aufrichtig liebte. »Dann lasse ich euch besser allein«, sagte ich.

Wieder gab er mir einen spontanen Kuss. »Gute Nacht, *Sis*.«

Am nächsten Tag, als sein Lover noch schlief, erzählte er mir, wie demütig und seltsam sanft James neuerdings war. Ständig entschuldigte er sich, aber es sei einfach stärker als er. Vor dem Mord, sagte Andrew, habe James nie solche Töne angeschlagen. Er sei nicht wiederzuerkennen, die Gewandtheit, die Weltläufigkeit, die *Sexiness* (Andrews

Worte) – all das war dahin. Wenn James eine der verordneten Schlaftabletten genommen und ich meine Dissertation beiseitegelegt hatte, überlegten Andrew und ich in meinem Wohnzimmer oder Veritys Arbeitszimmer hin und her. Was sollten wir tun? Wie konnte man ihn dazu bringen, das Gericht auch nur zu betreten? Gab es eine legale Möglichkeit, der Tortur zu entgehen? Einem Geschworenenamt kann man sich mit allen möglichen Begründungen entziehen. Galt das auch für die Zeugenaussage in einem Mordfall? Meine Mutter verneinte das, und sie muss es wissen. Sie hatte kein Verständnis für James und bezeichnete sein Verhalten als Getue. Niemand würde ihn schlecht behandeln. Der Verteidiger würde selbstverständlich behaupten, James habe sich geirrt, und würde versuchen, ihn als einen unzuverlässigen Zeugen hinzustellen, nicht aber ihn der Lüge bezichtigen.

»Doch das ist noch lange kein Grund, in Tränen zu zerfließen«, sagte sie, als Andrew hinausgegangen war, um nach James zu sehen. Sie hatte James' ersten Roman gelesen und sagte, sie könne nicht verstehen, dass jemand, der es schaffte, so brutale Handlungen und so scharfsichtige Dialoge zu Papier zu bringen, sich derart anstelle.

»Wisst ihr, wovor er mit am meisten Angst hat?«, fragte Andrew, als er zurückkam. »Dass der Verteidiger ihn auf seinen Lebenswandel anspricht. Was hatten zwei hochgebildete Männer wie er und ich in den frühen Morgenstunden in so einem Klub zu suchen?«

»Das ist durchaus möglich«, meinte Fay.

»Würdest du das fragen?«

»Ich werde kaum in so eine Situation kommen. Aber ich

will dir eines sagen: Ein Heteropärchen, das um diese Uhrzeit so einen Club besucht, würde ich dasselbe fragen.«

»So wird James das nie sehen. Er wird denken, dass sie es auf ihn abgesehen haben, weil er schwul ist. Der Unzucht-Prozess gegen Oscar Wilde mag mehr als hundert Jahre zurückliegen, aber wesentlich, sagt er, haben die Dinge sich nicht geändert. Die Öffentlichkeit mag Schwule tolerieren, will aber nicht wissen, was wir treiben, und wenn sie doch einmal – wie im Fall der Geschworenen bei dem kommenden Prozess – etwas davon merkt, ist die Empörung groß. Ich sage euch, was James denkt, nicht unbedingt, was ich denke.«

»Nicht *unbedingt*?«, *f*ragte Fay.

»Na schön – was nicht ich denke, also.«

»Das sind doch Hirngespinste. Die Verhältnisse haben sich von Grund auf geändert, und die Gesetzgebung auch. Frag ihn mal, ob er glaubt, du hättest vor fünfzig Jahren über das Thema mit deiner Mutter reden können.«

Als Fay fort war, sagte Andrew, er habe Angst, James könne sich vor dem Prozess etwas antun. Er habe wieder von dem Großonkel angefangen, dessen Freund Selbstmord begangen hatte, von den Menschen, die in *Kindes Kind* vorkommen. Dieser Mann habe sich umgebracht, vermutete Andrew, weil herauskam, dass er schwul war, und man ihn deshalb mit Dreck bewarf. Ich fragte Andrew nach James' Einstellung zu Kevin Drake. James hatte ihn schließlich bei einer Gegenüberstellung zweifelsfrei als den Mann identifiziert, der wiederholt auf seinen Freund Bashir eingestochen hatte. Fand er es nicht richtig, in Bashirs Interesse gegen Drake auszusagen?

»Ich habe es mit diesem Argument bei ihm versucht, aber er sagt, dass er nicht darüber reden will, dabei drehen sich unsere Gespräche die ganze Zeit um den Prozess und Drake und diesen anderen Mann. Ich habe versucht, ihn davon abzubringen, ich habe es weiß Gott versucht, aber kaum verliert er mal ein paar Worte über etwas anderes, kommt er auch schon wieder hierauf zurück. ›Mein Verhängnis‹ nennt er es. »Kevin Drake ist mein Verhängnis.‹ Das sind seine Worte.«

»Im Ernst?«

»In vollem Ernst. Du weißt ja, er ist nicht religiös, aber er behauptet, Kevin sei ihm vom Schicksal gesandt worden. Drakes Schicksal sei es gewesen, Bashir zu töten, weil er schwul war, und James sagt, sein und mein Schicksal sei es gewesen, den Mord mit anzusehen, und das sei sein Verhängnis.«

Ich fragte nach dem Gespenst, das James erfunden hatte und das an Türen klopfte.

»Es ist so grotesk, dass man darüber lachen könnte, wenn es nicht so erbärmlich wäre«, sagte Andrew. Er nahm einen großen Schluck von dem Whisky, den er sich geholt hatte. »Ich trinke zu viel, das hast du sicher schon gemerkt. Nur so halte ich überhaupt noch durch. Ich habe ständig Angst, er könnte Hand an sich legen, und versuche natürlich, dem zuvorzukommen.«

James könne sich nicht umbringen, sagte ich, wenn er nie ausgehe und die entsprechenden Mittel nicht im Haus habe.

»Wie kommst du darauf, dass er nie ausgeht? Er beobachtet uns, und wenn wir das Haus verlassen haben, geht auch er weg. Früher hat er harte Drogen genommen, allerdings nie Heroin, aber damit hatte er schon aufgehört, als wir uns kennenlernten, jetzt sind es rezeptpflichtige Medikamente, meist Oxycodon, das kriegt er von einem Dealer, den er kennt, und hortet es nun. Für sein Verhängnis. Damit das Verhängnis sich vollzieht.«

Immerhin ging meine Arbeit voran, mal besser, mal schlechter. Ich konzentrierte mich mittlerweile mehr auf die enormen gesellschaftlichen Umwälzungen bis zum heutigen Tag. Keine der jungen Frauen in den Romanen des neunzehnten Jahrhunderts ging zu einem Arzt, geschweige denn ins Krankenhaus, wenn sie schwanger war. Ihre Periode blieb aus, und so dämmerte ihnen, dass es zum Schlimmsten gekommen war. Aber selbst wenn sie einen Arzt gebeten hätten, sie zu untersuchen – was hätte er feststellen können? Vielleicht, dass der Fötus lebte, mehr nicht. Mitte des neunzehnten Jahrhunderts gab es noch keine Scans.

Was auffällt, ist auch, dass diese Frauen meist aus der Arbeiterklasse stammten, Dienstboten waren. Sollen wir daraus den Schluss ziehen, dass Mädchen aus der Mittel- oder Oberschicht nie uneheliche Kinder bekamen?

Natürlich nicht. Es muss so gewesen sein, dass Frauen aus der Arbeiterklasse häufiger Opfer von Männern aus der Mittel- oder Oberschicht wurden, weil sie Dienstmägde oder Kindermädchen oder auch Gouvernanten in Gutsbesitzerfamilien waren. Schließlich gab es in den Städten und auf dem Land Dienstboten im Überfluss. Den jungen Frauen aus der Mittelschicht brachte man Achtung entgegen, außerdem ließ man sie nie mit einem Mann allein. Dass eine Anne Elliot bei Jane Austen oder eine Dorothea Brook bei George Eliot selbst einer Verführung Vorschub geleistet hätten, war undenkbar. Offenbar darf eine Frau aus dem Mittelstand nur dann (wie in Trollopes *Lady Anna* und *Dr. Wortle's School*) ein uneheliches Kind bekommen, wenn sie nicht weiß, dass der Mann bereits gebunden ist. Von allen viktorianischen Schriftstellern stellt sich Trollope am striktesten auf die Seite der ehelichen Tugend. Man hat den Eindruck, dass er sogar sich selbst mit der Erfindung seines Mr Scarborough schockiert. Es handelt sich dabei um einen Grundbesitzer mit zwei Söhnen. Beide kamen zur Welt, als er schon verheiratet war, aber er versucht mit gefälschten Unterlagen zu beweisen, dass seine Heirat erst nach der Geburt des ersten Sohnes erfolgte – alles nur, um den ersten Sohn um sein Erbe zu bringen, sollte dieser sich als übler Typ erweisen, der zweite aber als Tugendspiegel. Was hätte er wohl getan, wenn das zweite Kind ein Mädchen geworden wäre?

Im wirklichen Leben aber bekamen ledige Frauen aus dem Mittelstand durchaus Kinder. Ich dachte an Rebecca West und Dorothy Sayers, die 1914 beziehungsweise 1924 ihre Kinder zur Welt brachten. Meine Mutter hat mir erzählt, dass viele ihrer Altersgenossinnen eine Tante oder Großtante mit einem unehelichen Kind hatten, das die Großmutter als ihr eigenes aufzog. War an West und Sayers also nur ungewöhnlich, dass sie aus dem Mittelstand kamen? Carla würde mich davor warnen, emotional zu werden, wenn sie wüsste, dass mir das Leid jener Frauen nicht aus dem Kopf wollte, deren Kinder unter dem Druck der Gesellschaft nur mehr die Großmutter oder eine Tante »Mutter« nannten.

6

Es ist etwas passiert, das ich nie für möglich gehalten hätte. Genaugenommen ist zweierlei passiert. Zuerst – und das war vergleichsweise harmlos – die Sache mit dem Gespenst, früh am Morgen, gegen vier. »Gegen vier«, sage ich, weil es in meinem Schlafzimmer stockdunkel war, obwohl eigentlich auf dem Nachttisch ein grünes Licht hätte leuchten müssen. Mein Digitalwecker war ausgegangen. Ich wollte gerade nach dem Schalter für die Nachttischlampe tasten, da klopfte es leise an der Tür. Jetzt hätte ich begreifen müssen, dass es ein Stromausfall war und entweder Andrew oder James deshalb bei mir geklopft hatten. Aber ich, die ich nicht an Gespenster glaube – wo kämen wir da hin! –, dachte an das, was Andrew mir erzählt hatte, und blieb starr vor Angst im Bett liegen. Plötzlich erwachte die Uhr wieder zum Leben, die grellgrünen Zahlen blinkten. Ich stand auf, um die Zeit neu einzustellen, knipste das Deckenlicht an, weil ich sehen wollte, ob alles in Ordnung war, und machte endlich die Tür auf. Draußen stand niemand. Aber seit dem Klopfen mussten zehn Minuten vergangen sein, der Geist – oder Mensch – hatte sich natürlich längst davongemacht.

Zu dem zweiten, sehr viel schwerwiegenderen, geradezu welterschütternden Ereignis kam es am Nachmittag des nächsten Tages. Ich hatte Andrew gegen acht zur Arbeit gehen hören, auch wenn er in letzter Zeit die Haustür unendlich behutsam hinter sich ins Schloss zog. Ich fuhr zur Uni, um für einige meiner Studentinnen, die sich dazu bequemt hatten, eine Arbeit vorzulegen, ein Tutorium zu halten. Sie wussten einiges über Frauenliteratur und Frauenlyrik des neunzehnten Jahrhunderts, aber nichts über die sozialen Verhältnisse in jener Zeit. Eine fand es nicht weiter bemerkenswert, wenn jemand in den 1890ern ein Auto besaß, eine andere meinte, eine Scheidung wäre damals so einfach gewesen wie heute und das Sorgerecht bekäme natürlich die Mutter.

Bei meiner Rückkehr glaubte ich mich allein in Dinmont House. Ich wollte ein paar Websites mit Texten zur Sozialgeschichte des neunzehnten Jahrhunderts für meine Studenten heraussuchen. Stattdessen versperrte mir James den Weg, der in der Diele auf dem Fußboden hockte und auf Andrew wartete.

Oder vielmehr auf den Erstbesten, der nach Hause kam. Er sah schlimm aus, war nur noch ein Häufchen Elend. Tränen liefen ihm übers Gesicht, der Rücken war gekrümmt, die Hände zuckten.

»Ich habe so gehofft, dass du kommen würdest«, sagte er. »Ich ertrage das Alleinsein nicht mehr.«

Ich kniete mich neben ihn auf den Boden, legte die Arme um ihn und glaubte schon, er würde mich wegstoßen. Doch er hielt mich fester als ich ihn und schmiegte das Gesicht an meine Schulter. So verharrten wir mehrere Minuten. Dann erhoben wir uns gemeinsam, und ich sagte, ich würde Tee machen. Er folgte mir in die Küche. Er habe vergeblich versucht zu schreiben, sagte er, aber eine gewaltige Schreibblockade mache ihm immer wieder einen Strich durch die Rechnung. Für E-Mails könne er das Internet nutzen, und auch fürs Recherchieren, wenn er denn E-Mails zu verschicken oder etwas zu recherchieren hätte. Sobald er sich aber an den Roman setzte, der zur Hälfte fertig war, sah er auf dem Schirm wieder das vor sich, was an jenem Abend in der Old Compton Street passiert war, sah, wie sie seinen Freund überfallen, zu Boden gerissen, erstochen hatten. Er konnte Kevin Drakes blausilberne, blutbesudelte Schuhe beschreiben, seine nackten knochigen Fesseln, seine ausgefransten Jeans, konnte festhalten, mit welchen Worten Drake und Gary sich wechselseitig aufgehetzt hatten, und die verzerrten, von sinnloser, grundloser Wut geröteten Gesichter schildern. Der Roman aber, den er hatte schreiben wollen, war unwiederbringlich verloren. Das alles erzählte er mir, während wir mit unserem Tee ins Arbeitszimmer gingen. In den Wochen seit jener Nacht in Soho war er stark abgemagert, sein Gesicht glich einem Totenschädel, die Halsmuskeln traten wie Stricke hervor.

»Selbst wenn ich etwas unternehmen könnte«, sagte er, »gibt es für mich nichts zu unternehmen. Andere Interessen habe ich nicht. Sport reizt mich nicht, Hobbys habe ich keine, falls es so etwas heute noch gibt. Elektrische Eisenbahnen, Briefmarkensammlungen – für mich ist das alles nichts.«

Mir kam eine Idee. Ich fragte ihn, ob er mir bei der Recherche helfen, ein paar sozialgeschichtliche Websites auswählen könnte, und erwartete ein schroffes Nein.

Doch er fragte: »Websites aufrufen und prüfen, ob sie zuverlässig sind, meinst du?«

»Der frische Blick von außen ist das Wichtige für mich.«
Ich wollte ihm etwas völlig Neues bieten, um ihn von seinen unverhältnismäßigen Ängsten abzulenken. Wollte mich hilflos stellen, damit er wieder Selbstvertrauen fasste. Soweit meine Amateurtherapie. »Ich würde mich freuen«, flunkerte ich weiter, »wenn du dich zu mir setzen und mir sagen würdest, was du von den Texten hältst. Könntest du das für mich tun?«

Er wolle es versuchen, versprach er, aber er sei kein Spezialist, was das Viktorianische Zeitalter anbelange. Ich holte noch mehr Tee. Vielleicht war das ja die Therapie, mit der ich Andrew unterstützen konnte? Es wäre schlimm, wenn mein Bruder aufgäbe – gerade jetzt, wo James so dringend Liebe brauchte.

Ich setzte mich an Veritys Computer, und James rückte sich einen Stuhl heran. Und dann brachte er mir bei – was ich seit Jahren wusste –, wie man eine Suchmaschine benutzt. Ich käme mit dieser Computersprache nicht zurecht, sagte ich. Bei Ausdrücken wie ›downgeloaded‹ oder ›geemailt‹ sträubten sich mir die Haare. »Du brauchst sie im normalen Leben ja nicht zu verwenden. Es ist einfach so etwas wie ein Code für Eingeweihte.« Wir fanden ein paar Websites, und ich sagte, es sei mir zu kompliziert, jedes Mal wieder ins Netz zu gehen und sie zu suchen, wenn ich etwas zitieren wollte. »Druck sie aus«, sagte er. Ich tat, als hätte ich noch nie etwas ausgedruckt, er zeigte es mir, und bald hatten wir einen ganzen Stapel nutzloser Blätter produziert, die ich für meine Studenten nicht brauchte und die ich nie wieder anschauen würde.

James aber tat es richtig gut, mir zu »helfen«. Er sah

schon viel besser aus und meinte, wenn ich wieder mal eine Internet-Nachhilfestunde brauchte, solle ich es nur sagen. Im Schrank stand eine Flasche Sherry, ein Getränk, das aus der Mode gekommen ist, aber ich hatte plötzlich Lust darauf, und wir tranken jeder ein Glas. Ich hätte ihm das Leben gerettet, sagte James, und ich überlegte, ob er immer noch Oxycodon nahm und ob ihn das eines Tages das Leben kosten würde. Ich bedankte mich für seine Hilfe. Das tat er mit einem »keine Ursache« ab, und dann fragte er, ob ich ihn noch einmal in den Armen halten könnte wie vorhin in der Diele.

Er war schwul, davon war ich immer überzeugt gewesen, aber jetzt kam diese Überzeugung ins Wanken. Als er mich küsste, war das der Kuss eines Liebhabers, die Hände, die mich berührten, waren die eines Liebenden. Warum hielt ich ihn nicht auf? Warum sagte ich nicht sanft, aber bestimmt nein, löste meine Lippen von seinen, glitt unter ihm weg und erinnerte ihn daran, wer und was wir waren? Nämlich Geliebter und Schwester, denen Andrew blind vertraute. Warum nur tat ich nichts? Vielleicht, weil ich, so ausgemergelt er auch war, erneut seine Anziehungskraft spürte, der ich mich bis dahin nach Möglichkeit entzogen hatte, weil er *gay* war und weil er Andrew gehörte. All das vergaß ich jetzt, gab schweigend nach und machte schweigend mit. Es gab keine Argumente mehr, keinen Protest, überhaupt keine Worte, nur ein einfaches und überaus genussvolles Geben und Nehmen.

Wir lagen auf Veritys Sofa in Veritys Arbeitszimmer, gaben keinen Ton von uns bis auf ein leichtes Stöhnen, einen leisen Japser und kamen mit einem tiefen langen Seufzer gemeinsam zum Höhepunkt. Danach hielt er mich mit einer Zärtlichkeit in den Armen, die ich für Dankbarkeit hielt und die mich überraschte. Ich rückte ein Stück weg und wartete. Auf ein Wort des Bedauerns? Er sagte nichts. Offenbar waren wir beide immer noch ganz benommen von dem Sherry. Immer noch schweigend zogen wir uns wieder an, und schließlich sagte ich das, was früher oder später gesagt werden musste. »Ich dachte, du bist schwul.«

»Das dachte ich auch.«

»Aber?«

»Ich war mal verheiratet, damals also sozusagen bisexuell, aber seit meiner Scheidung lief nichts mehr. Grace – was für einen schönen Namen du hast! –, Andrew darf das nie erfahren.«

»Es war ja nur ein einmaliger Ausrutscher. Wir sollten es ihm sagen, es war ja nur das eine Mal.«

»Nein, Grace, nein.«

»Sagen müssen wir es ihm, aber vielleicht erst, wenn wir wieder zu uns gekommen sind.«

Und so machten wir es. Wir zogen uns jeder in seinen Teil des Hauses zurück. Gegen acht hörte ich Andrew und James aus dem Haus gehen, hörte sie miteinander sprechen, als sie durch die Diele kamen, in der James so jammervoll gehockt hatte, und dann hörte ich sein Lachen, ein sorgloses, glückliches Lachen, wie unser Haus es seit dem Mord an Bashir nicht mehr gehört hatte.

7

Was James sich überlegt haben mochte, wusste ich nicht – für mich stand jedenfalls fest, dass wir es Andrew sagen mussten, denn unser Schweigen hätte meine Beziehung zu ihm ernsthaft beschädigt. Das wollte ich James am nächsten Morgen sagen, wenn Andrew in den Verlag gegangen war. Damit aber beschritt ich schon den Weg der Täuschung, denn es wäre mir vorher nie in den Sinn gekommen, etwas – zumal von dieser Tragweite! – mit jemand anderem als mit Andrew persönlich zu besprechen.

Einstweilen aber waren sie erst einmal ausgegangen, und nach James' Lachen zu schließen, war er in bester Laune. Er hatte zum ersten Mal seit Wochen wieder gelacht. Ich aber wollte den Abend nutzen, um endlich *Kindes Kind* anzufangen – vielleicht konnte ich ja einiges davon auch noch für meine Dissertation gebrauchen –, außerdem wollte ich wissen, was in dem Buch passierte. Doch als ich ins Arbeitszimmer ging, musste ich – nicht sentimental oder mit größerer Zuneigung zu James, sondern mit schlechtem Gewissen, ja mit leiser Scham – an das denken, was sich dort vor wenigen Stunden abgespielt hatte. Ich hätte es nicht tun dürfen. Ich hätte nein sagen und mich aufsetzen und ihn nur kurz noch mal umarmen sollen. Warum es so weit gekommen war, könnte ich inzwischen nicht mehr sagen, aber um die Tatsache selbst war nicht herumzukommen. Ein einziger Liebesakt kann entscheidend fürs ganze Leben sein, und jetzt trieb mich die Angst um, dass unser Tun eine verheerende Wirkung haben könnte. Ich ging ins Wohnzimmer, besah mir eine Weile die Bücher im Regal und trat dann an das Fenster, das auf die Straße hinausging. Es hatte angefangen zu regnen, nein es goss in Strömen, die Wassermassen schlugen an die Scheibe und sprangen vom Pflaster wieder auf. In dem wabernden Regenschleier verschwammen der Vorgarten, die Bäume und Büsche zu einer dichten Masse unterschiedlicher Grüntöne. In diesem Moment ging ein Blitz nieder und erleuchtete glitzernde Schieferdächer und windgepeitschte Baumwipfel. Ich sagte mir, was ich manchmal meinen Studenten als Bemerkung unter ihre Essays schreibe: Hütet euch vor einer Vermenschlichung der Natur. James und ich hatten nichts mit dem Wetter zu tun, und das Wetter nichts mit uns. Der Donner ließ nach dem Blitz so lange auf sich warten, dass ich zusammenzuckte.

Was, wenn James es nicht ausgehalten hatte und bei Andrew beichtete? Ob er mich warnen würde? Ich ging nach oben, aber ich konnte nicht schlafen. Im Morgenrock holte ich mir *Kindes Kind* aus dem Arbeitszimmer und fing noch einmal die erste Seite an, hielt aber schon nach dem ersten Satz inne: *Er wusste, dass es unrecht war, aber er tat zurzeit so viel Unrechtes, dass ihm sein Leben wie eine einzige große Sünde vorkam.* Das passte auch auf mich – nur nicht die Sache mit der Sünde. ›Sünde‹ ist ein Wort, das heutzutage niemand mehr benutzt, außer vielleicht Katholiken im Beichtstuhl.

Als ich hörte, wie sich die Haustür leise schloss, verhielt

ich mich sehr töricht: Ich löschte das Licht. Niemanden hätte das getäuscht, denn von der Straße aus hatte man die hellen Fenster sehen können, aber ich saß im Dunkeln wie gelähmt aufrecht im Bett und wartete, dass einer von ihnen oder beide hereinkommen würden, aber es passierte – nichts. Das Verandalicht ging aus, das Dielenlicht ging aus, und ich war von tiefster Schwärze umgeben. Ich tastete mich zum Fenster vor und zog die Vorhänge zurück. Dahinter kamen die im Halbdunkel liegende Straße zum Vorschein und eine Katze, grau wie der Nachthimmel, die unter einem Auto hervorschoss und in dem dichten Blättergewirr eines Gartens verschwand.

Mittlerweile lag das ganze Haus im Dunkeln. Auf meinem grünen Digitalwecker war es halb eins.

Als Andrew am nächsten Morgen zur Arbeit gegangen war, kam James. Wie das Gespenst klopfte er an, dann setzte er sich und griff nach *Kindes Kind*, das ich mit ins Arbeitzimmer hinübergenommen hatte: »Das ist das besagte Buch.«

Ich nickte.

»Ich bin Greenwell nur einmal begegnet, bei einer Buchvorstellung. Da war er schon sehr alt.«

Schweigen. Anderer Leute Buchvorstellungen interessierten mich nicht und ihn wohl eigentlich auch nicht. Er machte ein ernstes Gesicht und hatte die Augen halb geschlossen. Er habe wohl nichts zu Andrew gesagt, meinte ich.

»Nein, und ich werde ihm auch nichts sagen. Wir werden ihm beide nichts sagen. Überleg doch mal, Grace. Was hätte es für einen Sinn? Wem wäre damit gedient? Nicht dir, nicht mir. Und Andrew wäre buchstäblich am Boden zerstört. Er würde uns beide hassen. Ich kann ein Lied davon singen, wie eifersüchtig er ist. Wem also wäre gedient?«

»Der Wahrheit vielleicht«, sagte ich und kam mir schrecklich selbstgefällig vor. »Der Transparenz, wie die Politiker immer sagen.«

»Komm, hör auf …«

Wir schwiegen uns eine Weile an, dann ging die Diskussion wieder von vorn los. Ich beendete sie, indem ich mich scheinbar geschlagen gab. »Wir sagen also nichts«, erklärte ich, »und werden versuchen, die Sache zu vergessen.«

»Danke, Grace. Ich denke, du wirst es nicht bereuen.«

Vergeblich wartete ich darauf, dass sich mein Gewissen meldete. Vielmehr war ich so erleichtert, als hätte ich im Grunde meines Herzens seit jeher die Absicht gehabt, es Andrew nicht zu sagen. Als James gegangen war – nachdem er mir einen Kuss auf die Wange gegeben, mich kurz und leidenschaftslos umarmt und gesagt hatte, ich hätte ihm zum zweiten Mal das Leben gerettet –, fiel mir ein Stein von der Seele. Wie nur hatte ich so schnell umfallen können? Ich fühlte nichts als Erleichterung. Alles war überstanden, mein Bruder und ich würden einander sein, was wir immer gewesen waren, es würde keine Schuldzuweisungen geben, keine Quälereien, keine bitteren Vorwürfe. Alles wird gut sein, und alles wird gut werden, hatte diese seltsame Heilige, Juliana von Norwich, gesagt.

Andrew stand noch eine Woche Urlaub zu, und James und er fuhren nach Italien, nach Lucca, das sie beide noch nicht kannten. Sie hatten mich ja nicht wirklich gestört und ich sie hoffentlich auch nicht, aber ganz allein konnte ich besser arbeiten, und als ich sie wiedersah, war ich ein gutes Stück weiter.

In ihrer Abwesenheit war ein Brief gekommen – eher eine »Abladung«, so nennt man das wohl. James wurde bei dem Prozess gegen Ken Drake nicht benötigt, die Polizei hatte offenbar auch ohne ihn genug Zeugen. Er und mein Bruder kamen gemeinsam, um mir von dem Brief zu berichten, und luden mich zum Abendessen ein. Als wir im Restaurant bei Tisch saßen, sagte der unendlich erleichterte James, er wolle sich bei mir entschuldigen. Im Urlaub habe er einen Artikel über eine besonders schlimme Art sozialer Manipulation im Spanien der dreißiger Jahre gelesen, die – man mag es kaum glauben – bis in die achtziger Jahre andauerte. Das Franco-Regime im Verbund mit der katholischen Kirche nahm ledigen Müttern ihre Kinder weg, spiegelte ihnen vor, sie seien tot, und brachte die Kinder bei vermeintlich anständigeren Frauen unter. Es war kaum zu glauben, aber es gibt – und zwar nicht nur in Spanien – zahllose Kindergräber, in denen nur Steine sind. James bedauerte seinen Vorwurf, ich hätte die Leiden von Müttern unehelicher Kinder übertrieben.

Danach wurde es noch ein sehr netter Abend. Ich erzählte von meiner Doktorarbeit, die nach wie vor nur zur Hälfte fertig war. Carla hatte mich ernstlich ermahnt, ich solle mich nicht zu lange damit aufhalten, sie habe mal einen Doktoranden gehabt, der sich von seiner Dissertation nicht trennen konnte und sie schließlich nie beendete.

Eigentlich erstaunlich, dass ich mit James so unbefangen sprechen konnte nach jenem »Vorfall« im Arbeitszimmer.

Doch das war vorbei, überstanden, und bestimmt drängte es James ebenso wenig nach einer Wiederholung wie mich. Verwunderlich war höchstens, dass ich jemals mit dem Gedanken gespielt hatte, es Andrew zu sagen. Man soll nie etwas einem Freund oder einem Liebhaber (beziehungsweise einem Ehemann oder einer Ehefrau) beichten, wenn man nicht ganz sicher ist, dass keinerlei Eigeninteresse oder sogar Angeberei im Spiel ist. Das dringende Bedürfnis, meinem Bruder alles zu gestehen, hatte mit derlei nichts zu tun. Und doch war ich froh, dass ich diese erste Regung unterdrückt hatte, und sagte mir mittlerweile, genau wie James: Schwamm drüber.

Nun, dachte ich, konnte nichts mehr mich dazu bewegen, mit der Wahrheit herauszurücken. Das war ein Irrtum.

8

Jetzt ist sie in Schwulitäten«, hieß es damals. Doch ich hätte nie gedacht, dass es mir selbst so ergehen könnte. Hin und wieder war ich, weil ich die Pille immer wieder absetzte, ein Risiko eingegangen, hatte aber nie einen Warnschuss vor den Bug bekommen. Mittlerweile aber waren seit meiner unvermuteten Begegnung mit James sechs Wochen vergangen, meine Periode war ausgeblieben, und der Schwangerschaftstest, den ich gekauft hatte, war positiv. Natürlich musste ich etwas unternehmen, ich weigerte mich, »in Schwulitäten« zu sein. ›Abtreibung‹ ist ein hässliches Wort, das bemäntelnde Wort ›Abbruch‹ nicht viel besser, doch wenn ich es bis Ende August machen ließ, war alles in Ordnung. Ich gehörte nicht zu diesen Romanfiguren, die von dem Gedanken an ihre Schwangerschaft völlig beherrscht wurden, vom Zeitpunkt der grausamen Erkenntnis an über die unterwürfige Hinnahme bis hin zum Todeswunsch.

James brauchte es nie zu erfahren. Ich hatte gesehen, wie es ihm dank der Gesellschaft meines Bruders deutlich besserging. Er sei erstaunlich unbeschwert, sagte Andrew, mache lange Spaziergänge und habe, seit jener Brief gekommen war, das Oxycodon nicht mehr angerührt. Das halbfertige Buch hatte er aufgegeben, aber gemeint, er werde vielleicht, wenn der Prozess vorbei sei, einen Roman über den Mord an Bashir schreiben.

Ich arbeitete an meiner Dissertation und widerstand – wie gut, das sei dahingestellt – der Versuchung, mich in die Gefühle jener Frauen hineinzuversetzen, denen Schmach und Schande drohte. Allerdings gestattete ich mir, kurz auf die fast beängstigende Bedeutung der Ehe einzugehen, einer Zeremonie, einem »Blatt Papier«, wie es oft heißt. Ein Gelübde, der eine oder andere Choral, zwei Namen und ein paar Worte konnten ein Leben retten, verwandeln, für unsägliche Erleichterung sorgen. Als Grundpfeiler der Gesellschaft war die Ehe seinerzeit der Zaubertrick, der Frauen rein und Kinder offiziell machte.

Ich bemühte mich um eine coole Herangehensweise – ›professionell‹ wäre wohl das passende Wort –, während in meinem Unterbewusstsein ständig so etwas wie Furcht und eine seltsame Erregung herrschten. Die Wochen vergingen, der Sommer ging zur Neige. Als mein Bruder und James ausgehen wollten, um Andrews Geburtstag zu feiern, luden sie auch mich ein. Ich sagte zunächst zu, gab dann aber vor, mich nicht wohl zu fühlen. Ich hätte es nicht fertiggebracht, den Abend mit ihnen zu verbringen, ohne dass sie wussten, was mit mir geschah, ja während mein Bruder in jeder Beziehung ahnungslos war.

Ich ging nicht mit und vertiefte mich stattdessen in Greenwells Buch, das sich – wie passend! – nicht nur um das Thema meiner Dissertation, sondern auch um meine derzeitige Lebenssituation drehte. Am nächsten Tag meldete ich mich in einer Abtreibungsklinik an und überlegte, während ich meine Angaben machte, mit dem Arzt sprach und einen Termin vereinbarte, wie gut ich doch dran war im Vergleich zu jenen armen Frauen. Ich brauchte kein

Kind zu bekommen, wenn ich nicht wollte, ja es wäre ausgesprochen *unrecht*, ein Kind vom Lover meines Bruders
zu bekommen, wäre unmoralisch, Heimtücke, Verrat und
Grausamkeit. So aber würde sich die Sache schnell und unkompliziert erledigen lassen, ich würde wohl zu Fuß in die
Klinik gehen können und hinterher mit dem Bus nach
Hause fahren.

James würde es nicht erfahren und Andrew schon gar
nicht. Schon bald würde alles so sein, als wäre nichts geschehen. Ich klappte *Kindes Kind* befriedigt zu, mit jener leisen
Genugtuung, die wir empfinden, wenn wir etwas lesen, das
sich so gespenstisch nah vor unserer Haustür abspielt.

Per E-Mail schrieb ich an Toby Greenwell, das Buch sei
zur Veröffentlichung durchaus geeignet, ich würde es aber,
wenn er nichts dagegen hätte, gern noch einmal lesen.
Inzwischen hatte ich die leise Sorge, ich hätte mich mehr
darauf eingelassen, wenn ich nicht schwanger gewesen
wäre. Oder vielmehr: wenn ich nicht mit schlechtem Gewissen schwanger gewesen wäre – wie jene andere Frau.
Wenn ein »Abbruch« damals so einfach gewesen wäre wie
heute, so unkompliziert und unverbindlich, hätte sich wohl
kaum jemand den Kopf zermartert. Sie aber wussten, was
echte Schuldgefühle, echte Scham waren, sie lebten jeden
Tag ihres Lebens damit.

Ich redete mir ein, dass ich keine Gelegenheit hätte, mit
James allein zu sprechen, aber das stimmte nicht. Ich hätte
hundert Gelegenheiten gehabt, aber jedes Mal funkte meine
Angst dazwischen. Mittlerweile kam noch etwas hinzu –
ich musste mich morgens übergeben. Die Morgenübelkeit

machte mir klar, dass ich, wenn nicht bald etwas geschah, in sieben Monaten ein Kind bekommen würde. Das war die Realität, ein kleiner Mensch, den ich in mir trug. Die Vorstellung, das kleine Wesen einfach abzutreiben, damit die ganze Sache aus der Welt war, widerstrebte mir plötzlich. Ein Gefühl, das allmählich gewachsen war und nun ständig stärker wurde. Eine Weile hatte ich es spannend gefunden, meine Empfindungen mit denen jener Frauen zu vergleichen, über die ich schrieb, oder vielmehr sie ihnen gegenüberzustellen. Doch ich lebte in einer anderen Welt. Ich konnte nicht einmal sagen, dass auch ich eine junge Frau war, die Veränderungen an ihrem Körper beobachtete, denn meine Romanfiguren wussten nicht, wie ihnen geschah, sie wussten nur, dass ihnen schlimme körperliche Schmerzen, womöglich gar der Tod im Wochenbett bevorstanden oder aber Schimpf und Schande. Ich hingegen sorgte mich aus ganz anderen Gründen. Was mich nachts nicht schlafen ließ, war die Furcht davor, es James und – schlimmer noch – Andrew oder Andrew *und* James zu erzählen. Wenn ich mich zu dem Abbruch durchrang, blieb mir all das erspart. Auch meiner Mutter Fay hatte ich nichts gesagt. Manchmal ertappte ich sie dabei, dass sie mich ein bisschen komisch und gleichzeitig leicht belustigt musterte, aber sie äußerte sich nicht. Ich ebenso wenig.

Der Arzt in der Klinik fragte, ob ich vor der Abtreibung eine Beratung haben wollte. Aber das war jetzt nicht mehr nötig. Ich wusste mittlerweile, dass ich mir das Kind wünschte, dass ich ihn – oder sie – gebären wollte. Doch Andrew und James machten mir Sorgen. Wenn Andrew die Wahrheit erfuhr, würde er bestimmt nicht mehr mit mir in einem Haus wohnen wollen, und womöglich entzweite es die beiden, denn das, was James und ich getan hatten, war ein doppelter Verrat. Wenn jemand dich verrät, glaubst du, dass der Verrat bewusst, aus Bosheit und Rachsucht begangen wurde, auch wenn dem nicht so ist. Vermutlich hat der Verräter gar nicht dich im Blick gehabt, vielleicht kurze Zeit sogar vergessen, dass es dich gibt. Ich war nie Opfer eines Verrats gewesen, kannte aber genug Beispiele aus der Literatur. Aus der Sicht des Täters hatte ich das Ganze nun am eigenen Leib erfahren: Es war kein schönes Gefühl.

Wann immer ich Andrew und James begegnete – und das passierte recht oft in diesen Tagen –, fragte ich mich: Würden wir, wenn ich es ihnen gesagt hatte, noch miteinander reden? Würden sie ausziehen oder mich vor die Tür setzen? Mir war klar, dass ich es James zuerst sagen musste, unter vier Augen. Das war nicht so einfach, wie es klingt. Er und Andrew waren immer zusammen, wenn Andrew nicht im Verlag war und James oben saß und schrieb.

Ich dachte daran, wie schockiert meine Großmutter gewesen war, als ihre Nachbarin sie einmal angerufen hatte. Ein Anruf im eigenen Haus wäre für sie erst recht undenkbar gewesen. Für eine Frau, die in den zwanziger Jahren zur Welt gekommen war und bis zu ihrem zehnten Lebensjahr kein Telefon im Haus gehabt hatte, wäre so ein Anruf ein Zeichen von Verschwendungssucht und Trägheit gewesen. Natürlich hätte ich einfach nach oben gehen und klopfen können, aber ich wollte vorher mein Kommen ankündigen. Ich fürchtete schon, sein Anrufbeantworter könnte sich melden, aber nein, er war selbst dran. »Ja, natürlich, komm auf einen Kaffee vorbei«, sagte er.

Ich hatte mir keine Vorrede zurechtgelegt, folglich fiel ich mit der Tür ins Haus. »Ich bin schwanger. Es ist von dir, ohne jeden Zweifel.«

Es verschlug ihm die Sprache, und das war ja auch kein Wunder.

»Eine Weile hatte ich überlegt, eine Abtreibung machen zu lassen, aber jetzt … Es geht einfach nicht. Ich will dieses Kind. Würde ich es wegmachen lassen, würde ich es mein Leben lang bereuen, und vielleicht kann ich ja nie mehr eins bekommen.«

Eine dunkle Röte überzog sein Gesicht. Er sah aus wie ein kleiner Junge, den man bei einem Streich ertappt hat. »Das würde ich auch nicht von dir verlangen«, sagte er. Und dann kam das eine Wort, kam der eine Name: »Andrew.«

»Ich weiß. Ich hatte überlegt, ihn und dich zu belügen, zu sagen, dass es von einem anderen Mann ist oder aus einer Samenspende. Aber dagegen spricht einiges. Er oder sie könnte dir nachschlagen.« Als ich in James' hübsches, empfindsames Gesicht sah, ertappte ich mich dabei, dass ich das sogar hoffte. »Und für dich könnte es – sag es mir, wenn ich falschliege – deine einzige Chance sein, Vater zu werden. Und ich bin Andrews Schwester, der Apfel fällt also nicht weit vom Stamm. Du siehst, ich habe all das bedacht.«

»Ich hole den Kaffee«, sagte er und kam mit zitternden Händen und schwankendem Tablett zurück. Ich nahm es ihm ab. Schade, dass kein tüchtiger Schuss Cognac drin ist, dachte ich, dabei war mir für die nächsten sieben Monate der Alkohol verboten. »Ich glaube nicht, dass Andrew es so sehen wird«, sagte er. »Eine Notlüge wäre vielleicht, dass es nur eine Samenspende von mir war.«

Ich musste lachen, obwohl mir nicht danach war. »Hätten wir dazu nicht seine Erlaubnis einholen müssen?«

Wieder blieb es eine Weile still. Ich trank den starken Kaffee und überlegte, ob er wohl dem Kind bekommen würde. An so etwas hatte ich bisher noch nie gedacht.

»Möchtest du, dass ich es ihm sage?«, fragte er.

Ich könne das nicht ihm allein überlassen, meinte ich, wir sollten uns zu dritt zusammensetzen, dann würden wir es ihm gemeinsam sagen. In diesem Moment entglitt mir das Ganze, doch an diesem Tag merkte ich das nicht. James schwieg und schloss kurz die Augen. Er nahm einen gewaltigen Anlauf, um das Thema zu wechseln, und erkundigte sich höflich nach meiner Dissertation, die ich vor zwei Wochen abgeschickt hatte. Er war offensichtlich unter Schock.

»Entschuldige, Grace, ich gebe mir die größte Mühe, von etwas anderem zu sprechen, aber meine Gedanken kreisen ständig um dich und mich und Andrew. Lass mich bitte jetzt allein, ich muss darüber nachdenken.«

Natürlich ließ ich ihn allein. Ich setzte mich in den Garten. Eigentlich hätte ich unglücklich und voller Unruhe sein müssen, aber es war ein herrlicher Tag, die Rosen hatten ihren zweiten Flor, Malven und japanische Anemonen blühten, die Sonne war warm, aber nicht heiß. Ich lehnte mich zurück und hielt mein Gesicht in die klare, reglose Luft. Aus irgendeinem törichten Grund hatte ich das Gefühl, alles werde sich einrenken. Vergiss die Abtreibung, wie konntest du nur an so etwas denken? Ich würde ein Kind bekommen, und es würde mich sehr glücklich machen.

Ich wiegte mich in der Illusion, dass das Kind gewissermaßen in der Familie blieb. Erst würde Andrew James und mir Vorwürfe machen, aber er würde darüber hinwegkommen. James würde der Dad sein (das Wort *Vater* ist ziemlich aus der Mode gekommen, ebenso wie *Mutter*), und Andrew der Onkel, was wäre schon dabei. Ich lächelte zur Sonne hoch, ohne zu erkennen, wie ungeheuer naiv ich war oder dass ich einer Freundin, die so etwas von sich gegeben hätte, heftig über den Mund gefahren wäre oder sie sogar zusammengestaucht hätte.

»*No worries*«, sagt man heute und meint damit nicht echte Sorgen, sondern oft einfach nur »schon in Ordnung«. Angefangen hat das, glaube ich, in Australien. Früher sagte man *»no problem«*. Nachdem ich nun mit James gesprochen hatte, der mich weder verurteilt noch mir das Gefühl vermittelt hatte, sündig zu sein (auch so ein altes Wort), war ich höchstens leicht beunruhigt, meine Diss könne keine rückhaltlose Zustimmung finden, doch dazu verteidigt man eine Doktorarbeit ja. Eine echte Sorge war das nicht.

An jenem Nachmittag wollte ich einmal am Grand-Union-Kanal entlangspazieren, der in *Kindes Kind* vorkommt. Nach dem Lunch fuhr ich mit dem 46er Bus nach Maida Vale. Wie in Martin Greenwells Buch war auch an diesem Tag die Wasserfläche mit grellgrünen Wasserlinsen bedeckt, im Volksmund auch Entengrütze genannt. Ich sah das Zeug nicht zum ersten Mal, bald kam es, bald ging es, je nach Lust und Laune. Es waren ziemlich viele Leute unterwegs, deshalb lief ich nur ein Stück am Südufer des Kanals entlang und ging dann nach der zweiten Brücke und dem Pub, das früher Paddington Stop hieß, hoch zu dem Fußweg, der an der St. Mary Magdalene Church mit ihrem schmalen Kirchturm vorbeiführt. Alle anderen Gebäude sind modern, das heißt nach dem Zweiten Weltkrieg entstanden. Von den alten viktorianischen Häusern ist keins erhalten. Es dürften einfache Reihenhäuser gewesen sein, wie sie sich als Slums früher an großen Bahnhöfen angelagert hatten und mancherorts dort auch heute noch zu finden sind. Greenwell beschreibt die Gegend als eine bedrückende Ansammlung enger, geduckter Behausungen, und wären da nicht die Menschen, die ihr Leben dabei verloren, wäre man versucht zu sagen, dass die Bomben ganze Arbeit geleistet haben. St. Mary Magdalene sieht wie ein schmales, spitz zulaufendes Dreieck aus, vermutlich, um das Gebäude zwischen die Häuserzeilen einzupassen. Die Kirche ist aus rotem Backstein, mit roten Ziegeln gedeckt und hat nachgedunkelte Buntglasfenster.

Ich hatte immer gedacht, der Kanal verlaufe schnurgerade, doch bald fing er an, sich zu winden wie ein Fluss, und das hatte eine ganz eigene Schönheit. Ich war jetzt wieder auf dem Treidelpfad, zusammen mit den Radfahrern, die sich höflich bedankten, wenn ich an die Lagerhauswände zurückwich, um sie durchzulassen. Am anderen Ufer standen pagodenähnliche Wohnblocks, deren dicht mit Büschen und Bäumen bewachsener Gemeinschaftsgarten bis ans Wasser reichte und mich an die Stelle in *Hamlet* erinnerte, wo es heißt: *Es neigt ein Weidenbaum sich übern Bach und zeigt im klaren Strom sein graues Laub ...* – eine liebliche, geradezu ländliche Szenerie. Dann kamen viergeschossige viktorianische Häuser, deren rückwärtige Mauern ans Wasser angrenzten. Sie wurden bei Hochwasser bestimmt überflutet. Doch da fiel mir ein – irgendjemand hatte es mir erzählt –, dass der Wasserstand im Kanal sich unabhängig von der Regenmenge kaum ändert. Diese Häuser müssen hier schon gestanden haben, als Greenwell John Godwin ertrinken lässt und dabei vielleicht auf einen tatsächlichen Vorfall zurückgreift.

Durch den dichten Teppich aus Wasserlinsen glitten unbekümmert Gänse und Wasserhühner. Vor ihrem glänzenden Gefieder hoben sich tänzelnde leere Flaschen und träge dahintreibende Plastiktüten ab. Dann war ich vorbei, die Wasserfläche war wieder klar, und am anderen Ufer stand ein schwarzgestrichenes Pub, das Grand Union, mit einem Garten voller kugelförmig gestutzter Buchsbäume. In der Ferne sah man die beiden Gasometer neben dem großen Friedhof, der dicht wie ein Wald mit dunklen immergrünen Pflanzen bewachsen ist. Hier hätte ich die Treppe zu einer blaugestrichenen Brücke hochgehen und auf der Harrow Road in den Bus steigen können, stattdessen beschloss ich, denselben Weg zurückzunehmen. Als ich gerade kehrtmachen wollte, hätte mich um ein Haar ein Radler umgefahren.

Ich blieb stehen und lehnte mich einen Moment an die Wand vor Schreck. Der Radfahrer hatte mich gestreift. Was, wenn ich aufs Gesicht – auf den Bauch – gefallen wäre …? Ich beruhigte mich wieder, aber ich hörte nicht auf, an das Kind zu denken, an das Wohl des Kindes. In diesem Augenblick verschwanden auch die letzten Zweifel, und ich merkte, wie sehr ich mir das Baby wünschte und wie absurd es war, dass ich mit dem Gedanken gespielt hatte, die Schwangerschaft abzubrechen.

Hätte es Teds Caff noch gegeben, hätte ich mir einen Tee

bestellt. Doch dort stand nur eine lange Backsteinmauer, über die Buddlejazweige und lange lilafarbene Blüten hingen. Ted musste längst tot sein und Reenie wohl auch. Hier war an einem Tag mit klarem Wasserspiegel der Mann, zu dem James' Großonkel die Vorlage geliefert hatte, von einem schweren hölzernen Ruder an der Stirn getroffen worden und gestorben. Ob sich das auch in Wirklichkeit so zugetragen hatte? Ich malte mir den Schmerz, die Todesangst aus und schauderte. Als man ihn ins Wasser stieß, wird John kaum nach Lachen zumute gewesen sein, aber vielleicht glaubte er, Bertie habe es als Scherz gemeint, bis jäh aus einem derben Possenspiel gezielte Tötung wurde, begangen von jenem Menschen, den John von ganzem Herzen liebte. Die Vorstellung beklemmte mich. Offenbar war ich sehr viel dünnhäutiger als früher, daran musste die Schwangerschaft schuld sein.

Das schöne Wetter war vorbei, Wolken hatten sich vor die Sonne geschoben. Ich war allein hier unten, in einer berüchtigten Gegend, in der vor nicht allzu langer Zeit ein Trupp junger Burschen eine Frau in den Kanal gestoßen und ihr beim Ertrinken zugesehen hatte. Normalerweise hätte ich keine Angst gehabt, es war noch hell, erst Spätsommer, bis zur Harrow Road waren es nur wenige Meter –, aber ich fürchtete mich. Ich dachte an das Kind, das ich erwartete, das gesund und kräftig zur Welt kommen sollte, und ging vorsichtshalber »landeinwärts« über die grünen Hänge zum Westbourne Green.

War es die Schwangerschaft, die mir nicht nur Ängste, sondern auch diese wechselnden Stimmungen bescherte? Nachts um eins wachte ich auf und begriff voller Entsetzen, was ich getan hatte. War James gerade dabei, es Andrew zu erzählen? Bei dem Gedanken drehte sich mir der Magen um. Was, wenn James das Unvermeidliche nicht länger hinausschob? Er macht aus seiner Meinung kein Geheimnis, wenn es sein muss – und jetzt musste es bei Gott sein. Ich stand auf, lief durch den Gang bis zur Tür ihres Schlafzimmers und hielt Ausschau nach einem Lichtschein unter der Tür, doch alles war still und dunkel, vermutlich lagen sie beide im Bett und schliefen, Seite an Seite. Oder eng umschlungen, wie es in Romanen heißt, auch wenn das unbequem ist. Zumindest hörte ich keine im Zorn erhobenen Stimmen.

Die Zeit verging, und immer noch hatte ich Andrew kein Wort gesagt. Den Termin in der Klinik hatte ich annulliert; dafür ging ich zu meiner ersten Schwangerschaftsuntersuchung. Alles war offenbar in Ordnung, und ich fühlte mich gut. Sehr gut. Nur müde war ich, aber dafür gab es eine simple Erklärung: Ich konnte nicht schlafen. Ich wachte auf, machte mir Gedanken wegen meines Bruders und sah das Problem wie einen unüberwindlichen Berg vor mir. Wenn ich nicht bald mit der Wahrheit herausrückte, käme sie von alleine an den Tag. Meine Jeans konnte ich nicht mehr tragen, und mein Rockbund ging ebenfalls nicht mehr zu.

Auch wie ich es meiner Mutter beibringen sollte, war ein Dilemma. Sollte ich es ihr vor dem unvermeidlichen Showdown mit Andrew sagen oder danach? Das Dumme war, dass ich nicht wusste, wie heftig die Konfrontation werden oder ob sie vielleicht völlig harmlos verlaufen würde. Fay gehörte in der Regel nicht zu den Müttern, die beleidigt sind, weil die Kinder sie nicht an ihren Problemen teilhaben lassen. Doch in diesem Fall? Eine ledige Mutter ist schon seit Jahren kein Aufreger mehr, aber den eigenen Bruder mit dessen Liebhaber zu betrügen sehr wohl.

Es war Samstag, Fay würde zu Hause sein. Ich meldete mich nicht telefonisch an, sondern lief einfach los. Es war ein trüber Tag, trocken und windstill wie so viele englische Tage. Erst nachdem ich geklingelt hatte, wurde mir klar, dass es erst Viertel nach sieben war. Malcolm öffnete mir im Morgenrock und mit einem Becher Tee in der Hand.

»Alles in Ordnung?«, fragte er besorgt.

Nicht wirklich, sagte ich, aber niemand sei gestorben oder verletzt oder krank. Umso besser, meinte er, und wenn ich meiner Mutter etwas anvertrauen wolle, könne ich das gern tun, sie sei noch im Bett, aber wach, und ich könne ihr gleich den Tee nach oben bringen. Damit drückte er mir ein Tablett mit zwei Tassen Tee in die Hand.

»Wie siehst du denn aus?«, begrüßte sie mich. »Elend wie die Sünde, pflegte meine Mutter zu sagen. Wenn du mir sagen willst, dass du schwanger bist – das habe ich schon vor Wochen gesehen.«

So sehr war mein dicker Bauch mir noch gar nicht aufgefallen, wohl weil ich ihn automatisch einzog, wenn ich vor dem Spiegel stand. »Das ist nicht alles«, sagte ich. »Es ist das Kind von James.«

»Wer ist James?«

»Andrews James.«

»Ach, Gracie …« Gracie sagte sie nur zu mir, wenn ich sie überrascht oder aus der Fassung gebracht hatte. Ich setzte mich aufs Bett, trank einen großen Schluck Tee und erzählte ihr alles. »Und ich behalte es«, schloss ich.

»Weiß Andrew Bescheid?«

»Mittlerweile schon. Vermute ich jedenfalls …«

In den letzten Tagen war ich erschreckend feige geworden. Da durchwachte ich halbe Nächte bei dem Gedanken, dass mein Bruder mich hasste, lief mit meinen Sorgen zu Mummy, machte mich auf eine Zukunft ohne Freunde gefasst, dachte, die ganze Familie sei gegen mich … »Ich weiß, dass es dumm ist – aber ich habe Angst, nach Hause zu gehen.«

»Wenn du darauf baust, dass ich mitkomme, muss ich dich enttäuschen. Ich lasse mich da nicht hineinziehen, Grace. Malcolm und ich wollen nachher essen gehen, und davor muss ich noch ein paar sehr komplizierte Fälle durcharbeiten. Ruf mich an, falls oder wenn du deine Konfrontation hinter dir hast, und dann … Ja, wie es dann weitergehen soll, kann ich auch nicht sagen, aber bis zu Mord und Totschlag wird es schon nicht kommen.«

»Hoffentlich hast du recht.«

Natürlich trödelte ich in der Hoffnung, sie würden aus dem Haus gehen. Auf dem Heimweg überlegte ich, dass keine Schwangere zur Zeit von Königin Viktoria je gesagt hatte: »Ich behalte es.« Sie hatte keine Wahl. Der Gedanke lenkte mich eine Weile ab, aber dann gewannen die bangen Vorahnungen die Oberhand. Ich sah – und nun ging meine Phantasie gründlich mit mir durch – Andrew und eine Armee von Getreuen mit dem geknebelten und gefesselten James im Vorgarten stehen, alle bis zu den Zähnen bewaffnet und bereit, sich mit einem Schlachtruf auf mich zu stürzen. Doch als ich zum Haus kam, war der Vorgarten leer, nur beim Schlafzimmer von Andrew und James stand ein Fenster halb offen. Der obere Schiebeflügel war ein paar Zentimeter heruntergelassen.

Trollope schreibt irgendwo, dass sich Unangenehmes am besten brieflich mitteilen lässt. Doch man stelle sich vor, dem eigenen Bruder per E-Mail oder SMS oder gar telefonisch mitzuteilen, dass man das Kind seines Liebhabers erwartet! Nein, ich musste ihm Auge in Auge gegenübertreten, und zwar heute. Ich kannte mich – bei mir geht so etwas nur spontan. Ich musste mit anderem beschäftigt sein, vielleicht einem zweiten Durchgang von *Kindes Kind*, plötzlich aufspringen und ihn mit meiner Mitteilung überfallen, einer Mitteilung, die – und diese Formulierung war bestimmt nicht übertrieben – das Leben meines Bruders zerstören konnte.

9

Andrew wusste Bescheid, das sah ich auf den ersten Blick. James mochte es ihm vor ein paar Stunden oder aber soeben erst erzählt haben. Eine ganze Weile sagten wir alle drei nichts. Andrew sah mich an, dann senkte er den Kopf und schloss die Augen. Ich dachte, dass James vielleicht aufstehen und etwas zu trinken holen würde, doch James rührte sich nicht vom Fleck, mit ausdruckslosem Gesicht. Eigenartig, was wir in solchen Situationen denken, Unpassendes, Belangloses. Dass James hier einziehen würde, schoss mir durch den Kopf, hatte mir auch kein Mensch gesagt. Ich hatte schlaflose Nächte deswegen gehabt, dann hatte ich es verdrängt, hatte an meiner Dissertation gearbeitet, hatte *Kindes Kind* gelesen. Jetzt saß James meinem Blick ausweichend mit Armesündermiene da, und ich machte vermutlich ein ebenso jämmerliches Gesicht, in Andrews Gesicht aber spiegelte sich nackte Verzweiflung.

Nach einer halben Ewigkeit machte er den Mund auf. »Ich glaube nicht, dass ich weiter mit euch beiden unter einem Dach leben kann – oder vielmehr mit euch dreien. Ich habe keinen klaren Gedanken mehr fassen können, seit James es mir gestern erzählt hat.« So lange wusste er es also schon und hatte mir nichts gesagt. »Ich kann mir vorstellen, dass du dir ein hübsches kleines Szenario zurechtgelegt hast, in dem dein Kind einen Daddy und einen Onkel hat und uns allen sehr ähnlich sieht – kurz, eine Komödie wie *Serenade zu dritt* von Noël Coward, nur kommt da kein Säugling vor.« Mein Gesicht brannte vor Scham. »Inzwischen ist es wohl zu spät für eine Abtreibung«, fuhr er fort, »aber ich würde sie auch nicht von dir verlangen, auf gar keinen Fall. Ich würde auch nicht verlangen, dass du das Kind zur Adoption freigibst. Außerdem würdest du das sowieso nicht tun. Aber es wäre mir unerträglich, das Kind zu sehen oder James mit ihm oder dich mit James, auch wenn sich nicht einmal eure Hände berühren.« Er wandte sich an James. »Ich möchte, dass du mit mir kommst, nur du. Wir könnten in deiner Wohnung leben.« Und wie ein Kind fragte er: »Wäre das eine Idee?«

James nickte nur.

»Wie ich das in einem Jahr sehen werde, weiß ich nicht«, setzte Andrew hinzu. »Aber wann wissen wir so etwas schon?«

Darauf gab es tausenderlei zu sagen, aber ich wusste, dass ich kein Wort herausbringen würde. Jetzt nicht. Irgendwann vielleicht. Ich ging und machte die Tür leise hinter mir zu. In der Nacht träumte ich von einer Fehlgeburt, Blut überschwemmte Bett und Teppich. Es war einer dieser Träume, die man für wahr hält, und ich wachte zitternd und unter Tränen auf, weil ich fürchtete, ich hätte das Kind verloren. Aber es war nur ein Traum gewesen, wie man so schön sagt – als hätten Träume nichts Beängstigendes.

Zwei Tage lang verkroch ich mich, dann sah ich vom Fenster meines Arbeitszimmers aus der Abreise von Andrew und James zu. Sie hatten keine Zeit verloren. Selbst wer

85

ohne Möbel einzieht, hat beim Auszug einiges mitzuschleppen. Erstaunlich, was sich alles ansammelt, Laptop, Bücher, Bücherlesegeräte, Musikabspielgeräte und sonstiger elektronischer Plunder. Andrew und James beluden einen ganzen Lieferwagen. Dann kam James, während Andrew schon am Steuer saß, zurück ins Haus und klopfte bei mir.

»Ich kann nicht einfach so verschwinden«, meinte er. »Du hast meine Telefonnummer, du weißt, wo ich bin. Ich möchte wissen, wie es dir geht.«

Ich brachte ein gekünsteltes Lachen zustande. »Früher hättest du mir angeboten, mich zu heiraten. Verrückt, nicht? Es ist noch gar nicht so lange her, aber mir ist, als wären es tausend Jahre.«

»Leb wohl, Grace«, sagte er. Und dann – es war das Letzte, was ich von ihm erwartet hätte: »Damit sind wir nun auf immer verbunden, nicht?«

»Mag sein. Leb wohl, James.«

Er küsste mich auf die Wange. Mit kalten Lippen.

Andrew saß schon ungeduldig wartend am Steuer, so kam es mir jedenfalls von hier oben vor, und mir wurde schmerzlich bewusst, dass wir in den letzten Tagen zwar über praktische Dinge ein paar Worte gewechselt hatten, er mich aber kein einziges Mal mehr *Sis* genannt hatte.

Ich rief meine Mutter an und verkündete, ich hätte ihr etwas zu sagen. Sie versprach, nach Feierabend bei mir vorbeizukommen. Was wollen Sie zuerst hören, wird man gern gefragt, die gute oder die schlechte Nachricht? Mich beschäftigte immer noch diese pseudospaßige Frage, als ich spürte, dass sich etwas in meinem Körper regte: Das Kind hatte sich bewegt.

Ein Flattern. Eine ganz zarte Berührung, als hätte ein Finger leicht an eine der Wände getippt, die es umschloss. Da regte sich abermals etwas, und ich fing an zu weinen. Zwar trocknete ich meine Tränen, doch waren sie noch nicht versiegt, als meine Mutter kam.

»Ach Kind, so geht das aber nicht.«

»Es ist nicht so, dass ich schrecklich unglücklich wäre …«

»Du bist nur völlig aufgewühlt.«

Da ich keinen Wein trinken durfte, schenkte ich mir ein Glas Holunderblütenwasser ein und meiner Mutter einen Cabernet Sauvignon, bevor ich erzählte, wie Andrew abgereist war und das Baby sich bewegt hatte.

»Er ist impulsiv«, sagte sie. »Genau wie du. Er will immer mit dem Kopf durch die Wand. Der kommt schon wieder.«

Ich fragte, wie sie das meinte. Dass er sich besinnen oder dass er leibhaftig wieder nach Hause kommen würde?

»Beides.«

Das war Ende August, und in der ersten Septemberwoche erfuhr ich, dass mein Kind ein Mädchen war. Ganz gleich, was aus meiner Doktorarbeit werden würde – ich fand es gut und richtig, meiner Tochter den Namen einer dieser Frauen zu geben, über die ich geschrieben hatte, und ohne lange zu überlegen, nannte ich sie nach der Tess in Thomas Hardys gleichnamigem Roman.

In der zweiten Septemberwoche jenes Monats las ich Martin Greenwells Buch zum zweiten Mal.

1929

Kindes Kind

I

Er wusste, dass es unrecht war, aber er tat zurzeit so viel Unrechtes, dass ihm sein Leben wie eine einzige große Sünde vorkam. Doch noch ließ sich etwas dagegen tun, die Kündigung, die er gerade zur Post brachte, würde ein Anfang sein. Er warf den Brief in den Kasten, blieb noch einen Augenblick stehen und sah auf das Gebäude gegenüber, eine Schule wie Dutzende anderer im Land – brauner Backstein, die Fenster und Fensterbögen mit rotem Backstein eingefasst, schwarzgestrichene Doppeltüren, ein spitzes Türmchen mit der Schulglocke, ums Haus herum der breite asphaltierte Schulhof. Er machte kehrt, um den kurzen Heimweg anzutreten, als er jemanden hinter sich »Johnny!« rufen hörte.

Nur ein Mensch hatte ihn je so genannt. John wünschte sich manchmal, er wäre als Frau zur Welt gekommen, als eine seiner drei Schwestern etwa, nicht der einzige Junge in der Familie, dann hätte er die Arme ausbreiten und den Mann, der ihn gerufen hatte, an sich drücken und küssen können. Niemand würde sich aufregen, höchstens würden ein paar junge Frauen kichern und ein paar alte Frauen missbilligend mit der Zunge schnalzen. So aber war das undenkbar. Sie standen sich gegenüber und wagten es nicht, sich zu berühren.

»Ich freue mich ganz arg, dich zu sehen«, sagte John.

»Ich auch. Hast du Geld? Dann können wir irgendwohin essen gehen.«

»Aber erst nach Hause.«

Sie gingen die Edgware Road hoch und bogen in die
Orchardson Street ein. Der Bezirk war trist, aber nicht
verkommen, mit Reihenhäusern, die durch das aschgraue
Mauerwerk düster wirkten. Als John für sich und Bertie die
Tür zu Mrs Petworths Haus aufschloss, ordnete die Wirtin
gerade das Durcheinander von Briefen und die Stöße alter
Zeitungen auf dem Mahagonitisch. »Guten Abend, Mr
Goodwin«, sagte sie lächelnd und nickte Bertie zu. Als
Witwe, die sich verzweifelt bemühte, für ehrbar gehalten zu
werden, kannte sie keine Gnade mit ihren Mietern, wenn es
um junge Damen auf dem Zimmer ging. Besucherinnen
mussten zur Sicherheit um neun aus dem Haus sein. Naiv,
wie sie war, glaubte sie, dass Geschlechtsverkehr erst nach
zehn stattfand, aber sie wollte nichts riskieren. Sehr viel lieber waren ihr junge Männer, die keine jungen Damen hatten – die waren allenfalls später, als Verlobte, zugelassen –,
sondern sich als Gefährten Mitglieder des gleichen Ge-
schlechts suchten, so gehörte sich das.

Um zu zeigen, dass sie Bertie als Johns Besucher billigte,
sagte sie, als er den Fuß auf die erste Stufe setzte, es sei ein
schöner Tag gewesen und nun sei wohl endlich der Frühling gekommen. Bertie stimmte ihr zu, und er und John
stiegen in den zweiten Stock hoch. John konnte sich nie
entscheiden, ob er die Tür abschließen sollte oder nicht.
Sollte Mrs Petworth versuchen hereinzukommen, wenn er
abgeschlossen hatte – was sehr unwahrscheinlich war –,
würde sie sich über die verschlossene Tür wundern, sich gar

fragen, was er dahinter trieb. Trank er? Spielte er Karten? Andererseits traute er sich aber auch nicht, sie unverschlossen zu lassen. Die Wahrheit war ja aus ihrer Sicht sehr viel schlimmer als Whisky oder Karten. Sie würde das Küchenmädchen nach der Polizei schicken. Um ihn und Bertie wäre es dann geschehen.

Ohne zu ahnen, was John beschäftigte, zog sich Bertie unbekümmert aus. John folgte seinem Beispiel. Auch wenn Bertie jetzt seit einem Jahr sein Liebhaber war, genierte er sich immer noch, seinen unbekleideten Körper zu zeigen. So war er aufgewachsen – man zeigte sich nicht nackt, ja man nahm das Wort nicht in den Mund.

Sie liebten sich. Auf dem Höhepunkt stieß Bertie immer einen Schrei aus, den nach Johns Ansicht jeder, der an der Tür vorbeiging oder davor stehen blieb, unweigerlich als das erkennen musste, was es war. Er selbst seufzte nur vor Lust und legte Bertie die Hand auf den Mund, um das Geräusch zu ersticken.

In dem Lokal, wo sie ihr Beefsteak mit Kartoffelbrei aßen und mit einer Halben Bier herunterspülten, erzählte John von dem Brief und seinen Plänen. Bertie schien unbeteiligt. Er nickte und aß weiter. »Du meinst, dass du auf einen Job als Lehrer in der Pampa aus bist?«

»Ja, irgendwo in Devonshire. Ich habe mich bei der Kreisverwaltung beworben und soll mich nächste Woche vorstellen.«

»Aber wieso machst du das, Johnny?«

»Ich will nichts sagen, was dir weh tut, ich will nicht, dass du dich aufregst.«

»Keine Angst, ich bin hart im Nehmen, das muss man sein in unserem Geschäft.«

»Stimmt. Aber ich bringe es nicht über mich.« John legte Messer und Gabel quer über seinen nur halbleeren Teller. Er bekam keinen Bissen mehr herunter. »Ich will dir nicht weh tun, habe ich gesagt, aber ich glaube, dass das, was wir machen, was alle Männer machen, wenn sie es zusammen tun, eine Sünde ist. Ein Verbrechen ist es natürlich sowieso, aber eben auch eine Sünde, und das ist schlimmer. Wir sündigen, du und ich, aber es ist eine noch schlimmere Sünde, wenn wir an diese Orte gehen, wo alle Männer wie wir sind, alle Uranier es treiben wie wir.«

»Du glaubst, dass du in die Hölle kommst, wenn du gestorben bist?«, fragte Bertie ungläubig. »Komm, hör auf. Wir tun niemandem was zuleide.« Bertie war in einem Büro angestellt, schlecht bezahlt, ein ganz kleines Licht, der Junge, der den Tee machte und die Post holte. »Wir haben es doch nett zusammen, nicht?«

»Ich behaupte ja nicht, dass wir keine Freude daran hätten. Deshalb machen wir es doch. Vielleicht schaden wir uns selbst, unserem Charakter, ich weiß nicht.«

»Das ist zu tiefsinnig für mich«, sagte Bertie. »Kann ich dich besuchen, wenn du in Devon in einem Cottage wohnst?«

»Du weißt, was dann passieren würde?«

»Deswegen würde ich ja kommen.«

»Die Sache ist die, Bertie: Ich möchte, dass es nie wieder passiert.«

Bertie schüttelte den Kopf und lächelte ein bisschen. »Das nehme ich dir nicht ab.«

»Was wir eben gemacht haben, war für mich das letzte

Mal.« John vergewisserte sich, dass alle anderen Gäste mit ihren eigenen Angelegenheiten beschäftigt waren, dann nahm er unter dem Tisch Berties Hand. »Es war wunderbar. Es war eine große Freude für mich. Aber es darf nie wieder passieren. Ich muss leben wie ... wie ein Mönch. Frauen bedeuten mir nichts, genauso wenig wie dir. Deshalb gibt es nur zwei Möglichkeiten – dass ich mit Männern gehe oder zölibatär lebe. So heißt das – *zölibatär.* Und das werde ich machen. Ich werde in einer Schule auf dem Land unterrichten und dort wohnen, und dort wird es keine Menschen wie uns geben, keine Versuchung.«

Eine ganze Weile sah Bertie ihn nur groß an. Schließlich fragte er: »Und was wird aus mir? Was soll ich machen?«

»Das weiß ich nicht. Du findest bestimmt jemanden. Vielleicht kommt eine Zeit, in der Männer wie wir nicht gejagt und verfolgt werden, in der wir einander unbehelligt lieben können, aber das wird noch lange gehen. Ich schreibe dir, Bertie, darauf mag ich nicht verzichten. Wirst du mir auch schreiben?«

Bertie sagte nichts, aber er nickte. Immer wieder, als könnte er nie damit aufhören.

2

Der Zug der Great Western Railway Company war, wie so häufig wochentags um diese Zeit, halb leer. Die Lokomotive war nach Georg dem Vierten benannt. Endstation war Penzance, doch John würde zu seinem Vorstellungsgespräch in Exeter St. David's aussteigen, und wenn er das hinter sich hatte, mit einem anderen Zug nach Bristol weiterfahren. Selbst das Dritte-Klasse-Billett kostete mehr, als er sich eigentlich leisten konnte. Eine Hin- und Rückfahrkarte zu lösen und in die Orchardson Street zurückzukehren, zu der es vom Bahnhof Paddington nur ein kurzer Fußweg war, wäre ihn viel billiger gekommen, aber er war seit Weihnachten nicht mehr zu Hause gewesen und hatte Sehnsucht nach seiner Mutter und seinen Schwestern Sybil, Ethel und Maud – und auch nach seinem Vater, obwohl in der Beziehung zu ihm auch immer die leise Angst mitschwang, jener könne die Wahrheit erfahren.

Mit seinem *Daily Telegraph*, den belegten Broten, die ihm Mrs Petworth gemacht und dem Päckchen Player's, das er im Tabakladen am Bahnhof gekauft hatte, stieg er in den Zug. Er war früh dran und fand deshalb mühelos einen Platz in einem Raucherabteil. Einen Platz zu finden, an dem Rauchen verboten war, wäre schwieriger geworden. Er erlaubte sich aus Sparsamkeit täglich nur zehn Zigaretten, und zwei waren schon weg. Auf dem besten Platz am Fenster mit Blick auf die Lokomotive saß ein alter Mann. Er war noch im Mantel, hatte aber seinen Homburger schon im Gepäcknetz verstaut. John legte seine Aktentasche ans andere Ende, setzte sich und zündete sich eine Zigarette an. Er war vier Jahre lang drei- oder viermal im Jahr diese Strecke gefahren, fand es aber immer noch aufregend, wenn der Stationsvorsteher die Pfeife an die Lippen setzte und der Zug sich in Bewegung setzte. Eine dicke Rauchwolke zog am Fenster vorbei und erhob sich in die Luft, als sie in Richtung Reading und Taunton dampften und in den langen, dunklen Whiteball-Tunnel einfuhren, hinter dem Devonshire begann.

Wenn er allein war – nachts im Bett oder auf einer längeren Zugfahrt –, schickte er seine Gedanken auf Reisen und erinnerte sich daran, wie er und Bertie sich kennengelernt hatten. Dabei wäre es ihm natürlich lieber gewesen, sie hätten sich anderswo getroffen, irgendwo im Grünen auf dem Land oder in einer Stadt im Ausland mit wunderschönen Bauwerken und antiken Schätzen, wie John sie nie zu Gesicht bekommen hatte. Stattdessen waren sie sich in einem Pub in Paddington begegnet, einem verkommenen Lokal voll schmutziger Arbeiter mit rauhen Stimmen, in dem ein fetter Wirt und eine schlampige Barfrau das Regiment führten. In seinen Träumen – für ihn war es Liebe auf den ersten Blick gewesen – begegneten sie sich allein und hatten fortan nur Augen füreinander. In Wirklichkeit hatten sie sich an einem kalten, regnerischen Abend im Prince Alfred kennengelernt, eine halbe Meile von Berties Wohnung in Bourne Terrace hinter Paddington Station und nur wenig weiter entfernt von der Orchardson Street. Berties Schönheit, seine

Anmut, seine stattliche Statur und die herrlichen blauen Augen ließen John die Umgebung vergessen, und das Lächeln, mit dem Bertie den goldblonden Kopf ein wenig schief gelegt hatte, verhieß ihm eine helle, glückliche Zukunft.

Was sie an jenem Abend und nachfolgenden Abenden taten, wenn auch oft an schmutzigen Orten, machte sie eine Weile glücklich, aber nach und nach meldete sich das schlechte Gewissen. Es war unrecht, darum kam John nicht herum. Er versuchte sich einzureden, dass Lust unrecht sein konnte, die Liebe aber nicht. Seine Schwester Ethel durfte ihren Verlobten Herbert Burrows lieben, durfte sich mit ihm auf den Stufen zur Haustür herumdrücken und Küsse mit ihm tauschen, ehe er heimging. Die Küsse, die John mit Bertie tauschte, erforderten größte Heimlichkeit, weil die Gesellschaft wusste und John wusste, dass Ethels Küsse gut und recht waren, die seinen aber unrecht und sündig. All ihre Liebesspiele waren unrecht und mussten ein für alle Mal aufgegeben werden.

Der Zug tuckerte aus dem Tunnel hinaus, sie waren in Devonshire.

Den drei Herren der Auswahlkommission hatte er gefallen, das spürte er. Sie hatten zwar nur gesagt, dass sie ihm Bescheid geben würden, aber er merkte, dass er bei ihnen Anklang gefunden hatte, vielleicht weil er seinen Abschluss gleich um die Ecke am University College of the South West of England gemacht hatte. Die anderen Bewerber hatten sicher nur eine einache Lehrerausbildung oder auch nur Abitur. Wundern würden sie sich, dass er auf eine Lehrerstelle in London einschließlich der dazugehörigen Gehaltszulage verzichtet hatte, um sich Arbeit in einer Kleinstadt zu suchen. Möglich, dass sie misstrauisch geworden waren, aber die Wahrheit würden sie bestimmt nicht erraten. Sie hatten ihn nach seiner Frau gefragt, und er hatte einräumen müssen, dass er nicht verheiratet war. Darauf hatte einer der alten Wichtigtuer gemeint, dann habe er vielleicht eine Verlobte, und John hatte schuldbewusst und beschämt gelogen, ja, da sei jemand, sie sparten auf die Heirat. Er hatte Angst, einer aus dem Gremium könne fragen, warum John dann eine besserbezahlte Stelle aufgeben wollte, aber diese Frage kam nicht. Verlobte standen fast so hoch im Kurs wie Ehefrauen.

Er musste lange auf seinen Zug nach Bristol warten und hatte Hunger, trotz der belegten Brote. In einem Imbiss bestellte er eine Tasse Tee und ein pochiertes Ei auf Toast und dachte über seine Lüge nach. Er hatte sich mehr oder weniger mit dem ständigen Lügen abgefunden. Am häufigsten log er, wenn er gefragt wurde, wann er sich ein Mädchen suchen oder wann er heiraten würde. Weil er nur mit Bertie und Berties Bekannten verkehrte, hatte er kaum Kontakte zu Frauen mittleren Alters, von denen die eine oder andere womöglich versucht hätte, ihm ihre unverheiratete Tochter anzudrehen. Außerdem war er eben nicht ganz das, was man unter einem Gentleman verstand. Ein Arzt fiel eindeutig unter diesen Begriff, nicht aber ein Lehrer, sofern er kein Schuldirektor war. Das bedeutete, dass er nie zu Tennispartys oder Tanztees eingeladen wurde und dass man ihn zum Tee nur zusammen mit Kolleginnen bat, von denen man erwartete, dass sie als Heiratskandidatinnen für ihn in Frage kamen. Auch diese Frauen hatte er belogen, hatte unbestimmt von einem Mädchen in Bristol gesprochen, das in derselben Straße wohnte wie seine Eltern.

Eine halbe Stunde vor Abfahrt des Zuges machte er sich in St. David's auf den Weg zum Bahnhof und setzte sich dort auf eine Bank. Zahlreiche weitere Lügen erwarteten ihn. Seine Eltern würden wissen wollen, warum er sich, wenn er schon London verließ, nicht eine Stelle in Bristol suchte. Seine Schwestern würden ihn nach den Mädchen fragen, die er kennengelernt hatte. Alle würden fragen, was er an den Wochenenden machte. Seine Eltern waren Methodisten, so wie seine Schwestern und er es waren oder gewesen waren. Seiner Mutter würde wichtig sein, ob er regelmäßig zur Kirche ging, und auch sie würde er anlügen. Die kleine Methodistenkirche an der Ecke der Orchardson Street hatte er nie betreten.

Der Zug fuhr ein und war fast leer. John fragte sich jetzt, warum er eigentlich hatte nach Hause kommen, sie alle hatte wiedersehen wollen. Eine echte Beziehung zu ihnen hatte er nicht, und das würde sich auch in Zukunft nicht ändern, denn das, was er an Liebe, an Zuneigung für sie empfand, hatten seine Lügen verfälscht und sinnlos gemacht. Hier im Zug wurde ihm klar, dass er, selbst wenn er von nun an enthaltsam lebte, zum Lügen gezwungen wäre. Je älter er wurde und je länger er unverheiratet und ungebunden blieb, desto mehr würden seine Mutter und die drei Schwestern ihn wegen seiner Freundinnen (oder deren Nichtvorhandensein) löchern, ihm unermüdlich die Freuden der Ehe vor Augen führen und zum guten – oder schlechten – Ende jedes Mal fragen, ob er sich denn keine Kinder wünsche.

3

Maud wünschte sich Kinder, mindestens zwei – als verheiratete Frau natürlich. Mit fünfzehn war sie wohl die Einzige in der County High School, an der die Schülerinnen bis zu ihrem achtzehnten Jahr blieben, die Beziehungen mit einem Mann gehabt hatte. So nannte sie das bei sich – ›Beziehungen mit einem Mann‹, denn sie kannte als anderes Wort dafür nur ›den Akt‹, den sie aber nie mit dem verknüpft hatte, was ihre Mutter meinte, wenn sie von »Nachwuchs« sprach. Maud war in gewisser Weise stolz auf das, was sie getan hatte, sie war dadurch erwachsen, war zu einer Frau geworden. Natürlich musste es ein großes Geheimnis bleiben, und ein- oder vielmehr zweimal, fand sie, war genug, auch wenn sie das, was sie gemacht hatten, im Nachhinein romantisch verklärte. Das Vorspiel, das Streicheln und Küssen, Zärtlichkeiten wie in den Stummfilmen, die sie sich ansah, waren ihr bedeutend lieber. Der Höhepunkt, auf den er gedrängt und gegen den sie sich nicht lange gewehrt hatte, war schmerzhaft gewesen, und sie hatte fast so stark geblutet wie bei ihrer Periode. Beim zweiten Mal hatte es keine Blutung gegeben, aber auch sonst hatte sich eigentlich nichts abgespielt. Dass sie enttäuscht war, hatte sie ihm nicht gesagt.

Jetzt standen ihr zwei Dinge bevor, der Besuch ihres Bruders John und ›der Besuch‹, wie ihre Mutter sagte, die

›rote Welle‹, wie sie und ihre Freundinnen es nannten. John kam am Freitagabend, die rote Welle hätte vor zehn Tagen, am zehnten April, kommen müssen. Hätte sie ihre Tage so unregelmäßig gehabt wie ihre Freundin Rosemary, bei der zwischen den ›Besuchen‹ manchmal fünf oder sogar sechs Wochen lagen, hätte sie sich nichts dabei gedacht. Sie überlegte, ob so was in den drei Jahren seit ihrem ersten Besuch schon mal vorgekommen war, hatte aber nach ihrer Erinnerung nur einmal zwei Tage Verspätung gehabt.

Ronnie war Rosemarys Bruder. Maud hatte ihn nicht über Rosemary kennengelernt, sondern weil sie in ihrem Schulchor und Ronnie im Chor der Jungen sang. Die Chöre kamen zu gemeinsamen Konzerten im Gemeindesaal von St. Mary's zusammen, und nach den Aufführungen oder den Proben brachte Ronnie sie nach Hause. Ihren Eltern war es nicht recht, dass sie in einem Gemeindesaal der Church of England sang, aber Maud sagte beruhigend, es sei ja nicht die Kirche selbst. Jetzt bereute sie, dass sie nicht auf die Eltern gehört hatte. Die hatten nichts gegen Ronnie. Ein netter Junge, fanden sie. Maud fand ihn überhaupt nicht nett. Er war ruppig und feixte ständig, aber von den Jungen im Chor sah er eindeutig am besten aus. Außerdem glaubten die Eltern ja, dass sie immer zu dritt unterwegs waren, mit Rosemary. Die Goodwins wohnten am Rand von Bristol, und Ronnie lief mit Maud auf dem Heimweg quer über die Felder. Einmal stellten sie sich unter ein Scheunentor, und er küsste sie, aber es war zu kalt, um länger zu bleiben. Der Abend zwei Wochen danach, als es passierte, war fürs Frühjahr ungewöhnlich warm, beim zweiten Mal war es nur wenig kühler.

Bis zu ihrer eigenen Erfahrung hatte Maud nur eine unbestimmte Vorstellung von dem gehabt, was Beziehungen mit einem Mann bedeuteten, war aber über Schwangerschaft und Niederkunft recht gut im Bilde. Vor drei Jahren hatte ihre Mutter ein fünftes Kind bekommen, das nach einem Tag gestorben war. An dem Morgen des Freitags, an dem John kommen sollte, wachte sie sehr früh in dem Zimmer auf, das sie mit Ethel teilte, und ihr erster Gedanke war nicht, dass abends der Bruder da sein würde, sondern dass vor elf Tagen jener andere »Besucher« fällig gewesen wäre. Und die wäre ihr weiß Gott nicht unrein vorgekommen. Sie stand auf, ging zum Badezimmer, das sie alle gemeinsam benutzten, und hoffte inständig auf ein bisschen Blut im Toilettenpapier. Die Badezimmertür war abgeschlossen. Sie hatte es nicht eilig, aber das mit dem Blut ließ ihr keine Ruhe. Inzwischen konnte sie sich nicht mehr einreden, dass an der Verspätung die Erkältung von vorletzter Woche schuld war oder dass sie sich verrechnet hatte. Sie kriegte also wirklich ein Baby. Ein leises Schluchzen entfuhr ihr. Die Tür öffnete sich, und Sybil kam heraus.

»Hast *du* dieses Geräusch gemacht?«

»Was für ein Geräusch?«

»Hat sich angehört, als wenn du weinst. Du hast doch nicht geweint?«

»Was du dir einbildest«, sagte Maud von oben herab.

Die Schwester ging zurück in ihr Schlafzimmer, die große schlanke Sybil, einen Morgenrock über dem pfirsichfarbenen Unterkleid, mit offenem Haar, das ihr wie ein seidiger brauner Umhang bis weit über die Schultern reichte. Maud hatte oft darüber spekuliert, ob die ältere Schwester – sie war sechsundzwanzig – sich schon mal mit einem Mann eingelassen hatte, doch das war ausgeschlossen. Maud ging ins Bad, setzte sich auf den Toilettensitz und schob den Finger in die Öffnung, die auf Lateinisch ›vagina‹ hieß, wie eine Mitschülerin – nicht Rosemary – ihr erklärt hatte. Der Finger kam nass, aber ohne Blut wieder heraus.

Sie hätte am liebsten geheult oder geschrien wie ein Tier, das Schmerzen hat, aber das durfte sie nicht. Und sie durfte auch kein Baby kriegen. Das wäre fürchterlich, himmelschreiend, daran mochte sie gar nicht denken. Ein Mädchen aus ihrer Straße hatte ein Kind ohne Vater, einen ›Bastard‹, wie ihre Mutter es ausdrückte. Alle in der Nachbarschaft wussten Bescheid, und wenn Bekannte kamen, die es nicht wussten, zeigte man ihnen das Mädchen und erzählte ihre Geschichte. Die Putzfrau der Goodwins hatte eine Nichte, die in anderen Umständen gewesen war, ohne verheiratet zu sein, aber sie hatte das Kind nicht bekommen, sondern sich im Bristol Channel ertränkt. Maud hatte auch schon überlegt, sich zu ertränken oder den Kopf in den Gasofen zu stecken, aber noch konnte alles in Ordnung kommen. Gott würde es in Ordnung bringen. Warum ging sie denn jeden Sonntagmorgen zur Kirche, warum hatte sie regelmäßig die Sonntagsschule besucht, hatte im Chor fromme Lieder gesungen und den lieben Gott gebeten, Erbarmen mit ihr zu haben? So schwer konnte er sie doch nicht für das bestrafen, was sie auf dem freien Feld getan hatte, über dem die Sonne unterging, in dem langen Gras zwischen Huflattich und Schöllkraut, und woran sie nicht einmal Spaß gehabt hatte, so konnte Er einfach nicht sein …

Die Goodwins waren nicht gerade reich, aber sie waren »gutgestellt«. Jonathan Goodwin hatte von seinem Vater eine Buchbinderei geerbt, die immer recht gut gelaufen war. Geheiratet hatte er eine Frau, die er in der Kirchengemeinde kennengelernt hatte, das einzige Kind von einem gewissen Halliwell, der ein Textilgeschäft auf der High Street besaß. Als seine Tochter heiratete, erhielten sie und ihr Mann von ihm tausend Pfund, eine gewaltige Summe. John und Mary Goodwin kauften davon ein Haus nicht weit von ihrer Kirche entfernt, denn sie waren beide tief gläubig. Kurz darauf starb Halliwell und ließ seine Frau als reiche Witwe zurück. Sie stattete das Heim des jungen Paares mit etlichen wertvollen und schönen Stücken aus, unter anderem einem Bild von Burne-Jones und einem von Holman Hunt, zwei Malern, die damals noch nicht so bekannt waren.

War die Ehe von Jonathan und Mary glücklich? Das war eine Frage, die sich die beiden jeder für sich und einander nie stellten. Sie waren zusammen, sie waren aneinander gewöhnt, sie hatten vier Kinder, die ihnen wenig Sorgen bereiteten. John hatte einen Bachelorabschluss in Biologie und eine Lehrerstelle, Sybil war Stenotypistin, Ethel arbeitete für ihren Onkel, der jetzt das Textilgeschäft führte, und Maud ging noch zur Schule. Es sah so aus, als ob sie aufgrund ihrer guten schulischen Leistungen würde studieren können, was bei den Goodwin-Frauen und den Frauen der Halliwells ohne Beispiel war, aber in Reading gab es eine Kunsthochschule, und vielleicht würde sie ja ein Stipendium bekommen.

Die Goodwins und Halliwells machten sich selten – wenn überhaupt – große Gedanken über die Welt. John war die Ausnahme. Das Leben hatte ihn denken gelehrt. Politisch waren seine Eltern Konservative, und falls Mary Freude und Genugtuung darüber empfand, dass sie im vergangenen Jahr zusammen mit allen anderen britischen Bürgerinnen ab einundzwanzig das Wahlrecht erhalten hatte, machte sie sich das jedenfalls nicht weiter bewusst. Ihre Religion war festgelegt und erforderte kein Denken. Ebenso war es mit ihren sittlichen Werten. Die Goodwins waren fest davon überzeugt, dass die Kinder ihre Ansichten teilten. Wie hätten sie mit dem Beispiel ihrer Eltern vor Augen vom Weg abkommen sollen?

Gewisse Sorgen bereitete es Mary, dass Sybil keinen jungen Mann fand, nachdem ein früherer Verehrer sie hatte sitzenlassen, aber sie löste das Problem, indem sie so wenig wie möglich darüber nachdachte. Ethel war mit einem Mann verlobt, der sieben Jahre älter war als sie und beim Königlichen Zollamt arbeitete, eine überaus passende Verbindung. Ethel und Herbert Burrows hatten sich über eine Cousine von Mary kennengelernt, deren Manns Neffe er war. Während es, wie Mary sagte, »höchste Zeit« war, dass die zweiundzwanzigjährige Ethel und vor allem die sechsundzwanzigjährige Sybil unter die Haube kamen, war John mit fünfundzwanzig dafür »viel zu jung«.

Als John am Freitagabend seinen Eltern von dem Vorstellungsgespräch und den Erkundigungen des Gremiums nach seinen Absichten in puncto Ehe erzählte, meinte seine Mutter: »Ganz unrecht haben die Herren ja nicht.« Es geht schon los, dachte er seufzend.

Es gab einen späten Imbiss, denn die Goodwins leisteten sich zwar inzwischen eine Hilfe, die im Haus lebte und nur

›das Mädchen‹ hieß, hatten sich aber noch nicht dazu auf-
geschwungen, um halb acht ein warmes Abendessen einzu-
nehmen. Clara Gadd, das Mädchen, brachte kalten Schinken,
Zunge, Tomatensalat, eingelegte Rote Bete, Brot und Butter
und zum Nachtisch Pfirsiche aus der Dose mit Kondensmilch. Mary Goodwin, die manchmal etwas Besseres sein
wollte, hätte das Mädchen am liebsten nur beim Nachnamen genannt, traute sich aber nicht recht. Als John anfing,
von Gehältern und Unterbringung zu erzählen, schüttelte
sie jedenfalls entschieden den Kopf und legte den Finger
an die Lippen. Könnte sie Französisch, sagte Maud später
zu John, hätte sie gemahnt: *»Pas devant les domestiques.«*
Abends kam Herbert Burrows vorbei. Er und John waren
sich bisher nur einmal begegnet. John fand, dass er ein ziemlicher Wichtigtuer war, aber er merkte, dass seine Eltern
mit ihm einverstanden waren. Als Maud vorschlug, eine
Grammophonplatte aufzulegen, damit Ethel und Herbert
und John und sie tanzen konnten und auch die Eltern, wenn
sie wollten – es war Freitag und nicht Sonntag, ein Tag,
an dem so etwas unmöglich gewesen wäre –, doch ihr Vater
schüttelte den Kopf und befand mit einem typischen
Goodwin-Satz, es gehöre sich nicht. Herbert unterstützte
ihn, um sich einzuschmeicheln. »Keine gute Idee«, bekräf-
tigte er. Maud hatte den Vorschlag nur gemacht, um sich
Bewegung zu verschaffen, um sich von dem abzulenken,
was sie ständig beschäftigte. Großmutter Halliwell, die an
diesem Abend vorbeigekommen war, eine rüstige alte Dame,
erklärte, junge Leute sollten sich ruhig amüsieren, solange
sie jung waren, doch trotz ihres Geldes redete man ihr in
dieser Beziehung nicht nach dem Mund.

Die Eltern gingen als Erste zu Bett, bald nachdem Herbert aufgebrochen war. Ethel war, nachdem sie sich mit Küssen vor der Haustür von ihm verabschiedet hatte, nicht wieder ins Wohnzimmer zurückgekommen, und Punkt zehn zog sich auch Sybil zurück. Grandma, wie alle sie nannten, sogar ihre Tochter und ihr Schwiegersohn, fuhr wenig später in ihrem Automobil davon, das der Mann ihrer Haushälterin chauffierte. Zurück blieben John und Maud. Gute zehn Jahre trennten sie, aber sie hatten sich von allen Geschwistern immer am nächsten gestanden, schon seit der Zeit, als John die kleine Maud herumgeschleppt oder ihren Kinderwagen geschoben hatte.

»Schade, dass wir nicht tanzen durften«, sagte er. »Ich würde gern mit dir tanzen, Maud. Aber vielleicht geht das in diesem Haus einfach nicht.«

Sie brannte darauf, es jemandem zu erzählen. Gewiss, es war zu früh, noch hatte sie keine Gewissheit, aber es hätte ihr schon geholfen, mit jemandem über ihre Befürchtungen zu sprechen, einen Menschen an ihren Ängsten teilhaben zu lassen. Bald war Schlafenszeit, und nachts war es am schlimmsten, wenn sie das Gefühl hatte, dass ihr Körper anschwoll, die Furcht sie plagte, man könne schon etwas merken, sie würde sich morgens übergeben müssen. In der Dunkelheit stieg dann Panik in ihr hoch, und sie musste sich zwingen, nicht zu schreien. Sie erinnerte sich daran, wie ihre Mutter mit dem kleinen Mädchen schwanger gewesen war, das den Namen Beryl bekommen und nur einen Tag gelebt hatte. Wie schön wäre es, wenn sie, Maud, ein Kind kriegen würde, das nur einen Tag am Leben blieb, welche Erleichterung, welche Befreiung. Oder, noch besser, wenn sie eine Fehlgeburt hätte, dann blieben ihr Schmach und Schande erspart. Die Schmerzen, sogar Blut und Schmerzen nahm sie in Kauf, wenn sie nur die Uhr zurückdrehen und wieder die Alte sein könnte, wie vor diesem Horror.

»Du bist heute sehr still, Maud.«

»Wieso? Ich hab doch gefragt, ob wir tanzen dürfen.«

»Ja, aber danach hast du kaum mehr den Mund aufgemacht, da hab ich gedacht, dass du schmollst, aber das ist es nicht, oder? Du bist doch sonst so eine Frohnatur.«

»Hör mal, John, glaubst du an Gott?«

Er zog die Augenbrauen hoch. »Was für eine Frage in diesem Haus.«

»Ich weiß – aber komm, sag schon.«

»Ich weiß es nicht, Maud. Früher habe ich mir eingebildet, an Gott zu glauben, aber inzwischen bin ich so gut mit den Naturwissenschaften vertraut, dass ich nicht mehr an einen Schöpfer glaube. Alles hätte ohne Gott passieren können.«

»Davon verstehe ich nichts«, brachte sie mit erstickter Stimme heraus. »Ich hab nur das Gefühl, dass das alles Lügen sind. Gott ist nicht die Liebe, erhört keine Gebete, ist nicht gnädig.«

»Was ist los, Maud? Komm her.« John nahm ihre Hände. Küsse oder Umarmungen waren in dieser Familie nicht üblich. »Du hast Kummer. *Großen* Kummer. Willst du mir nicht sagen, was los ist? Du weißt, dass du mir alles sagen kannst.«

Jetzt schluchzte sie. »Nein, ich kann es niemandem erzählen.«

Er gab ihr das saubere weiße Taschentuch, das Mrs Petworth für ihn gewaschen und gebügelt hatte. Maud rieb sich damit die Augen, aber er nahm es ihr wieder weg und trocknete behutsam die Tränen. Noch mit verknittertem, verweintem Gesicht war sie die hübscheste seiner Schwestern mit großen, klaren grünblauen Augen und heller, makelloser Haut. Als Einzige in der Familie hatte sie – wohl über einen entfernten Vorfahren – zarte Hände mit schlanken Fingern. Während er behutsam ihre Hand hielt und ihr den Rücken tätschelte, dachte er sich, dass wohl irgendein Junge sie abgewiesen hatte, ein Bursche, der keinen Geschmack, der keine Augen im Kopf hatte. Oder dass ein Rudel eifersüchtiger Schulmädchen sie beleidigt und malträtiert hatte.

»Erzähl mir nicht, dass mir morgen früh besser ist«, meinte sie.

»Das wollte ich gar nicht sagen. Aber irgendwann ist dir bestimmt wieder besser, das geht uns allen so.« Oder auch schlechter, dachte er bei sich, so ist das Leben.

Sie hatte sich aufgerichtet und sah ihn aus verschwollenen Augen an. »Wann kommst du wieder?«

»Ich verlasse meine jetzige Schule zum Ende des Trimesters, also Ende Juli. Dann ziehe ich, wenn ich die Stelle bekomme, und davon gehe ich aus, hierher, bis ich im September an meiner neuen Schule anfangen kann und in der Nähe eine Unterkunft gefunden habe.«

Ihr Gesicht war plötzlich tiefernst. »Wenn es bis dahin nicht besser ist, wenn das, was mir Kummer macht, bis dahin nicht weg ist, erzähl ich's dir.«

Dann stand sie rasch auf und rannte die Treppe hoch ins Schlafzimmer.

4

Er fing an – was er bisher noch nie gemacht hatte –, Briefe an Maud zu schreiben. Seiner Mutter hatte er schon immer geschrieben, aber seine Schwestern hatten von ihm noch nie Briefe bekommen. In seinem ersten Brief teilte er Maud mit, dass er die Stelle bekommen hatte, sie es den Eltern aber nicht zu sagen brauchte, weil er an sie ohnehin schreiben würde. Er wohnte noch bei Mrs Petworth, würde aber in der letzten Juliwoche ausziehen. Er fragte, wie es ihr gehe, er habe sich Gedanken ihretwegen gemacht, weil sie so traurig, so bedrückt gewesen war, und sie möge ihm doch bitte antworten, er müsse wissen, ob es ihr jetzt bessergehe. Sie antwortete nicht. Auf den wahren Grund für ihre Sorgen wäre er nie gekommen, in Familien wie bei den Goodwins passierte so etwas nicht. Mitte Mai schrieb er, dass er im Gymnasium in Ashburton unterrichten werde, südlich von Dartmoor. Die Landschaft sei wunderschön, die müsse sie bald einmal sehen.

Auf seinen nächsten Brief beschloss sie zu antworten. Was er geschrieben hatte, wusste sie, die Eltern hatten es den drei Töchtern schon erzählt. Er würde gern am Samstag, dem 27. Juli, nach Hause kommen, zu Ethels Hochzeit bleiben, nach London fahren, um zu packen und seine Sachen zu holen, und dann bis zum 2. September wieder nach Bristol zurückkehren. Bis dahin hoffte er, ein Cottage in einem der Dörfer bei Ashburton mieten zu können. Seine Eltern waren äußerst zufrieden. Mit fünfundzwanzig Jahren hatte John, ganz der Stolz seiner Eltern, die sich damit in ihrer Kirchengemeinde ein wenig brüsteten, seinen Weg gemacht.

»Dass er meint, fragen zu müssen, ob er nach Hause kommen darf!«, sagte Mary zu ihrem Mann. »Als würden wir unseren einzigen Sohn nicht mit offenen Armen empfangen.«

Maud schickte ihm einen nichtssagenden Brief, der sie viel Mühe gekostet hatte. Zuerst wollte sie ihm schreiben, was ihr zugestoßen war, weil sie meinte, dass es einfacher wäre, als es ihm persönlich zu gestehen, aber dann schaffte sie es nicht, die Worte zu Papier zu bringen. So schrieb sie, dass sie Magenbeschwerden gehabt hatte – was, wie sie sich grimmig sagte, ja die reine Wahrheit war –, sich aber jetzt besser fühlte. Sie freue sich, dass er zu der Hochzeit Mitte August kommen werde, habe nicht viel Lust, Brautjungfer zu spielen, könne aber wohl nicht nein sagen. Für den ganzen Brief reichte eine halbe Seite.

Davon, dass sie mit dem Gedanken gespielt hatte, sich zu ertränken, sagte sie nichts. Eines Abends, wenn es dunkel geworden war, würde sie in den Bristol Channel springen wie die Nichte der Putzfrau, hatte sie sich gedacht. Sie konnte nicht schwimmen, keiner in der Familie konnte es, würde also nicht in die Versuchung kommen, sich ans Ufer zu retten, sie würde untergehen und sterben, nachdem, wie es immer hieß, vorher noch das ganze Leben an ihr vorübergezogen war. Das Kind würde mit ihr sterben, und zum ersten Mal empfand sie Gewissensbisse statt Freude über den Tod des Ungeborenen. Dann stand sie eines Tages

am Kanal, ehe die kurze Sommernacht einsetzte, sah ins
Wasser und traute sich nicht zu springen. Der Tod, merkte
sie, machte ihr mehr Angst als Schwangerschaft und Schande.

Der Ärger mit dem Magen, von dem sie John berichtet
hatte, war Morgenübelkeit gewesen. Zuerst hatte Maud
versucht, es vor den anderen zu verbergen, aber bei einem
Badezimmer für fünf Personen, die alle etwa zur gleichen
Zeit aufstehen mussten, war das ein Ding der Unmöglich-
keit. Als sie auf den Schlafzimmerboden erbrochen hatte
und keine Erklärung dafür bot, erzählte Ethel ihrer Mutter,
Maud habe eine Lebensmittelvergiftung. Die Aussicht, von
Dr. Collins untersucht zu werden, der – davon war Maud
überzeugt – auf den ersten Blick erkennen würde, was ihr
fehlte, versetzte sie in Angst und Schrecken. Der Arzt hatte
seine Praxis bei sich zu Hause, eine Straße weiter in einem
großen, düsteren Gebäude. Maud und ihre Mutter saßen
in einem Wartezimmer voller Kommoden und Tische aus
Mahagoni und Stühle mit abgewetzten Sitzpolstern aus
grünem Samt. Zwei Bilder hingen im Raum, eins an der
Wand gegenüber dem Fenster, das andere an der Wand gegenüber der Tür. Auf dem einen war eine erschöpfte Magd
mit einem Kranz im langen Haar zu sehen. Sie sah so elend
aus, wie sich Maud noch in der vorigen Woche gefühlt hatte.
Das zweite zeigte eine einsame Kuh, die vor blauen Bergen
im langen Gras stand.

Nach drei Wochen Morgenübelkeit war Maud schmal
geworden, und wer sie jetzt in dem Kellerfaltenrock ihrer
Schuluniform sah, hätte nie geahnt, dass sie in anderen Umständen war. Dr. Collins kam ins Wartezimmer, begrüßte sie
und ihre Mutter und bat sie in sein Sprechzimmer. Er maß

Mauds Temperatur, sah ihr in den Hals und fragte sie nach ihrer Verdauung. Dann gab er ihrer Mutter ein Rezept und schickte sie damit zum Apotheker. Jahre später machte sich Maud manchmal ihre Gedanken über Dr. Collins. Hatte er es gewusst? Hatte er es geahnt, aber nichts gesagt? Nur an einer Kleinigkeit konnte sie ihren Verdacht festmachen. Als sie, ihre Mutter voran, das Sprechzimmer verließen, hatte sie zu ihm aufgesehen, um sich bei ihm zu bedanken, wie ihre Mutter es ihr beigebracht hatte, aber in diesem Augenblick hielt der Arzt ihren Blick fest, schüttelte sacht den Kopf und lächelte ganz leicht.

Die Arznei war eine klare Flüssigkeit mit einem weißen Bodensatz. Weil Maud jetzt – in den Worten ihrer Mutter – ein großes Mädchen, ja fast erwachsen war, durfte sie ihre Arznei zweimal täglich selbst einnehmen. Wenn Dr. Collins erraten hatte, was es wirklich mit ihrer »Krankheit« auf sich hatte, was sie manchmal vermutete und manchmal für ausgeschlossen hielt, hätte er ihr doch sicher nichts verschrieben, was dem Baby geschadet hätte. Maud erlebte jetzt etwas Eigenartiges: Sosehr sie fürchtete, man könne ihren Zustand erkennen, sosehr die Vorstellung sie schreckte, ein uneheliches Kind zur Welt zu bringen – sie wollte nichts einnehmen, was schlecht für das Kind gewesen wäre. Manchmal dachte sie an die Frau, die, wie ihr jemand in der Schule erzählt hatte, das Desinfektionsmittel Jeyes Fluid getrunken hatte, und hatte sogar überlegt, es ihr nachzutun, aber damit hätte sie nicht nur sich, sondern auch das Kind umgebracht. Hin und wieder sah sie einen Buckligen auf der Straße und eine Frau, deren eine Gesichtshälfte durch ein Muttermal verunstaltet war, und fragte sich zum ersten

Mal, ob vielleicht die Mütter dieser Entstellten Arzneien eingenommen hatten, die ihren Kindern noch vor der Geburt Schaden zugefügt hatten.

Der Juli kam, vier Monate waren vergangen nach dem, was dort draußen in den Feldern passiert war, und sie merkte, dass man allmählich kaum noch etwas von ihrer Taille sah, sie bekam den Rock nicht mehr zu. Ihre Mutter nähte schon das Hochzeitskleid für Ethel und mit Sybil die Kleider für die Brautjungfern. Maud schwitzte Blut und Wasser. Wenn die Mutter ihr für das Kleid Maß nahm, würde das, wenn sie Maud im Unterrock sah, ihren vagen Verdacht bekräftigen. Sie hatte Maud schon gefragt, warum sie die Handtücher, die sie während ihrer Menstruation benutzte, nicht zum Einweichen in den Eimer mit kaltem Wasser gegeben hatte, der im Schrank unter der Spüle stand. Mrs Goodwin wusste auf den Tag genau, wann die Töchter ihre Periode hatten, und wunderte sich, dass keine blutbefleckten Tücher in dem sich rötenden Wasser schwammen.

»Ich hab sie selber gewaschen«, sagte Maud.

»Das war nicht nötig. Das Mädchen kocht sie immer aus, damit sie wirklich sauber sind.«

»Ich hab sie sauber genug gekriegt.«

»Mir wär's lieber, wenn du das in Zukunft lassen würdest.«

Ronnie hatte sie seit jenem zweiten Mal nicht wiedergesehen. Rosemary, seine Schwester, sah sie fast jeden Tag, und Rosemary hatte ihr erzählt, dass er für die Aufnahmeprüfung zum Studium büffelte. Die Vorstellung, es Ronnie zu erzählen, war ihr schrecklich, aber vielleicht musste es irgendwann sein. Wenn sie sich nicht jemandem aus ihrer Familie anvertraute, und da gab es eigentlich nur John. Sie sehnte seine Heimkehr Ende des Monats herbei. Ja, ihm würde sie es erzählen und ihn um seinen Rat bitten. Er kannte sich in so vielen Dingen aus.

Wegen der kommenden Hochzeit ging es bei den Goodwins wie in einem Bienenstock zu. Sie brauche nicht Maß zu nehmen, sagte Maud zu ihrer Mutter, sie habe seit dem letzten Kleid, das Mary Goodwin ihr genäht habe, noch die gleichen Maße – Büste einundneunzig, Taille sechzig, Hüfte sechsundneunzig –, aber das stimmte nicht. Ihre Büste – in der Familie und auch sonst im Bekanntenkreis sprach keine Frau von »Brüsten« – war um fünf, ihre Taille um siebeneinhalb Zentimeter größer, ihr früher flacher Bauch zu einer kleinen Kuppel geworden. Eine Woche vor Johns Ankunft eröffnete Maud ihrer Schwester, dass sie nicht ihre Brautjungfer sein könne.

»Was soll das heißen?«, fragte Ethel. »Warum nicht?«

»Weil ich's einfach nicht kann.« Maud fiel keine Ausrede ein. Den wahren Grund konnte sie unmöglich nennen. »Du hast ja Sybil und Wendy.« Wendy war eine Cousine, die Tochter der Schwester ihres Vaters. »Wieso brauchst du überhaupt drei? Alle anderen haben nur zwei.«

»Was wird Mutter sagen?«

»Ist doch egal. Es ist deine Hochzeit.«

Natürlich erzählte Ethel es der Mutter.

»Ich verstehe dich nicht«, sagte Mary Goodwin zu Maud. »Was ist denn in dich gefahren? Es ist schrecklich lieblos der armen Ethel gegenüber, sagt dein Vater. Er ist sehr enttäuscht von dir.«

Was würde er sagen, wenn er wüsste, dass sie ein uneheliches Kind erwartete?

Sie ging immer zu Fuß zur Schule, und jetzt kam es ihr vor, als liefen überall schwangere Frauen herum. Natürlich verbargen sie es, so gut sie konnten, mit lockeren Hängern über den Kleidern, weiten Röcken und zweireihigen Jacken, die ihnen viel zu groß waren, aber Maud, jetzt, wo sie ein Auge dafür hatte, ließ sich nicht täuschen. Im Hochsommer trug niemand Handschuhe, und sie sah sich die linken Hände dieser Frauen an. Alle trugen sie einen Trauring. Würde sie sich auch einen anstecken müssen, und wenn es nur ein Vorhangring war?

Zu Hause war sie in Ungnade gefallen. Ihr Vater fragte gar nicht erst, warum sie nicht Brautjungfer sein wollte, sondern meinte nur: »Schluss mit den Flausen«, es sei ihre Pflicht, ihrer Schwester diesen Dienst zu erweisen. Mary Goodwin pflichtete ihrem Mann bei, und Sybil schlug in die gleiche Kerbe. »Was ist nur mit dir los«, fragte sie Maud, »warum benimmst du dich so albern?« Rosemary stellte fest, Maud sei dick geworden – das heißt nicht richtig dick, aber viel fülliger als früher. Mollig, sagte Sybil und musterte sie kritisch, zog aber in ihrer Unschuld nicht die richtigen Schlüsse.

Maud hatte beschlossen, es John zu erzählen. Sie hatte sich angewöhnt, leicht vornübergebeugt zu gehen und den anschwellenden Bauch so gut wie möglich einzuziehen. Am Vorabend von Ethels Hochzeit sagte sie der Mutter, sie fühle sich unwohl, und das war nicht einmal gelogen. Die Morgenübelkeit der ersten Wochen war längst vorbei, aber Nervosität und Angst waren ihr auf den Magen geschlagen, so dass sie ständig stechende Schmerzen und Durchfall hatte. Eine Cousine der Familie – natürlich eine verheiratete Frau – hatte im dritten Monat eine Fehlgeburt erlitten. Was für Symptome sie gehabt hatte, verriet man Maud nicht, das wäre ungehörig gewesen, aber sie vermutete, dass Schmerzen und vielleicht eine Blutung damit verbunden waren. Zu ihrem Leidwesen blutete sie nicht, aber die Schmerzen konnten ein Zeichen dafür sein, dass sie dabei war, ihr Baby zu verlieren.

Ihre Mutter in Rosa mit Glockenhut und Sybil und Cousine Wendy in ihren blaugerüschten Brautjungfernkleidern fuhren in einem Mietwagen zur Kirche, ihr Vater und Ethel in einem zweiten, Ethel in wadenlanger cremefarbener Spitze und einem Schleier mit rosenbestickten Bändern. John lehnte jede Beförderung ab und ging zu Fuß. Maud hockte, nur mit dem Gedanken an ihr drohendes Schicksal beschäftigt, auf der Toilette und wartete sehnsüchtig und vergeblich auf Blut. Als die anderen ohne Ethel zurückkamen, musste sie nach unten gehen. Einen Lichtblick gab es in dieser Düsternis – sie würde von jetzt an das Schlafzimmer für sich haben.

Sie hatte sich entschieden, es John doch nicht zu sagen. Wenn er sie nun für ein liederliches Frauenzimmer hielt? Am nächsten Tag wollte er abreisen, und sie sprach so gut wie gar nicht mit ihm. Beunruhigt fuhr er zurück nach London, um zu packen und sein Zimmer aufzugeben.

5

Sich von der großen kasernenartigen Schule hinter der Marylebone Road zu trennen fiel John nicht schwer. Seine Schüler waren nicht die halbverhungerten elenden kleinen Geschöpfe aus dem Londoner East End, aber zweifellos sozial benachteiligt, nur selten ließ einer auch nur eine Spur von Interesse an dem erkennen, was er ihnen beizubringen versuchte. Die Lehrkräfte waren hauptsächlich Frauen, nur zwei waren verheiratet, die anderen verzweifelt auf der Suche nach einem Mann. In den vier Jahren, die er an dieser Schule verbracht hatte, hatten die meisten ungeschickte Annäherungsversuche gemacht, verließen mit ihm zusammen das Gebäude oder lauerten ihm auf dem Schulhof auf und fragten, ob sie ihn ein Stück begleiten könnten. Weil er von Natur aus höflich war, mochte er ihnen das nicht abschlagen. Dann kam regelmäßig die Frage, ob man nicht zusammen noch einen Tee trinken könne, aber das konnte er mit der Begründung ablehnen, dass er in fünf Minuten zu Hause sein müsse. Nur eine hatte ihn mal angefasst und auch das nur, um sich bei ihm unterzuhaken. Doch sein instinktives Zurückzucken, der Reflex des Homosexuellen, verstörte sie derart, dass sie wimmernd vor ihm floh.

Jetzt war der Abschied endgültig. Seine letzte Miete bei Mrs Petworth hatte er schon gezahlt, die beiden Koffer mit seiner gesamten Habe – bis auf die Bücher, die er in Bristol untergestellt hatte – waren gepackt. Das alte Leben war ausgeräumt, ein neues konnte beginnen. In dem kahlen Zimmer, in dem nur noch sein Bettzeug lag und eine leere Teetasse vor ihm stand, setzte er sich hin, um an Maud zu schreiben. Er rätselte darüber, warum sie ihm nur auf einen seiner Briefe geantwortet hatte, überlegte – zermarterte sich das Hirn, wie Bertie es mal ausgedrückt hatte –, was ihr fehlen mochte, und kam wieder nur auf die Lösung, dass ein Junge sie unglücklich gemacht hatte. Er freue sich darauf, in wenigen Tagen wieder zu Hause zu sein, schrieb er, und sie alle, besonders aber Maud, wiederzusehen. Behutsam deutete er an, dass er dann sehr bald wissen würde, was ihr fehlte. Dass sie an seinem letzten Tag zu Hause kaum mit ihm gesprochen hatte, habe ihn sehr bekümmert. Er musste seinen Brief unterbrechen, weil es klopfte. Das konnte nur Mrs Petworth sein. Es war Bertie.

John war so erschrocken und so überglücklich, dass er beinahe hintenüberkippte, als er die Tür aufmachte. Schwankend trat er einen Schritt zurück.

Bertie kam herein, schloss ab und nahm John in die Arme. »Ich musste einfach kommen, wo du doch übermorgen abreist.«

»Du hättest nicht kommen dürfen. Du weißt doch, dass ich es nicht mehr machen werde.«

»Das hab ich dir nie abgenommen.«

John sah ihn voller Verzweiflung an. »Ich liebe dich. Ich weiß nicht, was ich tun soll.«

»Ich schon.«

Bertie verbrachte Johns letzte Nacht im Haus von Mrs

Petworth. Hätte sie es gewusst, hätte sie nur gesagt, John hätte für die Übernachtung seines Freundes einen Zuschlag zahlen müssen. Dass zwei junge Männer in einem Einzelbett dicht beieinanderlagen, fand sie moralisch unbedenklich. John schlief eine Weile, dann aber lag er wach und warf sich Charakterschwäche vor, weil er sich so schnell von Bertie hatte umstimmen lassen. Die sündhafte Beziehung zu einem Mann musste der Vergangenheit angehören. Als Sühne würde er künftig enthaltsam leben, und eine Freundschaft mit Bertie musste, wenn sie über eine so weite Entfernung Bestand haben sollte, keusch sein. Bertie drehte sich in dem schmalen Bett um und legte John einen Arm um die Taille. Mit einem Laut zwischen Seufzen und Wimmern stand John auf und verbrachte den Rest der heißen, stickigen Nacht im Sessel.

In ihrem ganzen Leben, dachte Maud, würde sie, auch wenn sich später noch so vieles ereignete, nie diesen Tag, dieses Datum vergessen, den 16. August 1929, drei Tage nach Johns Heimkehr. Sie war fünfzehn, am 30. Dezember war ihr sechzehnter Geburtstag. Am Freitag, dem 16. August, betrat ihre Mutter morgens um halb neun das Zimmer, in dem jetzt Maud allein schlief, und sah sie nur im Unterkleid vor dem Drehspiegel stehen.

»Mein Gott, Maud«, stieß sie hervor. »Um Himmels willen!«

Maud schwieg.

»Weißt du, dass du ein Kind erwartest?«

»Natürlich. Ich bin ja nicht schwachsinnig.«

Maud zog einen Rock an, der sich nicht mehr schließen

ließ, und streifte eine lockere Bluse über den Kopf, die Mary Goodwin noch nie gesehen hatte. Sie wandte der Mutter ein jammervolles, schmerzzerquältes Gesicht zu. »Willst du mich nicht bedauern, Mutter? Hast du kein Mitleid mit mir?«

»Mitleid mit dir? Na, hör mal. Das ist ein furchtbarer Schock für mich. Was wird dein Vater sagen?«

Maud machte den Mund auf, sie wollte schreien, aber stattdessen kam ein Lachen heraus, ein schrilles Gicksen. Ihre Mutter schlug sie ins Gesicht, nicht heftig, nur der Form halber, weil man das mit hysterischen Mädchen so macht, und Maud fing an zu weinen. Sie sank auf dem Bett zusammen und rieb mit dem Lakenzipfel in ihrem Gesicht herum. Mary Goodwin war stehen geblieben und schüttelte den Kopf, pausenlos, wie ein Automat.

»Magst du mich denn kein bisschen mehr? Was soll aus mir werden? Ist dir das egal?«

»Du hast mich schwer enttäuscht, Maud. Dich mögen? Wo denkst du hin. Du hast etwas Ungeheuerliches getan.« Mary Goodwin fing an, im Zimmer auf und ab zu gehen, blieb stehen und sah mit leerem Blick aus dem Fenster, machte kehrt, lief weiter. »Du bleibst am besten hier, später bringe ich dir etwas zu essen. Ich danke Gott, dass Ethel gut aufgehoben, dass sie verheiratet ist. Und was die arme Sybil angeht, ist es besser, wenn sie keinen Kontakt mehr mit dir hat, wenn du dich von ihr fernhältst.« Mary war offenbar ein Gedanke gekommen. Da war eine Chance … »Sag mir die Wahrheit – hat er dich gezwungen?«

Maud kannte das Wort, das ihrer Mutter offenbar nicht geläufig war. »Ob er mich vergewaltigt hat, meinst du?«

Mary Goodwin wurde kalkweiß.

»Nein. Ich hab es auch gewollt.«

Mrs Goodwin ließ weder Genugtuung noch Erleichterung erkennen, vielleicht wäre ihr eine Vergewaltigung wirklich lieber gewesen.

»Wann kommt es?«

»Weiß ich nicht. Im Dezember, denk ich mal.«

»Ich werde sofort mit deinem Vater sprechen, ehe er ins Büro geht – wenn er heute überhaupt hingeht. Er wird dir sagen, was wir entschieden haben.«

Maud schnellte hoch. »Was ihr entschieden habt?«, fuhr sie ihre Mutter an. »Was soll das heißen?«

»Das wirst du erfahren, wenn ich mit deinem Vater gesprochen habe.« Mary ging zur Tür. »Hier kannst du natürlich nicht bleiben, das findet er bestimmt auch. Er wird sagen, dass wir dich nicht hierbehalten können.«

Nach den Worten ihrer Mutter war Maud wie gelähmt, erstarrt in einer Mischung aus Panik, Ahnungslosigkeit und Angst. Hinter der geschlossenen Tür kam sie sich vor wie ein wildes Tier, das in einem Käfig festsitzt. Sie war so alleingelassen mit ihrer Situation, hatte nie ein Buch oder eine Geschichte gelesen, in der eine unverheiratete Frau feststellen muss, dass sie schwanger ist. Einmal allerdings hatte Sybil ihr auf der Straße eine arme, schlechtgekleidete Frau gezeigt. Sie hat einen kleinen Jungen zu Hause, hatte Sybil gesagt, den sie als ihren Bruder ausgibt, als das jüngste Kind ihrer Mutter, dabei ist es ihr unehelicher Sohn. »Hier kannst du natürlich nicht bleiben«, hatte Mrs Goodwin zu Maud gesagt. Was hatte sie damit gemeint? Wo sollte sie hin? Zum ersten Mal im Leben fühlte Maud sich völlig im Stich gelassen. Würde man sie auf die Straße setzen und alle Türen vor ihr verschließen? Sie gab sich einen Ruck. Nein, das konnten sie, das würden sie nicht tun. Es waren schließlich ihre Eltern.

Dann fiel ihr John ein. Er war im Haus, in seinem Zimmer, vielleicht noch im Bett. Würde man ihr verbieten, ihn zu sehen? Oder sie wegschicken, damit er sie nicht sehen konnte? Warum hatte sie es ihm nicht schon längst erzählt? Aus Feigheit? Sie fing wieder an, hysterisch zu schreien und zu schluchzen, und hämmerte mit den Fäusten an die Wand. Die Tür flog auf, und ihr Vater stand auf der Schwelle. Zum ersten Mal betrat er ihr Zimmer, ohne zu klopfen, und sie begriff, dass sie sich seine Achtung unwiderruflich verscherzt hatte. Weinend fiel sie aufs Bett.

»Setz dich, und sei still«, sagte er. »Mit Krakeelen kommst du nicht weiter.« Sie hob das rote verweinte Gesicht. »Schön siehst du aus, das muss ich schon sagen. Ich will gar nicht wissen, wie du in diese Lage gekommen bist. Der Mann kann dich nicht heiraten, du bist zu jung, und bis du das richtige Alter hast, ist es zu spät, eine ehrbare Frau aus dir zu machen.«

An Heirat hatte sie überhaupt nicht gedacht. Ihr fiel nur auf, dass ihr Vater mit keinem Wort das Kind erwähnte, das sie erwartete, als sei das Baby so etwas wie eine beschämende Krankheit, und damit hatte er ihr einen Dienst erwiesen – er brachte sie in Wut.

»Hier kannst du nicht bleiben. Es schickt sich nicht deiner Schwester gegenüber, du könntest sie womöglich anstecken. Ich kenne ein Heim, in das man Frauen wie dich zum Wohnen und Arbeiten schicken kann, eine wohltätige

Einrichtung, die ich zusammen mit anderen Gemeindemit-
gliedern finanziere. Eine meiner Töchter dort unterzubrin-
gen widerstrebt mir, es ist eine Blamage, aber etwas anderes
bleibt uns nicht übrig.«

»Ich könnte sehr wohl hierbleiben«, fuhr Maud ihn an.
»Es ist mein Zuhause. Warum kann ich nicht hierbleiben?«

»In meinem Haus, in dem deine unschuldige Schwester
wohnt? Wo all unsere Bekannten deine Schande sehen würden? Ausgeschlossen. Du kommst ins Wesley Institute und
kannst noch froh sein, dass wir dich nicht auf die Straße
setzen.«

Mit einer Art hellsichtiger Vorahnung begriff Maud, dass
sie in diesem Augenblick – ganz gleich, was ihre Eltern
wünschen oder bestimmen mochten – zum letzten Mal mit
ihrem Vater sprach. Sollte man sie doch in dieses Heim
schicken – aber dieses letzte Gespräch mit ihm wollte sie
noch führen. Adrenalin schoss ihr ins Blut.

»Was hast du damit gemeint, dass es dann zu spät ist, eine
ehrbare Frau aus mir zu machen?«

Er sah sie so angewidert an, als habe sie sich unanständig
benommen, sich beschmutzt oder sich die Kleider vom Leib
gerissen. »Dieses neue Gesetz, das es seit April gibt, sieht
vor, dass man mit sechzehn eine legale Ehe eingehen kann.
Du wirst erst am 30. Dezember sechzehn. Wie ich von deiner
Mutter weiß, erwartest du die Niederkunft schon vorher im
Dezember, also ist es nicht ehelich.«

»Ich sag's Grandma, die wird mir helfen.«

»Du wirst deiner Großmutter nichts sagen. Außerdem
ist sie auf Urlaub in der Schweiz.«

»John wird mir helfen.«

»John ist es untersagt, dich zu sehen. Außerdem hat er allerlei in der Stadt zu erledigen und wird den ganzen Tag außer Haus sein. Bis er zurückkommt, bist du schon im Wesley Institute, und eine Adoption ist in die Wege geleitet.«

Zum letzten Mal in ihrem Leben richtete sie das Wort an ihren Vater. Sie war jetzt stark, ließ sich nicht brechen. »Es wird mein Kind sein und mein Kind bleiben und bei mir leben. Solange ich lebe, wird es nicht mit dir sprechen. Ich werde nicht zu dir ans Sterbebett kommen«, rief sie. »Ich werde nicht zu deiner Beerdigung gehen, ich werde nie wieder ein Wort mit dir wechseln. Ich hasse dich.« Und sie fing an, hysterisch zu schluchzen.

6

Er hatte einiges zu besorgen. An seiner neuen Schule sollte er nicht nur Mathematik, sondern auch Naturwissenschaften unterrichten, deshalb kaufte er sich ein paar Bücher, um seine Kenntnisse in Trigonometrie und Chemie, einschließlich des Periodensystems, aufzufrischen. Auch einen Anzug brauchte er. Die Londoner Preise hatte er sich nicht leisten können, doch hier in Bristol ließ er sich bei dem Schneider, der immer für seinen Vater gearbeitet hatte, einen Anzug aus dunkelgrauem Tuch anmessen, dem billigsten Stoff, den sie hatten.

Für all das hatte er weniger Zeit gebraucht als gedacht, und da er gleich einen Bus erwischte, war er bereits vor dem Mittagessen zurück. Die Eltern und Schwestern erwarteten ihn noch nicht, darum wollte er nicht einfach den Schlüssel benutzen, es wäre seiner Mutter sicher nicht recht, wenn er sich wie der Herr des Hauses benahm. Als er klingelte, geschah etwas nie Dagewesenes: Sein Vater öffnete höchstpersönlich. Jonathan Goodwin war nicht »auf Arbeit«, wie seine Frau zu sagen pflegte, wenn er ins Büro ging, sondern zu Hause.

»Alles in Ordnung, Dad? Ist etwas mit Mutter?«

»Nein, das heißt, wir reden gleich darüber. Deiner Mutter geht es gut. Komm herein. Haben wir dir keinen Schlüssel gegeben?«

Im Haus war es stiller als gewöhnlich. Im Wohnzimmer, dem größten und gemütlichsten Raum, saßen sich Mary Goodwin und Sybil in Sesseln am Kamin gegenüber. Es war kalt für August, aber natürlich brannte kein Feuer, und vor dem Feuerrost stand der Kaminschirm, ein gerahmtes Stickbild mit grellbunten tropischen Vögeln. Die Frauen sagten keinen Ton, doch während Sybil weiter ihre im Schoß gefalteten Hände betrachtete, drehte sich Mrs Goodwin mit Leichenbittermiene zu ihrem Sohn um.

Offenbar war jemand gestorben. Er ging zu seiner Mutter und legte ihr eine Hand auf die Schulter. »Wo ist Maud?«, fragte er. »Was ist mit ihr?«

»Willst du mir keinen Kuss geben, John?«

Brav beugte er sich zu ihr hinunter.

»Dein Vater wird dich aufklären.« Mit einer grotesken Grimasse in Richtung ihrer Tochter gab seine Mutter ihm zu verstehen, dass sie in Sybils Beisein nicht über Maud sprechen wollte.

»Hallo, Syb«, brachte John mühsam heraus. Seine Worte klangen ihm so fremd in den Ohren wie eine Sprache, die er nicht beherrschte. Er drehte sich zu seinem Vater um, der hilflos hinter ihm stand. Zum ersten Mal hatte John das Gefühl, einer Situation womöglich besser gewachsen zu sein als seine Eltern, auch wenn er noch nicht wusste, worum es sich handelte.

Die beiden Männer gingen ins Esszimmer, wo zum Mittag gedeckt war, setzten sich aber nicht.

»Bitte sag mir, was mit Maud ist, Vater.«

»Sie ist in ihrem Zimmer.« Und mit einem schweren Seufzer: »Wir halten es für besser, wenn sie dortbleibt.«

»Aha. Sie ist also krank? Was hat sie denn?« Sein insistierender Ton hätte ihm normalerweise einen strengen Verweis eingebracht. »Sag mir bitte, was los ist.«

Mit gesenktem Blick murmelte sein Vater etwas, das so angestaubt war, dass John seinen Ohren nicht traute.

»Sie ist was?«

»Deine Schwester ist schweren Leibes. Zwinge mich nicht, es zu wiederholen.«

John zog sich einen Stuhl heran und setzte sich. »Soll das heißen, dass sie ein Kind bekommt?«

»Ich bitte dich, John…«

»Für mich war sie immer selbst noch ein Kind, aber vielleicht kann ich da nicht mitreden. Ich muss zu ihr. Arme Maud.«

»Arme Eltern, solltest du sagen. Ich möchte nicht, dass du zu ihr gehst, John. Jetzt nicht und auch künftig nicht.«

John sah auf das weiße Tischtuch hinunter, das seine Mutter mit einem Muster aus gelben Narzissen und grünen Blättern bestickt hatte, und dachte an seine eigene Lage. Wenn die Eltern schon so auf eine Tochter reagierten, die schwanger wurde, ohne verheiratet zu sein – wie würden sie erst die abstoßende, empörende, ja beinahe undenkbare Nachricht aufnehmen, dass ihr Sohn ein Perverser war, eines Verbrechens schuldig, das man, wenn man überhaupt davon zu sprechen wagte, Homosexualismus nannte?

Sein Vater, der Johns Schweigen als Zustimmung zu seinem Verbot gedeutet hatte, sprach bereits davon, was Mauds Aufnahme in die Besserungsanstalt für ledige Mütter im Einzelnen bedeutete. Erst in drei Wochen würde sie in einen der Schlafsäle einziehen können, in dem jeweils sechs junge

Frauen unterkamen. Das Kind würde man ihr unmittelbar nach der Geburt wegnehmen und zur Adoption freigeben. Wenn Maud sich bis dahin nur in ihrem Zimmer aufhielt und dann entweder von ihm oder ihrer Mutter in einem Automobil in das Heim gebracht wurde –

»Wo willst du denn das Automobil herbekommen?«, unterbrach ihn John.

»Grandma hat eins, aber ich möchte nicht, dass sie etwas davon erfährt. Der Schreck könnte sie töten. Ich werde eins mieten.«

»Weiß Sybil Bescheid?«

»Deine Mutter hat es Ethel erzählt, die ist eine verheiratete Frau, und sie gebeten, es Sybil schonend beizubringen.«

John stand auf. »Ich gehe jetzt zu Maud, Vater.«

»Nein, John, ich verbiete es dir.«

»Ich gehe jetzt zu ihr.«

Zuerst hatte John vorgehabt, Maud einfach mitzunehmen und für sie beide Zimmer in einer Pension zu mieten, bis er eine Unterkunft in der Nähe seiner Schule gefunden hatte. Doch nachdem er einmal darüber geschlafen hatte, wurde ihm klar, wie tief die Verunsicherung seiner Eltern ging. Sie waren völlig hilflos. Die Abmachung mit dem Wesley Institute, das Wegschließen von Maud und dass sie ›das Mädchen‹ mit dem Essen zu ihr geschickt hatten – all das waren nur erste Notbehelfe. Alles aber überschattete die Angst vor der Schande, die sie selbst treffen würde, falls Mauds Zustand bekannt wurde. Mehr denn je brauchten sie ihren Sohn, während Maud für sie gewissermaßen gestorben war. Als er ihnen sagte, dass er die Stelle in Ashburton zum Beginn des Herbsttrimesters würde antreten können, beglückwünschten sie ihn geradezu überschwenglich. John konnte sich, wenn er wollte, zum Herrn der Lage machen.

Gegen Abend war die Redeweise seines Vaters längst nicht mehr so großspurig, und auch seine Mutter konnte sich nicht länger weigern, der Wahrheit ins Gesicht zu sehen. Sybil hatte – nach strengen Auflagen, Mauds Namen nicht zu erwähnen – die Erlaubnis erhalten, eine Freundin aus der Nachbarschaft zu besuchen. Als sie aus dem Haus war, öffneten sich die Goodwins allmählich, soweit ihnen das überhaupt möglich war. Mary Goodwin betonte, auch John dürfe mit niemandem über Maud sprechen. Wenn jemand nach ihr fragte, solle er sagen, sie sei erkrankt und auf dem Weg zu einer Cousine in Hereford, die sie pflegen würde. Wie seine Mutter gerade auf Hereford verfallen war, blieb John ein Rätsel, sie hatten dort keine Verwandten. Sein Vater wiederholte immer wieder, dass sie so etwas nie von einem ihrer Kinder geglaubt hätten.

John dachte an sein Gespräch mit Maud zurück. Sie hatte im Bett gelegen. Kaum aber betrat er das Zimmer, sprang sie auf und warf sich ihm in die Arme. Zärtlichkeiten waren in ihrer Familie nicht gern gesehen. Er konnte sich nicht erinnern, dass er und Maud sich je so fest umarmt hätten.

»Du glaubst doch nicht, dass ich ein Verbrechen begangen habe, John? Dass ich schmutzig und verdorben und eine Schande für alle bin?«

»Haben sie das gesagt?«

Sie nickte unter Tränen.

»Du darfst nicht weinen, sonst fange ich auch noch an, und Männer weinen doch nicht.« Dabei lachte er ein wenig.

In Wirklichkeit weinte er bisweilen heimlich und hatte sich angewöhnt, dabei keine Scham zu empfinden.

Noch immer unter Tränen fragte sie: »Was hat mein Vater mit diesem neuen Gesetz gemeint, dass Frauen erst mit sechzehn heiraten können?«

John erklärte es ihr: »Vorher – man mag es kaum glauben – durfte eine Frau mit zwölf und ein Mann mit vierzehn heiraten. Dieses neue Gesetz hat das Alter für beide auf sechzehn heraufgesetzt.«

Maud schluchzte leise, ohne zu antworten.

»Ich werde mich um dich kümmern, Maud, ich werde nicht zulassen, dass sie dich schlecht behandeln, ich werde zu dir nach oben kommen, sooft ich kann. Du bist nicht allein.« Seine Gedanken überschlugen sich, er musste sich plötzlich mit Fragen befassen, die er sich vorher nicht im Traum gestellt hätte. Sorgfältig wählte er seine Worte: »Weiß dein Schatz Bescheid – der Vater deines Babys, meine ich? Hoffentlich nimmst du mir die Frage nicht übel.«

»Nein, dir nehme ich sie nicht übel. Er ist der Bruder meiner Freundin Rosemary. Er heißt Ronnie Clifford.« Sie hätte John gern gesagt, dass Ronnie nie ihr Schatz gewesen oder jedenfalls nicht länger ihr Schatz war, aber daraus hätten sich zu viele peinliche Fragen ergeben. »Vater sagt, dass ich Ronnie nicht heiraten kann, selbst wenn er wollte, weil ich nicht alt genug bin. Bis ich das richtige Alter habe, ist das Baby schon da.«

»Aber erzählen kann ich es ihm doch trotzdem, nicht? Er muss es erfahren. Was auch kommt, du kannst auf mich zählen, Maud, vergiss das nicht.«

Als er dasselbe vor seinen Eltern wiederholte, verspürte

er dabei tatsächlich die Kraft, die ihm noch gefehlt hatte, als er Maud seiner Unterstützung versicherte. Wie er es anstellen sollte, wusste er noch nicht, aber er sah und hörte seinen Eltern an, dass auch sie seine Entschlossenheit bemerkten und erleichtert waren. Wenn es ihnen gelang, die Verantwortung für ihre Tochter loszuwerden, die Last auf Johns Schultern abzuladen, würde vielleicht die dumpfe Zufriedenheit zurückkehren, die sie Glück nannten.

»Dieses Heim, das ihr für Maud vorgesehen habt, ist überflüssig. Schließlich hat sie Familie. Es muss rückgängig gemacht werden, ich kann das übernehmen.«

Sein Vater lief rot an. Er fuhr sich mit der Zunge über die Lippen. »Ich habe, was das Wesley Institute betrifft, noch nichts unternommen, das war nur so dahingesagt.«

Du hast gelogen, um sie zu quälen, dachte John im Stillen, auch wenn man ihm seinen Gedanken vielleicht ansah. »Sie wird euch nicht stören«, sagte er laut. »Mir hat sie erklärt, dass sie lieber auf ihrem Zimmer bleibt. Sybil kann sie dort besuchen.«

»Es gehört sich nicht, dass Sybil Verkehr mit Maud hat«, unterbrach seine Mutter ihn. »Sybil ist nicht verheiratet.«

»Genau wie Maud«, versetzte John.

Erst am Abend des nächsten Tages traf John die endgültige Entscheidung. Die ganze Nacht und den folgenden Tag hatte er unablässig über seinen Plan nachgedacht. Zuerst hatte ihn die eigene Idee erschreckt. Sie war von so großer Tragweite, so kühn, kaum durchführbar. Dann aber sagte er sich, dass dieser Plan die einzig mögliche Lösung war, die für Maud und seine Eltern gleichermaßen annehmbar war.

Wenn jemand geopfert werden musste, dann er allein. Falls der Plan gelang – und er musste gelingen –, würde er jahrelang ein Leben der Täuschung führen, ein Leben in Keuschheit und Ehelosigkeit, auch wenn es nach außen nicht den Anschein haben würde. Maud konnte kaum etwas dagegen haben, denn der Plan würde ihren Ruf und ihre Würde retten. Der Leidtragende war er allein, aber er sagte sich, dass ihn der Schwur, den er in Berties Beisein abgelegt hatte, ohnedies dazu verpflichtete, ledig zu bleiben und auf Sex zu verzichten. Man konnte es auch so sehen, dass der Plan ebenso ihm wie ihr zugutekam. Keine Frau würde ihn mehr verfolgen oder versuchen, sich bei ihm einzuschmeicheln. Kein Mann ihn mehr verdächtigen, »andersherum« zu sein. Der Direktor und seine neuen Kollegen würden John kommentarlos in die Liga der verheirateten Männer aufnehmen.

Mit der Familie besprach er sich nicht. Der Vater hatte seine herrische Großspurigkeit ein Stück weit wiedergefunden. »Da du dich in meine Vorkehrungen eingemischt und verhindert hast, dass sie …« – Mauds Name kam ihm kein einziges Mal über die Lippen – »bis zu ihrer Niederkunft angemessen versorgt wird …«

»Es gab keine Vorkehrungen.« John verlor allmählich die Furcht vor seinem Vater, und gleichzeitig schwand seine Zuneigung.

»Aber wohin jetzt mit ihr? Hier kann sie nicht bleiben.«

Die Tür ging auf, und Sybil kam herein. »Ich war oben bei Maud.«

»Du sollst doch nicht mit ihr sprechen.«

»Ich bin eine erwachsene Frau, Vater. Maud sagt, dass sie nicht in diesem Haus bleiben will.«

Mary Goodwin fing an zu weinen.

Ihr Mann warf ihr einen verächtlichen Blick zu. »Was sie will, spielt keine Rolle. Sie hat jedes Recht verwirkt, eine eigene Wahl zu treffen.«

»Ich werde eine Unterkunft für uns beide finden«, machte John der Diskussion ein Ende. »Sie wird bei mir wohnen.«

Seine Mutter stieß einen Jammerlaut aus. Noch nie hatte John sie so aufgewühlt gesehen. »John, John! Ich will nicht auch noch dich verlieren.«

Ronnie Clifford antwortete nicht auf den Brief, in dem John ihm mitteilte, dass Maud sein Kind erwartete, und um ein Treffen bat. Es war ein schonendes, höfliches Schreiben ohne Drohungen oder Geldforderungen. Dass eine Antwort ausblieb, überraschte John im Grunde nicht sonderlich. Ronnies Adresse hatte er von Maud, die Post war zuverlässig, daran konnte es nicht gelegen haben. Wahrscheinlich hatte der Junge Angst und hoffte, dass die Sache im Sande verlaufen würde, wenn er sich wegduckte. Man konnte ihn zwar zwingen, Maud zu heiraten, doch erst nach der Geburt des Kindes. Maud aber hatte ihrem Bruder versichert, dass sie Ronnie gar nicht heiraten wollte.

Wäre sie dann aber bereit, ihn, John, zu heiraten? Oder jedenfalls so zu tun?

7

Zehn Tage waren vergangen, und John hatte Maud noch immer nichts von seinem Plan erzählt. Mit dem Zug fuhr er nach Exeter St. David's, von dort nach Newton Abbot und mit einem Bus der Western National weiter nach Dartcombe. Dort war, wie er einer Zeitungsanzeige entnommen hatte, ein Cottage zu vermieten, das er sich ansehen wollte. Rechts und links der schmalen Landstraßen, durch die der Bus rollte, waren die Böschungen von Blumen übersät. Die Zeit der Primeln und Veilchen war vorbei, aber Hahnenfuß und Ackerveilchen, Leimkraut, Mädesüß und – am Rand eines kleinen Baches – gelber Nelkenwurz standen in voller Blüte. Dahinter erhoben sich grüne Anhöhen, teils bewaldet, teils von einem Flickenteppich kleiner Felder bedeckt, auf denen Kühe weideten. Die Dörfer mit ihren Cottages aus grauem Stein, den Kirchen mit spitzen Türmen und ein, zwei »Herrenhäusern« unterschieden sich voneinander nur durch die Zahl der Strohdächer, das Alter ihrer Gotteshäuser und die mehr oder minder liebevoll gepflegten kleinen Gärten. Dartcombe, umgeben von bewaldeten Höhen, war mit seinen uralten Eichen auf dem Dorfanger ein besonders hübsches Dorf.

Das Haus mit der Nummer 2 in der Bury Row – John vermutete, dass die Straße ihren Namen der Nähe zu dem kleinen Friedhof verdankte, der zur Kirche All Saints gehörte – konnte man nicht als besonders schmuck bezeichnen. Es stand als zweites in einer erst vor zwanzig Jahren errichteten Häuserzeile. Die Besitzerin wohnte in Nummer 1, was unter Umständen von Nachteil sein konnte. John klopfte dennoch entschlossen an und stellte sich Mrs Tremlett vor, die ihm die vier Zimmer und die Küche des Cottages zeigte.

Zwar waren die Lügen, die er ihr auftischen musste, für einen guten Zweck, aber dennoch plagte ihn sein Gewissen. Eigentlich war es immer sein Grundsatz gewesen, dass der Zweck nicht die Mittel heiligte, jetzt jedoch merkte er vor allem, dass das Ganze gar nicht so einfach war. Mrs Tremlett ging davon aus, dass das größere der beiden Schlafzimmer »Mr und Mrs Goodwin« benutzen würden, und er ließ sie in diesem Glauben. Das zweite Schlafzimmer könne dann das Kleine haben, das, wie John ihr erzählt hatte, seine »Frau« um Weihnachten herum erwartete. Ein Badezimmer gab es nicht, aber in der Spülküche sah er eine kuriose Neuerung, die er sich erst erklären lassen musste. Unter einem Holzdeckel verbarg sich eine Art Sessel, in den man aus einem Hahn kaltes Wasser einlassen konnte. Wenn man zusätzlich auf dem Herd Wasser erhitzte und dazugab, war solch eine Sitzbadewanne durchaus angenehm.

Besser als nichts, dachte John. Hinter dem Haus blühten Dahlien und frühe Herbstastern. Er stellte es sich nett vor, nach der Schule ein bisschen im Garten zu arbeiten, auch wenn er darin keine Erfahrung hatte. Neben einer Außentoilette, sauber und frisch geweißt, stand ein kleiner Werkzeugschuppen. Er würde das Cottage nehmen, sagte John, und zahlte die Miete, die Mrs Tremlett wöchentlich zu entrichten bat, für den ersten Monat. Ob er wohl hier übernachten könne, fragte er. Sie habe nichts dagegen, erwiderte Mrs Tremlett etwas zögernd, aber wo habe er denn seine Frau gelassen?

Diesmal konnte sich John – fast – an die Wahrheit halten. »Sie ist bei ihren Eltern in Bristol, dort treffe ich sie morgen früh.«

Er hatte eigentlich vorgehabt, im Pub am Ort, der Red Cow, abzusteigen oder notfalls mit dem Bus nach Exeter zurückzufahren, doch so war es noch einfacher. Ob er in der Red Cow etwas zu essen bekommen würde, fragte er. Mrs Tremlett bejahte. Ihr Bruder, Mr Lillicrap, war der Wirt. Sie hatte ihr Misstrauen abgelegt, machte ihm eine Tasse Tee und überließ ihm für den nächsten Morgen ein ganzes Päckchen und einen Krug Milch.

Die Wolken hatten sich verzogen, der Nachmittagshimmel war blau, und es war richtig warm geworden. John erkundete das Dorf, stellte fest, dass es dort zumindest einen Laden gab, und betrat die Kirche. Wie überall auf dem Land war der Innenraum kühl und ruhig. Vor den Kirchenbänken lagen Betkissen, auf die mit bunter Wolle christliche Symbole gestickt waren – ein weißer Fisch auf blauem, ein gelbes Lamm auf grünem Grund und viele Kreuze in allen Farben. Vor dem Altar standen zwei hohe Vasen mit Blumen, Stockrosen und Taglilien. Ob Maud wohl am Sonntagvormittag hierherkommen würde? Oder hatte sie sich wie er vom Glauben abgewandt? Er erinnerte sich ihrer Worte, sie fühle sich von Gott im Stich gelassen. Dass sie nach dem, was sie mit ihren Eltern erlebt hatte, noch am Methodismus festhalten würde, schien ihm sehr fraglich.

Wäre er eine Romanfigur, dachte er, hätte an diesem Sommernachmittag der Pfarrer die Dorfkirche betreten und ihn gefragt, ob er Hilfe brauche, und vielleicht hätte er diesem gütigen Gottesmann sein Herz ausgeschüttet. Aber er saß nicht in einer erfundenen Kirche, sondern in All Saints, Dartcombe, und die einzige Person seines Vertrauens würde in Zukunft Maud sein müssen.

Er kehrte zurück zu dem Haus in der Bury Row. Bei näherer Betrachtung waren die Möbel zwar alt, aber in gutem Zustand. Auf der Treppe lag ein Läufer aus strapazierfähigem Drogett. Maud würde er das größere Schlafzimmer mit dem Doppelbett und dem Blick auf die Dorfstraße und die Kirche überlassen. Er selbst würde sich das kleinere Zimmer nach hinten hinaus nehmen, von dem aus man auf den Garten und die bewaldeten Höhen dahinter sah.

Abends in der Red Cow bestellte er wohlweislich nicht sein gewohntes helles Bier, sondern, wie die Einheimischen, einen Schoppen Cider. Das kam gut an. Mr Lillicrap streckte ihm, als er sich vorstellte, über den Tresen weg eine große, schwielige Hand hin. Die anderen Männer sahen kurz zu John herüber und wieder weg, ein paar nickten. Vielleicht hätte er sich in dem separaten Raum an einen Tisch dazusetzen sollen, das hätten diese Leute bestimmt akzeptiert. Dass er ein »Studierter« sein musste, verriet ja schon seine Kleidung. Mit Maud würde er nie hierherkommen können. Er bezweifelte, dass sich jemals eine Frau aus Dartcombe in die Red Cow – oder überhaupt ein Pub – verirrt hatte. Als einziges weibliches Wesen war hier die füllige Mrs Lillicrap zu sehen, deren Devon-Dialekt nahezu unverständlich war. Sie brachte ihm eine Suppe und danach Rührei mit

Schinken in das kleine Zimmer, in dem offenbar sonst die Familie aß.

Im Haus seiner Eltern an Bertie zu schreiben war John unmöglich. Schon der Gedanke trieb ihm die Schamröte ins Gesicht. Er hatte sich Papier, einen Umschlag und eine Briefmarke mitgenommen. Sein Füllfederhalter steckte in seiner Brusttasche. Seit er wieder zu Hause war, hatte er bereits einmal geschrieben, auf einer Parkbank, den Briefbogen mit einem Buch als Unterlage auf den Knien, war sich dabei aber albern vorgekommen und hatte das Gefühl gehabt, dass alle ihn anstarrten. Jetzt war er allein, hatte keine Zuschauer, und als er sich an Mrs Tremletts liebevoll polierten Esstisch setzte, auf dem so manches Glas seine Spuren hinterlassen hatte, ging ihm das Herz über, sein Puls beschleunigte sich, und er bebte am ganzen Körper.

Es war ein langer, war der leidenschaftlichste Brief, den er je geschrieben hatte. Er erzählte Bertie, wie schrecklich er sich nach ihm gesehnt hatte und dass seine Behauptung, er könne den Freund für immer aufgeben, eine schnöde Lüge gewesen war. Seine Hemmungen über Bord werfend, schrieb er über die Dinge, die sie zusammen getrieben hatten, Dinge, die nach Meinung der meisten Menschen zweifellos sündig waren, die auch John im Gespräch mit Bertie für unrecht gehalten hatte, aber jetzt gut und richtig fand, weil sie sich liebten. Der Brief ging über mehrere Seiten, und als er ihn noch einmal durchlas, dachte er, die eine oder andere Stelle würde ihm vielleicht peinlich sein, aber er schämte sich nicht mehr als beim Lesen eines Liebesgedichtes von John Donne oder einer Shakespeare-Szene.

Das Einzelbett in dem Zimmer nach hinten hinaus war nicht bezogen. Im Schrank lag Wäsche, aber er war zu müde, um das Bett zu machen, zog nur Anzug und Hemd aus und schlüpfte unter die Steppdecke. Es war erst acht, doch John schlief tief und fest. Ein Vogelchor – so laut und wohltönend, wie er noch keinen erlebt hatte – weckte ihn.

John hatte schon viel erreicht, aber es galt, noch mehr schwierige Entscheidungen zu treffen. Wie viel sollte er Maud erzählen? Auch mit seinen Eltern würde er sprechen müssen und wohl auch mit den Schwestern, aber vor allem fürchtete er Mauds Widerstand. Als er nach Hause kam, war Maud nach wie vor in ihrem Zimmer, jetzt aber freiwillig. Sie hielt sich an ihren Vorsatz, nie mehr mit ihrem Vater zu sprechen, und begegnete der Mutter kühl. Die ließ sich allerdings auch nur selten blicken. Sybil verbrachte die meiste Zeit vor und nach der Arbeit oben bei ihrer Schwester. Ethel, ganz die brave Ehefrau, hatte sich die Ablehnung, ja den Abscheu ihrer Eltern zu eigen gemacht. Dass Maud nicht bereit war, ihre Schmach einzugestehen, machte für Ethel die Sache nur noch schlimmer.

Maud trank gerade den Tee, den das Mädchen ihr gebracht hatte, als John eintrat. Er musterte sie forschend, und sie missverstand seinen Blick. »Man sieht es schon, nicht? Draußen auf der Straße würden die Leute es bemerken.«

»Darum geht es mir nicht, Maud. Ich habe überlegt, ob du für achtzehn oder neunzehn durchgehen könntest. Wahrscheinlich würde man dir das abnehmen.«

»Für achtzehn oder neunzehn durchgehen? Wie meinst du das?«

John erklärte es ihr. Er erzählte von dem Cottage und Mrs Tremlett und dem hübschen Dorf und dass sie dort sagen würden, sie sei Johns Frau, die sein Kind erwartete.

Sie wurde dunkelrot. »Das kann ich nicht, John.«

»Doch. Wenn du dich erst einmal daran gewöhnt hast, ist es ganz leicht.«

»Aber wird es nicht rauskommen?«

»Wie denn? Wir sind dort Mr und Mrs Goodwin, heißen mit Vornamen John und Maud, genau wie jetzt. Ich besorge dir einen Trauring. Der Nachbarin – sie ist unsere Vermieterin – habe ich schon von dir als meiner Frau erzählt. Es wird dir gefallen, Maud. Morgens hört man dort ein einziges Vogelzwitschern. Ich werde mir ein Fahrrad anschaffen, um damit zur Schule zu fahren, und du kannst im Dorfladen für uns einkaufen. Keiner wird sich das Maul zerreißen, denn für eine junge Ehefrau ist dein Zustand etwas ganz Natürliches. Sie werden sich für dich freuen.«

Maud hatte schweigend zugehört. Das alles kam ihr vor wie ein Märchen, etwas ganz und gar Unwirkliches. »Die Eltern werden es nicht erlauben.«

»Doch.« Sie werden froh sein, dich los zu sein, dachte er, sprach es aber nicht aus. Trotz allem, was geschehen war, musste Maud der Gedanke verletzen, dass man sie zu Hause nicht haben wollte. Er hatte den Eltern schon angedeutet, dass er in Devon für Maud eine Bleibe gefunden hatte, in der sie gut aufgehoben war und eine zuverlässige Person, eine gewisse Mrs Tremlett, sich um sie kümmern werde. Nun musste er Maud nur noch beibringen, dass er und sie unter einem Dach leben würden. »Mach dir keine Gedanken« sagte er. »Deine einzige Sorge muss jetzt sein, auf dich achtzugeben und gesund zu bleiben – deinem Kind zuliebe.«

Ihre Gedanken eilten voraus. »Was mache ich aber, wenn das Baby da ist? Wo soll ich dann hin?«

»Du bleibst natürlich bei mir. Für die Leute ist es unser Kind, wir sind ihm Vater und Mutter, wir werden zusammenleben, und alle werden uns für ein Ehepaar halten.«

»Lässt du mich jetzt bitte allein, John? Das ist ein bisschen viel auf einmal, ich will in Ruhe über all das nachdenken.«

Am nächsten Tag kam die Frage, die irgendwann unvermeidlich war und die er fürchtete.

»Eine Lehrerin von mir hat mal gesagt, dass wir unser ganzes Leben noch vor uns haben. Das war, als die Frauen letztes Jahr mit einundzwanzig das Wahlrecht bekommen haben. ›Ihr könnt jetzt Großes erreichen‹, hat sie gesagt, ›das ganze Leben liegt noch vor euch.‹ Und da hab ich an dich gedacht. Mein Leben ist vielleicht vertan, ich weiß ja nicht, wie es weitergehen soll, wenn mein Baby geboren ist, aber du, John, wirst heiraten, richtig heiraten und Kinder haben wollen.«

»Ich werde nie heiraten.«

»Das weißt du doch noch nicht. Du wirst eine Frau kennenlernen und dich in sie verlieben und sie heiraten, warum schließlich nicht? Und die wird mich nicht im Haus haben wollen, mich und das Baby.«

»Ich werde nie heiraten«, wiederholte er.

Jetzt musste er es ihr sagen. Er überlegte, wie er es formulieren sollte. Es würde in ihren Ohren entsetzlich vulgär klingen, abartig, widerwärtig, unvorstellbar. Du weißt, was ihr gemacht habt, du und Ronnie, würde er sagen müssen, so ungefähr ist es bei uns, nur dass wir beide Männer sind. Er würde ihr erklären, dass Bertie und er sich liebten, versuchen, ihr beizubringen, dass der Liebesakt zwei Männer ebenso beglücken konnte wie Mann und Frau, würde vielleicht auf die Griechen zu sprechen kommen – zum Teufel mit den Griechen! Der Makel, der in den Augen der Allgemeinheit Männern wie ihm anhing, wuchs sich in seiner Vorstellung zu einem Ungeheuer aus, einem behaarten Caliban mit Krokodilskopf, Verkörperung alles Bösen. Womöglich hatte auch Maud etwas in der Schule aufgeschnappt oder Ronnie Clifford abfällige Bemerkungen gemacht und sie diesem Ungeheuer einen Platz in ihrer Phantasie eingeräumt. Nein, er konnte es ihr nicht sagen. Ungeachtet der Kraft, die er neuerdings in sich spürte, griff er zu der Zuflucht des Feiglings: Eines Tages, aber jetzt noch nicht… Eines Tages würde er ihr auch sagen, dass er das alles aufgegeben hatte, dass es für ihn vorbei war.

Maud verabschiedete sich von ihrer Mutter mit einem gleichgültigen Kuss auf die Wange und ging, ihrem Vorsatz getreu, wortlos an ihrem Vater vorüber. John hatte seine Kleidung und seine Bücher schon an Mrs Tremlett schicken lassen. Mauds Sachen – soweit sie noch hineinpasste – waren in den beiden Koffern, in denen er seine Habseligkeiten aus London mitgebracht hatte. Sie könne gut nähen, hatte Maud ihm erzählt, im Handarbeitsunterricht sei sie die Beste gewesen und werde für sich und das Baby alles selber schneidern. Sobald sie sich eingerichtet hatten, versprach John, würde er nach Exeter fahren und ihr eine Nähmaschine kaufen.

Sybil bat Maud, sie solle ihr schreiben, und die versprach es. So würden auch die Eltern Bescheid wissen, mit denen Maud keinen direkten Kontakt mehr wünschte. Aber John könne ruhig an Vater und Mutter schreiben, wenn er wolle, sagte sie, als sie im Zug saßen. Am Mittelfinger der linken Hand steckte der Trauring, den John ihr gekauft hatte. Ob die Eltern ihn bemerkt hatten? Gesagt hatten sie nichts. Sie mochten sich denken, dass Maud in ihrem Zustand nicht anders hatte handeln können. Der Zug rollte vorbei an saftigen Weiden und an Feldern, auf denen das Getreide reifte. Maud sah aus dem Fenster, ohne viel von alldem wahrzunehmen, und spürte, dass sie zum ersten Mal seit dem Tag, als die Mutter sie beim Ankleiden in ihrem Zimmer überrascht hatte, glücklich war. Ja, sie war glücklich und träumte von einem eigenen Heim, in dem sie mit John ein richtiges erwachsenes Leben führen und im Winter ihr Kind zur Welt bringen würde.

8

Man hatte Maud gelehrt, eheliche Hingabe, eine gute Haushaltsführung und die Mutterschaft als Mittelpunkt ihres Lebens zu sehen. Wegen ihrer schulischen Erfolge hätten die Eltern ihr womöglich ein Studium erlaubt, am College in Exeter zum Beispiel, so dass sie Lehrerin hätte werden können, aber eine Heirat hätte das Aus für jede Berufstätigkeit bedeutet, denn die Pflichten einer Ehefrau gingen vor. Jetzt hatten diese Pflichten sie geradezu überrollt. Sie würde John keine Ehefrau sein, würde aber die Aufgaben einer Ehefrau erfüllen, das Cottage in Ordnung halten und putzen, Wäsche waschen müssen – und in wenigen Monaten würde sie Mutter sein.

Das beschäftigte Maud, während sie im Bus von Exeter nach Dartcombe saß. Die Landschaft um Bristol herum war wohl schön, aber nicht so üppig grün wie hier, wo man nur staunen konnte, wie der Bus es schaffte, sich durch die schmalen Straßen mit den steilen Böschungen und dem dichten Blätterdach seinen Weg zu bahnen. Die Erde war dunkelrot, die kleinen, von Hecken umgebenen Felder wechselten mit dunklen Waldungen ab. Hätte ihre Englischlehrerin ihr nicht gesagt, dass man zwar beim Schreiben die Kunst mit der Natur vergleichen darf, nie aber die Natur mit der Kunst, hätte der Anblick sie an die kunstvolle Patchworkdecke erinnert, die ihr die Mutter genäht und die zu Hause auf ihrem Bett gelegen hatte. Die würde sie nun nie wiedersehen. Maud seufzte leise. John hatte es gehört und nahm ihre Hand.

Eine alte Frau, die in der Nähe saß, hatte die Geste und Johns liebevollen Blick bemerkt. Sie lächelte Maud, deren Schwangerschaft ebenso wenig zu übersehen war wie der goldene Ring am Mittelfinger ihrer linken Hand, wohlwollend zu.

»Alles in Ordnung?«, fragte John. »Der Bus ist ein richtiger Rumpelkasten.«

»Mir geht's gut. Hübsch ist es hier.«

Das schien John zu freuen, und ihr wurde wieder einmal bewusst, wie gern sie ihn hatte. Dennoch durchzuckte sie ein Schreck, als John sie nach dem kurzen Fußweg von der Bushaltestelle zu dem Cottage in der Bury Row Mrs Tremlett vorstellte.

»Das ist Maud, meine Frau.«

Es musste sein, gewiss, aber war es nicht unrecht, eine solche Lügengeschichte zu verzapfen? Der Plan, hierherzuziehen, hier zusammenzuleben, als Mann und Frau vor diese Frau hinzutreten, die so bärbeißig aussah, aber so nett zu ihnen war – das ganze Gebäude ruhte auf dieser einen Lüge. Es gab nur eine Alternative – die grausame Wahrheit.

Mrs Tremlett dachte sich, dass diese junge Frau wirklich erstaunlich jung war, sprach es aber höflicherweise nicht laut aus. Sie selbst hatte mit sechzehn geheiratet – auch bei ihr war ein Kind unterwegs gewesen –, und viel älter konnte Mr Goodwins Frau nicht sein. Sie brachte die beiden ins Wohnzimmer, wo zum Tee gedeckt war und trotz des sommerlich warmen Wetters ein Feuer im Kamin brannte.

»Das Bett ist gemacht«, sagte Mrs Tremlett, »Sie brauchen sich um nichts zu kümmern, und Mrs Goodwin kann sich nach der langen Reise erst einmal ausruhen.«

Das Bett war das erste Anzeichen für die Schwierigkeiten, die ihnen bevorstanden.

»Wir werden uns an Ausreden gewöhnen müssen«, sagte John oben im Schlafzimmer, als Mrs Tremlett gegangen war. »Ich beziehe mir das Bett im Nebenzimmer, und irgendwie müssen wir das vor unserer freundlichen Nachbarin verheimlichen, wenn sie zum Putzen kommt.«

»Putzen kann ich doch selber, John.«

»Wenn das Baby da ist, werden wir sie brauchen. Vorerst lassen wir sie am besten einmal die Woche kommen, da kann sie sich mit allem vertraut machen.«

»Dann müssen wir so tun, als ob wir in einem Bett schlafen?«

»Ja, natürlich. Überleg doch mal, Maud! Was soll sie von einem frischverheirateten Paar denken, das getrennt schläft?«

Maud legte die Hände auf den gerundeten Bauch. »So frischverheiratet hoffentlich auch wieder nicht, John.« Sie musste lachen, aber dann brach sie in Tränen aus.

»Beruhige dich, Mrs Goodwin, du wirst sehen, es geht alles glatt. Ich mache mir jetzt mein Bett, und dann können wir essen.« In einer Kommode im Schlafzimmer fand sich Bettwäsche mit den Initialen MT – für Margaret Tremlett vermutlich. Das letzte Mal hatte er ein Bett für sich und Bertie bezogen, und der Gedanke, dass sie nie wieder beieinanderliegen würden, tat fast körperlich weh.

Mrs Tremlett sollte immer donnerstags zum Putzen kommen. Beim ersten Mal war sie früh dran. John war schon aus dem Haus, es war sein erster Tag in der neuen Schule, und Maud wusch Wäsche in der Küchenspüle. Mit dem Herd konnte sie umgehen, aber der Kupferkessel in der Spülküche war ihr ein Buch mit sieben Siegeln. Wie brachte man das heiße Wasser hinein und dann wieder heraus, wenn die Wäsche fertig war?

Mrs Tremlett öffnete das Türchen am Boden des Kessels. »Das überlassen Sie mal mir, meine Kleine. Mit der Wäscheglocke hantieren Sie mir in Ihrem Zustand besser nicht herum. Die schweren Betttücher bringe ich rüber zu mir.«

Ihr Ton war sanft und freundlich, doch wie wäre es wohl gewesen, wenn ihre Hauswirtin gewusst hätte, dass sie in Wirklichkeit erst fünfzehn und unverheiratet war und nie würde heiraten können? Von einer Glocke war in der Spülküche nichts zu sehen, aber vielleicht war die hölzerne Stange dort in der Ecke gemeint, die am einen Ende so etwas wie eine hölzerne Scheibe hatte. Wie sollte sie Johns Bettzeug sauberbekommen? Mit einem Stück Schmierseife per Hand waschen? Und auf diesem Holzbrett mit Rillen, das auch dort stand? Sie würde John fragen, wenn er nach Hause kam. Da die Sonne schien, ging Maud erst einmal in den Vorgarten und hielt das Gesicht der Wärme entgegen.

Sie waren nun eine Woche da. Längst hatte Maud sich mit dem Dorfladen vertraut gemacht, in dem man Tee und Zucker sowie Fleischkonserven und Obst in Dosen kaufen konnte, außerdem Kerzen und Bindfaden und Lampenöl. Eier und Kartoffeln lieferte der Bauernhof oben auf dem

Hügel, und die Milch kam in großen Blechkannen auf einem Pferdefuhrwerk und wurde in Mauds blauen Krug aus Steingut gefüllt. Zum Metzger und zum Bäcker musste man mit dem Bus eigens nach Ashburton oder Newton Abbot fahren. Das hatte Maud nur einmal gemacht, denn sie hatte nicht gewusst, was für Fleisch sie kaufen sollte, und fürchtete, es könnte in der Wärme verderben, ehe sie es nach Hause gebracht hatte. John schlug ihr vor, das Fleisch, das sie brauchten, zwei Lammkoteletts zum Beispiel oder Hackfleisch für Frikadellen oder einen Auflauf, auf seinem Heimweg von der Schule mitzubringen.

Wie gut man sie doch zu Hause versorgt hatte! Maud hatte das früher als selbstverständlich hingenommen. Mutter und ›das Mädchen‹ kümmerten sich um alles, und die Putzfrau, deren Nichte sich ertränkt hatte, kam einmal in der Woche »fürs Grobe«. Konnte es für sie überhaupt noch eine Rückkehr in dieses Leben geben? Vermutlich hatte sie sich den Weg dorthin nach den beiden Abenden mit Ronnie Clifford auf der Wiese, auf dem Heimweg von der Chorprobe, nach jenem »Akt«, der landläufig für Liebe angesehen wurde, für immer verbaut. An Ronnie dachte sie, wenn überhaupt, nur voller Bitterkeit.

Der Briefträger kam mit seiner Tasche die Dorfstraße hoch, er schien schwer zu tragen an all dem Papier. So viele Briefe an Freunde und Verwandte, von Freunden und Verwandten… Ich wünschte, ich hätte eine Freundin, dachte Maud, mit meinen Verwandten hatte ich kein Glück. Abgesehen von John natürlich, aber der ist ja jetzt angeblich mein Ehemann, und Rosemary habe ich wegen Ronnie verloren. Der Briefträger hatte das Gartentor aufgemacht und kam den Weg entlang. Er grüßte sie, Maud erwiderte seinen Gruß und erhielt einen Brief, aber natürlich war der nicht für sie bestimmt, sondern an »J. Goodwin Esq.« gerichtet. Maud ging damit ins Haus und setzte sich ins Wohnzimmer. Sie wusste, dass »Esq.« eine Abkürzung für »Esquire« war, eine Höflichkeitsformel, die zuvorkommender klang als Mister und gleich nach »Sir« oder »Lord« kam. Manche Leute behaupteten, sie könnten an der Handschrift erkennen, ob der Absender ein Mann oder eine Frau war, ihr Vater jedenfalls meinte, er könne es, aber Maud war sicher, dass sie dieses Kunststück nicht fertigbringen würde. Die Schrift war nach hinten geneigt, und das, hatte sie gelernt, war schlecht und hätte dem Absender schon als Kind abgewöhnt werden müssen, so wie man Linkshänder – ihre Schwester Ethel zum Beispiel – zu Rechtshändern umerziehen musste. Der Absender hatte über das ›i‹ in Devonshire keinen Punkt, sondern einen Kringel gesetzt, eine Angewohnheit, die ihre Englischlehrerin »ungebildet« nannte.

Der Brief konnte von einem Freund aus dem College sein oder auch von einer Frau, was Maud irgendwie lieber gewesen wäre. Vielleicht setzte eine Frau eher einen Kringel über das ›i‹. Er würde nie heiraten, hatte John gesagt, aber so jung sie war, wusste Maud doch, dass solche Behauptungen wertlos werden, sobald die Richtige gefunden ist. Ihre Gedanken flogen voraus zu der Zeit, wenn das Kind da sein und Johns Freundin sie hier besuchen würde. Ehe die beiden heirateten, würden sie und John von hier wegziehen müssen, damit die Nachbarn nichts merkten, John und sein Mädchen würden Hochzeit feiern, und sie hätten alle zusammen ein neues Heim. Maud würde sich als

Witwe ausgeben, sie würden sich alle drei gut verstehen, und die neue Mrs Goodwin würde das Baby lieben, als wäre es ihr eigenes. Maud stellte den Anlass dieser Tagträume im Wohnzimmer auf den Kaminsims.

Als Mrs Tremlett mit einem großen Korb voll schmutziger Wäsche gegangen war, setzte sich Maud mit dem Nähmaterial, das John ihr gekauft hatte – Steck- und Nähnadeln, Rollen mit schwarzem und weißem Garn (buntes sollte folgen), einer Schere, einem Schnittmuster für ein Babynachthemdchen und einer Bahn weißem Batist –, auf den Fußboden. In Wirklichkeit konnte sie nicht so gut schneidern, wie sie John glauben gemacht hatte. Die Nähmaschine sollte noch kommen, und sie würde lernen müssen, mit ihr zurechtzukommen. Jetzt versuchte sie erst einmal, das Schnittmuster auf den Stoff zu stecken, ihn zuzuschneiden und die Teile aneinanderzuheften. Sie war noch bei der Arbeit, als John nach Hause kam. Er hatte eine Tüte in der Hand, die noch einmal mit Packpapier umwickelt war, damit das Stück Rinderhals, das darin steckte, nicht durchblutete.

»Beim Metzger waren nur Frauen«, erzählte er. »Ich schätze, ich war den ganzen Tag dort der einzige männliche Kunde. Der Metzger war zu höflich, um zu lachen. Als er mich bedient hatte, sagte er: ›Einen Gentleman sehen wir hier nicht oft, Sir. Die sind zuständig fürs Essen und die Ladys fürs Einkaufen.‹«

John hatte noch nie Berties Handschrift gesehen, vermutete aber, dass der Brief von ihm war. Wer sollte sonst an ihn schreiben außer vielleicht seine Eltern? Er hatte ihnen mitgeteilt, dass er sich inzwischen in der Bury Road häuslich eingerichtet hatte und eine Frau aus der Gegend Maud betreute. Dass die Eltern an Maud schreiben würden, war unwahrscheinlich, aber auf das Wort »Nachbarin« hatte er sich vorsichtshalber nicht festlegen wollen. Er hatte ihnen geschildert, wie hübsch das Dorf und die Landschaft waren, hatte die alte Kirche beschrieben und den Friedhof, auf dem ein berühmter Dichter aus dem vorigen Jahrhundert begraben lag. Er habe sich ein Fahrrad angeschafft, schrieb er, und sich damit den Schulweg wesentlich erleichtert. Bisher war noch keine Antwort gekommen. Sorgsam öffnete er den Brief, und sein Herz schlug schneller.

Der Brief an Bertie, den er in jener einsamen Nacht im Cottage geschrieben hatte, war voller Leidenschaft und zärtlicher Liebe gewesen. Beides fehlte in Berties Antwort. Sie war kurz, bezog sich, wenn auch nur in Andeutungen, aber mehrfach, auf das, was sie miteinander gemacht hatten. Dieser Aspekt ihrer Beziehung war für John etwas Sündiges, was mit Polizei und Gerichten zusammenhing, mit Ausschreitungen und Gefängnis, mit einer ganzen Palette von schmachvollen Abscheulichkeiten, mit Begriffen wie Sodomie und Arschfickerei. Die strengen Gesetze jener Jahre waren dazu gedacht, junge Männer wie ihn von ebendiesen Dingen abzuschrecken, und doch erregte John diese Vorstellung, sie schien ihm untrennbar mit Bertie verbunden, seiner Schönheit, seiner Stimme, seiner unwiderstehlichen Anziehungskraft. Sollte er im gleichen Stil antworten? Wenn Bertie das gefiel, wenn er Bertie dadurch dazu brachte, ihn, John, mehr zu begehren, mehr zu lieben – ja, dann würde er es wagen.

Doch als er den Brief immer wieder gelesen hatte und die schrecklichen, schönen Sätze auswendig konnte, fasste er einen Entschluss. Er würde warten, bis Maud die Küche verlassen hatte, um den Tisch zu decken, dann würde er die Ofentür aufmachen und Berties Brief auf die glühenden Kohlen legen.

Das würde zwar sehr weh tun, aber er traute sich nicht, so ein wichtiges Beweisstück im Haus zu lassen, wo es Maud oder gar Mrs Tremlett in die Hände fallen konnte.

Vorerst steckte er den Brief in die Hosentasche, um nicht zu vergessen, was er noch tun musste. Eines Tages, nicht jetzt … Vielleicht dachte Maud, der Brief sei von einer Frau. Er hatte ihr zwar gesagt, dass er nie heiraten würde, aber er wusste, dass sie ihm das nicht abkaufte. Keine Frau würde das glauben wollen. Sie würde es gern sehen, wenn er ein Mädchen hätte und es früher oder später zur Frau nehmen würde. Wenn er sich vorstellte, wie Maud auf die Wahrheit reagieren würde, schüttelte ihn Selbstekel. So etwas konnte man einer Frau nicht sagen. Frauen wussten nicht, dass es solche Neigungen, solche Sehnsüchte gab, oder würden sich, wenn sie unter Kichern und mit gespieltem Schauder entsprechende Andeutungen hörten, entsetzt abwenden. Schwule Männer trugen ausgestopfte Büstenhalter und taten rote Tinte auf ihre Unterhosen, um eine Monatsblutung vorzutäuschen, hatten aber trotzdem einen Hass auf alle Frauen. All das hatte er von Bertie erfahren. John wusste nur, dass er anders war, es aber nicht sagen durfte.

Manchmal begegnete er alten Männern, die allein lebten, aber keine Witwer waren. Einer wohnte in ihrer Straße in Bristol, und hier im Dorf gab es bestimmt auch jemanden.

John wusste, dass sie waren wie er, dass sie niemandem verraten konnten, warum sie Einzelgänger waren, dazu verdammt, auf die ständigen Bemerkungen ihrer Familien, es sei langsam Zeit zum Heiraten, mit der Feststellung zu antworten, sie seien eben eingefleischte Junggesellen. Wenn sich zwei unverheiratete Männer in einem Haus zusammentaten, hatten sie es etwas leichter, denn der Homosexualismus – ein furchtbares Wort, aber wie sollte man sonst sagen – war derart tabuisiert, dass kaum jemand erriet, warum sie zusammenlebten.

Maud riss ihn aus seinen bedrückenden Gedanken. Sie kam mit einem Tischtuch und Besteck herein. John sah ihr zu, wie sie Messer, Gabel und Löffel verteilte, und während sie zur Anrichte ging, um Wassergläser zu holen, steckte er Berties Brief schnell in den Ofen.

9

Die Zeit verging, und John hatte noch immer nichts gesagt. Der Herbst kam und mit ihm schlechtes Wetter. Maud sah nun, dass Devon sein sattes Grün dem vielen Regen verdankte. Ihr Bauch rundete sich immer mehr, und das Kind bewegte sich. Und dann schrieb Mary Goodwin doch tatsächlich eines Tages an Maud. Mrs Tremlett brachte den Brief vorbei, sie dachte, Mauds Mutter habe sich in der Hausnummer geirrt.

»Du kannst ihn lesen«, sagte Maud mit Tränen in den Augen. »Freude wirst du nicht daran haben. Er ist niederträchtig und gemein. Sie schreibt, dass mir die Geschichte vielleicht eine Lehre ist, hat aber keine große Hoffnung, da ich es mir im Haus einer freundlichen Frau gutgehen lasse, den eigenen Bruder gleich nebenan. Sie schreibt nicht ›in der Gegend‹, John, sondern ›nebenan‹!«

»Dann muss wieder eine Lüge her. Ich werde sie unter irgendeinem Vorwand bitten, deine Briefe an meine Adresse zu schicken, doch ich wette, sie lässt so schnell nicht mehr von sich hören.«

»Wir müssen ihr Bescheid geben, wenn das Baby da ist.«

Das Dorf hatte keinen Arzt. Dr. Masonford aus dem fünf Meilen entfernten Ashton machte seine Visiten mit dem Ponywagen. So hatte es schon vor fünfzig Jahren sein Vorgänger gehalten. Mrs Lillicrap aus der Red Cow versicherte John, wenn alles glattginge, sei kein Arzt vonnöten, sie habe Erfahrung in der Geburtshilfe und werde das Kind selbst auf die Welt holen. John erinnerte sich an die Wochenpflegerin, die sie bei Mauds Geburt im Haus hatten. Ethel hatte ihr Zimmer räumen und zu Sybil ziehen müssen. Damit sah John fast unüberwindliche Schwierigkeiten auf sich zukommen. Die Pflegerin würde ein Zimmer benötigen, und das bedeutete, dass er bei Maud würde schlafen müssen. Die Pflegerin, Mrs Tremlett und Mrs Lillicrap würden sich zwar nichts dabei denken, sie glaubten ja, dass er und Maud es nie anders machten. Doch für ihn kam folglich eine Wochenpflegerin nicht in Frage, er und die beiden Frauen würden sich allein um Maud und das Kleine kümmern müssen. Immer mehr verfing er sich in dem Netz der Täuschung, das er mit der erfundenen Ehe selbst ausgeworfen hatte.

Mittlerweile gingen regelmäßig Briefe zwischen John und Bertie hin und her. John verlor – zumindest auf dem Papier – zunehmend seine Hemmungen. Er wusste, dass er sich lächerlich machte, wenn er bei seinen Ergüssen aus dem Hohelied Salomos zitierte, konnte aber nicht widerstehen, Bertie als »du, den meine Seele liebt« anzuschreiben, ihm die »Augen einer Taube« anzudichten und Lippen »wie Lilien; sie tropfen von flüssiger Myrrhe«. Die allgemein vertretene Ansicht, dass das Gedicht nicht von der Liebe zwischen zwei Menschen handelte, sondern von der Liebe zwischen Christus und seiner Kirche, fand John zwar albern, hatte aber trotzdem die leise Angst, er könne mit seinen Vergleichen Gotteslästerung begehen. Bertie ging auf seine Überspanntheiten nie ein. Vielleicht waren sie ihm peinlich – dass Bertie etwas peinlich gewesen wäre, hatte John allerdings noch nie erlebt –, vielleicht aber verstand er sie auch einfach nicht.

Berties Briefe landeten alle im Feuer. Für John wurde es inzwischen fast ein Ritual zu warten, bis Maud die Küche verlassen hatte, dann schnell die Ofenklappe zu öffnen und das Blatt hineinzustecken. Bertie schrieb mit Bleistift auf billigem liniertem Papier, offenbar besaß er keinen Füller. John schämte sich ein wenig für den Freund mit seinen Kringeln über dem ›i‹ und der fehlenden Zeichensetzung, aber seiner Liebe tat das keinen Abbruch. In gewisser Weise war er immer erleichtert, wenn der jeweils letzte Brief verbrannt war, dann hatte er das ungebildete Geschreibsel nicht mehr vor Augen und konnte sich ganz der Erinnerung an seine Leidenschaft hingeben.

Bertie wollte gern nach Dartcombe auf Besuch kommen und hatte John klargemacht, dass er sein Gerede von einem Leben in Keuschheit nicht mehr ernst nahm, auch wenn er es sehr viel deutlicher ausdrückte. John sehnte sich nach ihm und überlegte ständig, ob es nicht eine Möglichkeit gab, mit ihm zusammenzukommen. Angenommen, er rang sich endlich dazu durch, Maud die Wahrheit zu gestehen – würde das einen Besuch von Bertie erleichtern oder aber unmöglich machen? Wenn Bertie ihn in der Bury Row besuchte, dann doch sicher – beglückend-beängstigende Vorstellung! –, um mit ihm zu schlafen, aber wie sollte das mit Maud im Haus gehen? Er musste Maud unbedingt reinen Wein einschenken, ehe das Kind da war.

Maud war jetzt »dick wie eine Tonne«, wie Mrs Lillicrap

es ausdrückte. Sie äußerte sich anerkennend, als Maud ihr erzählte, dass das Baby so heftig zappelte, dass es ihr einen Teller vom Schoß gestoßen und zu Boden geworfen hatte.

»Es ist ein Junge«, befand sie sachkundig. »Er liegt tief, daran merkt man's. Und er hat Kraft. Mädchen treten und schubsen nicht so.«

Sie hätte gern ein Mädchen gehabt, meinte Maud, weil sie dem einen hübschen Namen hätte geben können. Ein verständlicher Wunsch für eine junge Ehefrau, fand Mrs Lillicrap, aber da sei nun mal nichts zu machen.

»Als Mann hat man es leichter«, tröstete sie. »Und Mr Goodwin wird sich freuen, jeder Mann wünscht sich als Erstes einen Jungen.«

»Ihm ist es egal«, sagte Maud und fügte für sich hinzu: Es ist ja nicht seins.

Sie schätzte, dass sie noch zwei Wochen bis zur Geburt hatte, aber Mrs Tremlett mit der Erfahrung von acht Kindern – Mrs Lillicrap hatte nur drei – war der Meinung, dass das Baby früher kommen würde. Inzwischen waren alle Blätter gefallen, und es hatte viel geregnet. Die letzten beiden Tage aber waren mit blauem Himmel noch richtig sommerlich gewesen, wenn auch die Sonne früh unterging. Maud blieb im Haus, draußen mochte sie sich nicht mehr zeigen. Wenn sie an der Nähmaschine saß, wusste sie kaum, wohin mit ihrem dicken Bauch, deshalb hatte sie jetzt auch das Schneidern aufgegeben. Mit einiger Mühe hatte sie eine kleine Aussteuer an Babywäsche zustande gebracht, die für einen Jungen wie für ein Mädchen geeignet war, und jetzt saß sie in einem Sessel, die Füße auf einem Hocker, und strickte einen weißen Schal zu Ende.

Ausgerechnet in diesem Moment entschloss sich John, ihr zu eröffnen, dass er – ganz gleich, ob er seinem »Laster« frönte oder nicht – ein Homosexueller war und immer bleiben würde.

Er hielt sich dabei weder für unsensibel noch für taktlos. Das Thema war ihr zu fremd, als dass es sie weiter berühren könnte, dachte er. Ihr diesen wichtigen Umstand so lange verschwiegen zu haben setzte ihm viel mehr zu, weshalb er schließlich glaubte, keinen Tag länger schweigen zu können.

Als er anfing, in Andeutungen und mit vielen Umschreibungen über die Beziehungen zwischen Mann und Frau zu sprechen, wurde sie dunkelrot. Sie legte die Stricknadeln und die weiße Wolle beiseite, senkte den Kopf und sah auf ihren gewölbten Leib hinunter.

»Und so kann es auch sein«, sagte er, »wenn es nicht ein Mann und eine Frau, sondern zwei Männer machen. Verstehst du, was ich meine?«

Sie schwieg, schüttelte aber heftig den Kopf.

»So ist es bei mir, Maud. Deshalb werde ich nie heiraten.«

»Aber das kann nicht sein«, brach es aus ihr heraus. »Das ist nicht möglich. Männer und Frauen sehen nicht gleich aus.«

»Das ist nicht das Wichtigste dabei, das bedeutet überhaupt nichts.« Wirklich nicht? »Wichtig ist die Liebe. Dass man sich liebt, so wie es bei dir und Ronnie war.«

Sie betrachtete ihn mit einem Ausdruck, den er noch nie an ihr gesehen hatte, einem Gemisch aus Zorn und Verachtung. »Das nennst du Liebe? Das war keine Liebe. Das war wie bei zwei Tieren auf dem Feld.«

John wurde rot und wusste nicht mehr, was er sagen

sollte. Das Schweigen war furchtbar. Wenn sie nur Fragen gestellt hätte … Aber sie saß wie versteinert in ihrem Sessel, der Bauch füllte den Platz zwischen Armlehnen und Polstern ganz aus, während ihre Arme und Beine dünner als sonst wirkten und der schlanke Hals noch länger. Das Kind, das sie in sich trug, hatte ganz von ihr Besitz ergriffen. Es wartete nur darauf, geboren zu werden. Ein Satz aus den Psalmen fiel ihm ein, in dem es hieß: »Vom Mutterleib hast du mich entbunden …« Was für eine Befreiung das sein musste.

Er zwang sich weiterzusprechen. »Als ich mit dir herkam, habe ich beschlossen, nie wieder auf diese Weise mit einem Mann zusammen zu sein. Das ist für mich vorbei, ein für alle Mal.«

Begierig griff sie das »nie wieder« auf. »Soll das heißen, dass du das getan hast, in London zusammen mit einem Mann?«

Er antwortete nicht direkt. »Ich mach's nie wieder, ganz bestimmt nicht.«

»Ich verstehe nicht, was du getan hast, ich will es nicht verstehen. Ich will nicht, dass du weiterredest.«

Es war seit Stunden dunkel, obwohl es erst acht Uhr abends war. Das Schweigen stand wie eine Mauer zwischen ihnen. John hatte sich noch nie im Leben so einsam gefühlt, nicht in seiner ersten Zeit in London, nicht, als er Bertie gesagt hatte, sie dürften sich nie mehr lieben. Es war eine Einsamkeit, die einem auf immer ein menschliches Wort, eine menschliche Berührung versagte. Er sah, wie Maud nach Frauenart ihr Strickzeug versorgte, das fertige Stück Schal zusammenrollte, die Nadeln nebeneinanderlegte und durch das Wollknäuel schob, das kleine Päckchen in ihre rotblau gehäkelte Handarbeitstasche steckte. Schwerfällig stand sie auf, eine Hand ins Kreuz gelegt.

»Ich geh jetzt nach oben.«

»Maud, warte doch. Bitte.«

»Nein, ich geh jetzt.«

Wie die Menschen in diesen Cottages seit unvordenklicher Zeit zündete sie eine Kerze an und schleppte sich damit nach oben. Dartcombe hatte kein Gas, und während in Dartcombe Hall, dem Pfarrhaus und bei ein, zwei weiteren Familien Strom gelegt worden war, benutzten die meisten Einwohner im Erdgeschoss Öllampen und oben Kerzen. Maud, die diese Dinge schnell gelernt hatte, hielt die Kerze in dem blauen Emaille-Kerzenhalter in der rechten Hand und schirmte die Flamme mit der linken ab, so dass sie sich nicht am Treppengeländer festhalten konnte.

»Komm, ich helfe dir«, sagte John.

»Ich schaff das schon allein.« Ihre Stimme war frostig und zitterte.

Sie wollte offenbar nicht, dass er sie anfasste, hätte sich durch seine Berührung besudelt gefühlt. Er saß eine halbe Stunde da, in tiefes Nachdenken versunken, dann noch eine. Was sollte er machen? Das Feuer sank zu roter Glut zusammen und wurde dann zu grauer Asche mit einem Funken in der Mitte, dem er von Zeit zu Zeit mit kleinen Kohlestückchen Nahrung gab, denn er mochte noch nicht schlafen gehen. Dort oben wäre er bestimmt noch einsamer gewesen. Mauds Reaktion hatte ihn bestürzt, aber was hatte er eigentlich erwartet? Dass sie sagen würde, es sei schon gut, die Sitten hätten sich geändert? Du Narr, schalt er sich.

Sie ist ein Kind, sie ist fünfzehn. Du hast sie bis ins Innerste aufgewühlt...

Als hätte er sie mit diesen Worten, die er laut gesprochen hatte, herbeigerufen, erschien sie auf der obersten Treppenstufe. Diesmal klammerte sie sich ans Geländer, die Kerze hatte sie offenbar im Zimmer gelassen. In dem weiten weißen Nachthemd wirkte sie im Licht der Öllampe, die vor ihm auf dem Tisch stand, wie ein Gespenst.

»John, es geht los. Das Baby!«

Er sprang auf. »Hab keine Angst, Maud, ich bin ja da.«

»Es hat schon einmal so weh getan, und jetzt kommt es wieder.« Sie hätte sich gekrümmt, wenn ihr das bei ihrer Fülle noch möglich gewesen wäre. »Wie lange geht das so?«

Er vergaß die Einsamkeit, vergaß die Verzweiflung. »Ich weiß es nicht. Wie soll ich das wissen? Ich hole Mrs Lillicrap. Leg dich wieder hin.«

»Ist gut. Tut mir leid, wenn ich hässlich zu dir war, John.« Sie stolperte ins Schlafzimmer zurück. »Aber ich wünschte, du hättest es mir nicht gesagt.«

10

Von einer Geburt hatte John die Vorstellung eines Mannes im Kopf, der auf einem Gang auf und ab läuft, während jenseits einer mit einem weißen Laken verhängten Tür eine Frau schreit. Bei den Geburtswehen seiner Mutter war es nicht so zugegangen, oder war er gar nicht im Haus gewesen, hatte man ihn und Sybil zu einer Tante oder Großmutter geschickt? Vor Mauds Zimmer hin- und herzulaufen war nicht möglich, es war dort zu eng, er wäre nur die Treppe heruntergefallen. Auch hing kein Laken über der Tür, und Maud schrie auch nicht, man hörte nur hin und wieder ein leises Stöhnen. Noch immer vollständig angekleidet, setzte er sich nach unten, wo er diesen Geräuschen entkommen konnte, und trank Tee.

Um halb zehn hatte Maud ihm gesagt, dass die Wehen begonnen hatten, jetzt war es zwei Uhr früh. Mrs Lillicrap, unentwegt auf den Beinen war, hatte auf dem Herd Wasser zum Kochen gebracht und im Schlafzimmer das Feuer im Kamin geschürt. Ein paarmal war sie die Treppe heruntergekommen, um ihm zu sagen, alles sei in Ordnung, er brauche sich keine Sorgen zu machen. Während er unten das Feuer in Gang hielt – ihm war, als ob er neuerdings ständig Kohleneimer schleppte –, dachte er an das, was er Maud erzählt hatte, und dass Maud sich entschuldigt hatte, weil sie ›hässlich‹ zu ihm gewesen war – ein Schulmädchenausdruck. Würde sie, würde er noch einmal auf das Thema zurückkommen? Unerfreuliches pflegte man in seiner Familie unter den Tisch zu kehren, zu vergessen oder zumindest nie mehr zu erwähnen. So war es gewesen, als ein Verehrer von Sybil sich mit einer anderen Frau verlobt hatte. Auch als ein Vetter seines Vaters sich hatte scheiden lassen, wurde das totgeschwiegen. Mit Johns Beichte würde Maud es womöglich genauso machen. Aber – wäre das so schlimm?

Ein anderes Geräusch holte ihn in die Wirklichkeit zurück. Er sprang auf. Es war kein Schrei, vielmehr ein langgezogenes Jaulen wie von einer Katze oder einem Hund. Eine kurze Stille – dann ein anhaltendes Wimmern. Er setzte sich wieder. Eine weitere halbe Stunde verging mit Selbstbefragungen und Selbstvorwürfen, dann ging oben die Schlafzimmertür auf, und Mrs Lillicrap erschien.

»Sie haben eine entzückende kleine Tochter, Mr Goodwin. Kommen Sie doch nach oben zu Ihrer Frau.«

Völlig erschöpft, obwohl er tatenlos dagesessen hatte, stieg er die steile schmale Treppe hoch und betrat Mauds Zimmer.

Sie saß, von Kissen gestützt, im Bett und hielt das Baby in den Armen. »Schau, John, was ich zustande gebracht habe. Ich werde sie Hope nennen.«

»Da hätte ihr Daddy wohl auch noch ein Wörtchen mitzureden«, lachte Mrs Lillicrap.

»Das soll Maud entscheiden.«

Im Beisein dieser Frau blieb John nichts anderes übrig, als Maud einen Kuss zu geben, behutsam einen Finger an Hopes Wange zu legen und zu lügen, dies sei der glücklichste Tag seines Lebens.

II

In der zweiten Dezemberwoche, als Hope vierzehn Tage alt war, saß Maud im Sessel – es war derselbe, in dem sie saß, als John ihr sein Geständnis machte – und hielt das Kind an die rechte Brust. Weil John dabei war, hatte sie der Schicklichkeit halber den selbstgestrickten weißen Schal umgelegt. Was John ihr anvertraut hatte, war nie wieder zwischen ihnen zur Sprache gekommen, auch wenn ihn die Erinnerung daran ständig verfolgte.

»Du hast gesagt«, fing Maud an, »dass bis zu knapp einem Jahr vor Hopes Geburt Mädchen mit zwölf und Jungen mit vierzehn heiraten konnten. Stimmt das wirklich?«

John nickte.

»Und dann haben sie es so geändert, dass alle sechzehn sein mussten. Warum?«

»Es hatte wohl etwas damit zu tun, dass die Frauen im Jahr davor das Wahlrecht bekommen haben.«

Eine Weile sah sie schweigend am Licht der Lampe vorbei ins dunkle Zimmer. »Früher haben die Leute geglaubt, dass man die Niederkunft aufschieben kann, indem man Knoten in Sachen machte, das hab ich irgendwo gelesen, in den Betthimmel zum Beispiel, wenn man ein Himmelbett hat, und man kann sich auch Knoten in die Strümpfe machen.«

»Reiner Aberglaube. Das könnte nie funktionieren.«

166

»Ich glaub's ja auch nicht. Aber wenn doch etwas dran wäre, hätte ich irgendwo Knoten reinmachen können, dann wäre Hope erst am Neujahrstag zur Welt gekommen, Ronnie und ich hätten am Tag davor heiraten können, und sie wäre ehelich gewesen.«

Wenn dieser Mistkerl dazu bereit gewesen wäre, dachte John, wenn man ihn am Schlafittchen hätte packen können – aber wäre sie dann auf Dauer glücklicher geworden? Er erinnerte sich an das, was sie über zwei Tiere auf dem Feld gesagt hatte und wie er darüber nicht weniger schockiert gewesen war als sie über sein Verhältnis mit Bertie. Er sah auf die weichen Falten des Schals, die sich regten, als Maud das Kind behutsam an die andere Brust legte, und fragte, ob er ihr einen Tee bringen solle, ehe er sich mit dem Fahrrad zu seinem letzten Schultag vor den Ferien aufmachte. Sie nickte und lächelte ein bisschen traurig im Gedanken daran, wie sehr diese Gesetzesänderung ihr Leben beeinflusst hatte. Ihr Weihnachtsgeschenk, Stoff, aus dem sie sich ein Kleid nähen wollte, würde John nachmittags aus Ashburton mitbringen. Im Hinausgehen hob er einen Brief von Bertie auf, der auf der Fußmatte gelegen hatte.

Er würde ihn, wie stets, hüten wie einen Schatz und immer wieder lesen, bis er ihn notgedrungen dem Ofen überantwortete, denn aufzuheben wagte er die Briefe nicht, selbst dann, wenn sie im Gegensatz zu denen, die er an Bertie schrieb, eher harmlos waren und hauptsächlich Floskeln enthielten wie »Hoffe, es geht dir gut« und »mild für Dezember«. Auch der neueste Brief, den er im Fahrradschuppen las, war von dieser Sorte – bis auf den Schluss: Er habe noch eine Woche Urlaub gut, schrieb Bertie und fragte, wann sie sich wiedersehen könnten, wann er in die Bury Row kommen könne. Über die kleine Hope verlor er kein Wort, obwohl ihm John in seinem letzten Brief berichtet hatte, dass sie zur Welt gekommen war.

John steckte den Brief vorerst in die Tasche. Selbst wenn er gestohlen wurde oder zufällig herausfiel, würde man annehmen, ihn und Bertie verbinde eine normale Freundschaft unter jungen Männern. In seinem Kopf aber verwandelten sich Berties leere Phrasen wie »Hier geht alles seinen gewohnten Gang« in Verse von Keats oder Sonette von Shakespeare, die John in seinen Briefen an Bertie oft zitierte. Obwohl keiner seiner Lehrer jemals angedeutet hatte, Shakespeare könnte homosexuell gewesen sein, las John in manche Zeilen diese Neigung hinein. Im November hatte er an Bertie einmal geschrieben, sein »Antlitz sei von der Natur selbst gemalt« und ihn »Herr-Herrin meiner Leidenschaft« genannt. Das aber hatte Bertie sich verbeten, er sei doch keine Frau, schrieb er zurück.

Während John über die schmalen Wege radelte, die auf beiden Seiten von bereiften Hecken bestanden waren, dachte er über seine Antwort an Bertie nach. Dass Bertie zu ihm kommen, bei ihm sein wollte, hatte er kaum mehr zu hoffen gewagt. Doch wie sollte das gehen? Inzwischen bereute er fast, Maud von seiner Neigung erzählt zu haben. Hätte er geschwiegen, statt sich unter Qualen zu seinem Geständnis durchzuringen, hätte Bertie in die Bury Row kommen und ohne viel Aufhebens Zimmer und Bett mit John teilen können. Jetzt würde Maud wieder an das denken, was John ihr anvertraut hatte, und sie würde in ihrer Entrüstung Bertie womöglich das Haus verbieten – und auch wenn John die Miete zahlte, die Lebensmittel kaufte und in Mauds Augen und den Augen der Welt der Herr im Haus war, würde er es nie über sich bringen, etwas gegen ihren Wunsch zu unternehmen. Er wusste sehr wohl, wie schändlich »normale« Menschen wie Maud das fanden, was Männer wie er und Bertie miteinander trieben, und dachte auch an seinen eigenen Vorsatz. Vor Monaten hatte er sich schließlich geschworen, keusch in Gedanken, Wort und Tat zu leben. Zumindest in Gedanken hatte er diesen Schwur schon viele Male gebrochen.

Von der Familie in Bristol war Sybil die Einzige, mit der sich Maud leidlich verstand, deshalb hatte sie in die Weihnachtskarte an die Schwester einen kurzen Brief gelegt, in dem sie ihr Hopes Geburt meldete und Sybil bat, auch den Eltern Bescheid zu sagen. Dann strich sie »Eltern« aus und schrieb stattdessen »Mutter«. Sie wünschte ihrem Vater nichts Böses, sann nicht auf Rache, konnte aber nie die schlimmen Dinge vergessen, die er zu ihr gesagt hatte, dass sie einen schlechten Einfluss auf ihre Schwester haben würde, und auch, dass er ihr mit einer Besserungsanstalt gedroht hatte. Sybil aber antwortete nicht auf den Brief, vielleicht hatte man es ihr verboten.

Maud wusch ihre Tochter in der Küchenspüle, die eine durchaus brauchbare Babybadewanne abgab. Nachdem sie Hope abgetrocknet, eingesalbt und gepudert hatte – das alles hatte Mrs Lillicrap ihr beigebracht –, legte sie die Kleine auf eine der Frotteewindeln, die John in Ashburton gekauft hatte – bestimmt hatte er sich damit viele schräge Blicke eingehandelt –, wickelte die Windel um den Po und den drallen kleinen Bauch und befestigte sie mit einer großen Sicherheitsnadel. Hope schrie wenig, vielleicht, weil sie meist in den Armen ihrer Mutter lag, aber jetzt verlangte sie maunzend nach Milch. Während Maud der Kleinen die Brust gab, überlegte sie, ob sie nicht doch noch einmal an Sybil schreiben sollte. Diesmal würde sie Sybil bitten, Rosemary Clifford von Hope zu erzählen, wozu sie sich selbst nicht hatte entschließen können. Sybil könnte Rosemary auch sagen, dass das Kind von Ronnie war. Monatelang hatte sie den Gedanken an ihn verdrängt, jetzt ließ sie die Erinnerung an ihn wieder zu. Wenn er sein Kind sehen will, dachte sie, kann er in die Bury Row kommen, aber das wird er wohl kaum tun, womöglich leugnet er sogar, dass Hope seine Tochter ist. Dabei sah Maud bei jedem Blick auf Hope in Ronnies Gesicht, in das sie sich damals verguckt hatte, sah seine dunkelblauen Augen, die klassisch gerade Nase, das helle Haar.

Maud sehnte den Tag herbei, an dem sie Hope in dem gebrauchten Kinderwagen ausfahren durfte, den Mrs Tremlett ihr vermacht hatte. Noch nicht, hatte Mrs Lillicrap gemahnt, frühestens in einer Woche und auch dann nur, wenn schönes Wetter ist – und das konnte man zurzeit nicht behaupten. Morgens glitzerte Rauhreif auf Mauern und Hecken, auf Weidegattern und Dachziegeln. Die sonst fast schwarzen Ilexblätter auf dem Friedhof waren mit pudrigem Weiß überzogen. Mr Lillicrap hatte gesagt, Maud müsse sich bei der ersten Ausfahrt mit Hope in der All Saints Church den Muttersegen holen, und Maud hatte nichts dagegen, es mit der Church of England zu versuchen. Da sie den Gott der Methodisten bisher nur als lieblos, ja grausam erlebt hatte, konnte es nicht schaden, einen anderen auszuprobieren.

Nach dem Stillen merkte sie, dass Hope noch einmal gewindelt werden musste, doch für ihre kleine Tochter zu waschen war ihr ein Vergnügen. Sie nahm Hope hoch, sah in Ronnies Augen und erzählte ihr, wie so oft, Dinge, die sie sonst keiner Menschenseele sagen konnte.

»Mein Schätzchen, ich liebe dich so sehr, mehr, als ich jemals einen Menschen geliebt habe. Du bist mein Goldstück. Ich bin so froh, dich zu haben. Noch nie bin ich so glücklich gewesen. Dabei hab ich zuerst gehofft, ich müsste dich nicht kriegen! Verrückt, nicht? Meine geliebte kleine Maus, ich hab dich ganz schrecklich gern.«

Aus Hopes Mund kam ein langer Faden aus Speichel und geronnener Milch. Maud lachte. Sie fand ihre Tochter unwiderstehlich, selbst wenn sie spuckte.

Welche Gefühle eine Frau für ihr erstes Kind hegt, dass ihr ganzes Leben, ihre ganze Gedankenwelt sich um dieses Wesen dreht, konnte John nicht nachvollziehen, aber das geht ja den meisten Männern so. Er dachte – wenn er überhaupt darüber nachdachte –, es gehe Maud ähnlich wie ihm: dass sie sich allmählich daran gewöhnte, ein Baby im Haus zu haben, dass der »Mutterinstinkt« sie dazu brachte, Hope zu versorgen, aber dass Hopes Schreien ihr – wie ihm – manchmal auf die Nerven ging und sie froh war, wenn die Kleine oben im Bett lag. Wie leidenschaftlich Maud ihr Kind liebte, dass sie ganz in der Liebe zu ihrer Tochter aufging und nichts anderes sie beschäftigte – davon hatte er keine Vorstellung. Deshalb dachte er, Maud würde sich, falls er das Thema Bertie und dessen Besuch – und sei es nur für einen Tag – in der Bury Row anschnitt, sofort in allen Einzelheiten an seine Beichte erinnern und sich wie an dem Abend vor Hopes Geburt angewidert von ihm abwenden.

Trotzdem machte er sich schon Gedanken über Berties Unterbringung. Wenn er Mrs Tremlett oder Mrs Tremletts Töchter Gladys Tranter oder Bertha oder die Lillicraps fragte, ob Bertie ein paar Tage bei ihnen übernachten könne, würden sie sich womöglich fragen, warum Johns Freund nicht in dessen Haus schlafen konnte, in dem es, wie sie wussten, ein Gästezimmer gab. Doch vielleicht brauchte er die Frauen gar nicht. Er konnte im Wohnzimmer auf dem Sofa schlafen und Bertie sein Zimmer überlassen. Er konnte mit Bertie zusammen sein, ohne ihn zu berühren. Sie würden weit voneinander entfernt schlafen und nie miteinander allein sein, und das war gut so.

In jener Nacht träumte er von Bertie. Er hatte ihm das Zimmer gezeigt und sich unten auf das unbequeme Sofa gelegt, aber jetzt stand er auf und schlich die Treppe hoch. Er hörte Hope weinen, doch nur ganz kurz, Maud hatte ihr wohl gleich die Brust gegeben. In seinem Traum legte er sich neben Bertie ins Bett, und dessen nackten Körper zu spüren war so überwältigend, dass etwas geschah, womit er in der Bury Row nie gerechnet hätte. Er ejakulierte so heftig, dass er aufstöhnend erwachte. Das ganze Betttuch war voller Sperma – oder Wichse, wie Bertie sagen würde. John zog es ab und rollte es zusammen, damit es nicht Maud oder Mrs Tremlett in die Hände fiel.

Dieses Betttuch wurde zu einer Heimsuchung, begann,

ein Eigenleben zu führen und sollte viel später auch Maud verfolgen. Es war wie das weiße Laken, in dem ein Gespenst einherkommt, zwar nur eine Ausgeburt der Phantasie, die einen aber nicht mehr losließ. In der Bury Row war man nicht so gutgestellt, dass er ein fast neues Stück Bettwäsche hätte opfern können, das außerdem gar nicht ihnen gehörte, sondern mit den Initialen MT bestickt war. Maud wusste vielleicht gar nicht, was dieser steife Fleck war, aber Mrs Tremlett als verheiratete Frau wusste bestimmt Bescheid und fragte Maud womöglich, warum Mr Goodwin nicht bei seiner Frau schlief. Zur Begründung hatte sich John eine lange Geschichte zurechtgelegt, in der »Mrs Goodwin« ihrem Mann sechs Wochen lang nach der Geburt den ehelichen Verkehr verweigerte, so dass er allein im Gästezimmer schlafen musste, wo er sich, unfähig, seine Lust gänzlich zu unterdrücken, einsamer Selbstbefriedigung hingab. Vielleicht sagte Maud aber auch nur, dass Hopes Schreien ihren Mann störte und sie deshalb getrennt schliefen – allerdings war das noch keine Erklärung für den Fleck. Es half nichts, das Laken musste weg.

Die Sache ließ ihm keine Ruhe. Er konnte nicht riskieren, dass jemand das zusammengerollte Laken fand, deshalb versteckte er es in einer Tüte, die er in den Korb an seinem Fahrradlenker legte. Nach der Schule kaufte er in dem Stoffladen von Ashburton das billigste Betttuch, das sie hatten.

Sowie die kalten Tage vorüber waren, nach ein paar Nächten ohne Frost, verkündete John am Samstagmorgen, er wolle ein bisschen im Garten arbeiten. Da er selbst keine Werkzeuge besaß, lieh er sich von Mr Lillicrap einen Spaten und eine Grabgabel und begann, die weiche feuchte Erde zu bearbeiten. Als er eine ansehnliche Grube ausgehoben hatte, legte er das Laken samt Tüte hinein und bedeckte es mit einer zehn Zentimeter dicken Erdschicht. Das neue Betttuch wanderte vorerst in die Kommode. Einer seiner Kollegen, der gerade einen Kriminalroman gelesen hatte, gab im Lehrerzimmer täglich haarsträubende Einzelheiten seiner Lektüre zum Besten, unter anderem ging es um das heimliche Begräbnis eines Mordopfers im Garten. Wenn meine Nachbarn mich vom Schlafzimmerfenster aus beobachten, dachte sich John, könnten sie durchaus auf den Gedanken kommen, dass ich ein ähnliches Verbrechen zu verbergen habe.

12

Als er fertig war, buddelte er noch eine Weile aus reinem Vergnügen weiter, dabei dachte er an Bertie und wie er ihn zu sich holen könnte, ohne Maud Kummer zu machen.

»Kann ich dich etwas fragen?« John war vom Garten hereingekommen und wusch sich die Hände an der Küchenspüle.

Maud nähte. Ihre ganze Aufmerksamkeit galt dem dünnen Schnittmusterpapier, das auf dem Stoff nicht verrutschen durfte, deshalb nickte sie nur.

»Ich möchte zu Silvester und vielleicht ein paar Tage länger einen Freund hierher einladen. Hättest du etwas dagegen?«

Sie sah nicht auf. »Einen Mann?«

Er merkte, dass er ebenso verlegen reagierte wie ein »normaler« Mann auf die Frage, ob er sich eine Freundin einladen dürfe. »Ja.«

Jetzt sah sie auf, noch immer eine Nadel zwischen Zeigefinger und Daumen. Hatte sie die Verbindung zwischen dieser Einladung und seinem Geständnis begriffen? Nein, offenbar nicht. »Wo soll er schlafen, John?«

»In meinem Zimmer, denke ich. Und ich leg mich dann hier unten aufs Sofa.«

Sie nickte. »Wird er mir gefallen?«

»Ich denke schon.« Dabei war er sich da gar nicht so sicher. »Er heißt Bertie. Bertie Webber.«

»Dann sag ich also Mr Webber zu ihm?«

»Ja, für den Anfang vielleicht …«

Er hatte irgendwo einen Artikel über Gedächtnisschwund
gelesen und dass manche Menschen all das vergaßen, was
sie vor einem Unfall erlebt hatten. Ob das auch auf Frauen
kurz vor Beginn der Wehen zutraf? Fragen konnte er ja
niemanden danach.

Bei seiner Mutter hatte er sich entschuldigt, dass er zu
Weihnachten nicht nach Hause kommen würde. Als Antwort hatte sie ihm eine Weihnachtskarte mit dem Bild eines
Rotkehlchens auf einem Tannenzweig geschickt. »Von
Mutter und Vater« stand darauf, obwohl John den Vater in
seinem Brief nicht erwähnt hatte, so wie seine Mutter in
den wenigen frostigen Zeilen, die der Karte beilagen, auch
Mauds Namen nicht nannte. John ging es inzwischen ähnlich wie Maud, er legte keinen Wert mehr auf Kontakt mit
ihm. Ethel und Herbert hatten ebenfalls eine Karte geschickt,
und zu Johns großer Freude war auch eine von Bertie gekommen, der ihm »frölische weinachten« wünschte und die
Einladung in die Bury Row für den 31. Dezember annahm.
John übersah großzügig die Rechtschreibfehler und schlief
mit Berties Karte unter dem Kopfkissen ein.

Es war der Tag nach Mauds sechzehntem Geburtstag, und
Berties Besuch stand unmittelbar bevor. Die letzten Tage
hatte John in atemloser Vorfreude verbracht, die er vor
Maud so gut wie möglich zu verbergen suchte. Zum Glück
war sie zu sehr damit beschäftigt, Hope ein schönes Fest zu

bereiten – was die Kleine in diesem Alter noch gar nicht begreifen konnte –, um groß zu merken, was ihn bewegte. Sie hatte das Wohnzimmer mit Papiergirlanden geschmückt und bei Mr Tranter, dem Mann von Mrs Tremletts Tochter Gladys, einen winzigen Weihnachtsbaum erstanden. John konnte nur noch daran denken, wie aufregend es sein würde, den Zug einfahren und den Liebsten aussteigen zu sehen. Was Bertie zu dem Wetter sagen würde, das kälter und regnerischer war als in London, zu dem Dorf und zu Maud und dem Kind, hatte er sich nicht überlegt. Er war – wenn er sich über Berties Reaktion überhaupt Gedanken gemacht hatte – davon ausgegangen, dass sein Geliebter ebenso empfinden würde wie er, dass sich in der Glückseligkeit des Wiedersehens alle Probleme, falls es denn welche gab, in Wohlgefallen auflösen würden.

Am Morgen von Berties Ankunft war es kalt, und John fürchtete, der Bus nach Newton Abbot könnte bei Schneefall nicht fahren. Besorgt suchte er den Himmel nach dem drohenden Gelbgrau eines nahenden Schneesturms ab, aber im Lauf des Tages verzogen sich die Wolken sogar ein wenig, und so machte sich John kurz nach dem Mittagessen auf den Weg zu einem Zug, der erst um vier eintreffen würde.

Eine schreckliche Angst überkam ihn, dass Bertie vielleicht nicht im Zug war, dass er einen Unfall gehabt hatte oder seine Mutter krank geworden war. Selbst ein Telegramm hätte John, da er so früh aufgebrochen war, nicht mehr in der Bury Row erreicht. Doch auch diese Sorge war überflüssig. Bertie stieg aus, strahlte ihn an und streckte ihm die Hand entgegen. John war so beglückt, dass er sie am liebsten nie wieder losgelassen hätte.

Der Bus war halb leer, und sie setzten sich nebeneinander ganz nach vorn. Bertie nahm eine Decke aus seiner Reisetasche und legte sie sich und John über die Knie. Unter dem dicken Stoff regten sich seine Hände, doch John, der an die Sache mit dem Laken denken musste, gebot ihm Einhalt. Bertie gehorchte, lachte aber so laut, dass die anderen Fahrgäste große Augen machten. John versuchte, ihn abzulenken, indem er ihn auf die Schönheiten der Landschaft aufmerksam machte, eine malerische Kirche, die Wäldchen und grünen Wiesen und am Rand von Dartcombe das alte Herrenhaus Dartcombe Hall, in dem die Imbers wohnten.

Besucher interessierten Maud nur, wenn sie als Bewunderer von Hope in Frage kamen, und bis jetzt hatten alle, die das Cottage betraten – Mrs Tremletts Familie, die Töchter der Lillicraps, Nachbarn aus der Bury Row und Pfarrer Morgan und seine Frau –, Mauds diesbezügliche Erwartungen erfüllt. Hope war ein reizendes Kind, das sagten alle, und viele, besonders die Frauen, nahmen sie gern auf den Arm und staunten darüber, dass Hope sich nie dagegen sträubte, weitergereicht zu werden. Bertie aber begrüßte Maud charmant und machte ihr Komplimente zu ihrem Aussehen, nahm aber von Hope auf dem Arm ihrer Mutter keinerlei Notiz, und John sah, dass Maud leicht die Stirn runzelte und ein wenig zurückwich.

Immerhin hatte sie das Gästezimmer so hübsch hergerichtet, wie es ihre begrenzten Mittel erlaubten. Die neuen Handtücher lagen zusammengefaltet auf einem Stuhl, in dem Schrank, aus dem sie Johns Sachen ausquartiert und in ihren Kleiderschrank geräumt hatte, hingen freie Kleiderbügel. Die Betttücher waren zurückgeschlagen, und in einem Krug auf dem Fensterbrett stand hellgelber Winterjasmin. John brachte Bertie nach oben, die Tür schloss sich hinter ihnen, und endlich lagen sie sich in den Armen. Wieder musste John zur Zurückhaltung mahnen. Flüsternd wiederholte er das, was er Bertie schon auf dem Weg von der Bushaltestelle gesagt hatte. Sie würden sich damit begnügen müssen, hier zusammen zu sein, nebeneinanderzusitzen, vielleicht Händchen zu halten, sich allenfalls einen Kuss zu geben, wenn Maud die Kleine ausfuhr, was nicht jeden Tag der Fall war.

»Das werden wir ja sehen« sagte Bertie und lachte so ungläubig wie vorhin im Bus, als sich die Leute nach ihnen umgesehen hatten. »Wer soll etwas dagegen haben?«

»Meine Schwester.«

»Deine Frau meinst du wohl.« Wieder lachte Bertie wie über einen guten Witz.

Die Täuschung, die John und Maud lebten, betrachtete er als Hokuspokus. An jenem ersten Abend musste John ihn immer wieder daran erinnern, dass er im Beisein von Mrs Tremlett (die ihre Waage mitgebracht hatte, um Hope zu wiegen) und bei einem Besuch in der Red Cow immer bedenken und sich entsprechend verhalten müsse, dass die Goodwins Mann und Frau waren. Auch darüber lachte Bertie nur, aber er versprach, sich Mühe zu geben.

Den 31. Dezember brachten sie leidlich hinter sich. Mauds Kochkünste hatten sich gebessert, und mittags gab es Schweinebraten mit Röstkartoffeln oder »chipper«, wie Bertie sagte. Abends holten John und Bertie in der Red Cow einen Krug Cider und einen Krug Bier. Maud blieb bei Wasser und Tee, weil sie fürchtete, der Alkohol könnte in die Milch gehen. John merkte, dass sie gekränkt war, als Bertie ihr ein Glas Cider einschenkte und sie drängte, doch wenigstens mal zu nippen. Um halb neun nahm Maud ohne ein Wort der Entschuldigung und nur mit einem knappen Gutenachtgruß ihre Kerze und ging.

»Endlich allein«, sagte Bertie, setzte sich neben John aufs Sofa und legte ihm einen Arm um den Hals.

John streifte seinen Arm ab. »Das dürfen wir nicht.«

»Warum nicht? Die wird doch nicht noch mal runter-kommen?«

»Wohl kaum, aber es ist schrecklich riskant. Wenn sie nun sieht, dass wir uns küssen?«

Bertie wurde ernst und rückte ein Stück von John weg. »Na und?«, fragte er verärgert. »Sie wird's schon nicht dem Dorfpolizisten petzen. Sag mir eins: Wer zahlt die Miete und kauft das Essen? Wenn ich nicht irre, bist du das. Die weiß genau, wo sie's gut hat. Rausschmeißen wird sie dich ja wohl nicht. Schon mal gehört, dass einer die Gans killt, die die goldenen Eier legt?«

Es war die Wahrheit, aber eine nackte Wahrheit, die weh tat und ihm Bertie zeigte, wie er ihn noch nie erlebt hatte. Doch liebte er ihn deshalb nicht weniger. »Maud ist fast noch ein Kind«, sagte er.

»Ein Kind, das sich ein Kind hat machen lassen, als sie noch zur Schule ging.«

Oben fing Hope an zu schreien. Maud war offenbar ein-geschlafen, denn es dauerte eine Weile, bis sie die Kleine beruhigt hatte. Bertie verdrehte die Augen und schüttelte bedenklich den Kopf. John hatte sich ein Buch genommen und fing an zu lesen. Er fürchtete, Bertie könnte sich lustig machen, wenn er ihm etwas über Mauds Fehltritt erzählte, und dann würden sie sich womöglich zanken. Aber als Hope sich beruhigt hatte und die Hälfte vom Bier und vom Cider getrunken war, wurde das Schweigen wieder freundschaftlicher. Bertie rutschte erneut zu John hin und umarmte ihn. Wie üblich um diese Zeit im Winter brannte im Cottage kein Licht bis auf die Öllampe, die kaum hell genug zum Lesen war. John legte sein Buch beiseite und sagte, wie am Abend zuvor: »Ich gehe eben mal nach oben und mache den Ölofen an, damit du es warm hast.«

»Brauchst nicht noch mal runterzukommen.«

»Wie meinst du das?«, fragte John.

»Ich komm gleich mit.«

Vom Jahreswechsel merkten sie nichts. Als die Uhr der All Saints Church Mitternacht schlug und die Glocken anfingen zu läuten, waren sie schon Arm in Arm eingeschlafen.

13

John hatte das neue Jahr damit begonnen, dass er alle guten Vorsätze vergessen hatte. Er war aufgestanden, nachdem ihn das Wechselläuten geweckt hatte, und flüsterte dem schlaftrunkenen Bertie zu, wie wunderschön die Glocken anzuhören seien.

»Was sagst du?«

»Dass die Glocken wunderschön klingen.«

»Verstehe kein Wort bei dem Krawall von deinen verdammten Glocken«, lachte Bertie.

Ob Maud im Nebenzimmer sie gehört hatte? Sie ließ sich nichts anmerken, aber John war klar, dass sie Bertie nicht mochte und das auf Gegenseitigkeit beruhte. Trotzdem sagte Bertie, er würde gern noch ein paar Tage über den 4. Januar hinaus bleiben. Johns Schule fing am 7. an, und Bertie hatte ihm gesagt, dass auch er dann wieder arbeiten müsse.

»Ja, gesagt hab ich das«, erklärte er, als sie einen Gang durchs Dorf machten. »Aber ich geh nicht mehr hin, sie haben mich rausgeschmissen.« Bertie lachte, um den Worten in diesen Zeiten der Arbeitslosigkeit den Stachel zu nehmen. »Brauchst mich gar nicht so anzusehen. Ich find jederzeit was, wenn ich will. Jetzt wohne ich erst mal wieder bei meiner Mutter.«

John war davon ausgegangen, dass Bertie eine Rückfahrkarte gelöst hatte.

»Nein«, erklärte der unbekümmert, »ich bin frei wie ein Vogel.«

»Die Rückfahrt bezahle ich dir natürlich.«

»Du willst mich doch nicht etwa loswerden?«

Bertie wusste natürlich, dass das John nie in den Sinn gekommen wäre, aber er wusste vielleicht nicht, wie sehr sein Besuch Johns Finanzen belastete. Bertie trug nichts zu den Haushaltskosten bei, und jetzt war klar, dass er das auch gar nicht gekonnt hätte. Seinen Lohn, der kurze Zeit höher gewesen war als Johns Gehalt, hatte er offenbar völlig aufgebraucht. John dämmerte, dass er zwar Bertie glühend liebte, aber völlig anders dachte als dieser, und dass Bertie sich schlichtweg nicht in seine Mitmenschen hinein-versetzen konnte – oder wollte. Er glaubte, dass alle entwe-der waren wie er oder aber wie John – naiv, gutgläubig und ohne eine Ahnung von der wirklichen Welt. Dennoch lieb-ten sie sich jede Nacht leidenschaftlich. Ehe Bertie abends nach oben in sein Zimmer ging, wo er den Ölofen Tag und Nacht brennen ließ, drehte er sich – ob Maud dabei war oder nicht – verheißungsvoll zu John um, zog die Augenbrauen hoch und lächelte leicht. In den kommenden Monaten und Jahren sollte John dieses Lächeln, diese hochgezogenen Augenbrauen in seinen Träumen sehen.

Am Tag vor Berties Abreise – er hatte sich schließlich doch dazu bewegen lassen, an dem vorgesehenen Tag zurück-zufahren – fragte er John, wie lange er mit Maud zu leben gedachte. Sie waren wie üblich auf dem Weg zur Red Cow, denn für die Landschaft, schöne alte Häuser oder den Fluss interessierte Bertie sich nicht.

»Das habe ich mir noch nie überlegt«, sagte John verblüfft. »Für immer wahrscheinlich.«

»Als ihr Mann? Machst du Witze?«

»Ganz und gar nicht.«

»Du könntest dir ein zweites Cottage mieten und dich mit mir zusammentun. Arbeit krieg ich hier. Der alte Lillicrap hat gesagt, dass er einen Barmann braucht, weil seine Alte schon wieder Nachwuchs erwartet.«

»Zwei Haushaltungen sind einfach zu teuer, Bertie. Und wie könnte ich Maud verlassen? Sie ist erst sechzehn.«

»Die hat doch genug Freunde. Diese Tremlett und die dicke Gladys und die... wie heißt sie noch? Täglich hängen die hier rum, sie ist nie allein. Und was ist mit diesem Ronnie, der sie angebufft hat? Kannst du diesen Mistkerl nicht dazu bringen, dass er sie heiratet? Oder dir einen Bauerntölpel suchen, der's für hundert Pfund macht?«

John hatte es die Sprache verschlagen. So brutal Bertie es auch ausgedrückt hatte – der Gedanke war durchaus verlockend. Wenn Maud doch nur heiraten würde und er mit Bertie zusammenleben könnte... Nachts auf dem Sofa, nachdem er Berties Bett in dem stickigen, überheizten Zimmer verlassen hatte, träumte John mit offenen Augen davon, die ganze Nacht bei Bertie zu schlafen, nicht mehr von Hopes Geschrei gestört zu werden, einen Teil seines Gehalts für sich behalten zu können. Sein Plan, für Maud zu sorgen und zugleich keusch und enthaltsam zu leben, hatte sich als so gut wie undurchführbar erwiesen. Doch ehe er einschlief, schob er all das von sich weg. Am nächsten Morgen würde Bertie wieder nach London fahren.

John löste die einfache Fahrkarte nach Paddington für Bertie und gab ihm Geld, damit er sich im Zug etwas zu essen kaufen konnte. Sie hatten sich in dem Cottage in der Bury Row noch einmal leidenschaftlich geküsst, dennoch hätte John sich noch einen Abschiedskuss gewünscht, wie er unter »normalen« Liebespaaren üblich, ihnen aber versagt war.

Der Zug kam, und Bertie stieg mit einem beiläufigen »Na, dann mach's gut!« ein. Köpfe streckten sich aus den Zugfenstern, Hände winkten, John aber hoffte vergeblich auf einen letzten Gruß seines Liebsten. Der Zug fuhr an, und John sah ihm nach, bis er in der Ferne verschwunden und nur noch die dicke weiße Rauchwolke zu sehen war, die zu den tiefhängenden dunklen Wolken hochstieg.

Zu Hause erwarteten ihn die alten Sorgen. Gewöhnlich reichte das Geld, aber einem verschwenderischen Gast war sein Einkommen nicht gewachsen. Bertie hatte sein Zimmer Tag und Nacht geheizt, hatte beim Einkaufen Johns Geld für teures Fleisch und jede Menge Zigaretten ausgegeben. Täglich hatten sie in der Red Cow viele Krüge Bier und Cider geholt oder gleich im Pub getrunken.

Im Haus schlug ihm der muffige Geruch nach Zigaretten und Paraffin entgegen.

»Brauchst gar nichts zu sagen, aber es ist zu kalt, um die Fenster offen zu lassen«, waren Mauds erste Worte.

»Ich fürchte, ihr seid nicht gut miteinander zurechtgekommen, du und Bertie.«

»Stimmt. Was soll ich dir groß etwas vormachen?« Sie saß an der Nähmaschine, strich den Stoff unter der Nadel glatt und trat das Pedal, bis der Saum fertig war. Dann legte sie die Hände in den Schoß. »Ich hab nichts gesagt, ich hab's einfach nicht rausgebracht, aber ich weiß, was ihr im Gästezimmer getrieben habt. Der, mit dem du es damals schon gemacht hast, das war Bertie, stimmt's? Dabei hast du gesagt, dass du es nie wieder machen würdest, John. Du hast es versprochen.«

Er wurde dunkelrot. »Ich weiß.«

»Kannst du dir vorstellen, wie mir zumute war? Wie er mich angesehen, wie er geredet hat, und dass meine Kleine Luft für ihn war – das war nicht schön.« Erschrocken sah John, dass ihr Tränen übers Gesicht liefen. »Ich hab das Gefühl gehabt, dass er mich loswerden wollte, dass ich gehen sollte, damit er allein mit dir sein kann.«

»Nicht weinen, bitte! Das wird nie geschehen. Ich weiß, dass ich mich nicht an mein Versprechen gehalten habe, aber das soll jetzt anders werden. Wir drei werden immer zusammenbleiben. Schau mich an, Maud. Du kannst auf mich zählen.«

Das hatte er schon öfter gesagt, wie sollte sie dem noch trauen. Von diesem Tag an sollte Mauds Verhalten sich ändern, sie wurde zusehends ablehnend und misstrauisch. Mit knapper Not brachte sie ein gequältes Lächeln zustande. Da ertönte aus dem Babykörbchen lauter Protest. Hope war aufgewacht und hatte Hunger. Abends saß John im Bett in dem jetzt kalten Gästezimmer und schrieb Bertie einen langen feurigen Brief. Er erinnerte ihn an Einzelheiten ihres Liebesspiels und schrieb, wie schade es sei, dass Maud das Bett abgezogen habe, so dass der Duft des Geliebten ihn nicht mehr durch die Nacht begleiten konnte.

14

John schrieb viel häufiger an Bertie als Bertie an ihn, denn Bertie tat sich mit dem Schreiben nicht leicht. Manchen seiner Briefe sah man deutlich den dritten oder vierten Entwurf an. John störte das nicht, im Gegenteil: Er war gerührt, denn daran sah er, wie viel Bertie an seiner Meinung lag und dass er ihn beeindrucken wollte – sicher doch ein Zeichen für Liebe.

In die Bury Row kam selten Post, und für Maud war kaum mal etwas dabei. Ihre Bekannten aus Bristol hatten sie aus den Augen verloren, ebenso ihre Eltern und ihre Schwester Ethel. Von ihrer Großmutter hatte sie nichts gehört, wahrscheinlich wusste die gar nicht, wo ihre Enkelin war, vielleicht hatte man ihr weisgemacht, sie sei im Internat. Nur Sybil schrieb gelegentlich, simple, phantasielose Briefe, in denen sie nach Mauds und Hopes Gesundheit fragte und sich ausführlich über das Wetter ausließ. Aus Mauds neuem Bekanntenkreis in Dartcombe waren keine Briefe zu erwarten, trotzdem nahm sie immer die Post von der Türmatte, sie schien einen sechsten Sinn dafür zu haben, wann der Briefträger gekommen war – oder aber sie hörte besser als John. Berties Briefe brachte sie mit an den Frühstückstisch und legte sie neben seinen Teller mit der Bemerkung: »Schon wieder so ein Wisch von deinem Freund.«

Die Briefe kamen selten genug, fand John, aber immer noch zu oft für Maud. Eines Morgens, etwa ein Jahr nach Berties Besuch, griff sie, Hope auf dem Schoß, nach dem Umschlag, den er beiseitegelegt hatte, um den kostbaren Inhalt später in Ruhe zu lesen, und meinte, er würde hoffentlich seinen »Freund« nicht noch einmal einladen.

»Nein, sicher nicht«, erwiderte John ungewöhnlich scharf. »Ich weiß und er weiß, dass er nicht willkommen wäre.«

»Du hast versprochen, diese widerwärtigen Dinge nie mehr zu machen, und hast es doch getan. Das kann ich nicht vergessen.«

»Und sorgst dafür, dass ich es auch nicht vergesse.«

Nach der Geburt von Hope war sie gleichsam mit einem Schlag erwachsen und damit ihrer Mutter und den Schwestern sehr ähnlich geworden – eine engstirnige, tadelsüchtige Person, die mit ihren Urteilen schnell bei der Hand war. Von dem liebenswerten, unschuldigen jungen Ding, das zu ihm aufsah, als wäre er wirklich ihr Mann, war nichts geblieben. Den Ausdruck »widerwärtig« hätte sie vor einem Jahr nicht in den Mund genommen. Sie redete wie Ethel. John war nicht so sehr böse als enttäuscht. Er hatte angenommen – auch wenn er dieses Gefühl noch nie in Worte gefasst hatte –, dass sie, weil sie selbst auf die schiefe Bahn geraten war und dafür ihre Strafe erhalten hatte, mehr Verständnis für Vergehen anderer aufbringen würde. Zögernd gestand er sich ein, dass er ein wenig Dankbarkeit von ihr erwartet hätte, schließlich hatte er ihr zu einem Heim und einem Anschein von Wohlanständigkeit verholfen.

Entschlossen schob er die durch diese Überlegungen ausgelösten Empfindungen – Groll, Empörung und schlimmer noch, das Gefühl, ungerecht behandelt zu werden – beiseite und ging nach oben, um seinen Brief zu lesen. Er war diesmal länger als gewöhnlich. Bertie hatte endlich eine Stelle als Verkäufer in einer Eisenwarenhandlung auf der Edgware Road gefunden. Sie war schlecht bezahlt, und er war froh, dass er bei seiner Mutter wohnen konnte, denn Miete konnte er nicht zahlen. Er und John müssten sich bald einmal treffen, dieser schriftliche Austausch führe doch zu nichts. Das klang so sachlich, als seien sie Partner, die ein Geschäft erörtern wollten. Bei John könnten sie nicht zusammenkommen, meinte Bertie, weil Maud ihn nicht mochte, aber wie wär's mit einem »Rangdevuh« in einem Hotel, man solle das Treffen nicht zu lange hinauszögern.

John fragte sich, warum Bertie sich so nüchtern ausdrückte, während er selbst doch so viel Anbetung, Leidenschaft und Versicherungen ewiger Liebe in seine Briefe legte. Der Grund musste sein, dass Bertie sich so schwer mit dem Schreiben tat, keine passenden Worte und Ausdrücke fand. John wusste, dass er über die Möglichkeit eines Treffens den ganzen Tag lang nachdenken würde. Während er eigentlich seinen Schülern das Boyle-Mariotte'sche Gesetz hätte beibringen und Aufsätze hätte korrigieren müssen, kreisten seine Gedanken ständig um dieses schier unlösbare Problem. Ein Wochenende in einem Hotel war ausgeschlossen. Er konnte es sich nicht leisten und Bertie noch weniger. Er schrieb ihm einen liebevollen Brief und legte – nicht zum ersten Mal – ein paar Pfundnoten aus der Blechdose bei, die er in einer Schublade verwahrte. Den Brief nahm er mit, als er zur Schule radelte. Maud, die in der kleinen Diele stand, warf einen schrägen Blick darauf.

Das Leben in der Bury Row verlief ruhig und einförmig. Für John war es schon ein Ereignis, wenn ein Brief von Bertie kam, Maud freute sich über Hopes zweiten Zahn und dass sie jetzt, mit zwei, zu sprechen begann. Ihr erstes Wort war nicht »Mama« gewesen, wie Maud gehofft hatte, sondern »Dada«. Hope hatte wohl Gladys Tranters kleine Tochter so mit ihrem Vater reden hören, oder eine Freundin hatte Hope beigebracht, John so zu nennen, und im Grunde war es ja die einzig mögliche Lösung, aber weder John noch Maud waren glücklich darüber, John, weil er fand, dass sie damit das Kind zum Lügen erzogen, Maud, weil sie insgeheim fürchtete, Hope irgendwann die Wahrheit über ihre Herkunft gestehen zu müssen. Und was sollte werden, wenn es doch irgendwann zu einer Versöhnung zwischen ihr, ihrer Mutter und Ethel kam? Oder wenn Sybil, die ihr jetzt öfter einmal schrieb, sie besuchen wollte? Mit John sprach sie nie über diese Dinge. Er versteht sie ja doch nicht, dachte sie.

Der erste Besuch aus der alten Heimat war dann nicht Sybil, sondern Rosemary Clifford. Als es kurz nach Mauds und Hopes Mittagessen – Maud hatte ihre Tochter gerade schlafen gelegt – an der Tür klingelte, erwartete sie Daphne Crocker, die neue Nachbarin aus Nummer 4. Stattdessen stand Rosemary vor der Tür, ganz die elegante junge Dame – die Haare onduliert, die Lippen leuchtend rot angemalt, in Leinenrock und schwarzweißem Pullover, schwarzen Lackschuhen mit doppelten Riemchen über dem Spann.

Einen Augenblick schwiegen die beiden Frauen sich an. Dann fragte Rosemary: »Darf ich reinkommen?«

»Es ist nicht sehr ordentlich«, sagte Maud verlegen und

machte es noch schlimmer, indem sie hinzufügte: »Ich habe keinen Besuch erwartet.«

Rosemary lachte. »Ich hab gewusst, dass du hier wohnst. In Dartcombe, meine ich, das habe ich von Sybil, aber nicht die genaue Adresse. Auntie Joan wohnt in Dartwell Magna, ich bin bei ihr zu Besuch, da hab ich mich von Mrs Imber im Auto mitnehmen lassen, sie ist eine Bekannte meiner Mutter, und hab in der Red Cow gefragt, und die haben mich hergeschickt.« Rosemary ließ wieder ihr unbeschwertes Lachen hören und machte es sich mitten auf dem Sofa bequem. »Und wo ist der kleine Schatz?«

»Sie hält ihren Mittagsschlaf.«

»Und du lebst hier mit John?«

»Ja.«

»Wie heißt sie denn?«

Von oben kam Kindergeschrei. Maud sprang auf. »Ich hole sie mal eben.«

Maud hätte Hope gleich nach unten bringen können, aber sie wollte, dass ihre kleine Tochter sich von ihrer besten Seite zeigte, und zog ihr schnell das neue Kleidchen an, das sie ihr genäht hatte, rosafarbene und blaue Blumen auf weißem Baumwollflanell, mit aufwendiger, wenn auch etwas unregelmäßiger Smokarbeit. An den Füßen trug Hope weiße Söckchen und rosa Riemchenschuhe.

»Nimm Mummy an der Hand, dann gehen wir hinunter.«

Auf der vierten Stufe von unten reckte Hope die Arme hoch und verlangte: »Mummy tragen!« Sie fremdelte vor der Unbekannten.

»Sie heißt Hope«, sagte Maud.

»Eine gute Wahl. Hoffnung hattest du ja wirklich nötig.«

Die Kleine sah aus, als wollte sie weinen, ließ es dann aber sein, vielleicht abgelenkt von Rosemarys scharlachroten Lippen und Fingernägeln, vielleicht auch von den forschenden Blicken und dem Lächeln der fremden Dame.

»Ich hab's mir gleich gedacht«, sagte Rosemary, »als Sybil es mir erzählt hat, und jetzt weiß ich es. Sie ist Ronnie wie aus dem Gesicht geschnitten.«

Maud wurde feuerrot. »Ja, sie ist von ihm, es hat nie jemand anders gegeben.«

Sie hätte so gern Rosemary alles erzählt – wie die Eltern sie in eine Anstalt hatten stecken wollen, was ihr Vater ihr an den Kopf geworfen, dass er gedroht hatte, das Baby adoptieren zu lassen. Vor allem von ihren Gefühlen hätte sie gern gesprochen, ihren Ängsten, den Gedanken an Selbstmord, von ihrer Einsamkeit, bis John sie gerettet hatte, aber es ging einfach nicht. Früher einmal wäre es möglich gewesen, hätte sie dabei sogar Tränen vergießen können. Doch seit sie zum unfreiwilligen Zeugen von Johns und Berties Treiben geworden war, hatte sie allen Gefühlen einen Riegel vorgeschoben. Selbst John gegenüber, ja besonders John gegenüber, aber auch bei allen anderen ging ihr das Herz nicht mehr über. Sie hatte ihre Gefühle in ihrem Innersten weggesperrt, wie wenn man eine volle Wasserflasche mit einem Korken fest verschließt.

Maud staunte, als Hope zutraulich auf Rosemarys Schoß kletterte. Die schlaue Rosemary hatte begriffen, dass es für eine fast Dreijährige nichts Schöneres gibt, als mit Puderdose, Kamm, Spitzentaschentuch, Geldbörse, Lippenstift und Zigaretten in einer Damenhandtasche zu spielen, und hatte der Kleinen ihre schwarze Wildledertasche überlassen. Aus dem silbernen Etui mit dem eingravierten Namen nahm sie eine Zigarette, bot sie Maud an und zündete sie, als diese ablehnte, sich selbst an.

»Hope will Zigarette«, erklärte die Kleine.

Rosemary lachte. Hatte sie immer so viel gelacht? »Erst wenn du groß bist.« Sie setzte Hope mit der Tasche auf den Fußboden, nahm aber erst Puderdose und Lippenstift heraus. »Sonst schmiert sie dir das ganze Zeug auf die Möbel«, erklärte sie. »Bist du einverstanden, wenn ich es Ronnie erzähle?«

»Er wird dir nicht glauben.«

»Doch, bestimmt. Er ist mit dem Studium in Oxford fertig und arbeitet in einer Bank. Nicht in so einem vergitterten Käfig, wo du Schecks einlösen kannst und so, sondern bei einer Handelsbank. Würdest du ihn gern sehen?«

»Ich glaube nicht.«

»Warum denn nicht? Er ist bestimmt begeistert, wenn er erfährt, dass dieser kleine Liebling von ihm ist.«

»Halte ich für unwahrscheinlich.« Maud glaubte, mehr über Männer zu wissen als die Freundin, so gescheit und weltgewandt Rosemary auch tat. Sie, Maud, hatte mehr durchgemacht, sie kannte das Leben.

»Wir könnten uns alle in diesem hübschen Hotel in… wie heißt doch gleich der Ort… in Newton Abbot zum Tee treffen, und du könntest Hope vorzeigen.«

Diesmal lachte Maud, ein hartes, bitteres Lachen. »Jetzt nehme ich doch eine Zigarette«, sagte sie. Es war erst die dritte in ihrem Leben.

Auch Bertie war das Hotel aufgefallen, als er auf dem Weg nach Dartcombe war. Daran musste John denken, als Maud ihm von Rosemarys Besuch das Nötigste erzählte. Er und Bertie hatten sich in den zweieinhalb Jahren ein paarmal getroffen, jeweils für einen Nachmittag in London während der Schulferien und einmal in einer Pension in Reading, weil das auf der Hauptstrecke der Great Western lag. Das hübsche Hotel in Newton Abbott spukte Bertie immer noch im Kopf herum, aber es überstieg einfach ihre Mittel. In der Pension, in der sie abstiegen, hatte Bertie – ungeniert und ohne zu bedenken, dass er John damit womöglich verletzte – erzählt, dass er manchmal auf der Hampstead Heath junge Männer abschleppte oder sich in einem der Londoner Parks einen Wächter suchte, der bereit war, es »gegen Geld« zu machen, auch wenn er selbst nicht schwul war. Damit hatte er bei John schmerzliche Eifersucht entfacht, aber als er Bertie Vorhaltungen machte, sagte dieser nur: »Ich denke, ich könnt's lassen, wenn wir da, wo du wohnst, zusammenleben würden.«

Als John hörte, dass Rosemary ihrem Bruder sagen wollte, Maud habe sein Kind zur Welt gebracht, schlug sein Herz höher. Seit jenem Brief, den Ronnie unbeantwortet gelassen hatte, war einige Zeit vergangen, vielleicht hatte Ronnie mittlerweile an Reife gewonnen, würde Maud einen Heiratsantrag machen und sie zu sich nehmen, so dass John frei wäre für Bertie. Es war ein gewagter Gedanke. Alles hing davon ab, was für ein Mensch dieser Ronnie Clifford war. Ich an seiner Stelle, dachte John, wäre bei der Nachricht, Vater zu sein, so aufgeregt, dass ich sofort zu meiner Liebsten und meiner Tochter eilen würde, und dann…

Aber dass er selbst jemals ein Kind hätte zeugen wollen, war undenkbar. Allein schon der Gedanke, mit einer Frau zu schlafen, überstieg seine Vorstellungskraft.

Da er die Briefe nach wie vor zur Sicherheit verbrannte, konnte er sie nicht lesen und wiederlesen, doch Bertie hatte ihm nach langem Drängen ein Foto geschickt, auf dem er mit seiner Mutter in einem winzigen drahtumzäunten Garten zu sehen war. Berties Mutter trug eine geblümte Kittelschürze und Hausschuhe und sah uralt aus, obwohl sie erst fünfundfünfzig war. Von diesem Foto trennte sich John nicht, aber er schnitt Berties Mutter ab. Jede Nacht sah er es an. Tagsüber versteckte er es erst in einer Kommodenschublade, dann – weil Maud oder auch Mrs Tremlett sie regelmäßig aufmachten, um seine sauberen Hemden zu verstauen – in seiner Manteltasche. Vor diesen Frauen war nichts sicher. Oft lag er nachts wach und fragte sich vergeblich, warum die Welt sich so über die Uranier entrüstete, die doch mit ihrem Tun niemandem schadeten.

Was ihm aber noch mehr zusetzte in letzter Zeit, war der Gedanke, dass es falsch oder zumindest unklug gewesen war, diese kleine Familie mit Maud und Hope zu gründen. Anfangs war das aus seiner Sicht der einzige Ausweg aus all ihren Schwierigkeiten gewesen. Seine Homosexualität, Mauds Fehltritt, die Unterkunftsfrage, die Niederkunft – das alles hatte sich tatsächlich lösen lassen, indem sie hier als Mann und Frau lebten, allerdings nur um einen zu hohen Preis. Bei Tag und Nacht grübelte John mittlerweile, wie er dieser selbstgebauten Falle entkommen konnte. Würde er sich vielleicht doch zwei Haushaltungen leisten können, eine für Maud und das Kind und eine zweite für sich und

Bertie? Es tat ihm weh, dass Bertie unterdessen in jedem Brief um Geld bat. Weil er Angst hatte, ihn sonst zu verlieren, stockte John nun regelmäßig Berties Lohn auf das Doppelte auf.

Ob Rosemary ihrem Bruder von seinem Kind erzählt hatte, erfuhr Maud nie. Die Zeit verging. Hope war jetzt drei, und dass weder Ronnie noch seine Schwester ihr geschrieben hatten, machte Maud nicht so sehr traurig als vielmehr wütend. Sie konnte es nicht fassen, dass Hopes Vater keinerlei Sehnsucht verspürte, diese entzückende Tochter kennenzulernen. Als ein Klingeln sie aus ihren Gedanken riss, hätte Maud sich nicht gewundert, wenn Ronnie vor der Tür gestanden wäre. Doch es war Sybil, die sie ganz vergessen hatte. Maud war nicht begeistert gewesen, als die Schwester ihren Besuch ankündigte, hatte sich aber mit dem Unvermeidlichen abgefunden. Sie hatte das Haus bis unters Dach geputzt, einen Sandkuchen gebacken und das eigene Bett abgezogen, in dem Sybil schlafen sollte – Maud würde für die eine Nacht das Sofa nehmen. Hope trug ihr neuestes selbstgenähtes Kleid aus weißem Batist mit rosa Smokarbeit und rosa Paspeln.

Nach Sybil hätte sich niemand auf der Straße umgedreht. Sie hatte noch nie viel auf ihr Äußeres gegeben. Mit ihren dreißig Jahren wirkte sie in den flachen Schnürschuhen und dem strenggeschnittenen dunkelgrauen Tuchkostüm wie eine alte Jungfer. Ihr rotbraunes Haar, das sie schon immer lang getragen hatte, war zu einem unkleidsamen Nackenknoten frisiert. Doch ihre Freude, die Schwester wiederzusehen, und ihr Entzücken über Hope, deren blonde Locken und dunkelblaue Augen, nahm Maud voller Genugtuung zur Kenntnis.

Sybil hatte Hope einen Plüschterrier auf Rädern mitgebracht. Die Kleine war hingerissen, bedankte sich auch eingedenk der Ermahnungen ihrer Mutter sehr artig.

»Sie ist reizend«, sagte Sybil. »Ähnlich sieht sie eigentlich keinem von uns, aber das macht nichts. Sie scheint ein glückliches Kind zu sein.«

»Ja, das glaube ich auch. Schade, dass sie keine gleichaltrigen Kinder mehr zum Spielen hat, aber die Tranters sind mit ihrer kleinen Tochter nach Dartwell gezogen.«

»Maud, nimm mir die Frage bitte nicht übel – sind die Leute hier über Hope im Bilde?«

Maud wusste natürlich, was Sybil meinte, wollte die Schwester aber zwingen, es auszusprechen. »Was soll das heißen?«

Sybil kam ins Stottern. »Dass sie nicht… dass sie nicht ehelich ist, meine ich.«

»John und ich nennen uns Mr und Mrs Goodwin«, erklärte Maud steif. »Alle glauben, dass Hope sein Kind ist.«

»Ach je…« Sybil legte ihr Stück Kuchen auf den Teller zurück, die Antwort hatte ihr offenbar den Appetit verschlagen. »War das klug, Maud? Hast du dir keine Gedanken über die Folgen gemacht?«

»Welche Folgen?«

»Was ist, wenn einer von euch beiden heiraten will?«

»Das wird nicht passieren. Hope hält John für ihren Vater, und dabei soll es bleiben. Und wie geht es Mutter? Und Ethel?«

Sybil, der dieser Themenwechsel offenbar nicht ins Konzept passte, antwortete widerwillig, Ethel erwarte im Januar ihr erstes Kind. Sie übersah geflissentlich, dass Mauds Augen blitzten und ihre Lippen schmal geworden waren. Mauds scharfen Kommentar aber konnte sie nicht überhören. »Die musste sich wohl nicht sagen lassen, dass sie der Familie Schande gemacht hat, was?«

»Ach Maud …«, seufzte Sybil und versuchte, die Schwester versöhnlich zu stimmen. »Mutter geht es gut, sie hat Sehnsucht nach dir und würde dich gern sehen. Wenn du uns auf ein paar Tage besuchen willst, sagt sie immer, soll alles vergeben und vergessen sein.«

»Der Haken ist nur, dass ich unseren Vater nicht sehen will.« Unseren Vater – das hört sich an wie Gott, dachte Maud, aber wie hätte sie es sonst sagen sollen? Ihr gegenüber hatte er sich ja wirklich aufgeführt wie ein zürnender, maßlos strafender Gott. Ganz nach dem Motto: Furcht ist der Anfang der Erkenntnis – das kannte sie noch aus der Zeit, in der sie zur Kirche gegangen war. »Wenn Mutter Sehnsucht nach mir hat, kann sie ja herkommen«, sagte sie.

Besonders taktvoll war Sybil noch nie gewesen. »Das macht sie nicht. Falls du zu uns kommst, sagt sie, bring bitte das Kind nicht mit. Sie will die Kleine nicht sehen.«

Die Reaktion der Schwester kam völlig unerwartet. Sie hatte den Einwand erwartet, Maud wisse nicht, bei wem sie Hope lassen solle, oder Maud habe sich noch nie von ihrer Tochter getrennt und gedenke das auch jetzt nicht zu tun, aber nicht das: Maud kreischte los wie eine Irrsinnige, sie packte Hope, die mit ihrem Plüschhund gespielt hatte, und drückte sie so fest an sich, dass auch die nun anfing zu weinen. Beide schwankten hin und her und zerrten einander an den Haaren und Kleidern. Sybil wurde blass. »Bitte nicht, Maud! Lass das doch! Was habe ich denn Schlimmes getan?«

In diesem Augenblick kam John herein. »Was ist denn hier los?« Er sah Sybil an. »Was hast du zu ihr gesagt?«

»Nur, dass sie Hope nicht mitbringen soll, wenn sie Mutter besuchen kommt.«

Mauds Tränen waren versiegt, Hope wimmerte und schluchzte noch. John lachte. »Ja, da hat's natürlich Zunder gegeben.« Er wandte sich an Maud. »Niemand zwingt dich, irgendwohin zu gehen. Du regst dich völlig unnötig auf. Trink noch eine Tasse Tee, dann geht's dir besser.«

Maud saß jetzt kerzengerade da, mit rotem verheultem Gesicht, und warf Sybil hasserfüllte Blicke zu. »Ich werde euer Haus nie mehr betreten, ich werde nie mehr nach Bristol fahren. Du kannst Mutter ausrichten, dass sie mich mein Lebtag nicht mehr sehen will – Vater ist für mich ohnehin gestorben.«

Sybil schlief in Mauds Bett, Maud schlief unten und hatte Hope in ihrem Bettchen ganz dicht an das Sofa gerückt. Am nächsten Morgen zeigte John, ehe er zur Schule radelte, Sybil das Gemüse, das er und Maud hinter dem Haus – im Küchengarten, wie Maud stolz sagte – angebaut hatten.

»Damit kommen wir einigermaßen über die Runden.«

»Aber hast du nicht ein gutes Gehalt, John?«

»Davon müssen drei leben. Hier fehlt mir der Londoner Zuschlag.«

Sybil fuhr mit dem Bus zurück nach Ashburton, recht verärgert, weil Maud sich geweigert hatte, sie zum Bahnhof zu begleiten.

»Du könntest Hope zu Mrs Sowieso bringen.«

»Tremlett heißt sie. Ich möchte wirklich wissen, warum alle mir ständig einreden wollen, ich solle meine kleine Tochter fremden Leuten überlassen.«

Es wurde ein kühler Abschied.

Abends war Maud, von der John einst gesagt hatte, sie sei ein so fröhliches Mädchen, das nie schmollte, äußerst schweigsam und missmutig. Auf Johns teilnehmende Frage, was los sei, bekam er nur zur Antwort: »Möchte wissen, was Sybil sagen würde, wenn sie das von dir und deinem Freund wüsste.«

15

Als John gesagt hatte, von seinem Gehalt müssten drei Menschen leben, war das nicht die ganze Wahrheit. Seit ein paar Monaten lebte auch Bertie davon. Vorbei war die Zeit, als Bertie von John nur Geld bekam, wenn er darum bat. Mittlerweile schickte John seinem Liebsten jede Woche eine Postanweisung, die nahezu das Doppelte von dem ausmachte, was Bertie in der Eisenwarenhandlung verdiente. Leisten konnte John sich das nicht, und jedes Mal, wenn er den Umschlag zuklebte und in den Briefkasten steckte, war ihm, als kaufe er Berties Liebe.

Früher hatte er davon geträumt, im Lauf der Zeit genug für eine Übernachtung in jenem Hotel zusammenzusparen, auf das Bertie so versessen war. Weit war er nie gekommen. Hope brauchte neue Schuhe, Hope hatte einen Ausschlag oder Husten, so dass der Arzt kommen musste, in der Bury Row regnete es plötzlich durchs Dach, und Mrs Tremlett weigerte sich, die Reparatur zu bezahlen. John übernahm sie schweigend, aber Maud schalt die Hauswirtin einen Geizkragen, woraufhin Mrs Tremlett prompt fünf Shilling mehr fürs Putzen verlangte.

Um eine »richtige Schneiderin« zu werden, wie sie sich ausdrückte, brauchte Maud immer mehr Stoff, immer mehr Schnittmuster zum Üben. Der Traum von einer Übernachtung in dem hübschen Hotel löste sich langsam, aber sicher in Luft auf, alles, was John an Bargeld übrig hatte, ging an Bertie.

Von dem kam eines Tages eine unerwartete Nachricht, Bertie schrieb mittlerweile immer seltener. Für die Postanweisungen bedankte er sich nie, was John sich damit erklärte, dass seinem Liebsten die Geldgeschenke peinlich waren. Maud hatte den Brief von der Türmatte aufgehoben, jetzt hielt sie ihn am ausgestreckten Arm zwischen Daumen und Zeigefinger wie eine Tüte mit verdorbenen Lebensmitteln, und brachte ihn so an den Frühstückstisch. John hatte inzwischen ihre Launen satt. Dass sie sich alles nahm, als sei es ihr Recht, und sich als Gegenleistung höchstens um den Haushalt kümmerte und auch das vor allem in ihrem und Hopes Interesse, brachte ihn immer mehr auf. Er öffnete den Brief vor Mauds Augen. Berties Mutter war, noch keine sechzig, an einer Wucherung im Hals gestorben, Berties Schwager hatte die Beerdigung bezahlt.

Berties Brief klang nicht kummervoll, sondern fast ausgelassen. Das Haus seiner Mutter war eine armselige Bude in Paddington, nicht weit vom Bahnhof, aber es hatte ihr gehört, und jetzt gehörte es ihm. Wenn John gedacht hatte, Bertie würde ihn nun zu sich einladen, hatte er sich getäuscht, aber da er wusste, wie sehr Bertie das Briefeschreiben anstrengte, ließ er sich davon nicht entmutigen. Er berichtete Maud, was Bertie geschrieben hatte, nicht so sehr, um sie zu reizen, als vielmehr um ihr zu zeigen, wie sehr ihm das Wohlergehen des Freundes am Herzen lag.

»Lass mich damit in Ruhe«, sagte Maud.

»Womit hat Bertie diese Abneigung verdient?«

»Ich kann einfach nicht vergessen, was ihr damals miteinander getrieben habt, als ich mit meinem unschuldigen kleinen Kind im Nebenzimmer lag.«

John antwortete nicht. Nach der Schule schickte er Bertie die übliche Postanweisung und fragte an, ob er am folgenden Wochenende bei ihm übernachten könne. Da er wusste, welche Schwierigkeiten Bertie mit allem Schriftlichen hatte, fügte er hinzu, er würde am Samstag, dem 16., kommen, und Bertie solle ihm nur »ein paar Zeilen schreiben«, falls ihm dieser Termin nicht passte.

Meist setzte sich Maud, wenn Hope gebadet und angezogen war und sich mit ihren Spielsachen beschäftigte, zum Üben an ihre Nähmaschine. Nähte zu steppen und Kanten zu ketteln war ihr auf die Dauer nicht genug, sie wollte mehr lernen. Vielleicht gab es einen Schneiderkurs in Ashburton, der abends stattfand, dann konnte sie wohl verlangen, dass sich John ein paar Stunden um Hope kümmerte. Während sie in Gedanken noch bei ihrem Bruder war, dem sie immer öfter innerlich grollte, auch wenn ihr dabei leise das Gewissen schlug, klingelte es. Sie erwartete keinen Besuch, deshalb sah sie zunächst aus dem Fenster. Vor dem Haus stand ein schwarzes Luxusauto, ein Rolls-Royce. Es war die einzige Automarke, die sie erkannte, die silberglänzende Front war unverwechselbar. Von der Frau auf der Schwelle sah sie nur ein maßgeschneidertes Kostüm mit Fuchspelzstola, das in dieser dörflichen Umgebung recht unpassend wirkte, und einen gelben Haarschopf.

Maud ging öffnen.

»Alicia Imber«, sagte die Frau. »Und Sie müssen Mrs Goodwin sein. Wie geht es Ihnen?«

Dass das nur eine Floskel war, die man seinerseits mit einer Frage nach dem Befinden erwiderte, wusste Maud. Doch völlig überrumpelt brachte sie nur ein »Bitte kommen Sie doch rein« heraus. Hope, die vor dem Haus mit ihrem hölzernen Bauernhof gespielt und ihre Jerseykühe aus bemaltem Blech auf dem Rasen aufgestellt hatte, ließ ihre Herde allein und bestaunte die unbekannte Dame mit großen Augen, die ihr einen freundlichen Gruß zurief.

»Wie ich sehe, sind Sie am Nähen. Dass Sie dazu Zeit finden, ist mir unbegreiflich, ich würde das nie schaffen.«

Mrs Imber war groß und dünn. Maud, die sofort eine Abneigung gegen sie gefasst hatte, schätzte sie auf vierzig, ein schonungsloses Urteil, wie es typisch für sehr junge Menschen ist. Alicia Imber war erst vierunddreißig. Die spitze Nase des Fuchskopfes an ihrem Pelzkragen schmiegte sich an ihre geschminkte Wange. Maud bat Mrs Imber, Platz zu nehmen, die stattdessen zur Nähmaschine ging, den für Hope bestimmten halbfertigen Wintermantel in die Hand nahm und ihn prüfend betrachtete. »Recht hübsch«, sagte sie lächelnd und legte das Stück wieder hin. »Ich komme, weil mir Mrs Clifford – ich glaube, Sie kennen ihre Nichte – erzählt hat, dass Sie sehr ordentliche Smokarbeiten machen. Ich wollte fragen, ob Sie ein Kleid für meine kleine Tochter nähen würden. Könnten Sie mir ein Muster zeigen?«

Mrs Clifford war die Tante von Rosemary und Ronnie. Wie kommt sie dazu, mir diese gönnerhafte Person auf den Hals zu hetzen, dachte Maud, während sie Hopes schönstes Kleid holte, grün mit weißen und roten Blumen und rot gesmokt. Mrs Imber untersuchte es wie eine Preisrichterin in einem Handarbeitswettbewerb, aber sie lächelte dabei.

»Ja, doch, sehr hübsch«, befand sie und legte das Kleid über eine Sessellehne.

»Darf ich es morgen anziehen, Mummy?« Hope warf Alicia einen argwöhnischen Blick zu, als hätte sie die fremde Frau im Verdacht, es mitgehen zu lassen.

»Meinetwegen.« Maud wandte sich an ihren Gast. »Wie alt ist Ihre Tochter?«

Wie die meisten Mütter, wenn sich jemand nach einem ihrer Kinder erkundigte, bezog Mrs Imber die Frage gleich auf alle. »Die Jungen sind acht und neun, sie heißen Christian und Julian, meine kleine Charmian ist sechs. Meine Söhne fehlen mir natürlich sehr, und ihrer Schwester ebenso, da sie nun niemand mehr zum Spielen hat, aber sie besuchen eine Privatschule. Was sein muss, muss sein.«

»Wenn Sie mit Charmian herkommen, könnte ich ihr Maß nehmen und Ihnen sagen, wie viel Stoff ich brauche.«

»Tja, mal sehen. Charmian ist nicht sehr kräftig, ich hatte gehofft, Sie würden zu mir nach Dartcombe Hall kommen.«

Maud nahm ihren ganzen Mut zusammen. »Hier wäre es mir lieber.«

»Ich merke schon, Sie haben Ihren eigenen Kopf. Nun gut, dann komme ich am Dienstag. Wenn's genehm ist.« Das hatte gesessen. Mrs Imber sah zu Hope hin. »Auf Wiedersehen, Kindchen. Wie du heißt, hat deine Mutter mir ja leider nicht verraten.«

Abends berichtete Maud ihrem Bruder von dem Gespräch, allerdings in grotesker Übertreibung wie viele paranoide Menschen, und zum ersten Mal fügte sie einen Begriff hinzu, der gar nicht gefallen war.

»Du brauchst diese Frau nicht hier zu dulden«, sagte er, »und hast es nicht nötig, für ihr Kind zu nähen. Wir kommen auch so zurecht.«

»Was heißt *noblesse oblige,* John?«

»Warum fragst du?«

»Das hat sie gesagt, ehe sie ging«, schwindelte Maud.

»Es heißt, dass ein Adliger es sich selbst oder auch Gott schuldig ist, die Bedürfnisse von Menschen zu berücksichtigen, die unter ihm stehen.«

»Danke.«

Schon bald bereute es John, dass er sich nicht mit dem unverbindlichen »Adel verpflichtet« durchgemogelt hatte. Ohnedies sollte sich Mauds Arbeit schon bald als nicht gut genug erweisen. Beim Kauf der Nähmaschine hatte John gehofft, Maud würde mit der Schneiderei etwas zum gemeinsamen Haushalt beitragen, inzwischen war ihm klargeworden, dass daraus nichts werden konnte.

Das Lügen fiel ihm leicht, als es um die Fahrt nach London und das Wie, Wo und Warum der Übernachtung ging. Eine der Kolleginnen habe ihn eingeladen, sie zu ihren Eltern nach Twickenham zu begleiten, sagte er. Zur Hälfte stimmte das, aber Elspeth hatte auch seine »Frau« eingeladen, und für die hatte er die Einladung höflich abgelehnt. Die Geschichte klang so überzeugend, dass Maud sie ihm anscheinend abnahm.

Bertie hatte nicht geantwortet, und das bedeutete wohl, dass der Samstag ihm recht war. So hätte alles in bester Ordnung sein können, wären da nicht Mauds ständige Nachfragen gewesen. Wer ist sie? Warum hast du noch nie von ihr erzählt? Magst du sie? Und am schlimmsten: Liebst du sie? Er ließ Maud nicht zum ersten Mal über Nacht allein. Zweimal hatte er sich mit Bertie ein Zimmer in einer Pension genommen. Dabei hatte er amüsiert beobachtet (»Ich könnt' mich schieflachen«, hatte Bertie gesagt), wie die Vermieterinnen bei Pärchen den Ring am Mittelfinger der Frau, fast noch den Trauschein zu sehen verlangten und beim Eintrag ins Gästeregister aufpassten, ob die Frau nicht aus Versehen mit Jean Brown statt mit Jean Smith unterschrieb. Bei John und Bertie witterten sie hingegen keinen Unrat, die beiden mussten gute Kumpel sein, bereit, sich ein Lager zu teilen. Diesmal bestand zu Sorgen ohnedies kein Anlass. Das Bett, das sie teilen würden, stand im Haus von Berties verstorbener Mutter.

John war noch nie da gewesen, kannte aber mehr oder weniger den Weg. Vom Bahnhof Paddington ging es durch ein Gewirr schmutziger Sträßchen zum Grand-Union-Kanal, an dessen Ufer das einzige schöne Bauwerk der Gegend stand, die gotische St. Mary Magdalene Church mit ihrem spitzen Kirchturm. An diesem trockenen grauen Herbsttag pfiff ein kalter Wind um die Straßenecken. In Berties sogenanntem Vorgarten, einem kleinen asphaltierten Rechteck, stand eine Mülltonne aus Blech, an der Hauswand lehnte ein Motorrad mit stark abgefahrenen Reifen. Eine Klingel gab es nicht, und die Briefkastenklappe war eingerostet, so dass er keine Möglichkeit sah, sein Kommen anzukündigen. Er hob schon die Faust, um an die Tür zu hämmern, dann drückte er probehalber die altersgeschwärzte Klinke herunter – und die Tür gab nach.

Im Haus roch es widerwärtig nach Heizöl, gebratenem

Fisch und Urin. Die Wohnzimmertür hing nicht mehr in den Angeln, sie lehnte an der Wand. Im Zimmer und auf dem Gang war alles braun gestrichen, aber diese Verschönerungsaktion lag offenbar schon länger zurück, denn an vielen Stellen blätterte das Braun ab, und darunter kam lachsrosa Farbe zum Vorschein. Es war kalt. John rief Berties Namen. Nichts geschah, er rief noch einmal.

Oben schlug eine Tür, und an der Treppe erschien Bertie, nackt bis auf eine Unterhose und die Hosenträger, die sie hielten. »Ach, du bist's. Bisschen früh dran, was?«

John hatte die Situation begriffen, noch ehe Berties Gefährte aus dem Schlafzimmer kam. Früher hätte er nicht gewusst, was hier vorging, aber in den letzten Jahren hatte er seine Unschuld verloren. Er hatte Bertie *in flagrante delicto* ertappt, auf frischer Tat – auch wenn er nie gedacht hätte, dass er das einmal würde erleben müssen. Jetzt aber ging an der Erkenntnis, wie Bertie lebte und was er trieb, kein Weg mehr vorbei. Es war ein furchtbarer Schock.

Der Mann, der hinter Bertie stand und ihn um gute fünfzehn Zentimeter überragte, hatte sich offenbar hastig Hemd und Hose angezogen und mühte sich jetzt mit seinem Schlips. Bertie ging ein paar Stufen die Treppe hinunter und sagte zu Johns fassungsloser Überraschung: »Du hast bestimmt noch nichts gegessen. In der Delamare Road ist ein Imbiss, ich komme in zehn Minuten nach.«

John bereute bitter, dass er Bertie nicht explizit gefragt hatte, ob sein Besuch ihm recht war. Aber hätte Bertie sich die Mühe gemacht zu antworten? Bertie empfand offenbar nichts für John, hatte deutlich gemacht, dass seiner Meinung nach Männer ihres Schlags so viele Partner haben durften, wie sie wollten, bei ihrem sündigen Treiben, dass sich niemand daran stören, niemand eifersüchtig sein durfte. John litt den Kummer eines Menschen, der weiß, dass das Objekt seiner Leidenschaft dieser Liebe nicht würdig ist. Doch gleich darauf schämte er sich für diesen Gedanken. Wie konnte er so arrogant sein, sich besser als Bertie zu dünken? Er ging an dem Imbiss vorbei – das Essen wäre ihm im Hals stecken geblieben – zum Ufer des Grand-Union-Kanals, den manche Leute, weil sie den Unterschied zwischen einem stehenden und einem fließenden Gewässer nicht kannten, als Fluss bezeichneten. Das opake Wasser schimmerte grünlich braun. Eins der schmalen Kanalboote kam vorbei, fuhr unter der ersten und der zweiten Brücke durch und verschwand in dem Tunnel bei Maida Hill, nicht weit entfernt von Johns erster Wohnung in London. Im Kielwasser des Bootes schwammen zwei Kanadagänse. Ein Blässhuhn, dessen weißer Schopf an diesem trüben Tag hell leuchtete, wiegte sich auf der Wasserfläche. John hatte noch nie daran gedacht, seinem Leben ein Ende zu setzen, aber jetzt überlegte er ernsthaft, ob er sich nicht die Taschen mit Steinen füllen und in dem kalten braunen Wasser einen friedlichen Tod suchen sollte. Doch dann wandte er sich ab und ging zum Bahnhof.

Der Zug nach Penzance war gerade abgefahren, und es war kalt. Im Wartesaal brannte Feuer im Kamin, und das Rosshaarsofa daneben war unbesetzt. Die Wärme tat gut, nicht nur dem Körper, sondern auch der Seele. Vielleicht hatte er überreagiert. Er hätte Bertie dazu bringen sollen, den langen Kerl wegzuschicken, hätte mit seinem Liebsten reden und ihm erklären sollen, wie unglücklich dessen

Treulosigkeiten – für ihn waren es keine bloßen Eskapaden – ihn machten. Jetzt kam auch der Hunger wieder, doch die Erschöpfung war stärker. John schlief ein, den Kopf an den rutschigen schwarzen Rosshaarbezug gelehnt. Irgendwann kam jemand mit einem Kohleneimer herein, um nach dem Feuer zu sehen, erkundigte sich bei ihm, ob alles in Ordnung sei, und nannte ihn *Sir*. Wider Erwarten schickte man ihn nicht auf den Bahnsteig hinaus. Reisende kamen und gingen, nahmen aber keine Notiz von ihm, und er dämmerte wieder ein. Im Halbschlaf überlegte er, was er tun sollte. Wie schwer es ist, einen Menschen aufzugeben, zu dem man eine intensive sexuelle Bindung hat, wusste er nur aus der englischen Literatur. Mit geschlossenen Augen versuchte er, sich ein Leben ohne Bertie vorzustellen, die Leere, die wehe Sehnsucht. Jetzt erlebte er das, was er in den Büchern gelesen hatte, am eigenen Leib.

Draußen war es dunkel. Halb liegend, halb sitzend fragte John sich, wie schwer es sein würde, bis zum Ende des Bahnsteigs zu gehen und, wenn der lange Zug vom West Country angebraust kam, auf die Gleise zu springen, sich überrollen zu lassen. Da war wieder der Mann mit dem Kohleneimer, aber er kniete sich nicht vor den Kamin, sondern setzte sich neben John aufs Sofa. John schlug die Augen auf. Es war Bertie.

»Hier bist du also. Hast mich ganz schön an der Nase rumgeführt. Bin halb erfroren.«

John wäre Bertie am liebsten um den Hals gefallen und hätte ihn geküsst, wie Mann und Frau sich küssen, aber das ging hier natürlich nicht. »Ich liebe dich«, brachte er mühsam heraus.

»Dann komm jetzt mit zu mir, wie du gesagt hast. Um Davy brauchst du dich nicht zu kümmern, der zählt nicht, der ist nur Dreck. Los jetzt, reiß dich zusammen, aber vorher gehen wir noch was Ordentliches essen.«

John ging mit. Er verachtete sich dafür, aber er hatte nicht mehr die Kraft, sich zu widersetzen.

16

Mrs Imber fuhr mit Tochter Charmian im Rolls-Royce vor und geruhte, die Tasse Tee zu trinken, die Maud ihr anbot. Die beiden etwa gleichaltrigen kleinen Mädchen verstanden sich gut, besser als Hope und die Tochter ihrer Nachbarin Daphne Crocker, und Maud machte sich Hoffnungen auf eine nähere Bekanntschaft zwischen den beiden. Doch als sie vorschlug, Charmian könne doch ein andermal wiederkommen und mit Hopes Bauernhof und den Blechtieren oder in der kleinen Hütte spielen, die John für Hope im Garten gebaut hatte, reagierte Mrs Imber fast entrüstet.

»Das wird sich kaum machen lassen. Charmian ist sehr zart und muss geschont werden.«

»Grauenvoll, wie die sich großtut«, sagte Maud später zu John. »Dem Kind fehlt nichts, wir sind ihnen einfach nicht gut genug. Von Gladys weiß ich, dass die Imbers eigentlich Bierbrauer sind, da kommt ihr ganzes Geld her. Vor zwei Generationen waren sie noch Landarbeiter.«

John genügte es, wenn Hope mit den Dorfkindern spielte. Bald würde sie in die Schule kommen und weitere Freunde finden. Seit sie drei geworden war, spürte er immer deutlicher, dass er, auch wenn sie ihn Daddy nannte, nur ihr Onkel war, und eine Lüge zu leben, wie er es nun nannte, belastete ihn zunehmend. Nach Berties schamlosem Seitensprung, aus dem der sich aber offenbar kein Gewissen machte, trafen sie sich häufiger in dem verkommenen Haus in Paddington. Geputzt wurde dort nie, das Haus war nicht nur schmutzig, sondern verfiel zusehends. Für sein Zuhause gab Bertie nichts von dem Geld aus, das John ihm schickte. Anscheinend fielen ihm weder der Gestank noch die verstopften Abflüsse auf. Strom gab es nicht mehr, Mäuse hätten die Kabel durchgebissen, erklärte Bertie. Als John eines Abends ankam, sah er eine Ratte, die ohne Scheu neben der Mülltonne sitzen blieb und ihn frech anstarrte. Doch Bertie lachte nur, als John ihm davon erzählte.

In der Bury Row war Bertie nie mehr gewesen. Dort war der einzige Besuch aus Johns Welt Elspeth Dean – die Musiklehrerin und eine von nur zwei Frauen im Kollegium seiner Jungenschule –, eingeladen nicht von ihm, sondern von Maud, der es wichtig war, im Dorf den Schein zu wahren. John wusste, dass der jetzige Zustand unumkehrbar war, Maud aber hoffte insgeheim, dass, wenn sie beispielsweise an einen anderen Ort zögen, sie wieder Geschwister füreinander sein könnten. Wenn sie sich mit Elspeth anfreundete, hatte Maud sich ausgedacht, und diese öfter zu sich nach Hause bat, würde John sich vielleicht ernsthaft für die Kollegin interessieren und womöglich sogar ans Heiraten denken. Maud selbst war seit Rosemarys nie wiederholtem Besuch Ronnie nicht aus dem Kopf gegangen. Monatelang hatte sie die leise Hoffnung gehegt, er würde ihr schreiben oder sie gar besuchen. Aus den Monaten waren Jahre geworden, er war nie gekommen, aber sie glaubte immer noch an die Chance eines Wiedersehens, gaukelte sich vor, die Liebe, die sie nie füreinander empfunden hatten, könne sich entfalten wie eine lange vernachlässigte Pflanze, die – gewissenhaft gedüngt und gegossen – zum Blühen käme.

John hoffte auf Veränderungen anderer Art. Elspeths Besuche in der Bury Row waren ihm eher lästig. Sie war liebenswürdig, hübsch anzusehen und hatte eine wunderschöne Singstimme, aber er hatte kein Interesse an Gesprächen mit ihr, zumal er das unbehagliche Gefühl hatte, dass sie sich zunehmend zu ihm hingezogen fühlte. Für die Zukunft wünschte er sich, genau wie Maud, sie könnten wegziehen und wieder Bruder und Schwester sein, er aber wünschte sich außerdem einen Ehemann für Maud, der ihm die Sorge für sie abnehmen würde, so dass er mit Bertie einen eigenen Hausstand gründen könnte.

Immerhin betrachtete Bertie inzwischen John – nachdem der alle zwei, drei Wochen in Paddington aufkreuzte und ihm zwischendurch einen Briefumschlag mit ein paar Geldscheinen schickte – als so etwas wie seinen festen Freund. John war dabei klar, auch wenn sie nie mehr darüber gesprochen hatten, dass Bertie sich nach wie vor gelegentliche Abenteuer mit Davy und Männern seines Schlages leistete. Er hatte beschlossen, es zu ertragen, wenn Bertie ihm nichts davon erzählte und ihm Szenen wie die bei seinem ersten Besuch in dessen Haus erspart blieben.

Im Herbst kam Hope in die kleine anglikanische Schule, die der All Saints Church angeschlossen war und in die auch Georgie Tranter und Maureen Crocker gingen. Am ersten Schultag nahm Maud ihre Tochter bei der Hand, brachte sie hin und holte sie nachmittags wieder ab. Die beiden waren sich so nah und verbrachten so viel Zeit miteinander, dass Hope am ersten Schultag bittere Tränen vergossen hatte, als Maud sich auf dem Schulhof von ihr verabschiedete, aber schon am nächsten Tag rannte Hope vergnügt durchs Tor zu ihren neuen Freunden.

Mrs Imber war wenig begeistert von der Smokarbeit an Charmians Kleid. Die Stiche waren nicht ganz gleichmäßig, und der Saum war nicht so sauber ausgeführt, wie sie erwartet hatte. Sie bezahlte Maud für ihre Arbeit, gab ihr aber zu verstehen, dass sie ihr keine weiteren Aufträge erteilen würde. Maud, die sich leicht entmutigen ließ, gab ihr Vorhaben auf, die Schneiderei zum Beruf zu machen, sie nähte nur noch für sich und Hope. Die Tochter fehlte ihr mehr, als sie für möglich gehalten hätte. Sie hatte sich auf den Schulanfang gefreut, weil sie dann mehr Zeit für sich haben würde. Doch da ihre Gedanken sich hauptsächlich um das Kind drehten, sie keine Hobbys hatte bis auf das eine, das nun nicht ausbaufähig schien, und nicht gern las, sah Maud nun eine triste Zukunft vor sich.

Sie war wie eine Reisende, die glaubt, auf dem Weg in die Stadt zu sein, und stattdessen sieht, dass sich nach der nächsten Wegbiegung eine endlose Wüste erstreckt. Zum Ausgleich ging sie oft nach Ashburton zum Einkaufen und fuhr manchmal nach Newton Abbot und von da mit der Bahn nach Plymouth, wo sie viel Geld für teure Lebensmittel, Kleidung, Hüte und Schuhe ausgab. Hope bekam die Windpocken – Maud machte sich große Sorgen, dass Narben zurückbleiben könnten – und danach die Masern, aber das waren unvermeidliche Kinderkrankheiten, die Hope mehr oder weniger unbeschadet überstand.

John wusste inzwischen, dass er von Bertie nur eine Nachricht erwarten konnte, wenn der ihm etwas Besonderes mitzuteilen hatte. Außer Telegrammen hatten sie sonst keine Möglichkeit, sich miteinander zu verständigen. Ein paar Leute in Dartcombe hatten ein Telefon – er hatte gehört, dass die Imbers sogar Ferngespräche führten –, aber zu solchem Luxus konnte John sich nicht versteigen. Seine Hoffnung, Maud könne durch ihre Schneiderei etwas zur Haushaltführung beitragen, hatte sich zerschlagen. Ihre Verschwendungssucht aber und ihre leichtfertigen Einkäufe alarmierten ihn.

Das Geld reichte hinten und vorne nicht. Die Fahrten nach Bristol zu seinen Eltern hatte er einstellen müssen, er musste sogar die Beträge kürzen, die er an Bertie schickte, was ihm schlaflose Nächte bereitete. Da er seinen Briefen nun kein Geld mehr beilegen konnte, schrieb er immer seltener, doch an der Gewohnheit hielt er fest, da es das Einzige war, was ihn noch mit Bertie verband. Die Antworten aber blieben aus, und oft fürchtete er, Bertie mit seinen Briefen zu belästigen. Der Gedanke, den einseitigen Briefwechsel einzustellen, war ihm jedoch unerträglich, als sei damit sein Leben selbst zu Ende. Sechs Monate, ein Jahr, dann zwei Jahre waren vergangen, seit John eine Nacht in Berties Haus verbracht, über ein Jahr, seit dieser sich bei ihm gemeldet hatte. Durch Johns Nächte geisterten die Träume des eifersüchtigen Liebhabers, Bilder von Bertie, der sich mit hübschen jungen Männern vergnügte. Oft wachte

er schamerfüllt und stöhnend auf. Seine Liebe war unge-
schmälert. Das Schlimmste, was einem Menschen passieren
konnte, war ihm widerfahren, fand er, und er fühlte sich
unendlich elend.

Sein Herz tat einen Sprung – buchstäblich einen Freu-
densprung –, als Maud ihm eines Morgens, als er gerade zur
Schule fahren wollte, einen Brief brachte, der auf der Türmatte gelegen hatte. Berties nach links geneigte Handschrift
kannte sie mittlerweile fast so gut wie John. Mit verkniffe-
nen Lippen und gerümpfter Nase hielt sie den Umschlag so
weit wie möglich von sich weg.

»Gib ihn mir bitte«, sagte John. »Lass ihn doch draußen
liegen, wenn du ihn nicht anfassen magst.«

Maud antwortete nicht. Wenn es nach diesem Brief wieder besser zwischen Bertie und ihm lief, beschloss John,
würde er ihn hierher einladen, ob es Maud recht war oder
nicht. Selbstmitleid und Groll regten sich in ihm. Für Maud
hatte er jede Aussicht auf eigenes Glück aufgegeben, hatte
für sie gelogen, sie und ihr Kind ernährt, auf viele Annehm-
lichkeiten verzichtet, und dafür sollte ihm das Zusammensein mit dem Menschen verweigert werden, der ihm am
meisten bedeutete?

Er hatte den Brief noch nicht aufgemacht. Andererseits –
konnte es nicht auch sein, dass Bertie ihm hiermit endgültig
den Laufpass gab? Diese Angst trieb John schon lange um,
ohne dass er sich bisher darüber Rechenschaft abgelegt
hätte. Ja, der Umschlag musste eine schlechte Nachricht
enthalten. Bertie schrieb keine Liebesbriefe, und John
erwartete auch keine Entschuldigung, weil Bertie sich so
lange nicht gemeldet hatte. Am liebsten hätte John den

Brief nicht geöffnet, sondern feige in seinem Zimmer versteckt, aber dann gab er sich einen Ruck, schob den Daumen unter die Klappe des Umschlags und riss ihn auf.

Der Brief war sehr kurz. Er las ihn einmal und dann noch einmal und konnte kaum fassen, was da stand.

17

John radelte in strömendem Regen zur Schule. In der ersten Stunde hatte er die fünfte Klasse in Geologie und nahm die Themen »Vulkane und Eruptivgestein« durch. Normalerweise hatte er keine Schwierigkeiten mit der Disziplin, denn seine Schüler mochten und achteten ihn, heute aber war einigen doch aufgefallen, dass er nicht recht bei der Sache war. Immerhin konnte er sich darauf verlassen, dass es ihm nicht so ergehen würde wie dem armen Mr Carrington. Als der eines Tages das Klassenzimmer betreten hatte, war es leer – alle siebenundzwanzig Schüler waren aus dem Fenster geklettert und hockten auf dem Flachdach des Chemiesaals. Am Ende der Stunde ließ John die Klasse zeitgenössische Berichte über das Erdbeben von Lissabon von 1755 lesen und wandte sich schon zum Gehen, als einer der Jungen, ein gewisser Walter King, nach vorn kam und ihn fragte, ob er sich nicht wohl fühle. Das war so lieb und erkennbar aufrichtig gemeint, dass John Tränen in die Augen traten. Er bedankte sich bei Walter und versicherte, es gehe ihm gut, er sei nur ein wenig müde.

Der Tag war lang gewesen, aber John zog es nicht nach Hause. Wie hieß es doch in der Bibel? Die Füchse haben Gruben, und die Vögel unter dem Himmel haben Nester, aber des Menschen Sohn hat nichts, wo er sein Haupt hinlege. Berties Brief lag in seiner Tasche wie ein Bleigewicht, das ihn nach unten zog. Nach dem Unterricht begegnete er Elspeth Dean im Lehrerzimmer. Er bemühte sich nicht gerade, ihr aus dem Weg zu gehen, aber sie hätte ihm in diesem Augenblick – wie der Rest der Welt – nicht gleichgültiger sein können. Vor kurzem hatte sie Maud besucht, und während sie die Mäntel anzogen, meinte sie, sie habe das Zusammensein sehr genossen, und fragte, ob er und Maud nicht bald einmal nach Ashburton zu ihr zum Tee kommen wollten. Ja, das ließe sich machen, sagte er und versuchte, sich seine Ungeduld nicht anmerken zu lassen. Elspeth war eine sympathische Frau, aber jetzt wollte er nur noch allein sein. Er schwang sich aufs Fahrrad, schlug aber nicht den Weg nach Dartcombe ein, sondern bog in Ashburtons kleinen Park ein. Da Radfahren dort verboten war, stieg er ab, schob das Rad in einen kleinen Seitenweg, setzte sich auf die nächste Bank und las Berties Brief zum dritten Mal.

Lieber John,

hab lange nichts mehr von dir gehört was hab ich dir denn getan? Du weist ja wie schwer es ist über die runden zu komen das Haus ist kalt und oft hab ich nicht genuk zu essen. Wie du mir noch Geld geschikt hast wenn auch nicht offt gings mir besser. Will nicht lange drum rumreden. Deine Briefe hab ich alle aufgehoben, und wenn die Pollezei die sieht weist du was passiert. Du bist reich und hast eine gute Stelle. Schik mir zwei Pfund die Woche, dann könen wir wieder freunde sein.

In der Hofnung das du mein freund bleibst

B.

Dieses Verhalten konnte man einzig und allein als Erpressung bezeichnen. Seine Briefe unterzeichnete Bertie seit jeher nur mit »B.«, nicht mit seinem vollen Namen. John überlegte voller Bitterkeit, ob Bertie dabei schon immer im Auge gehabt hatte, ihm mit einer Drohung Geld abzunötigen. Vielleicht hatte er sich deshalb in seinen Briefen nicht näher über ihr Liebesspiel ausgelassen, während John sich ihm, naiv, wie er war, mit Leib und Seele und auch schriftlich in seinen Gedanken ganz hingegeben hatte.

John wurde dies jetzt schlagartig klar, er hatte nie zuvor darüber nachgedacht, obwohl er seit jeher wusste, dass er Bertie mehr liebte als Bertie ihn. Alles wäre nicht so schlimm, dachte er, wenn ihm seine Zuneigung angesichts von Berties Drohungen vergangen wäre, aber so war es nicht. So wie John den Freund nie verachtet hatte, weil er ungebildet war, so hatte Berties Verrat keine Auswirkungen auf Johns Leidenschaft und Sehnsucht. Würde der Mann, der sein Liebhaber gewesen war, plötzlich im Dämmerlicht des Parks auf ihn zukommen, vergnügt lächelnd, den Kopf ein wenig zur Seite geneigt, wie es seine Art war, würde John beseligt aufspringen und Bertie in die Arme nehmen – nicht ohne sich dabei verstohlen nach möglichen Zeugen umzusehen.

Noch war es zu früh, eine Entscheidung zu treffen. Erst musste er genau verstehen, was Berties Drohung bedeutete. Bertie, der ihm so nahestand wie kein anderer Mensch auf der Welt, hatte ihm unmissverständlich erklärt, dass er Johns Briefe der Polizei zeigen würde – Briefe, in denen man aus jeder Zeile herauslesen konnte, dass John wiederholt eine schwere und allgemein verabscheute Straftat begangen hatte. Sodomie, Analverkehr – »grob unsittliches Verhalten« hieß das –, darauf stand eine lange Haftstrafe. Seine Eltern würden es erfahren, seine Schwestern, er würde seine Stelle und wahrscheinlich sein Zuhause verlieren. Sonderbarerweise aber – oder vielleicht war es im Licht seiner Liebe zu Bertie gar nicht so sonderbar – wog all das leicht im Vergleich zum Verrat seines Liebhabers, zu dem, was Bertie, der Gegenstand von Johns grenzenloser Hingabe, ihm leichthin, fast unbeteiligt angetan hatte.

Den Brief noch einmal zu lesen war nicht nötig, er kannte den verhassten Text mittlerweile auswendig. John faltete das Blatt zusammen, steckte es wieder in den Umschlag und trat die Heimfahrt an. Die Nacht war hereingebrochen, eigentlich radelte er ungern durch die Dunkelheit, in der ihm nur die schwache Lampe am Lenker leuchtete und anderen seine Anwesenheit signalisierte. Doch auf seiner Strecke herrschte wenig Verkehr, nur selten begegnete ihm ein Automobil, häufiger mal ein Pferdewagen, aber die waren um diese späte Stunde nicht mehr unterwegs. Er war allein auf den schmalen stillen Straßen, die Vögel hatten sich längst zum Schlafen zurückgezogen, das Vieh hatten die Bauern zur Nacht von den Weiden getrieben. Wenn jetzt ein großes Auto – zum Beispiel das der Imbers – zu schnell um diese Kurve kommen und ihn über den Haufen fahren würde, wäre er alle Sorgen los.

In der kleinen Diele in der Bury Row brannte Licht, die Haustür war offen, Maud stand auf der Schwelle und wartete auf ihn.

»Du bist spät dran. Ich hab gedacht, dir ist etwas passiert.«

»Was sollte mir schon passieren?«, fragte er, obwohl er erst vor zehn Minuten den Tod herbeigesehnt hatte. Er atmete auf, als sie ihn nicht nach Berties Brief fragte, doch es stellte sich heraus, dass dies nicht das einzige Unglück war: Mit der gleichen Post war ein Schreiben von Sybil gekommen. Ihr Vater hatte eine »Apoplexie« erlitten, schrieb sie Maud, einen Schlaganfall. Mr Goodwin lag zu Hause, ans Bett gefesselt, mit schief verzogenem Gesicht und heiserer Stimme, ansonsten aber unversehrt. Maud solle es John erzählen, vielleicht würde er ja seinen Vater besuchen wollen.

Maud reichte John den Brief. »Mich wollen sie nicht haben, wie du siehst.«

Sie setzten sich zu ihrem verspäteten Abendessen, Würstchen mit Kartoffelbrei, Johns und Hopes Lieblingsgericht. John wusste, dass es seine Pflicht war, nach Bristol zu fahren, auch wenn alles in ihm sich dagegen sträubte. Von der Zuneigung zu den Eltern war wenig übrig geblieben. Sie schienen ihm so fern wie Pluto, der neu entdeckte Planet. Da standen ihm Maud und Hope noch näher, obwohl er jedes Mal zusammenzuckte, wenn die Kleine ihn Daddy nannte. Sie waren Mummy und Daddy, das liebevolle Ehepaar mit einer eingeschulten Tochter – eine Lüge, die er täglich leben musste, so war das nun mal.

»Ich fahre nach Bristol«, sagte er zu Maud, als sie den Nachtisch auftrug, Pfirsiche aus der Dose mit Kondensmilch, »aber erst muss ich nach London. Mach nicht deine üblichen Bemerkungen zu einer Situation, die du nicht verstehst. Ich fahre am Samstag nach London, und in der Woche darauf, wenn ich wegen der Herbstferien ein paar freie Tage habe, besuche ich Vater.«

Maud erwiderte nichts, vielleicht fürchtete sie, John könne von ihr einen Besuch bei den Eltern verlangen. Schweigend trug sie das Geschirr in die Küche. John sah erst jetzt – was den meisten Männern wohl nicht aufgefallen wäre –, dass sie einen flotten neuen Pullover und Schuhe mit hohen Absätzen trug. Bis auf die anderen Frauen, die ihre Kinder von der Schule abholten, würde diese Sachen niemand zu sehen bekommen – und sie kosteten Geld, das in der Haushaltskasse fehlte. Die Hoffnung, sie könnte einem Mann begegnen, der ihr seinen Namen und ein Zuhause geben würde, hatte er schon fast aufgegeben.

Am nächsten Tag, beschloss er, würde er zur Post gehen und alles verbleibende Geld vom Sparbuch abheben.

An Bertie hatte John geschrieben, er werde am Samstag mit dem ersten Zug nach London kommen. Antwort hatte er keine erhalten, einmal mehr. Bertie meldete sich nur, wenn er etwas wollte, Anliegen und Wünsche anderer ignorierte er. Auf der Türmatte lag an diesem Samstag nur ein Brief. Er war an John gerichtet, die Schrift war Ethels. Sie hatte zwei Jahre nichts mehr von sich hören lassen, jetzt aber hatte sie gleich drei wichtige Nachrichten: Ihr Vater »mache sich gut«, ihre Großmutter Halliwell sei achtundachtzigjährig gestorben, und sie erwarte ein zweites Kind, »wer weiß, vielleicht ein Schwesterchen für Tony«.

Maud ärgerte sich, dass Ethel an John geschrieben hatte und nicht an sie. Was hatte sie der Schwester getan? Am liebsten hätte sie der Ältesten geschrieben, sie hätte sich vielleicht nicht so beflissen an ihren Bruder gewandt und ihn damit während der Krankheit des Vaters gewissermaßen zum Familienoberhaupt gemacht, wenn sie wüsste, was er mit seinem Freund trieb. Natürlich tat sie nichts dergleichen, denn sie hatte immer noch ein gutes Stück Respekt vor John. Und dennoch: Menschen, die uneins mit sich selbst sind, lassen ihre Unzufriedenheit gern an Nahestehenden aus. So verhielt sich auch Maud am Abend vor Johns Abreise mürrisch, antwortete ihm einsilbig und fragte ihn, als sie nach oben gingen, warum er sich überhaupt die Mühe mache, noch einmal herzukommen, wenn ihm das Leben mit Bertie so gefiel.

John schenkte sich die Gegenfrage, wovon sie und Hope leben sollten, wenn er nicht zurückkehrte. Er schrieb an seine Mutter, schlief schlecht, stand um fünf auf, weil die Trostlosigkeit von Bett und Zimmer ihn bedrückten, warf seinen Brief ein und saß in dem ersten Bus nach Exeter. Als er schließlich in Paddington ausstieg, dachte er an die Stunden, die er dort im Wartesaal verbracht hatte, Stunden, die in seiner Erinnerung leuchteten, weil Bertie gekommen war und sich neben ihn gesetzt hatte und alles gut geworden war.

Es war ein schöner Tag für November, der Nebel hatte sich gelichtet, mattes Sonnenlicht brach sich Bahn. Während er die Bourne Terrace hochging, überlegte er, was er Bertie sagen sollte. Was sagte man zu einem Menschen, der entschlossen war, einen bettelarm zu machen oder aber Schimpf und Schande über einen zu bringen? »Grob unsittliches Verhalten« hieß das, was John getan hatte, juristisch. John schloss unwillkürlich die Augen, als sähe er Bertie vor sich und nicht die triste Umgebung von Paddington Station.

Bertie öffnete die Tür. John hatte schon gefürchtet, ihn

nicht anzutreffen, dann hätte er die ganze Reise umsonst gemacht – und sie gingen ins Wohnzimmer, das John noch nie betreten hatte. Eine junge Frau fegte den Boden.

Ohne sich lange mit Vorgeplänkel aufzuhalten, sagte Bertie: »Hätte nicht gedacht, dass du tatsächlich aufkreuzen würdest. – Dot wohnt jetzt hier, sie hat das Zimmer im ersten Stock nach hinten raus.«

Demnach, stellte John fest, hatte seine stets wache Eifersucht diese Frau nicht zu fürchten, sie war nur eine Untermieterin und gelegentliche Putzfrau.

»Die Bude hat's weiß Gott nötig«, sagte Bertie. »Jetzt verschwinde, Dot. Dalli, dalli.«

Dot verließ den Raum, und Bertie schloss die Tür hinter ihr. »Wenn ich solche Weiber seh«, lachte er, »bin ich heilfroh, dass ich schwul bin.«

John packte entschlossen den Stier bei den Hörnern. »Das, was du verlangst, kann ich dir nicht geben, Bertie. Ich bin nicht der reiche Gentleman, für den du mich offenbar hältst. Es reicht gerade für die Miete und für meine Schwester und deren Kind.«

»Warum geht sie nicht arbeiten? Es gibt immer eine Sache, die eine Frau machen kann.«

John brauchte einen Augenblick, um zu begreifen, was Bertie meinte, der zur Erklärung noch hinzufügte: »Jede Frau sitzt auf einem Vermögen, hat mein Alter immer gesagt.«

Bertie hatte eigentlich Strafe verdient, weil er Maud beleidigt hatte, aber um ihn zu schlagen, hätte John mit seiner Faust Berties Kinn treffen müssen, und die hätte den Befehlen seines Hirns nicht gehorcht. Schon nach den wenigen

Worten, die sie gewechselt hatten, nach Berties vulgärer Redeweise und seinem Lachen hatte er begriffen, dass es sinnlos gewesen wäre, Bertie klarzumachen, wie viel Kummer John der Erpresserbrief bereitet hatte. Das hätte nur noch zu weiteren Heiterkeitsausbrüchen oder höhnischer Verachtung geführt. Doch als John jetzt in Berties schönes Gesicht mit dem sanftmütigen Ausdruck sah, den ehrlichen dunkelblauen Augen und den geschwungenen Lippen, die er so gern geküsst hatte, empfand er die gleiche Liebe wie vor so vielen Jahren, als sie sich in dem Pub in der Formosa Street kennengelernt hatten.

»Erinnerst du dich noch an das Prince Alfred?«, fragte John, der eigentlich etwas ganz anderes hatte sagen wollen. »Und wie wir am Paddington Basin gesessen und zu der Insel hinübergesehen haben, wo Robert Browning seine Gedichte geschrieben hat?«

»Kenn ich nicht, den Typ. Und was soll das Gelaber? Du bist hergekommen, weil du mir die Kohle nicht geben willst, und ich sag dir, was ich mach, wenn du sie nicht rausrückst, kapiert?«

Statt einer Antwort zog John den Betrag aus der Manteltasche, den er bei der Postsparkasse abgehoben hatte, und legte ihn auf den schmutzigen, verkratzten Tisch. Die Pfundnoten und Zehn-Schilling-Noten, Silber- und Kupfermünzen deckten die weißen Ringe zu, die heiße Schüsseln hinterlassen hatten. Dabei erfüllte ihn ein starkes, ja tugendhaftes Gefühl der Selbstentäußerung.

»Fünf Shilling nehme ich wieder zurück«, sagte er, »damit bezahle ich unser Essen, der Rest gehört dir.«

Bertie zählte die Summe und schien zufrieden. Es waren

zweiundvierzig Pfund, zehn Shilling und Ninepence, nicht Johns ganzer Besitz, denn er hatte genug Haushaltsgeld für die nächste Woche in der Bury Row deponiert. »Das reicht jetzt erst mal«, sagte Bertie.

»Es ist alles, was ich dir geben kann.«

Bertie schüttelte den Kopf. »Du kannst leicht ein, zwei Pfund die Woche von deinem Lohn abzweigen, oder deinem Gehalt, wie du es nennst. Komm jetzt, ich hab Durst.«

Sie zogen zuerst ins Hero of Maida und betraten dann, nachdem sie um das Prince Alfred stillschweigend einen Bogen gemacht hatten, das riesige Crown. Der Tag war mild und mittlerweile sonnig, kein Windhauch kräuselte das Wasser, der nahe Kanal lag unbewegt da. Sie gingen den Treidelpfad entlang, betrachteten die vertäuten Boote, sahen den mit Kisten und Tonnen und Kohlensäcken beladenen Schiffen nach.

»Auf so einem Kahn könnten wir zwei beide gut wohnen.«

Wahrscheinlich hatte Bertie das nicht ernst gemeint. Boote waren teuer, kosteten mindestens hundert Pfund, aber der Gedanke war grandios, romantisch, begeisternd. John malte sich ihre traute Zweisamkeit aus, wie sie in der kleinen Kombüse kochen und nebeneinander auf dem Deck sitzen würden, während auf einem vorübergleitenden Boot jemand zur Gitarre sang.

Bertie unterbrach diese abstruse Träumerei. »Drüben ist ein Imbiss, da gehen die Bootsleute immer hin.« Er sah John an und lachte. »Weißt du was? Viele Leute würden sagen, dass ein Erpresser sich in Gefahr begibt, wenn er mit dem Typ, den er erpresst, am Flussufer entlangläuft.«

John blieb stehen. «Wie meinst du das?«

»Komm, Johnny, stell dich nicht so blöd. Du könntest mich abmurksen. Damit ich nicht reden kann. Kapiert?«

John schüttelte den Kopf. »Komm jetzt zu diesem Imbiss.«

Wieder begriff er, dass der Freund keine Vorstellung davon hatte, wie sehr John ihn liebte. Die Idee, dass der Erpresste seinen Erpresser umbringt, musste Bertie aus einem seiner billigen Schmöker mit den grellen Einbänden haben, auf denen Mädchenleichen in Blutlachen zu sehen waren. Der Imbiss hieß Teds Caff. Einer der Bootsmänner hatte noch den Südwester an, sein Hund schlief unter dem Tisch zwischen seinen Füßen. Bei der Bedienung, einer sauberen, anständig gekleideten jungen Frau, bestellte Bertie Fleischpastete mit Kartoffelbrei, während John sich Würstchen bringen ließ, obwohl er keinen Appetit hatte und nicht wusste, ob er auch nur einen Bissen dieser blässlichen Dinger in erstarrender brauner Soße hinunterbringen würde. John zahlte. Zurück auf dem Treidelpfad, wollte Bertie zum nächsten Pub, John aber bat, dass sie sich gemeinsam auf die nächste Bank setzten.

»Du hast doch nicht wirklich geglaubt, dass ich dir etwas antun würde?« Der Gedanke war ihm während des ganzen Essens nicht aus dem Kopf gegangen.

»Du hast noch nie Spaß verstanden«, maulte Bertie.

»Dass du Angst vor mir haben könntest, schneidet mir ins Herz.«

»Hört sich richtig weibisch an.«

John antwortete nicht. Wenn sich zwei Männer nicht so lieben durften, wie das seine Umgebung fälschlicherweise von ihm und Maud annahm, war sein Leben sinnlos, aber es hatte keinen Zweck, darüber zu reden. Sie waren ganz allein am Kanalufer, selbst das stumpfgelbe Wasser regte sich nicht. Über den hohen, leicht bedrohlich wirkenden viergeschossigen Häusern auf der anderen Seite standen graue Wolkenfetzen am Himmel. John und Bertie liefen auf der steinernen Kanaleinfassung entlang, dabei kamen sie an dem vertäuten Boot des Mannes mit dem Hund vorbei. Die Ruder lagen in den Dollen. John blieb stehen und sah zwei Saatgänsen nach, die gen Westen schwammen. Er musste an ein chinesisches Gedicht denken, das er einmal gelesen hatte. Wenn du bei ihrem Zug nach Norden Jagd auf die Gänse machen musst, hieß es darin, töte nicht nur eine, sondern beide, damit das Paar nicht auseinandergerissen wird.

Bertie holte ihn aus seinen Träumen. »Was meinst du, wer stößt den anderen eher rein, du oder ich? Warum glaubst du, dass ich einen Schritt zurück gemacht habe? Ich wär nicht gern an deiner Stelle, deine Schuhspitzen ragen ja schon über den Rand.«

John spürte eine Berührung im Kreuz, dann gab ihm Bertie einen kräftigen Schubs in den Rücken. Er schwankte, griff in die Luft und fiel. Das Wasser war schmutzig und kalt. John strampelte und schnappte nach Luft. In der Schule hatten sie Schwimmunterricht gehabt, aber wohl nicht lange genug, er hatte die Technik nie richtig gelernt. Er geriet unter Wasser und sah scheinbar meterweit unter sich den mit Holz und Schrott bedeckten Boden des Kanals. Zappelnd und um sich schlagend kam er wieder hoch und rief Bertie zu: »Hol ein Ruder!« Die Einfassung war ganz nah, aber als er versuchte, sich an ihr festzuhalten, rutschten seine eiskalten Hände ab, und er ging wieder unter.

Noch einmal kam er keuchend hoch, Mund und Nase voll Schmutzwasser. Ein Ruderblatt schob sich ihm entgegen. Als er versuchte, danach zu greifen, zog Bertie es lachend weg.

»Hilfe, Bertie, ich ertrinke!«

In diesem Augenblick hob Bertie, als habe er das von Anfang an vorgehabt, das Ruder, versetzte John einen Schlag vor die Stirn und drückte ihn unter Wasser. John wusste, dass er diesmal, entkräftet wie er war, nicht mehr hochkommen würde. Zweimal hatte er den Tod in seiner Phantasie schon vor Augen gehabt, ihn fast erhofft. Wieder drang ihm das eiskalte Wasser in die Nase, stürzte sich in den hilflos geöffneten Mund und würgte ihn. Vage spürte er das nahende Grauen und sah die gelbe Welt schwarz werden, während er gegen das feindliche Element kämpfte, dann versank er auf immer in auswegloser Dunkelheit.

18

Bertie vergewisserte sich, dass der alte Mann mit dem Hund noch im Lokal saß. Statt es wieder in der Halterung festzumachen, warf er das Ruder kurzerhand auf den Boden des Boots. Dann ging er den Weg zurück, auf dem er mit John gekommen war. Er bereute nichts, nur um die Münzen tat es ihm leid, die John noch in der Tasche gehabt hatte, denn das Essen hatte weit weniger als fünf Shilling gekostet. Immerhin war er dank John jetzt um die ansehnliche Summe von zweiundvierzig Pfund, zehn Shilling und Ninepence reicher.

Sorgen machte er sich keine um John. Er hatte ihm doch nur einen leichten Schlag verpasst. Er wird ein paar Meter unter Wasser geschwommen sein, sagte sich Bertie, inzwischen ist er längst wieder am Ufer und sitzt in Teds Caff, um trocken zu werden und sich bei Ted auszuweinen. Geschieht ihm recht, wenn er sich einen Schnupfen holt, was quatscht er mich auch an, als wenn ich eine Frau wär. Mehr als peinlich ist das, in Grund und Boden schämen sollte er sich. Einmal noch sah er zurück und meinte, auf der anderen Seite einen Kopf an der Wasseroberfläche zu erkennen, aber bei einem zweiten Blick stellte sich heraus, dass es nur ein Ball war, den ein Kind aus einem vorüberfahrenden Boot verloren hatte.

19

Ein Brief von einem Anwalt aus Bristol teilte Maud mit, dass sie im Testament ihrer Großmutter Mary Halliwell mit fünftausend Pfund bedacht worden war. Das Haus und der größere Teil ihres Vermögens waren an Mary Halliwells Kinder, Mauds Mutter und deren Geschwister, gegangen, fünfzehntausend aber waren zu gleichen Teilen unter ihren drei Enkelinnen aufgeteilt worden. Für John war nichts vorgesehen, sie hatte die Mädchen immer vorgezogen.

Maud konnte ihr Glück kaum fassen, vielleicht erlaubte sich ja jemand einen Scherz mit ihr. Wäre John da gewesen, hätte sie ihn fragen können, aber der war von seinem Besuch in London noch nicht zurück. Offenbar hatte er sie beim Wort genommen und war bei diesem Bertie geblieben. Daphne Crocker, Mauds Nachbarin in Nummer 4, hatte Telefon. Maud nahm allen Mut zusammen und fragte, ob sie ein Ferngespräch nach Bristol führen dürfe. Daphne musste die Verbindung für sie herstellen, und nachdem Maud ihr noch einmal versichert hatte, sie werde das Gespräch bezahlen, konnte sie mit dem Anwalt sprechen, der die Erbschaft bestätigte.

»Bitte ihn, dir einen Vorschuss zu schicken«, flüsterte Daphne. »Per Postanweisung.«

Gesagt, getan. Kein Problem, kam die Antwort aus Bristol. »Ich kann es immer noch nicht ganz glauben«, staunte Maud.

»Was wird dein Mann dazu sagen?«

Maud hatte überall verbreitet, dass John wegen der Krankheit seines Vaters auf Besuch bei seinen Eltern sei, was ja vielleicht sogar stimmte. »Freuen wird er sich. Ganz klar!«

Es war viel Geld, gewissermaßen Rettung in höchster Not. Sie hatte nur das zum Leben gehabt, was John ihr vor vierzehn Tagen dagelassen hatte. Seither hatte er sich nicht gemeldet. Zwei Briefe waren für ihn gekommen, einer mit dem Namen seiner Schule auf dem Umschlag, der andere, vermutete sie, vom Direktor persönlich. Dann hatte Elspeth Dean sie aufgesucht und gefragt, ob Mr Goodwin krank sei, sie machten sich alle Sorgen.

Maud hatte es satt, Ausreden zu erfinden. »Ich weiß nicht, wo er ist, ich tappe ebenso im Dunkeln wie Sie.«

Elspeth Dean in ihrem Cape, dem knappen Jäckchen mit Schwalbenschwänzen, dem langen Rock und mit den roten Haaren war so ganz anders als Mauds übrige Bekannten. »Sollten Sie mal das Bedürfnis haben, sich bei jemandem auszusprechen, Mrs Goodwin, finden Sie bei mir ein offenes Ohr.«

»Auszusprechen? Ich wüsste nicht, worüber«, erwiderte Maud schmallippig.

In Wirklichkeit wusste sie gar nicht, wo sie hätte anfangen sollen. Natürlich würden alle glauben, dass John seine Frau verlassen hatte. Jetzt, wo sie Geld hatte, war das vielleicht nicht einmal das Schlechteste, man würde ihr Mitgefühl entgegenbringen und Beistand anbieten. Der Plan, als Mann und Frau aufzutreten, als Mr und Mrs Goodwin, war ihr von Anfang an nicht geheuer gewesen, John hatte sie nie zu Rate gezogen. Oft hatte sie überlegt, wie viel von der Wahrheit Mrs Tremlett erraten hatte. Da war zum Beispiel das Bett in dem zweiten Schlafzimmer. Wie oft hatte Maud an den Tagen, an denen die Nachbarin zum Putzen gekommen war, vergessen, es so herzurichten, als habe niemand darin geschlafen? Wenn sie zum Einkaufen in den Dorfladen ging, hatten die anderen Frauen sie manchmal schief angesehen, eine, mit der sie sonst immer einen freundlichen Gruß gewechselt hatte, ging neuerdings wortlos vorüber. Falls John verschwunden blieb, konnte sie sich – zum Beispiel, wenn Hope ohnehin die Schule wechselte – eine bessere Bleibe in einem Nachbardorf suchen.

Das Geld traf ein, und da Maud ihren Bruder nicht mehr befragen konnte, fasste sie sich ein Herz und richtete sich, abermals unter dem Namen Mrs Goodwin, ein Konto bei einer Bank in Ashburton ein. Der Direktor behandelte sie geradezu ehrerbietig, als er die Höhe des Betrags erfuhr, den sie bei ihm einzahlen wollte. Hope fragte jetzt immer öfter, wann John zurückkommen würde. Maud konnte ihr nur wahrheitsgemäß sagen, sie wisse es nicht. Doch allmählich machte auch sie sich Sorgen. Ein paarmal fand sie die Tochter weinend in ihrem Schlafzimmer und hatte keinen Trost für sie. Nachts lag Maud wach und überlegte, was mit John geschehen sein mochte, falls er doch nicht bei Bertie wäre, ob er nach einem Unfall in einem Krankenhaus oder womöglich sogar auf der Straße gestorben war, ohne dass jemand wusste, wer er war. Sie durchsuchte Johns Zimmer und fand eine Adresse, offenbar Kopf eines Briefblatts, mit Berties wohlbekannter Handschrift. Ohne viel Hoffnung – vielleicht wohnte er ja gar nicht mehr dort – schrieb sie und fragte, ob John dort sei. Berties Antwort kam schon nach zwei Tagen. Er habe John seit mehr als einem Jahr nicht mehr gesehen, schrieb Bertie, und da hätten sie auch nur in einem Café zusammen eine Tasse Tee getrunken, und »korraspondirt« hätten sie überhaupt nicht mehr.

Maud beschloss, über ihren Schatten zu springen und nach Bristol zu fahren. Vielleicht hatten die Eltern etwas über John erfahren. Wohlhabend und unabhängig, wie sie jetzt war, hätte sie sich durchaus erlauben können, Hope einfach mitzunehmen. Seit ihre Familie sich geweigert hatte, die kleine Tochter zu sehen, waren viele Jahre vergangen, vielleicht sahen sie mittlerweile über den Makel der Unehelichkeit hinweg. Trotzdem war ihr das Wagnis zu groß. Sie brachte Hope bei Gladys und ihren Kindern unter, mit denen sich Hope gut verstand, und versprach, am nächsten Tag zurückzukommen. Für eine Nacht würde die Familie sie schon aufnehmen. Sie schrieb an ihre Mutter und fuhr am selben Tag ab, an dem nach ihrer Berechnung ihr Brief in Bristol ankommen musste.

Die Erbschaft hatte sie nicht dazu verführt, mit ihrem Geld noch leichtsinniger umzugehen, sondern hatte sie eher sparsam, ja knauserig gemacht. Statt erster Klasse fuhr sie dritter wie damals, als sie und John sich nach Dartcombe geflüchtet hatten. Sie hatte eine Reisetasche dabei und ein Foto, auf dem sie mit Hope und Gladys Tranter im Garten der Bury Row zu sehen war – für den unwahrscheinlichen Fall, dass ihre Mutter ein Bild der Enkelin sehen wollte. Was sie von ihr dachten oder wie sie sie empfingen, konnte Maud egal sein, sie wollte nur wissen, wo John steckte. Trotzdem zog sie ihr neues rotes Tweedkostüm an, den Mantel mit der Pelzstola und rote Pumps.

Ihre Eltern sollten sehen, dass es ihr gutging und sie sich von ihnen nicht hatte unterkriegen lassen.

Mauds Mutter riss die Augen auf, sie schien Maud kaum wiederzuerkennen, obwohl diese ihr Kommen angekündigt hatte.

»Na, dann komm in Gottes Namen herein«, sagte Mrs Goodwin nur und öffnete die Haustür einen Spalt weit. Sybil küsste Maud zur Begrüßung und sagte, sie freue sich, sie zu sehen. Und warum Maud ›die Kleine‹ denn nicht mitgebracht habe? Maud trank kommentarlos den Tee, den Sybil ihr gemacht hatte. Mary Goodwin war schmal geworden und wirkte angegriffen. Sie hätten alle die Grippe gehabt, erzählte Sybil, bis auf Vater, aber dem gehe es ohnehin schlecht genug. Sie selbst sei auch noch nicht ganz wieder auf dem Damm und deshalb nicht bei der Arbeit.

»Es ist eine richtige Epidemie«, fuhr Sybil fort. »Pass auf, dass du dich nicht ansteckst, sonst bekommt es am Ende noch die Kleine.«

»Sie hat einen Namen«, sagte Maud verärgert.

»Hope, nicht?«, warf die Mutter ein. »Sehr passend in deiner Lage.«

Maud beherrschte sich und hielt sich an den Tee. Zu essen hatte man ihr nichts angeboten.

»Wenn du schon hier bist, kommst du am besten gleich mit zu Vater.«

Sollte sie gegen ihren Vorsatz verstoßen, nie wieder ein Wort mit ihm zu wechseln? Er lag im Bett, von vier oder fünf Kissen gestützt, mit fahler Haut und hängender Gesichtshälfte. Ein Auge war halb geschlossen, aus dem schlaffen Mund rann ein Speichelfaden.

Sybil tupfte ihn mit einem Taschentuch ab und verkündete in hörbarem Flüsterton: »Man kann sich nicht mit ihm unterhalten, er redet nicht.«

Es war unmöglich, dieses Gesicht und den hilflosen Blick in dem gesunden Auge anzuschauen, ohne Mitleid zu empfinden. Wie schrecklich, auf diese Art zu enden …

Sybil schrie Mr Goodwin plötzlich an: »Alles in Ordnung, Vater? Brauchst du was?«

Maud war es, als hätte es in dem verzerrten Gesicht gezuckt, aber vielleicht hatte sie sich das nur eingebildet.

»Also dann bis später!«, sagte Sybil ebenso laut wie zuvor, und sie gingen nach unten.

Mary hatte einen Imbiss gemacht, eine Mischung aus Mittagessen und Nachmittagstee, auf dem Tisch standen Fleischpasteten, kalter Schinken, Tomatenscheiben und gekochte Kartoffeln. Maud und Sybil setzten sich, und Mary Goodwin sprach das Tischgebet. Nachdem sie ihr »Komm Herr Jesus, und sei unser Gast« in fast einem Atemzug heruntergeleiert hatte, sagte sie: »Eigentlich hätte es sich gehört, dass John mitkommt.«

Damit hatte Maud ihre Antwort, fragte aber trotzdem nach.

»Wir haben ihn eine halbe Ewigkeit nicht mehr gesehen«, sagte Sybil. »An Mutter hat er geschrieben, er würde Dad besuchen, aber gekommen ist er nicht.«

»Das ist Wochen her.« Mrs Goodwin schniefte. »Im letzten Jahr hat er noch an meinen Geburtstag gedacht, diesmal habe ich nichts von ihm gehört.«

»Ich weiß nicht, wo er ist«, sagte Maud. »Er ist spurlos verschwunden.«

Mrs Goodwin sah sie hasserfüllt an. »Hier lässt er sich jedenfalls nicht mehr blicken, und das haben wir dir zu verdanken. Er hat sich von seiner Familie losgesagt, Ethels Kinder kennt er noch gar nicht. Für deinen Bankert hat er Zeit und Geld, aber seine rechtmäßigen Verwandten sind für ihn Luft.« Mary drückte sich die Serviette an die Augen und rannte aus dem Zimmer.

Maud begriff, dass sie nichts mehr verloren hatte in diesem Haus. Sybil, die zwar taktlos, aber zu ihr immer nett gewesen war und hier ein trostloses Leben führen musste, gab sie einen Abschiedskuss. Als Maud schon am Gehen war, sagte Sybil: »Fast hätte ich es vergessen: Ronnie Clifford hat letzte Woche geheiratet. Eine Ärztin. Ich hab nicht schlecht gestaunt.«

Maud staunte nicht. Dass er eines Tages heiraten würde – und zwar nicht sie –, war zu erwarten gewesen. Doch ihre Laune verbesserte sich davon nicht. »Ich wüsste nicht, was dich das angeht«, blaffte sie und verließ das Haus.

Sie ging zum Bahnhof Temple Meads und stieg in den Zug, der dort stand, als hätte er auf sie gewartet. John war also tatsächlich fort. Was konnte sie noch für ihn tun? Und was wurde aus ihr? Jetzt war sie ganz allein, hatte niemanden, an den sie sich wenden konnte. Die Mutter hasste sie, der Vater war mehr tot als lebendig, mit Sybil war nichts anzufangen. Wenn sie sich jemandem anvertraute, musste sie zwangsläufig die Jahre der Täuschung gestehen, musste bekennen, dass John nicht ihr Mann, sondern ihr Bruder, nicht Hopes Vater, sondern deren Onkel war. So gern sie Gladys und Daphne und Mrs Tremlett hatte, war ihr doch klar, dass sie von ihnen keine Unterstützung erwarten durfte, dass sie sich vielmehr abwenden würden, wenn sie die Wahrheit erfuhren.

Für Hopes Geburtstagsfeier nähte Maud ihr ein Kleid aus weißem Organdy, aber eingedenk der Kränkung, die Mrs Imber ihr zugefügt hatte, ohne Smokarbeit. Ob die Imbers ihr helfen würden? Mrs Imbers Affront und deren Weigerung, ihre Tochter mit Hope spielen zu lassen, wurmten sie noch immer, aber inzwischen war Charmian an der Schwindsucht gestorben, und es hieß, dass der Kummer die Mutter völlig verändert hatte. Ob sich Mr Imber, den Maud nie kennengelernt hatte, bereitfinden würde, ihr mit Rat und Tat zur Seite zu stehen? Da die Imbers so anders waren als die Leute im Dorf, waren sie womöglich auch nicht so schockiert, wenn sie von Johns Täuschung erfuhren. An einem milden feuchten Tag kurz nach Weihnachten hatte sie sich sogar nach Dartcombe Hall auf den Weg gemacht, den Fußweg entlang, an der Kirche vorbei und die Auffahrt hoch, aber als das Herrenhaus in Sicht kam, verließ sie der Mut, und sie kehrte um. Merkwürdigerweise verstärkte sich nach diesem vergeblichen Versuch ihre Abneigung gegen Alicia Imber noch, als hätte die Schlossherrin ihr tatsächlich die Tür gewiesen. Es musste doch jemanden in ihrem Bekanntenkreis geben, dem sie beichten konnte, dass sie und John jahrelang allen etwas vorgespielt hatten – aber es durfte niemand sein, der, wie die Imbers, gesellschaftlich so viel höher stand als sie.

Als Hope nicht aufhörte, nach John zu fragen, riss Maud eines Tages der Geduldsfaden, und sie befahl dem Kind, nie wieder über ihn zu sprechen. Inzwischen hatte er natürlich seine Stelle und vermutlich die Aussicht auf eine spätere

Pension verloren. Er musste tot sein. Plötzlich fiel ihr Elspeth Dean ein, die ihr zwar keine Schulter zum Ausweinen, aber ein offenes Ohr für eine Beichte angeboten hatte. Das Frühjahrstrimester hatte gerade angefangen. Selbst wenn Maud gezwungen war, sich zu ihrer eigenen Schwäche, Schmach und Unzulänglichkeit zu bekennen, lag ihr daran zu zeigen, dass sie jetzt eine reiche, gutaussehende Frau war. Sie zog das rote Tweedkostüm an, das sie bei ihrem verunglückten Besuch in Bristol getragen hatte, den Mantel mit dem Pelzkragen, die roten Pumps, fuhr mit dem Bus nach Ashburton und stand um halb vier wartend vor dem Schultor.

Die Schüler kamen heraus, dann ein Lehrer, noch ein Lehrer, danach fünf Minuten niemand. Nach Johns Beschreibung erkannte Maud den Direktor, der in seinen Austin 7 stieg. Elspeth, unverkennbar in ihrem grünen Cape, den grünen Geigenkasten in der Hand, kam als Letzte.

»Mrs Goodwin!«

Maud lächelte gezwungen.

»Was führt Sie her?«

»Ach bitte, nennen Sie mich doch Maud«, brachte Maud mühsam heraus, dann aber löste sich ihre Zunge. Allerdings sagte sie zunächst nicht das, was sie sich zurechtgelegt hatte. »Meine Tochter ist bei einer Bekannten, die holt sie von der Schule ab und will sie bei sich behalten, bis ich zurückkomme. Könnten wir irgendwo einen Tee zusammen trinken? Ich würde gern mit Ihnen reden.«

»Ja, natürlich. Aber wäre es nicht besser, wenn ich mit zu Ihnen käme?«

»Würden Sie das tun?«

»Ich kenne den Fahrplan der Busse nach Dartcombe, in zehn Minuten kommt der nächste.«

»Wenn ich mich entschließe, mit Ihnen zu sprechen«, begann Maud zögernd, während sie an der Haltestelle warteten, »kann es sein, dass Sie schlecht von mir und von John denken. Aber ich habe mir vorgenommen, alles offen zu erzählen, nichts zu verschweigen. Das wollte ich Ihnen sagen für den Fall, dass Sie mit der Sache nichts zu tun haben wollen, weil Sie als unverheiratete Frau vielleicht nicht wissen, dass es solche Dinge gibt, ich … ach, ich weiß nicht … ich will nur vermeiden, dass nicht, dass Sie in … in … irgendwas Schockierendes hineingezogen werden.«

Elspeth lachte und schüttelte mit Nachdruck den Kopf. »Da kennst du mich schlecht, Maud, nur keine Bange. Hier kommt schon unser Bus.«

Sie setzten sich ganz hinten hin, Maud ans Fenster, und Elspeth machte es Maud leichter, indem sie erst einmal von sich erzählte. »Ich habe in London studiert, am Konservatorium, weil ich dachte, ich könnte Konzertgeigerin werden, aber dafür war ich vielleicht nicht gut genug. Ich hatte eine kleine Wohnung in Chelsea in einem Haus ohne Fahrstuhl mit einer winzigen Küche und einem Badezimmer für fünf Mieter. Ich hatte schnell einen großen Freundeskreis, wir waren eine unkonventionelle Clique, Musiker und Schauspieler und Maler und Schriftsteller, alle nicht besonders erfolgreich, alle nicht wohlhabend, alle nicht bürgerlich.

Im Stockwerk unter uns wohnten zwei junge Männer, die ein Paar waren, ich sehe dir an, dass du weißt, was ich damit sagen will. Sie selbst bezeichneten sich als schwul, andere nannten sie Uranier oder ›vom anderen Ufer‹. Es gab im Haus auch Männer und Frauen, die zusammenlebten, ohne verheiratet zu sein. So war es auch bei mir. Die Beziehung mit meinem Freund ging auseinander, sie hat einfach nicht funktioniert, bis er mich schließlich sitzenließ. Ich hatte etwas Geld gespart, und als es zur Neige ging, stellte mich ein großes Kaufhaus zum Musikmachen ein, aber da bin ich nicht lange geblieben. Tschaikowsky und Mozart auf meiner Geige zu spielen, während die Leute um mich herum lachten und schwatzten, als wenn ich gar nicht da wäre – das brachte ich einfach nicht fertig. Doch genug von mir, du solltest nur wissen, dass du mir gegenüber keine Hemmungen zu haben brauchst. Ich bin nicht so leicht zu schockieren.«

»Warum bist du weg aus London?«

»Es gab keine Arbeit für mich und nicht viel, was mich hielt ohne meinen Freund. Ich bewarb mich an mehreren Schulen auf dem Land und bin hier gelandet, als Musiklehrerin an einer Jungenschule. Sie sind sehr nett zu mir, und es macht mir großen Spaß.«

Maud sah Elspeth an – und sah sie plötzlich in einem ganz neuen Licht. Vorher hatten ihre ungewöhnliche Kleidung, das rote Haar, die grünen Augen – falsche Katzenaugen, hatte sie gedacht – Maud immer skeptisch gemacht, doch nun hatte sie Vertrauen gefasst.

»Ich hole Hope«, sagte Maud. »Dann trinken wir Tee und können reden.«

Bei aller Offenheit hatte Maud ursprünglich gewisse Einzelheiten für sich behalten wollen. Johns Beziehung mit Bertie – und womöglich mit anderen Männern – brauchte vielleicht nicht zur Sprache zu kommen, ebenso wenig das schlechte Verhältnis zu ihrer Schwester Ethel. Und dass Ronnie, der Maud behandelt hatte wie ein Mädchen von der Straße und später statt ihrer eine Ärztin geheiratet hatte, interessierte schließlich auch niemanden. Doch als Elspeth so unbefangen von ihrem »sündigen Leben« in London erzählte, wie ihre Eltern wohl gesagt hätten, von ihrem Liebhaber und den beiden jungen Männern, die ein Paar waren, entschied sie sich für die ganze Wahrheit, alles andere wäre ihr wie eine Beleidigung vorgekommen.

Lange genug hatte Maud sich den Kopf zerbrochen. Nachdem sie den Tee gebrüht, einen großen selbstgebackenen Ingwerkuchen auf den Tisch gestellt und eine Dose Huntley-&-Palmers-Kekse aufgemacht hatte, schluckte sie zwei Aspirin. Hope, die Elspeth ja schon kannte, schwatzte vergnügt mit ihr, und beide nahmen sich große Stücke Kuchen. Vor dem Kind wurde John nicht erwähnt. Dann kam Maureen, Daphne Crockers Tochter, und die beiden Mädchen gingen zum Spielen nach oben. Maud war so sicher, dass John – aus welchem Grund auch immer – nie wiederkommen würde, dass sie Hope sein Zimmer gegeben hatte.

Eine dunkle Röte stieg ihr ins Gesicht, als sie begann, Elspeth ihre und Johns Geschichte zu erzählen, von dem Tag an, als Ronnie sie zum ersten Mal nach Hause begleitet hatte. Sie legte ihre eiskalten Hände an die glühenden Wangen. Im Kamin loderte ein Feuer, aber ihr war trotzdem kalt.

»Lass dir Zeit«, sagte Elspeth. »Du bist es wohl nicht gewohnt, über dich zu reden.«

Das stimmte. Maud hatte kaum einmal über ihre Sorgen

gesprochen, selbst der eigenen Mutter hatte sie nie etwas anvertrauen können. Elspeth wurde ihr immer sympathischer, trotzdem fiel es ihr schwer, über das zu sprechen, was zwischen ihr und Ronnie gewesen war. Leichter war es zu erzählen, wie sie entdeckt hatte, dass sie schwanger war und wie ihre Mutter es herausgefunden hatte, und dass die Eltern sie in eine Besserungsanstalt hatten stecken wollen. Und dann kam sie auf das Opfer zu sprechen, das John gebracht hatte, um ihr und Hope ein Heim zu bieten, und erst jetzt erkannte sie, was er für sie versucht hatte aufzugeben und was er verloren hatte, weil ihm der Verzicht nicht gelungen war.

»Er hat diesen Mann hergebracht«, sagte Maud. »Sie haben miteinander geschlafen.« Wieder stieg ihr die Röte ins Gesicht. »Ich wollte es nicht, aber ich konnte ihn nicht daran hindern. Das schockiert dich bestimmt, schließlich hast du ja John gekannt.«

»Ich wusste über ihn Bescheid, Maud, immer schon. Schau mich nicht so an. Ja, ich habe es gewusst, aber bestimmt sonst niemand. Deshalb habe ich mich gewundert, dass er verheiratet war. Damals wusste ich ja nicht, dass ihr Geschwister seid. Ich hätte euch beide gern besser kennengelernt, aber ihr habt mich nicht näher rangelassen. Auch das verstehe ich jetzt.«

Maud erzählte ihr den Rest. Der Druck war großer Erschöpfung gewichen und erster Selbsterkenntnis. Sie sah an sich herunter. Der Rock zu kurz und zu eng, die Schuhfarbe zu auffällig, die Absätze zu hoch – aufgetakelt wie eine Tippmamsell. Wem wollte sie damit imponieren? Das alles musste aufhören.

»Was soll ich machen?«, fragte sie.

»Ich glaube, du musst zur Polizei gehen. Habt ihr einen Polizeiposten im Dorf?« Maud nickte. »Dabei wird es dann wohl herauskommen, dein – fast hätte ich Geheimnis gesagt, aber das klingt zu dramatisch. Stell dir vor, dass sie John irgendwo tot aufgefunden haben, und niemand kennt ihn oder weiß, was ihm zugestoßen ist.«

»Das habe ich mir auch schon überlegt.«

»Zögere es nicht länger hinaus. Ist es weit?«

»Nur um die Ecke. Aber muss es denn sofort sein? Was mache ich mit Hope?«

»Bitte eine Nachbarin, auf die beiden Mädchen aufzupassen.«

Elspeth lächelte leicht amüsiert, als sie sah, dass Maud sich umgezogen hatte. Sie trug jetzt ein offenkundig selbstgenähtes Kleid und Schnürschuhe. Ihre Miene verriet Bangigkeit, aber auch eine neue Entschlossenheit.

»Nur Mut«, sagte Elspeth. »Wenn es überstanden ist, geht's dir besser.« So ging denn Maud, an allen Gliedern zitternd, beide Hände um den Bügel ihrer Handtasche gekrampft, mit Elspeth zum Haus von Police Constable Truscott, wo sie ihn beim Essen mit seiner Frau und den Söhnen störte, und meldete – nach zwei Monaten! – John Goodwin als vermisst. Unter Tränen gestand sie auch, dass John nicht ihr Mann, sondern ihr Bruder war. Auf Elspeths Rat hin verschwieg sie das, was Maud bei sich selbst »grob unsittliches Verhalten« nannte.

Truscott dankte ihr auf seine langsame, schwerfällige Art. Er würde es an »die in London« weitergeben und ihr Bescheid sagen, falls etwas dabei herauskam. Er ließ sich keine Überraschung anmerken, aber Elspeth fand, dass er es sehr eilig hatte, die beiden Frauen wieder aus dem Haus zu komplimentieren. Sobald sie außer Sicht waren, dachte sich Elspeth, würde er die ganze Geschichte brühwarm seiner begierig lauschenden Frau erzählen. Wie lange würde es dauern, bis das ganze Dorf Bescheid wusste?

20

In Dartcombe hatte Maud bisher – ohne dass ihr das groß klargeworden war – recht behütet gelebt. Nur ein paar kleinere unerfreuliche Erlebnisse hatte es gegeben – die Zurückweisung durch Mrs Imber, Berties Besuch, die Stippvisiten von Rosemary und Sybil –, die noch immer an ihr nagten und die sie als Tiefpunkte in ihrem Leben betrachtete. Der absolute Tiefpunkt aber war für sie das Gespräch mit Police Constable Truscott gewesen. Ihm hatte sie Dinge erzählen müssen, die niemand je hätte erfahren dürfen und die ihren Ruf und ihre Stellung in der kleinen Welt, die sie sich geschaffen hatte, für immer zerstören würden.

Sie könne in der Bury Row nicht allein bleiben, sagte sie schluchzend zu Elspeth, als sie wieder zu Hause waren, die Erinnerung an diese fürchterlichen Enthüllungen, wie sie es ausdrückte, würden sie auf Schritt und Tritt verfolgen. Elspeths Voraussage, Maud würde sich besser fühlen, wenn sie sich dem Polizisten offenbarte, war nicht eingetroffen. Noch nie hatte sie sich so elend gefühlt, nicht einmal damals, als sich herausgestellt hatte, dass sie schwanger war. Heute war der schwerste Tag ihres Lebens, und daran gab sie John die Schuld.

Elspeth zögerte nur sekundenlang. »Ich kann gerne bei dir bleiben. Du musst mir nur ein Nachthemd und eine Zahnbürste leihen.«

Maud fiel ihr um den Hals. Von einer Minute zur anderen war sie wie ausgewechselt, ihre Tränen trockneten, und sie kümmerte sich ums Abendessen. John hatte seine Zahnbürste mitgenommen, deshalb gab sie Elspeth ihre eigene, die sie vorher sorgsam ausgekocht hatte. Sie wollte Elspeth auch ihr Bett überlassen, aber die entschied sich für das grüne Samtsofa vor dem erlöschenden Feuer. Hope war begeistert von Elspeth, dem roten Haar, dem Cape und dem, was sich in ihrer Handtasche fand – eine Kamm- Haarbürsten-Kombination, ein transparenter Tangee-Lippenstift, der erst auf den Lippen rot wurde, Fotos von Elspeths Mutter und ihren Geschwistern. John war vergessen.

Auch Mrs Tremlett stellte keine Fragen, als sie am nächsten Morgen kam, um nachzusehen, ob in der Bury Row Nr. 2 alles in Ordnung war. Es sah Maud nicht ähnlich, Hope bei ihr abzugeben, um abends auszugehen.

»Alles bestens«, sagte Maud. Ihre Geschichte, die sich schnell genug in Dartcombe herumsprechen würde, war demnach noch nicht bis zu ihrer Nachbarin gedrungen.

Auf dem Sofa lagen noch unordentlich hingeworfen ein Betttuch und eine Steppdecke. Elspeth war in die Küche gegangen, um sich zu waschen. »Ein Übernachtungsgast, wie ich sehe«, sagte Mrs Tremlett.

»Nur jemand aus Johns Schule.« Sobald die Worte heraus waren, überlegte Maud, ob sie nicht vielleicht zu viel gesagt hatte, aber Mrs Tremlett schien sich mit der Erklärung zufriedenzugeben.

Die Milch kam nicht mehr in großen Blechkannen, sondern wurde in Flaschen geliefert. Maud zögerte einen Augenblick, ehe sie vor die Tür trat. In der Bury Row war niemand zu sehen, als sie nach der einen Flasche griff, aber als sie gerade wieder ins Haus gehen wollte, kam Daphne Crocker aus Nummer 4, schaute Maud an, drehte sich auf dem Absatz um und knallte ihre Haustür zu. Das war also der Anfang.

»Lass mich nicht allein«, bat Maud noch einmal, als Elspeth in Mauds Morgenrock aus der Küche kam.

»Ich muss zurück nach Ashburton und mir ein paar Sachen holen, unter anderem auch eine Zahnbürste. Dann schließe ich meine Wohnung ab, komme sofort wieder her und gehe auch für dich einkaufen, damit du nicht aus dem Haus gehen musst, wenn du nicht willst.«

»Ich setz nie wieder einen Fuß vor die Tür«, sagte Maud kläglich.

»Aber ich muss ja in die Schule. Es wird bestimmt nicht so schlimm, wie du denkst. Du hast ein großes Drama daraus gemacht, aber das hier sind einfache Leute vom Land, keine Unmenschen, keine Hexenjäger. Ist es denn wirklich so arg, wenn sich der eine oder andere abwendet? ›In dieser Welt brauchst du ein breites Kreuz‹, sagt meine Mutter immer.«

»Aber das habe ich eben nicht«, wandte Maud ein. Dass Elspeth gesagt hatte, sie habe ein Drama aus der Sache gemacht, hörte sie nicht gern. Schließlich, fand sie, war die Lage ernst genug.

Elspeth brachte Sachen zum Wechseln mit, aber weniger als die Hälfte von dem, was Maud für sich eingepackt hätte. Elspeth ging einkaufen, brachte Hope zur Schule, auch wenn die eigentlich alt genug war, um allein zu gehen, suchte noch einmal Constable Truscott auf und brachte aus ihm heraus, dass man eine Leiche gefunden hatte, einen Mann, der in einem Kanal in London ertrunken war. Mehr mochte er nicht preisgeben. Ohnehin, sagte er, wäre es ihm lieber gewesen, mit Maud zu sprechen, die aber verweigerte sich. Einige Nachbarn sahen sie schief an, Frauen, mit denen sie sich sonst gegrüßt hatte, wenn sie sich auf der Straße begegneten, sprachen nicht mehr mit ihr. Zwei Tage später kehrte Elspeth nach Ashburton zurück, versprach aber hoch und heilig, jederzeit wiederzukommen, wenn Maud sie brauchte.

Mut und Entschlusskraft waren noch nie Mauds Stärken gewesen, aber an einem schönen Vormittag im Frühjahr, als es überall zu grünen begann und die Schlehen ihre kleinen weißen Blüten zeigten, hob sich ihre Stimmung so weit, dass sie beschloss, aus dem Haus zu gehen. Wenn ihr eine Nachbarin begegnete, die ihr den Rücken kehren wollte, würde sie sich vor ihr aufpflanzen und sie zwingen, Maud anzuhören. Mrs Tremlett hatte sich seit der Frage nach Mauds Übernachtungsgast nicht mehr sehen lassen, und Gladys, die sich in allem nach ihrer Mutter richtete, tat es ihr nach. Mrs Paine, die Besitzerin des Dorfladens, hatte Maud mit kalter Höflichkeit behandelt, und nach einem einzigen Besuch war Maud nicht mehr hingegangen. Jetzt aber, sagte sie sich, traute sie sich zu, alles zu erklären, selbst wenn sie sich zu Hopes Unehelichkeit bekennen musste. Dass man sich zwar leichttut, einen Entschluss zu fassen, dass man aber, um ihn in die Tat umzusetzen, eine gewisse Übung und eine Willensstärke braucht, wie Maud sie nicht besaß – das musste sie erst noch lernen.

War John der Ertrunkene, den man aus dem Kanal

gefischt hatte? Sie wusste es nicht und wollte es auch nicht wissen. Empfand sie eigentlich Trauer über den Tod des Bruders? Nein, entschied sie, durch sein schamloses Verhalten hatte er jedes Recht darauf verwirkt. Jetzt hatte sie Geld und konnte ihn vergessen, konnte mit Hope an einem anderen Ort einen Neuanfang machen. Elspeth war seit vierzehn Tagen fort, und Maud schaffte es allmählich, die Blicke, die sie auf der Straße trafen, ebenso wenig zur Kenntnis zu nehmen wie das Verhalten von Bekannten, die sie jetzt ignorierten, als wieder ein in Bristol abgestempelter Brief kam. Sie erkannte Ethels Handschrift. Die Schwester hatte vorher nur einmal nach Dartcombe geschrieben – an ihren Bruder John. *Liebe Maud…* Eigenartig, dass alle Briefe so anfingen, ganz gleich, ob der Absender einen ins Gesicht hinein nie ›lieb‹ genannt hätte oder einem völlig fremd war, ob das Schreiben Geschäftliches enthielt oder aber unglaubliche Beleidigungen. *Liebe Maud* also…

Vater hat gebeten, Dir zu schreiben und Folgendes mitzuteilen, da er selbst das verständlicherweise nicht kann. Die Polizei kam zu Vater und Mutter und dann zu uns, um uns von der grauenvollen Entdeckung in Kenntnis zu setzen, die man in einem Londoner Kanal gemacht hat. Nun suchten sie jemanden für die grässliche Aufgabe, die Leiche zu identifizieren. Da Vater dafür nicht in Frage kam, baten sie meinen Mann darum, und da Herbert ein sehr mutiger und resoluter Mensch ist, willigte er ein.

Er ist gerade aus London zurück, wo er sich die sterblichen Überreste angesehen und sie als unseren Bruder John identifiziert hat. Möglicherweise wird Herbert auch noch vorgeladen. Das verursacht uns erhebliche Kosten. Hättest

Du John eher als vermisst gemeldet und wärst Du selbst nach London gefahren, um den Toten zu identifizieren, hättest Du Deiner Schwester und Deinem Schwager, ganz abgesehen von der finanziellen Seite, sehr viel Kummer erspart, der uns noch lange belasten wird.

Was an Auslagen auf Dich zukommt, ist minimal. Du bist jetzt eine reiche Frau und brauchst Dein ganzes Geld nur für Dich. Das Leben auf dem Land hat Dich nicht verändert, Maud. Du bist dasselbe selbstbezogene Wesen wie damals, als Du weggelaufen bist und Deinem Vater das Herz gebrochen hast.

Deine Dich liebende Schwester
Ethel.

Maud musste die Erfahrung machen, dass die weitverbreitete Ansicht, Menschen, an deren Urteil einem nichts liegt, könnten einen nicht verletzen, auf einem Irrtum beruht. Ethels Tadel traf sie tief. Besonders empört war sie über die Bemerkung, Maud lebe ja allein und brauche ihr Geld nur für sich – als sei Hope nie geboren worden.

Statt wie geplant aus dem Haus zu gehen, verkroch sich Maud ins Bett, sie begann, aus der Wirklichkeit zu fliehen. Obwohl sie nach der vergangenen Nacht gut ausgeruht war, suchte sie im Schlaf Vergessen. Hope erschrak, als sie um halb vier aus der Schule kam und Maud anscheinend krank im Bett vorfand. Die aber fuhr Hope an, sie solle sich nicht so anstellen. Ohnedies hatte Hope sich, seit John nicht mehr da war, immer mehr in sich selbst zurückgezogen. Sie behandelte ihre Mutter freundlich und fürsorglich, aber von einem Vertrauensverhältnis konnte keine

Rede mehr sein. Wie Hope in der Schule vorankam, was sie lernte, was für Freunde sie hatte außer Georgie Tranter und Maureen Crocker, erzählte sie Maud nicht länger. Als Hope sich abends dennoch zu der Frage aufraffte: »Was ist ein Bastard, Mummy? Trevor Pratt hat mich einen Bastard genannt«, bewies dies, wie sehr das Schimpfwort sie getroffen hatte.

»Das ist nur ein schlimmes Wort, Hope, du brauchst nicht zu wissen, was es bedeutet«, brachte Maud mühsam heraus, dann fing sie an zu weinen.

Diese Kränkung, die man ihrer Tochter zugefügt hatte, gab den Ausschlag: Sie mussten weg aus Dartcombe, mussten ein Haus in Ashburton oder einem anderen Dorf mieten oder notfalls auch kaufen. Sie selbst traute sich das nicht zu, aber Elspeth würde ihr helfen, Elspeth hatte versprochen, jederzeit herzukommen, wenn Maud sie brauchte, und wann, wenn nicht jetzt hätte Maud sie gebraucht? Elspeth konnte einen Immobilienmakler suchen, konnte an eine Umzugsfirma schreiben, konnte Maud bei den Anschaffungen für ein neues Haus beraten, dafür sorgen, dass Hope in eine andere Schule kam. Elspeth konnte für Maud das werden, was John ihr gewesen war.

Das Frühlingstrimester war erst zur Hälfte vorbei, als Maud an Elspeth schrieb und sie anflehte zu kommen. Ihre eigenen Bedürfnisse hatten für Maud jetzt Vorrang – aber vielleicht hatten sie das ja immer gehabt. Der Gedanke, dass Elspeth womöglich ein eigenes Leben mit einem eigenen Bekanntenkreis und eigenen Aktivitäten führte, kam ihr gar nicht, doch Elspeth hatte Verständnis für Mauds Hilflosigkeit. So ziemlich das Schlimmste, was einem sehr

254

jungen Mädchen zustoßen konnte, war ihr zugestoßen, aber dass sie unverheiratet ein Kind aufziehen musste, hatte sie nicht stärker, sondern unselbständiger gemacht. Als Elspeth am Freitagnachmittag in der Bury Row eintraf, lag Maud im Bett, Hope saß neben ihr, ein Tablett mit Teegeschirr stand zwischen ihnen auf der Steppdecke.

Maud verkündete, sie würde jetzt aufstehen, aber sie zog sich nicht an, sondern kam im Morgenrock herunter. Bald zeigte sich, dass Maud zwar bereit war, das Geld für ein Haus beizusteuern, aber keinen Finger dafür rühren würde, ein neues Zuhause für sich und Hope zu finden oder einzurichten, ein Haus, das überdies günstig zu der weiterführenden Schule gelegen sein musste, die Hope besuchen würde, falls sie die Aufnahmeprüfung bestand. Um all das sollte sich Elspeth kümmern. Maud klagte über immer wiederkehrende Kopfschmerzen, ein unsichtbares und nicht beweisbares Leiden, aber als sie den Rat bekam, zum Arzt zu gehen, sagte sie, gegen Migräne könne man ja doch nichts machen, das wisse jeder.

Elspeth wunderte sich schon lange darüber, dass Maud kein Radio hatte. In Dartcombe gab es seit drei Jahren Strom, und alle Räume in der Bury Row hatten elektrische Beleuchtung, aber was im Land und in der Welt vorging, hätte Maud nur über die Zeitung erfahren können, die man im Dorfladen kaufen musste, in den sie keinen Fuß mehr setzte. Den eigenen Radioapparat nach Dartcombe zu schleppen war Elspeth zu mühsam, sie schlug Maud deshalb vor, sie werde eins dieser inzwischen fast unentbehrlichen Geräte besorgen, es werde Maud sicherlich Freude machen. Maud stimmte widerstrebend zu. Am nächsten Tag fuhr Elspeth nach Ashburton und erstand einen Apparat mit Holzfurniergehäuse, den das Geschäft noch am selben Nachmittag lieferte. Sie ging auch zu einem Makler, dem sie Mauds Wünsche vorlegte: ein richtiges Haus – kein Cottage –, einen großen Garten, mindestens drei Schlafzimmer. Maud hatte keinerlei Preisvorstellungen, aber Elspeth wusste ja, wie viel sie geerbt und angelegt hatte, und meinte, es dürfe bis zu vierhundert Pfund kosten.

Mit Elspeth sprach Maud nie über John, offenbar, sagte sich die Freundin, war für Maud jetzt, da sie zu Geld gekommen war, die Rolle, die er als Versorger gespielt hatte, unwichtig geworden, und das, was sie einst an Zuneigung für ihn empfand, hatte sich verflüchtigt. Sie sprach nie von ihm, aber Elspeth spürte, dass sie ihn durch das, was er verkörperte, über den Tod hinaus als vage Bedrohung fürchtete.

Der Frühling war kalt und nass, insbesondere der April zeigte sich von seiner schlechtesten Seite. Doch Elspeth hatte ein Haus für Maud gefunden und sie überredet, es sich anzuschauen. Es gefiel Maud, und der Preis von dreihundertfünfundsiebzig Pfund war auch in Ordnung. Das Haus, Mitte des neunzehnten Jahrhunderts erbaut, war aus rotem Backstein, hatte eine breite Fassade, ein Schieferdach und einen ummauerten Garten mit Obstbäumen und Büschen, aber ohne Blumenbeete. Als Maud ihn bei ihrem ersten Besuch zu sehen bekam, waren die Bäume von rosaweißen Blüten übersät, wenn auch von Regen und Wind zerzaust. Der einundvierzigjährige Besitzer des Hauses, dem mehrere Grundstücke im Dorf gehörten, bewohnte eine stattliche georgianische Villa am Rand von Ottery St. Jude.

Elspeth hatte Ostern bei Maud verbracht, die wie selbstverständlich davon ausging, dass die Freundin sich nun immer übers Wochenende bei ihr aufhalten würde. Abends hörten die beiden im Radio Berichte über den Krieg in Spanien und einen möglichen Krieg mit Deutschland. Was draußen in der Welt vorging, war Maud bisher gleichgültig gewesen. Elspeth war politisch interessiert und schlug sich auf die Seite der Republikaner, während Maud Franco vorzog. Allein so eine Parteinahme war für Maud, der kaum bewusst war, dass es 1936 in England drei Könige gegeben oder dass Edward der Siebente abgedankt hatte, eine ganz neue Erfahrung.

Elspeth musste es übernehmen, Mrs Tremlett zu sagen, dass Maud den Mietvertrag kündigen wollte. Neuigkeiten blieben in einem Dorf wie Dartcombe nicht länger als ein, zwei Tage geheim, und so wusste die Nachbarin schon, dass Maud und Hope wegziehen würden.

»Die meisten hier haben was gegen sie«, sagte Mrs Tremlett, »aber ich bin da anders. Armes Ding, sie war ja noch ein Kind, als sie ihr Kind gekriegt hat.«

Elspeth beeilte sich, diese freundliche Bemerkung an Maud weiterzugeben, die aber meinte nur, ihre Lebensweise gehe ihre Nachbarin nichts an. »Warte nur, bis Mrs Tremlett versucht, mir Schäden in der Bury Row in Rechnung zu stellen.«

»Du hast aber doch nichts beschädigt?«

»Nein, natürlich nicht, aber versuch nur, jemandem wie der das klarzumachen.«

Für die anderen Bewohner der Bury Row war Maud mittlerweile Luft, alle Türen blieben geschlossen, als der Umzugswagen vorfuhr, um die Möbel nach Ottery St. Jude zu bringen. Am ersten Abend, den Maud mit Hope und Elspeth in ihrem neuen Heim verbrachte, stand plötzlich Gabriel Harding, von dem Maud The Larches, das nach den Lärchen im Garten benannt war, gekauft hatte, mit einer Flasche Champagner vor der Tür. Er erzählte, dass er Romane schrieb und als Journalist für *News Chronicle* arbeite. Für Maud war es der erste Champagner ihres Lebens, und auch Elspeth hatte bisher nur einmal welchen getrunken. Sie fragte Harding, ob er glaube, dass es Krieg geben könnte, und ob sie dann hier in Devon sicher wären.

»Vermutlich werden die Deutschen Plymouth bombardieren«, erwiderte Harding. »Die Stadt wäre wegen der Werften ein wichtiges Ziel. Hier aber kann Ihnen kaum etwas passieren. Allerdings werden wir Leute aus Plymouth einquartieren müssen, Menschen, die aus Angst vor den Luftangriffen Unterschlupf bei uns suchen.«

Maud zeigte sich entsetzt von dieser Aussicht, und Elspeth sah, dass ihr Besucher die Freundin nachsichtig, aber amüsiert musterte. Als er fort war, machten sie sich wieder ans Einräumen, bezogen die Betten und kümmerten sich um die Küchengeräte und die Lebensmittel, die sie mitgebracht hatten. Während Maud die neue, rosafarbene Steppdecke über ihrem Doppelbett ausbreitete – die alte hatte sie über das Einzelbett gelegt –, schlug sie Elspeth vor, deren winzige Zweizimmerwohnung in Ashburton aufzugeben und zu ihr zu ziehen. Elspeth dachte an ihre Bekannten in der Stadt, an einen Mann, der ihr inzwischen recht nahestand, ihre Stelle und die fünf Meilen Entfernung nach Ottery St. Jude und sagte, sie würde es sich überlegen. Kurz vor dem Einschlafen dachte sie an Harding, der, wie sich herausgestellt hatte, Witwer war, wohlhabend und gutaussehend, und an die Blicke, die er Maud zugeworfen hatte. Waren sie vielleicht nicht herablassend gewesen, wie sie zunächst gedacht hatte, sondern eher bewundernd? Maud war eine schöne Mittzwanzigerin. Wenn er eine Ehefrau suchte… Aber da war Elspeth schon eingeschlafen.

Als Ende Juli für Elspeth wie für Hope die großen Ferien anfingen, wusste Elspeth immer noch nicht, ob sie Mauds Einladung annehmen sollte. In mancher Beziehung war sie verlockend. Elspeth würde zwar für ihren Lebensunterhalt selbst aufkommen, aber Maud hatte immer wieder betont, dass sie für die zwei oder drei Zimmer, die sie der Freundin zugedacht hatte, keine Miete nehmen würde. Maud hatte auch angeboten, ein Auto anzuschaffen, das könnten sie beide benutzen, und Elspeth könnte damit zur Schule fahren. »Wie der Direktor«, hatte Maud gesagt, als wäre das ein zusätzlicher Anreiz.

Was sollte aus ihr werden, überlegte Elspeth, wenn der neue Nachbar – sie sollten ihn Guy nennen, hatte er gebeten, das täten alle – sich in Maud verliebte, sich vielleicht schon in sie verliebt hatte, sie heiratete und mit ihr und Hope in sein Heim, das River House, zog? Dann hatte sie, Elspeth, kein Zuhause mehr und auch kein Geld für ein eigenes Domizil. Guy war häufig in The Larches und brachte Obst – Erdbeeren, Himbeeren und Johannisbeeren – aus seinem Küchengarten mit. Er hatte seine eigene Kirchenbank in

St. Jude's Church, die er ihnen zur Verfügung stellte. Maud machte mit Hope hin und wieder von diesem Angebot Gebrauch. Elspeth als Atheistin – sie selbst nannte sich Humanistin – lehnte dankend ab, sie sei schon mit den Morgenandachten in der Schule bedient und habe keine Lust, auch noch am Sonntag beten zu müssen, erklärte sie, aber Maud und Hope waren auch ohne sie in der Kirche gern gesehen. Das bestätigte Elspeths Vermutung, dass Guy in Maud die zweite Mrs Harding sah.

Im August – Elspeth hielt sich seit drei Wochen in The Larches auf – erschien plötzlich alles in einem neuen Licht. Frühmorgens, ehe die beiden Frauen aufgestanden waren, fiel ein Schreiben an »Miss Elspeth Dean« auf den Türvorleger. Hope hob den Brief auf und legte ihn neben Elspeths Teller auf den Frühstückstisch. Elspeth warf einen Blick auf den Poststempel und überlegte, wer in Ottery St. Jude, wo sie kaum jemanden kannte, ihr wohl schreiben mochte. Maud sah zu, wie Elspeth den Umschlag öffnete, dann ging sie, ohne Interesse an dem Brief zu zeigen, in die Küche, um frischen Tee aufzubrühen.

Guy hatte geschrieben:

Liebe Miss Dean,
ich habe zwei Karten für ein Konzert mit Mozart und Vivaldi in Torquay am Samstag in einer Woche, und es wäre mir eine große Freude, wenn Sie mich dorthin begleiten würden. Das Konzert beginnt um sieben. Wenn Sie mir die Ehre erweisen zuzusagen, würde ich Sie um halb sechs mit meinem Wagen …

Abgesehen von Aufforderungen zu Vorstellungsgesprächen hatte Elspeth noch nie einen so förmlichen Brief bekommen, und die erste Frage, die sie sich stellte, war: Warum hat Guy mich eingeladen und nicht Maud? Sicher doch nur, weil er weiß, dass ich Musiklehrerin bin und es sich um ein Konzert handelt. Die zweite Frage flüsterte sie vor dem Spiegel im Schlafzimmer vor sich hin: Warum machst du so wenig aus dir? Sie löste den Knoten im Nacken, so dass die rote Haarpracht ihr bis auf die Schultern fiel. Der Freund in Ashburton, ebenfalls Lehrer, aber an einer anderen Schule – und jemand, den sie sich durchaus später als ihren Mann hatte vorstellen können –, mochte die Farbe nicht und sah es lieber, wenn sie einen Hut trug. Und wenn es Guy womöglich genauso erging? Schnell schüttelte sie diesen Gedanken ab.

Sie zögerte zunächst, es Maud zu erzählen, dann aber schämte sie sich ihrer Feigheit und rückte mit der Einladung heraus.

»Er hätte jede haben können«, sagte Maud. »Warum gerade dich? Gutaussehend, jede Menge Geld, tolles Haus, eine wirklich gute Partie.«

»Er hat mich gebeten, mit ihm zu einem Konzert zu gehen, nicht, seine Frau zu werden.«

»Du meine Güte! Das wäre ja noch schöner!«

»Ich glaube, ich werde absagen.«

Guys Wagen war ein schwarzer Armstrong Siddeley mit bequemen Ledersitzen. Eine Fahrt im Auto war für Elspeth ein seltenes Vergnügen. Sie rollten sanft über die schmalen Landstraßen, an Hecken entlang, in denen jetzt, im August, wilde Clematis und die gerade erst rot werdenden Beeren des Schneeballs hingen. Guy fragte Elspeth nach ihrer Musik, ihrem Instrument, ihren Schülern, ihren Lieblingskomponisten. Als das Meer zwischen den Hügeln hervorblitzte, hielten sie kurz an, und Guy sagte, der Blick erinnere ihn immer an die Amalfiküste, aber hier sei es genauso schön. Sie sei noch nie im Ausland gewesen, meinte Elspeth und biss sich auf die Zunge, weil es klang, als wäre sie auf eine Einladung aus.

Im ersten Teil des Konzerts hörten sie die *Vier Jahreszeiten*, und weil es auch nach Sonnenuntergang noch warm war, gingen sie in der Pause auf die breite Terrasse, die ebenfalls einen Blick aufs Meer bot. Guy sah eine Bekannte und stellte sie Elspeth als Alicia Imber vor. Elspeth erkannte den Namen sofort – das war die Frau, über deren Unhöflichkeit und Arroganz Maud sich so bitter beklagt hatte. Elspeth gegenüber war Alicia äußerst liebenswürdig, sie hoffe auf ein Wiedersehen, sagte sie und bat Guy, mit Elspeth bald einmal zum Tee nach Dartcombe Hall zu kommen, eine Bemerkung, die Elspeth fast verlegen machte.

»Sie ist eine gute Freundin von mir«, sagte Guy, während sie wieder in den Saal zurückgingen. »Inzwischen ist sie Witwe, ihr Mann war ein Prachtkerl. Sie hat zwei Söhne, Christian und Julian. Die Tochter, Charmian, ist an Tuberkulose gestorben.«

»Es heißt ja, dass es nichts Schlimmeres gibt, als ein Kind zu verlieren«, sagte Elspeth.

»Das glaube ich wohl.« Er zögerte. »Würden Sie mitkommen, wenn ich hinfahre? Alicia würde sich bestimmt sehr freuen.«

Elspeth war rot geworden, aber dann sagte sie mit fester Stimme: »Ja, natürlich. Gern sogar.«

Der Mozart war eine Offenbarung. Elspeth hatte nur selten Gelegenheit, Musikaufführungen zu hören, abgesehen von den Konzerten des Schulorchesters, bei denen sie manchmal mitwirkte, und merkte, dass ihr Begleiter hin und wieder verstohlen ihr verzücktes Gesicht musterte. Auf dem Rückweg dankte sie ihm immer wieder für diesen Kunstgenuss – vielleicht zu überschwenglich, dachte sie, aber ihm schien ihre Begeisterung zu gefallen.

Am nächsten Tag eröffnete sie Maud – und das, sagte sie sich, hat überhaupt nichts mit Guy und dem Konzert zu tun und dessen Einladung zu einer kleinen Party für den kommenden Mittwoch –, dass sie die Wohnung in Ashburton aufgeben und zu ihr ziehen würde.

21

Als Neville Chamberlain 1938 im Triumph aus München zurückkam, hätte niemand gedacht, dass der Krieg nur für ein Jahr abgewendet worden war. Chamberlain brachte ein von Hitler unterschriebenes Schriftstück mit, in dem der Hoffnung Ausdruck gegeben wurde, die Engländer und die Deutschen würden nie mehr Krieg gegeneinander führen. Im ganzen Land kamen die gewöhnlich eher nüchternen Engländer zusammen, jubelten und tanzten, tranken und gratulierten einander. Mrs Grendon, Guys Haushälterin, fragte Guy, ob er eine Party plane, aber zum Feiern, meinte er, sei es zu früh. Hitler sei nicht zu trauen, und niemand könne sagen, welches Land es nach der Tschechoslowakei treffen werde.

In Ottery St. Jude schien man nicht zu wissen, dass Maud nicht verheiratet und Hope unehelich war, jedenfalls machte niemand einen Versuch, sie auszuschließen. Noch nicht. Vielleicht wurde sie akzeptiert, weil Guy so häufig in The Larches war und damit die Frau, die das Haus von ihm gekauft hatte, gewissermaßen öffentlich anerkannt. Vermutlich spielte es auch eine Rolle, dass sie dank ihrer Erbschaft wohlhabend war. Ledige Mütter mit vaterlosen Kindern waren gewöhnlich arm und mussten als Dienstmädchen oder Putzfrauen arbeiten. Freunde machte sich Maud allerdings im Dorf nicht, sie galt als abweisend und hochnäsig.

Elspeths Entscheidung, noch vor Beginn des Herbst-trimesters einzuziehen, wurde von Maud mit dem Maß an Enthusiasmus begrüßt, das sie noch aufzubringen ver-mochte. Sie blieb mittlerweile im Bett liegen, sobald etwas auch nur entfernt Unerfreuliches passierte, sogar wenn es morgens regnete. Jetzt, mit Ende zwanzig, war sie eine imposante Erscheinung, auch dank der teuren Sachen, die sie sich kaufte. Die Nachbarn machten große Augen, wenn sie in einem flotten Schneiderkostüm mit Fuchskragen und Pillbox-Hut im Postamt auftauchte, während Elspeth wei-ter in Rock und Pullover und ihrem einzigen Mantel her-umlief. Maud war überzeugt, dass flotte Kleidung Männern imponierte. Zu Johns Lebzeiten konnte sie nie an Heirat denken und hatte sich deshalb auch nie für Männer hübsch gemacht. Jetzt war das anders. Ihr lag nichts am Heiraten, aber sie hätte es gern gesehen, wenn Männer sie hätten heiraten wollen.

Dass zwischen Guy und Elspeth eine Freundschaft, ja mehr als Freundschaft entstanden war, schien sie nicht zu bemerken. Zu Guy, den sie noch immer hartnäckig beim Nachnamen nannte, bewahrte sie Distanz. Doch Elspeth fiel auf – ob auch Guy es merkte, bezweifelte sie –, dass Maud sich besonders sorgfältig herrichtete, wenn er erwar-tet wurde, und an dem Vormittag seines Besuchs sogar zum Dorffriseur ging. Zu ihrem Leidwesen stellte Elspeth auch fest, dass Maud offenbar glaubte, Guy fühle sich zu ihr hin-gezogen, sei womöglich in sie verliebt, selbst dann, wenn er ihre Freundin ausführte. Mit Elspeth gehe er zu diesen Musikveranstaltungen ja nur, weil sie, Maud, sich bei jeder Art von Musik langweilte und Elspeth offenbar Spaß daran hatte und Musiklehrerin war, erklärte sie. »Ich habe ihm gesagt, dass ich einschlafen würde, wenn ich mir ein – wie heißt das doch – ein ganzes Oratorium antun müsste.« Dass Guy und Elspeth eigens nach Exeter gefahren waren, um sich in der Kathedrale den *Messias* anzuhören, wollte ihr nicht in den Kopf. Zu Weihnachten gab Guy dann tatsächlich eine Party, aber Maud ging nicht hin. Die Weihnachtszeit habe sie noch nie leiden können, erklärte sie, und sei froh, in den Feiertagen mal »ganz für sich« zu sein. Dabei empfand sie offenbar immer häufiger sogar ihre Tochter als störend. Elspeth nahm Hope mit zu Guys Party, wo sie Julian und Christian begegnete. Maud wurde fuchsteufelswild, als sie erfuhr, dass Alicia Imber mit ihren Söhnen auf der Party gewesen war. Julian hatte gerade in Oxford zu studieren begonnen, Christan besuchte ein Internat und war für die Ferien nach Hause gekommen. »Bilde dir nur nicht ein, dass du diese Person hierherbringen kannst«, ereiferte sie sich. »Du hast ja keine Ahnung, wie sie mich beleidigt hat. Meine Tochter war nicht gut genug für sie. Charmian … Hat man jemals einen so lächerlichen Namen gehört?«

Elspeth erwiderte ganz ruhig, sie würde nie auf die Idee kommen, jemanden ins Haus zu bringen, ohne Maud zu fragen. »Es ist dein Zuhause, Maud.«

»Nur gut, dass dir das klar ist.«

Elspeth nahm an allen Wochentagen den Bus nach Ashburton und fuhr auch mit dem Bus wieder zurück. Neuerdings aber holte Guy sie nach der Schule häufig mit dem Armstrong-Siddeley ab und fuhr mit ihr zu seinem Haus oder führte sie zum Abendessen aus. Maud hatte offenbar nichts dagegen, dass Elspeth zwei- oder dreimal in der Woche ausging, und Elspeth fragte sich, warum Maud so großen Wert darauf gelegt hatte, das Haus mit ihr zu teilen. In The Larches sorgte Mrs Newcombe, eine tüchtige Putzfrau, für Sauberkeit, wusch und bügelte und kochte auch, wenn Maud sich wieder einmal ins Bett gelegt hatte. Sie tat selten den Mund auf, äußerte, wenn sie einmal etwas sagte, nie eine Meinung und hatte mit Klatsch offenbar nichts im Sinn. Hope machte abends oft ihre Hausaufgaben im Zimmer ihrer Mutter und hörte mit ihr Radio. Die Zeitungen brachten beängstigende Meldungen über »Gewitterwolken, die sich über Europa zusammenziehen« und Auszüge aus Hitlers Hetztiraden. Die Sendungen der BBC, die eher wenig über Europa berichteten, waren dagegen eine wahre Wohltat.

An einem Samstag im April – es war Guys zweiundvierzigster Geburtstag – fuhr er mit Elspeth zu Alicia Imber, die sie beide zum Tee eingeladen hatte, und danach ins River House. Ob sie sich an den Champagner erinnere, den er Maud zum Einzug mitgebracht habe. Was für eine Frage! Die Stunden mit Guy waren ihr alle unvergesslich.

»Ich hoffe, mit Ihnen heute Abend wieder eine Flasche trinken zu können«, sagte er.

»Sie hoffen? Müssen Sie den Champagner noch kaufen oder erst wiederfinden?«

Er lachte. »Ich hoffe, dass mir die Umstände gewogen sein werden.«

Damit musste sie sich zufriedengeben. Später, im Salon, ließ er sich (mühelos!) auf ein Knie nieder und sagte: »Elspeth Dean, ich liebe dich sehr. Willst du mich heiraten?«

Sie war überrascht, aber nicht aus der Fassung gebracht oder verlegen. So etwas hatte sie nie zu hoffen gewagt, aber sie besann sich nicht lange. »Ja, ich will. Ich liebe dich, schon seit dem ersten Moment.«

Guy hatte zwar hin und wieder Händchen mit ihr gehalten, sie aber noch nie geküsst. Es war ein sehr befriedigender Kuss. Dann kam der Champagner. Guy hatte als Einziger aus Elspeths Bekanntschaft einen Kühlschrank, die Flasche war eiskalt und beschlagen. Mrs Grendon, die Haushälterin, und Susan, das kleine Dienstmädchen, wurden hereingeholt, um mit ihnen anzustoßen.

Guy hob das Glas und legte den anderen Arm um Elspeth. »Miss Dean hat mir die Ehre erwiesen, meine Frau zu werden.«

Bis zu ihrer Verlobung hatte Elspeth nur einen von Guys Romanen gelesen, sie hatte ihn sich in der Leihbücherei von Ashburton geholt, als sie den Autor noch gar nicht kannte. Die Geschichte hatte ihr gefallen, aber sie hatte keine weiteren Bücher von ihm auftreiben können. Später hatte sie ihn nicht darauf anzusprechen gewagt. Als er sie an jenem Abend heimfuhr, nahm sie die übrigen fünf Bände mit, von ihm signiert und mit der Widmung »Meiner geliebten Elspeth«.

Maud musste es erfahren. Elspeth wusste, wie unklug es ist, das Unvermeidliche hinauszuzögern, und war stolz darauf, dass sie meist nichts hinausschob, aber in diesem Fall wartete sie doch, bis sie mit Maud allein war, nachdem Hope zu Bauer Greystock gegangen war, um dessen neugeborene Hündchen anzuschauen.

Maud drehte sich langsam zu Elspeth um. »Meinst du damit, dass er dir einen Heiratsantrag gemacht hat?«

»Ja, das hat er. Genau das meine ich.«

»Aber warum?«

Was sollte man darauf sagen? Elspeths Antwort war für sie recht ungewöhnlich. »Was für eine Frage, Maud!«

»Ich glaube ja nicht, dass daraus was wird«, sagte Maud, als hätte Elspeth von Ferienplänen gesprochen, die noch in weiter Ferne lagen.

Den Brillantring, den Elspeth in der folgenden Woche am Mittelfinger trug, nahm Maud nicht zur Kenntnis, und als Guy Elspeth abends abholte, rang sich Maud nur einen kurzen, ungnädigen Glückwunsch ab, aber als Elspeth um elf heimkam, war Maud noch auf. »Erst ziehst du zu mir, und jetzt hast du nichts Eiligeres zu tun, als mit irgendeinem hergelaufenen Kerl wieder wegzuziehen. Das ist mir unbegreiflich.«

»Mit einem hergelaufenen Kerl? So etwas darfst du nicht sagen, Maud.«

Maud fing an zu weinen, und als Elspeth sich neben sie setzte und sie in die Arme nahm, schluchzte sie nur noch lauter, klammerte sich an sie und wimmerte, es sei gemein, sie hier alleinzulassen, wo sie keine Menschenseele kannte.

»Du kennst doch mich«, tröstete Elspeth. »Unser Haus ist nur eine halbe Meile weit weg, wir werden einander ständig sehen.«

Den nächsten Tag verbrachte Maud im Bett, sie fühle sich elend, sagte sie. Als Elspeth nach oben kam, um nach ihr zu sehen, eröffnete Maud der Freundin, sie wolle weder über Ort noch Zeitpunkt der Hochzeit etwas hören, sie habe nicht die Absicht hinzugehen. Elspeth habe sich schäbig benommen, indem sie angeblich als Gefährtin für Maud hergekommen war, während sie in Wirklichkeit nur darauf aus gewesen war, sich einen Ehemann zu angeln. Elspeth brachte es fertig, weder einzuschnappen noch sich zu entschuldigen. Gelassen sagte sie, dass Maud die Sache bestimmt anders sehen werde, wenn sie sich an den neuen Stand der Freundin gewöhnt habe.

Elspeth und Guy wurden Anfang Juni 1939 in St. Jude's Church getraut. Nur Guys Schwester Patricia, deren Mann, Alicia Imber und zwei Freundinnen von Elspeth aus Ashburton waren dabei. Nach einem Empfang im River House fuhr das Paar nach Weymouth, um dort die Hochzeitsnacht zu verbringen. Nach dem Abendessen eröffnete Elspeth ihrem Mann – fast wie Tess in dem gleichnamigen Roman –, sie sei keine Jungfrau mehr. Doch anders als Angel Clare im Roman, der über die Beichte von Tess zutiefst entsetzt ist, lachte Guy nur. »Soll ich dir mal was verraten? Das bin ich auch nicht.« Ihr Freund sei ein Musiker gewesen, sie habe ihn während des Studiums in London kennengelernt. Ein wenig zögernd begann sie, von ihm zu erzählen, aber Guy meinte, das sei nun wirklich nicht nötig, es gehe ihn nichts an und sei ohnehin lange her.

Am nächsten Morgen setzten sie mit der Fähre nach Saint-Malo über und fuhren mit dem Zug quer durch Europa zur Amalfiküste.

Maud hatte sich an ihren Vorsatz gehalten, nicht zu Elspeths Hochzeit zu kommen, und hatte auch Hope verboten hinzugehen. Die erste Postkarte aus Italien steckte

Maud in den Heizungskessel, aber als die zweite kam, war sie so elend und voller Selbstmitleid, dass sie den Gruß las und viele Tränen darüber vergoss. Sie hätten eigentlich einen Monat bleiben wollen, schrieb Elspeth, würden jetzt aber früher zurückkommen. Die Amalfiküste sei traumhaft schön, die Sonne scheine den ganzen Tag, und nachts sei der Himmel voller Sterne, aber so recht wohl fühlten sie sich im faschistischen Italien nicht, und wenn es zum Krieg käme, sei ihr Platz in England. Wenn sie zu lange zögerten, kämen sie am Ende nicht mehr zurück. Maud beschloss, Elspeth und Guy zunächst auf vornehme Art die kalte Schulter zu zeigen, dann aber nach und nach einzulenken. Sie sollten sehen, dass das, was Maud inzwischen als absichtliche Täuschung sah, sie nicht so sehr verärgert als vielmehr verletzt hatte.

Maud ließ die Erfahrungen in ihrem Leben Revue passieren, die sie verbittert und zu dem gemacht hatten, was sie jetzt war – eine übellaunige Frau, die sich ständig selbst leidtat. Angefangen hatte es natürlich mit der Zeugung und der Geburt von Hope. Dazu kamen später Johns greuliche, widerwärtige Vorstellungen von dem, was für ihn Glück bedeutete. Dann war er verschwunden, und sie hatte erfahren müssen, dass er tot war. Und seitdem hatten alle Menschen offenbar nichts anderes im Sinn, als sich von ihr abzuwenden, sie im Stich zu lassen. Selbst ihre Tochter, für sie einst das Liebste auf der Welt, hing, wie es ihr schien, mittlerweile mehr an Elspeth und Guy als an ihrer Mutter.

Die Evakuierung aus London und den anderen Großstädten beschränkte sich nicht auf Schulkinder und ihre Mütter.

Zwischen Ende Juli und Anfang September 1939 zogen dreieinhalb Millionen Menschen aus gefährdeten in sichere Gebiete. Eine Cousine von Guy, die er seit zwanzig Jahren nicht mehr gesehen hatte, fuhr in ihrem Daimler im River House vor und bat um »Asyl«. Der Pfarrer und seine Frau fühlten sich verpflichtet, die Eltern von Kindern zu beherbergen, die mit der Pfarrerstochter im Internat waren. Das einfache Pub ›Fox and Hound‹, das bisher niemand als Hotel bezeichnet hätte, nahm zwei Familien aus Plymouth auf, die bereit waren, überhöhte Preise für Zimmer zu zahlen, aus denen der Wirt seine eigenen Kinder in die Dachkammern ausquartiert hatte.

Guy und Elspeth waren nicht begeistert davon, Evakuierte aus London aufzunehmen – Geschichten von verlausten, schmutzstarrenden und halbverhungerten Kindern waren weit verbreitet –, gingen aber bei der Ankunft der Londoner doch zum Bahnhof und nahmen mit der Genehmigung des Quartiermeisters eine junge Frau und ihre beiden verängstigten Kinder mit, die Armbinden trugen und Gasmasken umgehängt hatten. Da die Mutter vor Schüchternheit kein Wort herausbrachte, ging Elspeth mit Arthur und Rose in den Garten mit Rover, dem Welpen, spielen, den sich die Hardings zugelegt hatten. Während der Spaniel davonlief, um Kaninchen zu jagen, starrten die Kinder stumm auf den Fluss Dart und die Wälder, die Hügel und die Libellen, deren schimmernde Flügel über dem Wasser schwirrten. Sie hielten die verhärmten Gesichter in die Sonne, und Arthur fragte: »Sind wir gestorben und im Himmel, Miss?«

Die zuständigen Stellen waren auf Quartiersuche von

Haus zu Haus gegangen, ein Mann war auch zu Maud gekommen, aber sie erklärte, sie habe keinen Platz, und nannte neben ihrer Person und Hope Mrs Newcombe, Elspeth und den toten John als Bewohner von The Larches. Später sollte sie bereuen, dass sie nicht eine Mutter und ein, zwei Kinder aufgenommen hatte statt des Mannes, der kurz nach Weihnachten bei ihr auftauchte. Dieser Besuch fügte ihrem Charakter zum zweiten Mal schweren Schaden zu und sollte letztlich ihren Ruf – soweit noch vorhanden – unwiderruflich zerstören.

Das Schulabgangsalter hatte am 1. September 1939 von vierzehn auf fünfzehn Jahre erhöht werden sollen, dazu kam es aber erst acht Jahre später, denn am 1. September 1939 marschierte Hitler in Polen ein. Großbritannien hatte dem deutschen Diktator erfolglos mit schwerwiegenden Konsequenzen gedroht, und am 3. September erfuhr das Land durch Neville Chamberlain im Radio, dass Großbritannien jetzt mit Deutschland im Krieg war.

Überall ging die Angst vor Fliegerangriffen um, besonders in London. Später gab es dazu gute Gründe, aber bis tatsächlich Bomben fielen, sollte es noch lange dauern. Einstweilen befand sich England in einem unbehaglichen Zwischenzustand zwischen Frieden und Krieg. Einige Kinder kehrten nach London zurück. Die Mutter von Arthur und Rose hingegen, die ihre Schüchternheit inzwischen abgelegt hatte, bat Guy und Elspeth inständig, die Kinder zu behalten, während sie allein nach London zurückkehrte, um zu sehen, was ihr Mann inzwischen »angestellt« hatte. Elspeth hatte die Kleinen liebgewonnen, ließ aber Mrs

Cramphorn leichten Herzens ziehen, denn die hatte nichts Besseres zu tun gehabt, als den Kindern das Baden, das Lesen und das Essen von Gemüse zu verleiden. Außerdem erwartete Elspeth im Sommer ihr erstes eigenes Kind, und es fiel ihr schwer, nicht hinzuhören, wenn Mrs Cramphorn sich unermüdlich über die Schrecken der Geburt und mögliche lebenslange Behinderungen ausließ. Erst ein Jahr später sollten Arthur und Rose nach London zurückkehren. Dort nahmen Verwandte sie auf, denn die Mutter blieb verschwunden.

Das gesellschaftliche Leben auf dem Land ging im Wesentlichen unverändert weiter. Lichtspielhäuser und Theater waren bei Kriegsausbruch geschlossen worden, öffneten aber später wieder. Die Londoner Tanzlokale waren überfüllt, die Kinos aber strichen die Abendvorstellungen. Auch der Fußball nahm in begrenzter Form seine Spiele wieder auf, zur großen Erleichterung der Wettgemeinde. In River House feierte man stille Weihnachten. Zur Überraschung von Elspeth und Guy hatte Maud eingewilligt, Hope zum Weihnachtsessen mitzubringen, aber als sie hörte, dass auch Alicia Imber und deren Söhne kommen würden, überlegte sie es sich anders. Jetzt sollte Hope allein hingehen, und die wollte sich gerade auf den Weg machen, als Guy mit dem Wagen vorfuhr und sie abholte. Maud verbrachte Weihnachten allein mit dem Radio und einem selbstgebackenen Früchtekuchen.

Seit 1895 waren der Januar und Februar nicht mehr so kalt gewesen. Die Themse war auf einer Länge von acht Meilen zugefroren, und es gab viel Schnee. Die Schnellzüge waren um Stunden verspätet, nicht aber der Zug, der einen alleinreisenden jungen Mann von Paddington nach Ashburton brachte. Er fuhr mit dem Bus weiter nach Dartcombe, wo er in der Bury Row fremde Leute vorfand, die keine Ahnung hatten, wo Mrs Goodwin abgeblieben war. Mrs Tremlett aber wusste Bescheid, sie kannte ihn ja, und da sie keinen Grund hatte, ihm böse zu sein, gab sie ihm Mauds neue Adresse.

»Sie ist zu Geld gekommen und jetzt ganz die Dame, wie man hört.«

»The Larches, Ottery St. Jude«, wiederholte er und schrieb es auf.

»Es sind mindestens fünf Meilen, und anders als auf Schusters Rappen kommt man nicht hin.«

Mit seinem schweren Rucksack würde er durch die Schneereste stapfen müssen, in einer alten, abgewetzten Jacke, die mal seinem Vater gehört hatte, in Hemd und Hose aus Baumwolle. Auch der März war noch sehr kalt, wenn auch die Dunkelheit – wegen der Sommerzeit – später einsetzte. Auf den Feldern lagen noch einzelne Schneeflecken, die Hecken und Bäume waren kahl wie mitten im Winter. Ein bläuliches Licht lag über der Landschaft. Er setzte sich in Bewegung und fragte sich, wie lange es gehen würde, bis er bei seinen dünnen Schuhsohlen nasse Füße bekam.

In grauen Dunst gehüllt zeichnete sich Dartmoor vage am Horizont ab. Es wurde allmählich immer dunkler und kälter. Zäune und Torpfosten glitzerten vom Rauhreif. Alle Wegweiser und Ortsschilder waren für die Dauer des Krieges entfernt worden, er wusste also nicht, ob die Siedlung, die er gerade betrat – ein Cottage, dann zwei, dann eine ganze Reihe –, Ottery St. Jude war. In den kleinen Steinhäusern sah man nirgends Licht, die Verdunkelungsvorschriften waren auf dem Land nicht weniger streng als in der Stadt. Seine Füße waren eiskalt und taub. Am Ende zog er sich noch Frostbeulen zu, nicht anders als in Sibirien. Als es ganz dunkel geworden war, musste er an jedem Gartentor stehen bleiben und manchmal bis zur Haustür gehen, um die Namen zu erkennen. Manche Häuser hatten nur Nummern. The Larches fand er nicht. Wenn es dumm ging, musste er noch meilenweit weitermarschieren.

Wie hatte Mrs Tremlett gesagt? Maud sei zu Geld gekommen und jetzt ganz Dame. Möglicherweise wohnte sie in einem großen Haus. Vielleicht hatte sie – ein weniger willkommener Gedanke – inzwischen einen Mann. Aber als er sich gerade ausmalte, wie ein stämmiger Farmer ihn wohl empfangen würde, sah er ein von Lärchen umstandenes Anwesen. Wieder ging er einen Gartenweg zu einer Haustür hoch und entzifferte den Namen: The Larches. Jetzt war er am Ziel. Er legte den Finger auf den Klingelknopf und hörte, wie der schrille Laut durchs Haus hallte.

22

Maud hörte die Klingel, machte aber keine Anstalten zu öffnen. Soweit sie sich erinnern konnte, war noch nie jemand bei Dunkelheit zu Besuch gekommen. Derjenige musste sich im Haus geirrt haben, das kam bei der Verdunkelung leicht einmal vor.

Es klingelte wieder. »Da ist jemand an der Tür, Mummy«, rief Hope.

»Ja, ich weiß«, erwiderte Maud so leise, dass auch Hope es kaum hörte.

Maud dachte, der ungebetene Besucher würde aufgeben, stattdessen setzte ein Höllenlärm ein, das Klingeln hörte nicht mehr auf, und die Haustür erzitterte von wütenden Schlägen.

Hope, die im Esszimmer gesessen und gelesen hatte, ließ ihr Buch fallen und sprang auf, als ihre Mutter eilig das Radio ausmachte und dann wie angewurzelt stehen blieb. »Haben wir Fliegeralarm, Mummy? Was sollen wir machen?«

Maud ging zur Haustür. »Wer ist da?«

»Keine Bange«, sagte eine Männerstimme. »Ich tu dir nichts.«

Sie wusste sofort Bescheid. Am liebsten hätte sie sich im Wohnzimmer verkrochen und die Finger in die Ohren gesteckt. Doch da fing er wieder an zu hämmern, und sie fürchtete, er könnte die Haustür kurz und klein schlagen. Sie schob die beiden Riegel zurück und machte auf. »Bertie.« Sogar sein Nachname war ihr wieder eingefallen. »Bertie Webber.«

»Ich bin total erfroren.« Er trat ein und streckte ihr die Hand hin. »War eine schöne Strecke von da, wo du früher gewohnt hast.«

Sie übersah die Hand. »Was machst du hier?«

»Ich hab mich selber evakuiert, Maudie. In London ist es nicht mehr auszuhalten.«

»Dann komm meinetwegen kurz herein. Bleiben kannst du hier nicht. Und sag nicht Maudie zu mir.«

Aufmerksam registrierte Bertie Mauds neuen Wohlstand, während er vor ihr her ins Wohnzimmer ging. Hope sah ihn mit großen runden Augen an. »Donnerwetter, du bist aber gewachsen! Hübsch habt ihr es hier.«

»Ja«, sagte Maud. »Ich kann nicht klagen.«

Vergeblich wartete sie darauf, dass Bertie sich nach John erkundigte. »Hast du was zu essen im Haus? Ich bin halb verhungert. Besser noch was Trinkbares, einen doppelten Scotch zum Beispiel.«

Bertie hatte sich schon gesetzt. Maud nahm ihm gegenüber Platz und legte wie schützend einen Arm um Hope. »Der Ort ist größer als Dartcombe. Wir haben ein Pub und ein Hotel, da könntest du ein Zimmer bekommen, wenn noch eins frei ist. Die Flüchtlinge aus Plymouth haben fast alle besetzt.«

»Und wenn sie zwanzig Zimmer hätten – ich könnte keins nehmen. Mein letztes Geld ist für die Fahrt draufgegangen.«

»Warum bist du nicht in der Army?«

»Typisch Frau, das fragen sie alle. Ich bin noch nicht eingezogen, darum. Dauert aber hoffentlich nicht mehr lange. Meinen Job bin ich los und meine Untermieterin auch. Ich bin total abgebrannt, Maudie.«

Sie ging in die Küche und kam mit einem Becher Tee, zwei dicken Scheiben Brot und einem Topf Pflaumenmus zurück. Ihre Butter- oder Käseration würde er nicht bekommen. Es hatte angefangen zu regnen, sie hörte die Tropfen auf das Vordach trommeln. »Du kannst hier übernachten, aber dann musst du weg. Ein Mann in meinem Haus – das geht nicht, da gibt es Gerede. Die Leute hier warten nur auf so was.«

Er verschlang Brot und Marmelade. »Du bist ein Schatz.«

Er solle in die Wanne steigen, ehe er sich in ihre feine saubere Bettwäsche lege, verlangte sie. »Zehn Zentimeter Wasser, mehr erlauben sie uns nicht.«

Es war ihm unangenehm, aber er tat, was sie sagte. Stolz auf ihr neues Heim, zeigte sie ihm das Zimmer, in dem er schlafen sollte, und genoss seine staunenden Blicke.

Später, als der unerwünschte Gast sich schlafen gelegt hatte, schlüpfte Maud durch den Verdunkelungsvorhang über der Haustür, trat unter das Vordach und sah durch den Regen auf die triefenden Lärchen und die leere Straße, wie in Erwartung einer lüsternen Meute, die nach einem Fehltritt von ihr gierte. In ihrem Schlafzimmer, das sie sorgfältig abschloss, überlegte sie, warum Bertie nicht nach John gefragt hatte. Weil er wusste, was ihm zugestoßen war?

Am nächsten Morgen machte sie Bertie ein Spiegelei – Eier gab es auf dem Land trotz der allgemeinen Lebensmittelknappheit noch reichlich. Da sie noch immer kein Telefon hatte, schickte sie Hope in Regenmantel und Gummistiefeln mit einer Nachricht zum River House: Elspeth und möglichst auch Guy sollten sofort kommen, etwas Unvorhergesehenes und Furchterregendes sei passiert.

Elspeth war im sechsten Monat schwanger, und die Straßen waren glitschig vom Schneematsch. Guy ließ Elspeth deshalb nicht mehr gern zu Fuß aus dem Haus. Wieder einmal ärgerte er sich über Maud. Die Freundschaft der beiden Frauen war ihm ohnehin nicht recht, aber er versuchte, sich Elspeth gegenüber nichts anmerken zu lassen. Gut, wenn sie unbedingt zu Maud wollte, würde er sie hinfahren – mit aller Vorsicht wegen der schlechten Straßen. Hope, die Mauds mysteriösen Hilferuf noch mit der Bemerkung angereichert hatte, ein fremder Mann habe bei ihnen übernachtet, wurde mit der Nachricht zu ihrer Mutter zurückgeschickt, sie seien spätestens in einer Stunde bei ihr.

Maud, der Bertie unentwegt in den Ohren lag, war bis dahin mit den Nerven fast am Ende. Sein Haus falle allmählich über ihm zusammen, jammerte er, das Dach sei undicht, er sei arm und ohne Freunde, sie allein sei ihm geblieben, und sie war reich und hatte ein schönes Haus mit vielen Zimmern. Um Bertie auf die einzige Art loszuwerden, die sie kannte, gab sie ihm zwei Halfcrowns und zehn Shilling und schickte ihn ins Fox and Hounds mit der strikten Anweisung, auf keinen Fall zu sagen, dass er bei ihr wohnte. Er war kaum weg, da trafen Elspeth und Guy endlich ein.

»Wer ist dieser Mann, Maud?«, fragte Guy, während seine Frau Maud in den Arm nahm und sie beruhigend tätschelte. »Und wo ist er jetzt?«

»Im Pub.« Dass sie selbst ihn hingeschickt hatte, verschwieg sie wohlweislich. »Er war mit John befreundet und hat uns mal für ein paar Tage besucht. Jetzt will er wieder herkommen, weil er in London nicht sicher ist.«

»Sicherer als in der Army, schätze ich«, sagte Guy.

Sie hätten ihn noch nicht eingezogen, erklärte Maud.

»Wie alt ist er?«

»John wäre jetzt sechsunddreißig, Bertie ist ein paar Jahre jünger.«

»Dann bekommt er seinen Einberufungsbescheid im Juni, wenn auch ältere Jahrgänge dran sind. Damit bist du ihn dann los.«

Maud brach in Tränen aus. So lange könne sie ihn nicht bei sich aufnehmen – ein lediger Mann und eine unverheiratete Frau drei Monate unter einem Dach –, was sollten da die Leute sagen?

»*Ma, il mondo, o Dio*«, trällerte Guy, und Elspeth runzelte die Stirn.

Maud schluchzte nur noch lauter. Sie wusste zwar nicht, dass das »Aber, o Gott, die Welt« hieß, merkte aber, dass Guy sie nicht ernst nahm. Immerhin – nachdem sie nun wusste, dass Bertie im Juni zur Army musste, beruhigte sie sich langsam.

»Dass du etwas so Unfreundliches gesagt hast, erlebe ich zum ersten Mal«, sagte Elspeth zu Guy, als sie wieder ins Auto stiegen.

»Ah ja? Das soll nicht wieder vorkommen.«

Bertie blieb, und Maud legte sich immer öfter ins Bett. Ob Guy von Berties Beziehung zu John wusste? Elspeth kannte die Wahrheit, aber hatte sie ihren Mann eingeweiht? Maud wusste es nicht und wollte es getreu ihrer Lebensphilosophie auch gar nicht wissen. Eine kleine Gipsfigur in ihrem Wohnzimmer zeigte die drei klugen Affen, die nichts Übles sehen, nichts Übles hören und nichts Übles reden. Maud erklärte oft, dass sie das »nachäffte«, und war stolz auf ihr Wortspiel. Allerdings setzte sie nicht hinzu – vielleicht war es ihr auch nicht bewusst –, dass auch Gutes zu sehen, zu hören oder zu reden nicht gerade ihre Stärke war.

Hope mochte Bertie nicht, der sie entweder ignorierte oder aufzog. Er habe gesehen, dass sie den Dorfjungen »schöne Augen« machte, sagte er, sie werde sich wohl schon bald einen Ehemann angeln. In ihrem Alter schon so groß zu sein und Beine wie Betty Grable zu haben sei geradezu unanständig. Hope verbrachte deshalb die Wochenenden sooft sie konnte im River House, führte Rover aus und wartete, als die Semesterferien angefangen hatten, sehnsüchtig auf einen Besuch der Imber-Söhne.

Es war ein herrlicher Sommer mit Temperaturen bis zu 32 Grad im Juni, aber der Krieg lief schlecht für die Alliierten. Brüssel war an die Deutschen gefallen, und am 20. Mai abends hatten sie die Kanalküste erreicht. Das britische Expeditionskorps, belgische Truppen und Franzosen steckten in einem Kessel bei Dünkirchen fest. Am 26. Mai, als die Evakuierung Dünkirchens begonnen hatte, machten sich von England aus hunderte kleiner Boote auf, um die Soldaten heimzuholen.

Während in ihrem Zimmer die Ein-Uhr-Nachrichten liefen und Guy an ihrem Bett saß – was 1940 nun wirklich noch nicht üblich war und den Arzt belustigte, die Krankenschwester aber empörte –, brachte Elspeth ihren Sohn Adam zur Welt. Der Kleine war ein kerngesunder, kräftig schreiender Racker von dreieinhalb Kilo, und seine Mutter, die entschlossen war, ihn zu stillen, legte ihn sofort an die Brust.

»Wir wissen ja nicht, ob wir Babymilch oder überhaupt noch Milch kriegen, wenn die Deutschen kommen.«

Die englische Bevölkerung erwartete, dass die deutschen Truppen dem geretteten Expeditionskorps über den Kanal folgen und damit die gefürchtete Invasion einleiten würden. »Wir werden auf den Feldern und auf den Straßen kämpfen, wir werden in den Bergen kämpfen, wir werden uns nie ergeben«, erklärte Churchill im Unterhaus. Doch wie durch ein Wunder verzichtete Hitler auf eine Invasion, seine Truppen wandten sich vielmehr nach Süden, dem Herzen Frankreichs zu.

Wie Maud vorausgesehen hatte, führte Berties Anwesenheit in ihrem Haus zu Klatsch und Ablehnung im Dorf. Die Furcht vor einer Invasion, der Bau von Straßensperren und behelfsmäßigen Barrikaden, die Aufstellung von Geschützständen auf den Feldern – das alles erregte zwar die Gemüter, aber es blieb immer noch Raum, darüber zu rätseln, wer wohl dieser Mann sein mochte, der bei Mrs Goodwin wohnte. Die Frage beschäftigte auch Thomas Cole, Mitglied der neu formierten Bürgerwehr. Doch er tauchte nicht aus Neugier, sondern vielmehr aus Pflichtbewusstsein eines Abends in The Larches auf. An einem Fenster war der Verdunkelungsvorhang verrutscht, und die Lärchenzweige sperrten das Licht nicht hinreichend ein. Maud hatte sich wieder einmal ins Bett gelegt, und Bertie öffnete. Thomas Cole kam herein, steckte höchstpersönlich den Vorhang wieder fest und fragte den Mann, der offensichtlich getrunken hatte, aber noch einigermaßen fest auf den Füßen stand, nach seinem Namen.

»Was geht das Sie an?«

»Es ist Krieg, falls Ihnen das noch nicht aufgefallen ist. Ich bin in der Bürgerwehr, und wer hier im Dorf wohnt, geht mich sehr wohl etwas an.«

Benebelt von Bier und Whisky aus dem Fox and Hounds dachte Bertie, die Bürgerwehr sei ein anderer Name für die Polizei. »Albert Edward Webber, wohnhaft Bourne Terrace 43, Paddington, London.« Und nach einem Rülpser: »Aber jetzt penn ich hier bei meiner Freundin Mrs Goodwin.«

Es war nicht das Klügste, was man einem strengen Moralisten und Baptistenlaienprediger wie Mr Cole gegenüber äußern konnte. Er ließ seine übliche Belehrung vom Stapel, alles sei zu unterlassen, was dem Feind bei seinem erklärten Ziel helfen könne, Großbritannien zu erobern und zu besiegen. Mr Cole erklärte, er werde The Larches in Zukunft im Auge behalten, und wandte sich zum Gehen.

Als Maud, die im Bett gelegen und das Radio laufen hatte, die lauten Stimmen hörte, zog sie sich an und kam nach unten. Im Morgenrock wollte sie lieber nicht erscheinen. Doch Mr Cole war unterdessen schon auf dem Weg zur Haustür und warf ihr nur noch einen flüchtigen Blick zu.

»Du bist betrunken«, sagte sie zu Bertie. »Ich geb dir kein Geld mehr, merk dir das endlich.«

»Wenn's da ist, kann ich's mir nehmen. Ich bin ein Mann und stärker als eine schlappe kleine Schlampe wie du.«

»Morgen früh geh ich zur Polizei, und weißt du, was ich sage? Dass dein Einberufungsbefehl auf der Schwelle von deiner Bruchbude in Paddington auf dich wartet. Wenn du nicht hinfährst und ihn abholst, kommst du ins Gefängnis.«

Maud hatte keine Ahnung, welche Strafe auf Fahnenflucht stand, aber Gefängnis klang fast so gut wie gehängt werden.

»Das würdest du doch nicht machen, Maudie?«

»Wetten, dass?«

Es war eine unvorsichtige Bemerkung. Bertie torkelte mit erhobenen Fäusten auf sie zu, stolperte aber dann über die Teppichkante und fiel der Länge lang hin. Maud gab ihm einen Tritt mit ihrem pelzgefütterten Hausschuh. »Ab morgen ist kein Geld hier im Haus. Ich bringe es zu meiner Freundin ins River House, die soll es für mich aufbewahren. Das ist deine letzte Chance, Albert Edward Webber…« – sie hatte gehört, wie er Mr Cole seinen Namen und seine Adresse genannt hatte – »ehe ich die Polizei hole. Morgen zahle ich dir die Fahrkarte nach London, und du fährst heim und meldest dich bei der Truppe.« Und sie fügte sein Lieblingswort an. »Kapiert?«

Maud hätte, auch wenn Bertie nicht gegangen wäre, die Polizei nicht zu holen brauchen, denn Mr Cole hatte seine eigenen Beziehungen und schon den Brief geschrieben, der Bertie zum Verhängnis werden sollte. Mrs Cole war eine geborene Deborah Joan Goshawk, eine Londoner Baptistin, die mit der Gemeinde eine Woche Urlaub in Teignmouth gemacht und dort ihren künftigen Mann kennengelernt hatte. Ihr Bruder war Detective Sergeant – inzwischen

Inspector – George Goshawk, der von allen Kriminellen gefürchtet wurde und schon etliche bis dahin ungelöste Verbrechen aufgeklärt hatte. Sergeant Goshawk und seine Frau hatten die Coles ein paarmal besucht. Maud hatte er nie persönlich kennengelernt, aber gehört, was man über sie tratschte und dass es da einen Mann gab – vielleicht ihr Ehemann, vielleicht ihr Bruder –, der unter ungeklärten Umständen zu Tode gekommen war. Der Name John Goodwin war ihm im Gedächtnis geblieben, und er hatte sich so manches Mal gedacht, dass ihn die Lösung dieses Falles reizen würde. Thomas Cole schrieb am gleichen Abend an seinen Schwager George Goshawk in London und brachte den Brief am folgenden Tag zur Post.

23

Die Schlacht um England begann am 10. Juli 1940. Es war die erste Schlacht seit zweihundert Jahren, die auf – das heißt in diesem Fall über – britischem Boden ausgetragen wurde. Die Deutschen wollten das RAF Fighter Command, das Oberkommando der Jägerflotte der Royal Air Force, vernichten und dann die Invasion starten. Doch die deutschen Flugzeuge mussten ihr Ziel aufgeben. Churchill hielt seine berühmte Rede, in der es hieß: »Niemals zuvor schuldeten so viele so wenigen so viel.« Ein Kampfpilot soll gesagt haben, damit seien wohl die Rechnungen im Offizierskasino gemeint.

Die deutsche Luftwaffe aber schlug zurück. Zum ersten Mal wurde London massiv bombardiert. Besonders litten die Vororte. George Goshawk, der in der Nähe des Clapham Common wohnte, kam mit beschädigten Fenstern und durch den Luftdruck weggewehten Dachziegeln davon, aber in der unmittelbaren Nachbarschaft lagen ganze Häuser in Schutt und Asche. Der Inspector, ein vielseitig begabter Mann, reparierte seine Fenster selbst, während seine Kinder auf den Straßen Granatsplitter sammelten.

Goshawk war ein glühender Patriot, aber er hatte sich vom Krieg nicht davon abhalten lassen, weiter »Schurken« zu jagen, wie er sie nannte. Sein besonderes Augenmerk galt Männern und Frauen, die sich aus Mangel an Beweisen der Justiz hatten entziehen können. Opfer in einem dieser Fälle war John Goodwin, ein Name, der Goshawk viele Jahre nicht losgelassen hatte. Aus reiner Neugier hatte Goshawk an seinem freien Tag der gerichtlichen Untersuchung beigewohnt, die über Goodwins Tod befinden sollte, und dabei war ihm ein Punkt besonders aufgefallen. An der Stirn des Toten waren, obwohl der lange Aufenthalt im Wasser ihn stark entstellt hatte, Prellungen festgestellt worden. Der Gerichtsmediziner wurde gefragt, ob sie von einem Schlag herrühren könnten, aber er weigerte sich, auch nur eine Vermutung anzustellen. Der Coroner wollte wissen, ob sie entstanden sein könnten, als Goodwin mit dem Kopf auf die steinerne Einfassung des Kanals aufgeschlagen war, und der Arzt meinte, das könne durchaus sein. Goshawk fand es nicht befriedigend, dass man schließlich auf Tod durch Unfall befand. Er unternahm aber nichts bis zu dem Brief seines Schwagers. Wollte er der Sache weiter nachgehen, würde er das in seiner Freizeit tun müssen, denn sein unmittelbarer Vorgesetzter hatte den Fall zu den Akten gelegt.

»Der Coroner's Court ist für mich maßgeblich, George«, sagte Detective Superintendent Horlick, »und das sollte er auch für dich sein.«

So kam es, dass Goshawk eines Tages allein das südliche Ufer des Grand-Union-Kanals ablief. Er hatte eine Woche frei – Frau und Kinder hatte er auf Urlaub zu seiner Schwester nach Bournemouth geschickt – und begann mit seiner Begehung auf dem Treidelpfad, der von der Fermoy Road im Osten bis zum Kensal Green Cemetery im Westen führt. Goodwins Leiche war in der Nähe der Kensal Road gefunden worden, wo der Kanal Ladbroke Grove unterquert – kaum eine Gegend, in der ein junger Mann allein oder mit Freundin (oder Freund) spazieren gehen würde. Das Wasser floss träge und schmutzig zwischen geschwärzten Lagerhäusern und den Hinterfronten schäbiger viergeschossiger Wohnhäuser dahin, die ohne Gärten unmittelbar bis zum Kanalufer reichten.

Auf dem Rückweg nahm sich Goshawk mehr Zeit. An Stegen, die zu baufälligen Cottages gehörten, waren Ruderboote vertäut, schicke Hausboote waren nirgends in Sicht. Im Norden sah er jenseits der schmuddeligen Durchgänge und Gassen einen roten Bus über die Harrow Road fahren. Hier und da durchpflügte ein Gänsepaar oder ein Wasserhuhn auf dem Weg zu den Rasenflächen und schützenden Bäumen des großen Friedhofs die Oberfläche, die von Wasserlinsen bedeckt war. Von Läden, Pubs oder sonstigen öffentlichen Einrichtungen war weit und breit nichts zu sehen. Doch dann stieß Goshawk, einer leichten Biegung des Treidelpfads folgend, auf ein kleines Lokal, das zwischen einem verlassenen, mit Brettern vernagelten Cottage und den geschwärzten Resten einer fensterlosen Fabrik eingeklemmt war. Das Ganze sah wie ein Rasthof für LKW-Fahrer aus, aber LKWs waren ebenso wenig zu sehen wie eine Straße, die hierherführte. »Teds Caff« stand über dem Fenster. Goshawk, der in diesen Dingen pingelig war, vermisste schmerzlich den Apostroph.

Der Innenraum war erstaunlich sauber, auf den vier Tischen lagen rotweiß karierte Decken. Goshawk bestellte eine Tasse Tee mit Milch, aber ohne Zucker, und als Ted das Gewünschte persönlich brachte, fragte Goshawk ihn, ob er von der Leiche eines Mannes wisse, die man vor einiger Zeit aus dem Kanal gezogen habe.

»Scheußliche Sache«, erklärte Ted. »War nicht gut fürs Geschäft.«

Goshawk lächelte insgeheim darüber, dass Ted sein »Caff« ein Geschäft nannte, und fragte, ob er den Toten gekannt habe.

»Ich bestimmt nicht«, sagte Ted. »Bin die meiste Zeit nicht hier, bin schließlich der Chef, gewöhnlich bedient meine Tochter. Wieso fragen Sie überhaupt?«

Goshawk zückte seinen Dienstausweis, und Ted wurde sofort zugänglicher, um nicht zu sagen beflissen.

»Wenn ich Ihnen irgendwie behilflich sein kann, brauchen Sie es nur zu sagen.«

»Zunächst muss ich Sie fragen, ob Sie diesem Mann jemals begegnet sind.« Goshawk zog das unscharfe Sepiafoto von John mit Sybil und Ethel hervor, das im Garten der Goodwins in Bristol entstanden war und das Mary Goodwin der Polizei überlasen hatte.

»Könnt ich nicht sagen. Sieht eigentlich niemandem ähnlich. Da müssen Sie meine Tochter fragen. – Die hat allerdings Weihnachten geheiratet«, fügte er hinzu, als könnte die Ehe sich negativ auf das Gedächtnis auswirken. »Aber eine komische Geschichte kann ich Ihnen erzählen, die mir grad wieder eingefallen ist. Ein alter Knabe ist hier zum Mittagessen hergekommen, nicht täglich, aber ziemlich oft. Er hatte einen Hund dabei, einen großen schwarzen Köter. Ich sag Ihnen auch, wovon er gelebt hat. Er wohnte da, wo der Friedhof anfängt, hatte ein Stück Garten und ein Gewächshaus, angeblich selbst gebaut, da hat er Gemüse gezogen und an die Hausboote geliefert. Die Leute gaben ihm ihre Bestellungen, und am nächsten Tag hat er alles ausgeliefert und ihnen in einer Kiste durch die Luken geschoben. Mittags hat er immer hier gegessen, und der Hund hat seinen Teil abgekriegt. Eines Tages – das ist schon eine ganze Weile her – kommt er noch mal zurück und brüllt hier rum, dass sein Riemen weg ist.«

»Sein Riemen?«

»Das lange Ruder, mit dem man das Boot vorwärtsbewegt. Jemand muss es sich geschnappt haben, ohne zu fragen, schreit er, er habe es auf dem Boden des Boots liegengelassen, statt es in das Dingsbums zu hängen – wie nennt man das gleich?«

»Eine Dolle«, sagte Goshawk.

»Genau. Eigentlich war ja gar nichts weiter passiert, aber tagelang, fast 'ne geschlagene Woche, hat er einen Riesenzirkus um dieses Ruder gemacht, wer es geklaut hat und wozu, wer es ihm wieder ins Boot geschmissen hat und so weiter. Er würde dem Mistkerl die Polizei auf den Hals schicken, hat er immer wieder gedroht.«

»Das haben Sie alles mit angehört?«, fragte Goshawk.

»Ich doch nicht, wie kommen Sie darauf? Meine Tochter war's, meine Reenie, die, wo an der Elkstone Road wohnt.«

»Und wie heißt der alte Mann?«

»Fragen Sie man lieber, wie er hieß. Inzwischen ist er tot. Das war auch so 'ne komische Sache. Der Hund hat ihn gefunden und geheult, bis jemand kam. Aber am nächsten Tag ist der Hund auch gestorben.«

Ted stürzte sich in einen ausufernden Bericht über sämtliche ihm bekannten Tiere, die ihren Besitzern alsbald ins Jenseits gefolgt waren, und ging dann über zu allen Ehepaaren unter seinen Verwandten und Nachbarn, die nur Tage nacheinander entschlafen waren. Als er bei Onkel William und Tante Rhoda angekommen war, entschuldigte sich Goshawk unter einem Vorwand und suchte das Weite.

Reine Zeitverschwendung, dachte er. Der Vorfall mit dem Ruder war vermutlich die einzige kleine Abwechslung in Teds Alltag gewesen. An Goodwin konnte sich Ted nicht erinnern. Auch bei den Kanalanrainern hatte Goshawk kein Glück. Entweder hatten sie alles vergessen, oder aber sie waren weggezogen. Nur eine ältere Frau besann sich auf zwei junge Burschen, die am anderen Ufer herumgealbert hatten. Einer sei ins Wasser gefallen. Das schien vielversprechend, bis sie sagte, sie erinnere sich deshalb daran, weil der Junge, der ins Wasser gefallen war, ein »Bimbo« gewesen sei, und Schwarze sehe man hier herum nicht so oft.

Aufgeben kam für Goshawk dennoch nicht in Frage. Ted selbst hatte sich zwar als unergiebig erwiesen, trotzdem wollte er noch mal zu Teds Caff gehen und sich Reenies genaue Adresse geben lassen. Doch als er zwei Wochen später – inzwischen hatte es weitere Luftangriffe auf Westlondon gegeben – wieder zum Kanal kam, waren die Fenster von Teds Caff mit Brettern vernagelt, und an der Tür hing ein schweres Vorhängeschloss. Ob die Luftangriffe daran schuld waren? Jedenfalls war er verschwunden. Eine weitere Woche verging, bis Goshawk – natürlich wieder in seiner freien Zeit – auf gut Glück in der Elkstone Road

nach Reenie suchte. Ohne die Unterstützung eines Consta-
bles machte er sich an eine dieser Befragungen von Haus zu
Haus, bei denen er sich als junger Polizist oft die Hacken
abgelaufen hatte.

Seine Aufgabe wurde dadurch erschwert, dass viele der
Häuser in zusätzliche Zimmer oder Wohnungen unterteilt
worden waren. So klopfte er an fast dreißig Türen, bevor er
Teds Tochter fand. Sie bewohnte mit ihrem Mann, der auf
der Arbeit in einer Glasflaschenfabrik war, zwei Zimmer
mit Küche im unteren Geschoss eines Hauses in der Elkstone Road. Der Bezirk war ärmlich, aber kein Slum, und
Reenie Davis sah zwar unterernährt aus und wirkte verschüchtert, war aber sauber und ordentlich angezogen.

Ihrem Vater gehe es gut, sagte sie, aber sein Haus in der
Harrow Road sei ausgebombt worden und er daher zu
seiner Schwester nach Basingstoke gezogen. Sie legte die
»Gefühlsduseligkeit der Arbeiterklasse« an den Tag, wie
Goshawk es bei sich nannte, als er sie nach dem alten
Mann fragte, dessen Hund mit ihm gestorben war. Nein, sie
habe nie gewusst, wie der Alte hieß, aber es sei eine Sünde
und Schande, dass der so habe sterben müssen, mutterseelenallein bis auf seinen Hund, zum Weinen sei das. Und
tatsächlich traten ihr dabei Tränen in die Augen.

Den Vorfall mit dem Ruder, das an der falschen Stelle
abgelegt worden war, und dass der arme Alte geschrien und
gebrüllt und der Hund hin und her gerannt und gebellt
hatte – ja, daran konnte sie sich noch erinnern, aber wann
das gewesen war, konnte sie nicht sagen. Ein Riesenrummel
um nichts und wieder nichts. Ja, wenn er etwas von einem
anderen jungen Mann hätte wissen wollen, der oft in Teds

Caff gekommen war, über den hätte sie dem Inspector was sagen können. Unheimlich gutaussehender Bursche, wie Leslie Howard, aber ihr Mann durfte sie nicht so reden hören, der war entsetzlich eifersüchtig.

»Dieser andere junge Mann, der so gut aussah, ist der manchmal in Begleitung gekommen?«

»Ja, sicher, aber nur mit Männern. Alle Mädchen waren hinter ihm her, aber um die hat er immer einen Bogen gemacht. Wenn Sie mich fragen – der wollte sich einfach nicht binden.«

Goshawk zeigte ihr das Foto. »Haben Sie ihn mal mit diesem Mann gesehen?«

Reenie war sich nicht sicher. Sie könne sich schließlich nicht an alle Gäste erinnern. »Nur an die gutaussehenden, was?«, meinte Goshawk, und sie kicherte.

»Ich kann Ihnen sagen, wo der, den ich kenne, wohnt. Bourne Terrace, die geht von der Harrow Road ab. Ich weiß, was Sie denken, aber ich bin eine verheiratete Frau. Meine Tante wohnt da, deshalb weiß ich das.«

Das alles brachte Goshawk auch nicht viel weiter. Ratlos stand er in der Bourne Terrace, einer gesichtslosen, schmutzigen Straße. Ohnedies fehlte ihm jeglicher Anhaltspunkt für einen Zusammenhang zwischen dem gutaussehenden jungen Mann und dem ertrunkenen John Goodwin. Er fragte in einigen Häusern rechts und links des Kanals nach, aber bei den Luftangriffen war so viel zerstört worden, dass die Leute in alle Winde zerstreut waren und er die Suche aufgeben musste. Außerdem beanspruchte ein großer Mordfall in Clapham, wo er selbst lebte, seine ganze Zeit und Aufmerksamkeit.

Dass Bomben auch ganz in der Nähe des Bahnhofs Paddington fielen, wo sein Sergeant in einem der wenigen Häuser wohnte, die noch standen, erinnerte Goshawk schließlich wieder an den Fall John Goodwin. Die Bourne Terrace selbst war bis auf einige wenige Häuser unversehrt geblieben, doch gleich daneben, rund um den Bahnhof, war alles bis auf das eine oder andere Haus, das die Bomben mittendurch gerissen hatten, und hier und da eine Wand, an der noch Tapete hing und der Kamin stand, dem Erdboden gleichgemacht. Ob wohl Reenies Tante überlebt hatte – und dieser gutaussehende junge Mann? Vielleicht konnte er ja selbst an einem freien Tag die Bourne Terrace nach einmal Haus für Haus abklappern, so wie seinerzeit die Elkstone Road.

Goshawk hatte keinen Namen, kein Foto, keine Daten und keine Beweise, aber all die Jahre hatte ihn eine Frage verfolgt, die er vergessen hatte, Reenie zu stellen. Entschlossen ging er zurück zu ihrer Wohnung. Reenie war tatsächlich noch dort und erkannte ihn sogar. Ihr Mann sei mit den älteren Jahrgängen eingezogen worden, sagte sie.

»Hier sind viele Bomben gefallen«, sagte Goshawk. »Ist Ihrer Tante nichts passiert?«

»Dass Sie das noch wissen… Na ja, wie man's nimmt. Ihr Haus hat einen Volltreffer abbekommen, aber sie war im Schutzbunker, und was glauben Sie, wer da noch drin war? Eine junge Frau, eine gewisse Dot. Und der Junge, von dem ich Ihnen erzählt habe, der so gut aussah. Sogar sein Haus ist heil geblieben.«

Zurück zu Hause, holte Goshawk den Brief seines Schwagers noch einmal hervor. Tatsächlich ging es um dasselbe Haus. Albert Edward Webber, Bourne Terrace 43, Paddington. Der hielt sich damals offenbar in Devon auf, bei einer Frau, die entweder John Goodwins Witwe oder seine Schwester war.

24

Maud las keine Zeitungen mehr und hatte aufgehört, die Nachrichten im Radio zu verfolgen. Eines Tages Ende November berichtete Hope ihrer Mutter nach der Schule von dem schweren Luftangriff auf Bristol in der Nacht des 24. November. Sie wusste, dass die Eltern und Schwestern ihrer Mutter, die sie nie kennengelernt hatte, dort lebten.

»Warum erzählst du mir das?«, fragte Maud. »Sie bedeuten mir nichts.«

Sehr viel mehr erschreckte und erschütterte Maud, was Guy ihr berichtete: Bertie stand wegen Mordes an ihrem Bruder vor Gericht. Und dieser Mann hatte hier gewohnt, in ihrem Haus! Sie hatte ihm Geld gegeben! Seinetwegen hielten alle sie für eine unmoralische Person. Ihre Eltern hatte sie hingegen so gut wie ganz aus ihrem Bewusstsein verdrängt, und als zwei Tage später ein Brief von Sybil eintraf, der ihr mitteilte, dass der Vater in der Bombennacht gestorben war, warf sie ihn weg, ohne zu antworten. Sie fuhr auch nicht zur Beerdigung, obwohl Sybil ihr in einem zweiten Brief mitteilte, wann und wo sie stattfinden würde. Und als Elspeth durchblicken ließ, dass diese Weigerung sie empörte, warf Maud ihr an den Kopf, Elspeth habe sich als brave Ehefrau weltenweit von der so herrlich unangepassten Person wegentwickelt, die sie früher gewesen war.

Hope hatte bisher die Launen ihrer Mutter geduldig ertragen, doch während der Schulferien, kurz vor Weihnachten, wendete sich das Blatt. Maud hatte sich nicht ins Bett gelegt, war aber den ganzen Vormittag über schweigsam gewesen. Es regnete heftig, und Hope hatte sich, wie gewöhnlich, mit Lesestoff eingedeckt. Nach drei Stunden legte sie plötzlich ihr Buch weg. »Was ist mit Daddy passiert?«

Maud erschrak, denn Hope hatte John lange nicht mehr erwähnt. »Mit deinem Onkel, meinst du.«

»Vater… Onkel… Auch das hab ich nie so richtig erfahren.«

»Er war dein Onkel, mein Bruder. Er ist gestorben.«

»Wenn du es mir nicht sagen willst, frage ich Elspeth, die hat ihn gekannt.«

»Er ist nach London gegangen und in einem Kanal ertrunken, mehr brauchst du nicht zu wissen. Du mochtest ihn doch gar nicht besonders, stimmt's?«

Hope ließ nicht locker. »Wer mein richtiger Vater ist, hast du mir auch nicht gesagt, nie hast du mir was gesagt.«

»So redet man nicht mit seiner Mutter, Hope.«

Sie waren beide über Weihnachten zu den Hardings eingeladen, und diesmal hatte Maud zugesagt, nachdem sie sich vergewissert hatte, dass Alicia Imber nicht kommen würde. Als Hope hörte, dass auch die Imber-Söhne da sein würden, fragte sie, ob sie auch noch am zweiten Feiertag und dem Tag darauf bleiben dürfe.

»Wenn dich Mrs Harding so lange behalten will«, erwiderte Maud. »Diese Jungen sind jetzt Männer und haben bestimmt keine Lust, sich mit einem kleinen Mädchen wie dir abzugeben«, fuhr Maud fort.

So unrecht hatte Maud damit nicht. Hope war gerade elf geworden, Christian war siebzehn und kutschierte seinen Bruder im Auto zum River House. Dort beteiligten sich die Brüder an den Gesprächen der Erwachsenen und tranken mit ihnen Sherry. Unterdessen spielte Hope mit dem kleinen Adam und sehnte sich danach, mit Christian allein zu sein, notfalls noch mit Julian als Drittem im Bunde. Als die beiden abgereist waren, kehrte auch Hope nach Hause zurück und fühlte sich mutterseelenallein. In der Schule war sie beliebt. Die meisten Mitschülerinnen wohnten in Ashburton, und sie war schon bei einigen zum Tee gewesen. Dass ihre Mutter »kränklich« war – so musste es Hope auf Mauds Anweisung Außenstehenden erklären –, hatte immerhin den Vorteil, dass Maud immer weniger darauf achtete, ob Hope zu Hause war oder nicht. Aber eine Freundin zum Tee mit nach Hause bringen – auch wenn Hope bereit war, sich um alles selbst zu kümmern – kam nicht in Frage. Die beiden Mädchen würden nur Lärm machen, während Maud ihren Mittagsschlaf halten wollte. Sie war gerade mal siebenundzwanzig, doch Hope gegenüber verbarg sie ihr wahres Alter. Sie wollte vor ihrer Tochter nicht zugeben, dass sie erst fünfzehn gewesen war, als sie das Kind bekam. Achtzehn – das war schließlich ein »anständiges« Alter.

Auch wenn Maud mit ihrer Familie nichts mehr zu tun haben wollte – die Erziehung, die sie im Elternhaus erfahren hatte, wirkte noch lange nach. Sie hatte Hope den Unterschied zwischen Recht und Unrecht gelehrt oder das, was sie dafür hielt. Woher die kleinen Kinder kommen, hatte sie Hope bisher noch nicht erzählt. Um die Tochter von den

Gefahren männlicher Gesellschaft fernzuhalten, versuchte sie nun Hope aufzuklären – so wie sie es verstand. Maud erklärte – so formulierte Hope es viele Jahre später einer Freundin gegenüber –, »wie Kinder rauskommen, aber nicht, wie sie reinkommen«. Doch das war es nicht, was Hope und ihre Mitschülerinnen interessierte. Die Geburt eines Kindes kümmerte sie nicht, auch wenn ihnen im Biologieunterricht schematische Darstellungen der weiblichen Fortpflanzungsorgane präsentiert wurden und man sie anhielt, den Hauskaninchen beim Werfen zuzusehen. Anders verhielt es sich mit der Befruchtung. Die Kecksten in Hopes Klasse, nach der sich alle anderen richteten, nannten den Geschlechtsverkehr »kopulieren«, stellten aber dabei in ihrer Harmlosigkeit keine Verbindung zu dem bösen, bösen F-Wort her, dem schlimmsten aller Schimpfworte, unaussprechlich in guter Gesellschaft, von den meisten Eltern nie gehört oder geäußert und viele Jahre nicht druckbar. Eine verlegene Lehrerin erklärte den damit verbundenen Vorgang so, dass man, wenn man verheiratet ist und seinen Mann sehr liebt, »in einer besonders innigen Umarmung« neben ihm einschläft. Hope stellte sich prompt die Frage, wie es wohl ein Paar wie Elspeth und Guy damit halten mochte, und ließ es sich von einer der Eingeweihten erklären, deren deftige Schilderung wenig mit der Version von der »innigen Umarmung« zu tun hatte.

Im März wurde Bristol erneut schwer getroffen. Maud machte keinen Versuch, in Erfahrung zu bringen, was aus ihrer Mutter, aus Sybil und Ethel und deren Familie geworden war. Plymouth war bislang von Luftangriffen verschont geblieben, aber in zwei Nächten hintereinander, am 20. und 21. März, legte der Bombenregen über London die Innenstadt in Schutt und Asche und richtete schwere Schäden in den Vororten an. Die anglikanische St. Andrew's Church wurde fast vollständig zerstört. Jahrelang blieb über dem Torbogen einzig die Inschrift: *Resurgam* – ›Ich werde wiederauferstehen‹.

Dreißigtausend Menschen verloren in Plymouth ihr Heim. Eine junge Frau, verheiratet mit einem Soldaten, ließ ihr Haus in der Mutley Plain im Stich, band sich das neugeborene Kind mit einem Tuch vor die Brust, setzte das Zweijährige in einen Kinderwagen, lief quer durch die zerstörte Stadt zum Bahnhof und wartete auf einen Zug nach Ashburton. Sie war einmal eine Schülerin von Elspeth gewesen und hatte gehört, dass diese jetzt in Ottery St. Jude lebte. In Eiseskälte musste sie noch eine lange Strecke zu Fuß gehen, bis sie in der Morgendämmerung River House erreichte. Elspeth erwartete ihr zweites Kind, aber sie nahm Pauline Moran und deren Kinder ohne jedes Zögern bei sich auf.

Die Geschichte sprach sich schnell herum, Hope erzählte ihrer Mutter davon, die ausnahmsweise nicht im Bett war, sondern auf dem alten, inzwischen neugepolsterten Sofa thronte.

»Wir hätten sie bei uns aufnehmen sollen. Elspeths Kind muss bald kommen, und als Hilfe haben sie nur Mrs Grendon, Susan arbeitet jetzt in der Munitionsfabrik. Wir haben zwei Gästezimmer. Warum haben wir sie nicht aufgenommen?«

»Mach dich nicht lächerlich!«, sagte Maud. »Diese Dinge

hast nicht du zu entscheiden. Die Hausherrin bin ich, falls du das vergessen haben solltest.«

»Dann gehe ich zu Elspeth und Guy und helfe, wo ich kann.«

»Aber deine Schulaufgaben gehen vor.«

Hope war mittlerweile ein großes hübsches Mädchen. Das lange Haar trug sie nicht als Haarkranz, wie es damals Mode war, sondern zu einem einzigen goldblonden Zopf geflochten. Ihre Augen waren dunkelblau, die Gesichtszüge klassisch geschnitten, nur die etwas zu vollen Lippen störten die Harmonie. Sie war – was Maud nur insgeheim dachte, aber nie aussprach – Ronnie Clifford wie aus dem Gesicht geschnitten.

Wie die meisten Kinder hatte auch Hope, als sie jünger war, ihre Mutter zärtlich geliebt. Aus John Goodwin hatte sie sich nie viel gemacht, und ihm war es wohl ähnlich gegangen. Aber er war da gewesen, sie hatte ihn zur Gesellschaft gehabt, hatte mit ihm reden können. Maud tat jetzt kaum mehr den Mund auf, wenn Hope sie nicht von sich aus ansprach. Manchmal verstieg sich Hope zu dem Gedanken, dass es Maud überhaupt nicht auffallen würde, wenn Hope eines Tages das Haus verließ und nicht mehr zurückkkam. Aus der Liebe zur Mutter wurde nach und nach Verachtung. Was war das nur für eine Frau, die vorgab, krank zu sein, wo sie doch in Wirklichkeit gesund und kräftig war? Die keine Freunde hatte, jede freundschaftliche Annäherung zurückwies und sich jetzt sogar von Elspeth abwandte, der einen Person, die sie trotz aller Abfuhren nie im Stich gelassen hatte?

Elspeth brachte nach langen Wehen und einer schmerzhaften Geburt ihre Tochter Dinah zur Welt und musste danach eine Woche das Bett hüten. Pauline Moran aber, die ihre Kinder mutig und einfallsreich aus Plymouth herausgeschleust, sie mit Decken gewärmt, viele Meilen zu Fuß mit ihnen zurückgelegt und unterwegs noch den Säugling gestillt hatte, war in einen Erschöpfungszustand geraten und konnte sich nicht zu den einfachsten Hausarbeiten aufraffen. Hope, die Osterferien hatte, sprang ein.

»Aber das schaffst du doch nicht«, protestierte Elspeth. »In deinem Alter –«

»Früher waren viele Kindermädchen nicht älter als ich, und die sind gut zurechtgekommen.«

Auch Hope kam gut zurecht. Mrs Grendon putzte, zog die Betten ab und machte die Wäsche. Guy erwies sich, auch wenn es der Haushälterin nicht in den Kopf wollte, als talentierter Koch. Er wagte sich sogar daran, Brot zu backen – das dunkle Brot, das die Regierung der Bevölkerung verordnet hatte. Seit zwei Jahren schon bauten die Hardings in dem früheren Ziergarten Gemüse an, sie hielten Hühner und Enten und sogar ein Schwein. Das allerdings wurde zum Haustier, denn niemand hatte das Herz – geschweige denn das Können –, es zu schlachten. Hope kümmerte sich um die vier Kleinen – das Älteste war zwei Jahre und zwei Monate. Im Januar war die Fleischzuteilung auf ein neues Tief gesunken und blieb auf diesem Niveau, aber Guy kochte für Elspeth Gemüse und Eierspeisen. Hope brachte sie nach oben und sah Elspeth beim Stillen zu. Eines Tages würde auch sie ein Baby haben.

»Hope ist für mich so etwas wie eine zweite Tochter«, sagte Elspeth zu ihrem Mann.

Als Hope schließlich nach Hause kam, um sich für den Schulbeginn vorzubereiten, fragte Maud einzig, warum sie nicht ein paar Eier mitgebracht habe, die Hardings hätten doch jede Menge, und erkundigte sich, wann mit den ersten reifen Erdbeeren zu rechnen sei.

Zu Hause erinnerte die Nähmaschine, Johns Geschenk, Maud ständig an die Abfuhr, die Mrs Imber ihr erteilt hatte, an das, was Mrs Imber zu ihr gesagt oder vermeintlich gesagt hatte. Vor lauter Gekränktheit wusste sie den genauen Wortlaut gar nicht mehr so genau. Mauds Leben nach Hopes Geburt war letztlich so behütet und geschützt gewesen, dass sie es nie gelernt hatte, Kritik anzunehmen und vielleicht Gewinn daraus zu ziehen. Sie hatte nie begriffen, dass ihre Leistungen vielleicht nicht ganz perfekt waren oder dass eine Frau in ihrer Lage der Gesellschaft, in der sie leben möchte, beweisen muss, dass sie trotz ihrer Vergangenheit Respekt verdient. Schon bei den kleinsten Schwierigkeiten legte sie sich ins Bett, statt ihrem Kind mit gutem Beispiel voranzugehen.

Noblesse oblige hatte Mrs Imber vermeintlich zu ihr gesagt, und Maud hatte es so verstanden, dass die Oberschicht es sich schuldig war, das Proletariat (ein Wort, das sie von John hatte) von oben herab zu behandeln. Das Kleid für die Tochter, die später gestorben war, hatte Mrs Imbers Ansprüchen nicht genügt. Diese Person hatte ihrer Tochter nicht erlaubt, mit Hope zu spielen. Der schwelende Groll hatte sich mittlerweile zu heftigster Erbitterung gesteigert. In ihrer Erinnerung hörte Maud Mrs Imber sagen, die Smokarbeit an dem Kleid tauge nichts und sie denke nicht daran, Charmian mit einem Kind aus der Unterschicht spielen zu lassen.

»Ich verbitte mir, dass du diese Leute hier im Haus je wieder erwähnst«, sagte sie zu ihrer Tochter. »Ist dir nicht klar, wie sehr diese Frau mich beleidigt hat?«

»Christian und Julian haben nie so etwas zu dir gesagt.«

»Wenn du zur Kirche gehen würdest, wie sich das gehört, würdest du wissen, dass Gott die Sünden der Väter an den Söhnen straft. Und für die der Mütter gilt das auch. Oder anders ausgedrückt: Wie die Mutter, so die Söhne.«

Maud selbst ging nie zur Kirche. Zur Gemeinde gehörten fast ausschließlich Einwohner von St. Jude, hier und da kamen ein paar Gäste hinzu und jetzt die Flüchtlinge aus Plymouth. Hätte Maud am Sonntagvormittag oder -abend den Gottesdienst besucht, hätte sie mit ihren Banknachbarn sprechen oder sich gar um eine nähere Bekanntschaft mit ihnen bemühen müssen. Als der Pfarrer ihr einen Besuch machte – »Ich wollte nur mal vorbeischauen«, sagte er –, eröffnete ihm Maud, sie sei jetzt wieder Methodistin. Dass ihre Tochter erklärte, sie sei Atheistin, schockierte Maud aber doch. Sie habe ihren Glauben an Gott verloren, sagte Hope, als er die Angriffe auf Plymouth nicht verhinderte, sondern zugelassen hatte, dass die Deutschen dreißigtausend Menschen obdachlos machten, so dass Mütter mit Säuglingen nachts auf der Flucht bei bitterer Kälte in Dartmoor herumirrten.

»Das sind doch nur Schauermärchen dieser Pauline«, fertigte Maud sie ab.

Alicia Imber heiratete erneut. Ihr zweiter Mann war der verwitwete Vater eines Jungen, mit dem Christian und Julian zur Schule gegangen waren. Die große Hochzeit wurde in der All Saints Church, Dartcombe, gefeiert. Natürlich waren auch die Hardings eingeladen und zu Mauds Überraschung auch sie und Hope.

»Mich sehen die da nicht«, sagte Maud. »Wie kann man einen Mann heiraten, der Brown heißt? Ist ja fast so schlimm wie Smith.«

»Ich würde gern hingehen«, sagte Hope. »Du könntest dein pinkfarbenes Kleid anziehen.«

Maud hatte für dieses Kleid die Bezugsscheine für ein ganzes Jahr ausgegeben, da gerüchteweise verlautete, in den Läden würde es in Zukunft nur noch sogenannte Utility-Mode geben – abscheuliche Stücke ohne Besätze, Falten oder Manschetten. Bis es so weit war, sollte noch ein Jahr vergehen, aber sie wollte nichts riskieren. Das Kleid hatte einen weiten Rock und ein enges Oberteil mit fünfund-zwanzig winzigen Perlmuttknöpfen vom Ausschnitt bis zur Taille. Maud zog es manchmal an, wenn sie allein war, und trug dazu feine Strümpfe und Schuhe mit hohen Ab-sätzen. Ein paarmal hatte Hope sie in diesem Aufzug über-rascht, mit einer Tasse aus dem besten Teeservice auf einem Tablett und der silbernen Teekanne vor sich. Beim ersten Mal freute sich Hope, weil sie dachte, ihre Mutter habe endlich eine Bekannte zum Tee eingeladen.

»Nein, ich bin ganz allein. Du siehst doch, dass nur eine Tasse dasteht.«

306

Im Spätsommer 1941 kam dann doch Besuch – unangekündigt, wie man es in The Larches gewöhnt war. Mauds erster Gedanke war, als sie ihre Schwester auf der Schwelle stehen sah und noch ehe sie ein Wort miteinander gewechselt hatten, wie stark Sybil gealtert war. Mit nicht ganz vierzig hatte sie das faltenreiche Gesicht und die gebeugten Schultern einer alten Frau und reichlich Grau im Haar.

Maud hingegen trug gerade das pinkfarbene Kleid und die Schuhe mit den hohen Absätzen. »Was bringt dich her?«, fragte sie, aber weil der Vergleich zwischen ihrem Aussehen und dem von Sybil so günstig ausfiel, klang es freundlicher als gewöhnlich.

»Ich war schon so lange nicht mehr hier. Mutter wäre gern mitgekommen, aber es geht ihr nicht gut. Sie wollte wissen, ob bei dir alles in Ordnung ist. Aber du erwartest Besuch?«

»Nein. Du denkst doch nicht etwa, dass ich mich nur für Besucher ordentlich anziehe?«

»Du hattest schon immer einen Sinn für schöne Dinge.« Sybils Blick ging von Mauds modischer Victory-Roll-Frisur über die pinkfarbene Seide hinunter zu den Füßen in den schwarzen Lacklederschuhen. »Du siehst bildschön aus, Maud.«

Maud strahlte. »Danke, Sybil. Man muss das Beste aus sich machen, auch wenn's schwerfällt.«

Der Nachmittagstee war vorbei und der selbstgebackene Mohnkuchen zur Hälfte verzehrt, als Hope nach Hause kam. Sybil fragte wie eine alte Tante: »Wie geht's in der Schule?«, und ließ auch nicht die Bemerkung aus: »Nein, wie du gewachsen bist!« Dann rückte sie mit dem heraus,

307

was Maud von Anfang an erwartet hatte: Sie bat die Schwester, ihre Mutter zu besuchen.

»Du hast wohl vergessen, was passiert ist, als ich damals bei euch war.«

»Kannst du nicht nachsichtiger, versöhnlicher sein?«

»Vergeben und vergessen ist meine Sache nicht.«

Maud hatte übersehen, dass Hope in Hörweite war. »Mrs Brown hast du nie vergeben, nicht?«

»Geh nach oben«, fuhr Maud sie an, »und mach deine Hausaufgaben!«

»Okay. Ich wollte nur sagen, dass ich zu der Hochzeit gehen werde. Elspeth und Guy nehmen mich mit.«

»Das wird sich noch zeigen. Und okay sagt man nicht.« Nachdem Sybil abgereist war, ging Maud nach oben und zog das pinkfarbene Kleid aus. In Nachthemd und Morgenrock betrat sie Hopes Zimmer und verkündete, die Tochter brauche sich zu Hause gar nicht mehr blicken lassen, wenn sie zu der Hochzeit von ›dieser Person‹ ging. Wie sich zeigte, war das eine leere Drohung, allerdings kostete sie Hope eine schlaflose Nacht. Wohin sollte sie denn gehen, fragte sie sich, was würde aus ihr? So weit komme es nicht, tröstete Elspeth – und behielt recht. Im Übrigen konnte Hope jederzeit in River House bleiben. Hope amüsierte sich nach Kräften auf der Hochzeit – in einem Kleid von Elspeth, denn ihre eigene Garderobe war eher dürftig. Besonders schön fand sie es, wie Christian seine Mutter zum Altar geleitete und Geoffrey Brown zuführte. In England waren wieder einmal Lebensmittel knapp. Auf dem Empfang gab es zwar reichlich Spirituosen, Sherry und Wein, aber das Buffet zierten nur labberige Sandwiches aus dunklem Brot mit Tomate – das Land ächzte unter einer Tomatenschwemme –, hartgekochte Eier und Stachelbeercreme.

Guy fuhr Hope nach Hause und wartete zehn Minuten für den Fall, dass sie vor die Tür gesetzt würde. Doch Maud war bester Laune. Der junge Landwirt, der ihr ungebeten Eier und Sahne und hin und wieder ein Huhn brachte, hatte ihr einen Heiratsantrag gemacht. Maud hatte empört gefragt, was er sich erlaube, und ihm dann ohne Umschweife einen Korb gegeben. Mr Greystock hatte unvorsichtigerweise nach dem Grund gefragt, und Maud hatte erklärt, sie würde nie heiraten. Was sie in Wirklichkeit davon abhielt, ihm – oder irgendeinem anderen Mann – ihr Jawort zu geben, war der Gedanke an das Aufgebot. Darin würde hinter ihrem Namen statt »eine Witwe aus dieser Gemeinde« das Wörtchen »ledig« stehen – als wäre es immer noch möglich, das Dorf über ihren wahren Stand zu täuschen. »Das meinen Sie doch bestimmt nicht ernst«, sagte Jack Greystock unbekümmert. »Dann versuch ich's eben später noch mal.« In der folgenden Woche brachte er ihr wie gewöhnlich Eier und Sahne und als Zugaben ein Kaninchen und ein Perlhuhn. Maud war voller Genugtuung, dass sie den Mann abgewiesen hatte – »Der hat erst mal sein Fett weg«, sagte sie –, und erkundigte sich sogar bei Hope, wie die Hochzeit gewesen sei.

Nett, erwiderte Hope leise. Das Wort fiel oft im Gespräch mit ihrer Mutter, es konnte sich auf Fragen nach der Schule beziehen, nach Elspeth, nach dem Wetter, nach dem Essen. Doch Maud stellte ihr immer seltener Fragen.

Was Jack Greystock anging, wäre es übertrieben zu behaupten, dass Maud ihn gernhatte, aber sie tolerierte ihn, weil der Dorfklatsch über sie ihm offenbar nie zu Ohren gekommen war oder ihn schlicht nicht interessierte – denn das war ihr Prüfstein für alle Menschen, die sie kannte: Rümpften sie die Nase über sie, weil ihr Ruf dahin war?

25

Als Guy in der Morgenzeitung einen Bericht über Bertie Webbers Prozess sah, ging er zu Maud, um ihr Bericht zu erstatten: Bertie war für den Mord an John Goodwin zum Tode verurteilt worden. Guy und seine Frau waren gegen die Todesstrafe, aber Maud würde über das Urteil sicherlich erleichtert sein.

Maud freute sich nicht über Guys Besuch, sie freute sich nie, wenn jemand sie besuchte. Hope öffnete die Tür und rief ihrer Mutter zu, Guy sei da.

»Du sollst doch Mr Harding sagen«, war Mauds einziger Kommentar, während sie ein, zwei Meter vor Guy mit einem knappen Gruß stehen blieb und ungerührt fragte: »Was bringt dich her?«

»Wollen wir uns nicht setzen?«

Seit jenen Tagen mit Ronnie Clifford auf freiem Feld waren Mauds Gefühle immer weiter abgestumpft. Sie konnte wütend werden, konnte launisch oder missmutig sein, aber befreite Freude war ihr nicht mehr möglich. Sie hörte Guy schweigend zu. Als er fertig war, sagte sie nur: »Dafür muss man wohl dankbar sein.«

Elspeth hatte Guy aufgetragen, Maud zum Essen einzuladen – er hatte vormittags ein Karnickel geschossen, und Gemüse war immer da –, denn sie wollte Maud nach der neuerlichen Erinnerung an den schrecklichen Tod ihres

Bruders Gesellschaft leisten. Doch Maud lehnte die Einladung ab, im Haus sei so viel zu tun. Was das im Einzelnen war, verriet sie nicht. Alles wirkte sauber und ordentlich, die Nähmaschine stand nach wie vor unberührt unter ihrer Haube.

Seit jenem Tag erwähnte Maud ihren Bruder nie mehr und erkundigte sich auch nicht, wie ihre Mutter und Sybil auf die Verurteilung von Johns Mörder reagiert hatten. Ihrer Tochter erzählte sie es gar nicht erst, aber natürlich erfuhr Hope davon. Hope las leidenschaftlich gern Zeitung, und da bei ihnen keine Zeitungen mehr ins Haus kamen, kaufte sie sich häufig eine auf dem Weg zur Schule. Wenn sie auch den Prozess und dessen Folgen Maud gegenüber nie erwähnte, markierte Berties Verurteilung einen Wendepunkt in der Beziehung zu ihrer Mutter. Vorbei war die Zeit, als Hope ihre Hausaufgaben im Zimmer der Mutter machte, mit ihr Radio hörte und sich mit ihr austauschte. Zu viele Themen waren tabu: Christian und Julian Imber und deren Mutter, die Großmutter und die Tanten in Bristol, Mr Greystock und sämtliche Einwohner von Dartcombe. Auch alles, was mit John zusammenhing, stand nun auf dieser Liste.

Hope verbrachte immer mehr Zeit bei den Hardings. Dort war sie stets willkommen. Im Herbst erwartete man keine schweren Luftangriffe auf Plymouth mehr, und Pauline Moran mit Sohn und Tochter kehrte in ihr Haus zurück, in dem nur drei Fensterscheiben zu Bruch gegangen waren. Hope hatte mittlerweile eine »beste Freundin« in der Schule, die Rosemary hieß. Hope hatte Maud von ihr erzählt und unvorsichtigerweise gefragt, ob sie Rosemary zum Tee mit nach Hause bringen könne. Nun hatte ja auch Maud eine Rosemary in ihrem Leben gehabt, die sie jetzt aus einem ihr selbst nicht recht verständlichen Grund hasste, und deshalb verbot sie Hope strikt, sich weiter mit dieser neuen Freundin zu treffen oder auch nur zu antworten, wenn »ihre« Rosemary sie in der Schule ansprach. Hope war manchmal traurig, dass ihre Mutter ihr mehr und mehr entglitt, nachdem sie schon den Mann verloren hatte, den sie für ihren Vater gehalten hatte, aber sie sagte sich mit einem etwas bitteren Lachen, dass sie jetzt schließlich ein großes Mädchen war. Ronnie Clifford war mit seinen über eins achtzig ein Prachtkerl gewesen, und auch seine Tochter war die Größte in ihrer Klasse, blond und bildschön. Man mag bezweifeln, ob Leiden tatsächlich die Persönlichkeit veredelt, aber dass Mühsal und Nichtbeachtung den Charakter stärken, ist gewiss, und so war es auch in Hopes Fall. Sie hatte lange darüber nachgedacht und war dann zu dem Schluss gekommen, dass sie es wagen konnte, ihrer Mutter Widerstand zu leisten, wenn die sich unvernünftig verhielt. Was konnte Maud schon tun? Sie aus dem Haus weisen? Die Tür vor ihr verschließen? So weit würde die Mutter hoffentlich doch nicht gehen.

Im Frühjahr passierte etwas Merkwürdiges. Maud bekam ein Päckchen mit dem Poststempel von Dartcombe. Seit langem in der Kunst geübt, allem aus dem Weg zu gehen, was unerfreulich zu werden versprach, wollte sie es zunächst gar nicht aufmachen, schaffte es aber nicht, die Sendung einfach liegenzulassen oder wegzuwerfen. Sie nahm das

Päckchen in die Hand, drehte und wendete es, versuchte, durch das dicke Packpapier hindurch den Inhalt zu ertasten, schüttelte es und hielt es ans Ohr, um zu hören, ob es klapperte. Schließlich siegte die Neugier, und sie entfernte Schnur, Siegelwachs und Papier.

Zum Vorschein kam ein ramponierter, fleckiger Pappkarton. Wieder zögerte Maud, wartete, besah und befühlte den Karton und schüttelte ihn. Der Inhalt verrutschte um zwei, drei Zentimeter und kehrte dann in seine vorige Lage zurück, die Umhüllung war etwas zu groß. Sie ließ den Karton auf dem Tisch liegen und brachte das Packpapier zur Mülltonne. Der Karton hypnotisierte sie. Sie setzte sich, stand wieder auf und schob die unerbetene Sendung hinter eine Schale mit Hyazinthen. Erst Stunden später gab sie sich einen Ruck – ein für sie typischer jäher Energiestoß, der sie alle Gedanken, alle Ängste vorübergehend vergessen ließ. Das Essen – Rührei auf Toast und ein Glas Wasser – hatte sie hinter sich, Teller und Glas waren abgeräumt und abgewaschen. Es wurde Zeit, sich für den Nachmittag umzuziehen. Sie entschied sich für ihr neuestes Kleid und Schuhe mit hohen Absätzen, puderte sich und trug Lippenstift auf, ging wieder ins Wohnzimmer und peilte das an, was hinter der Hyazinthenschale lag. Sie fasste so jäh nach dem Karton, dass sie mit dem Ellbogen einen Hyazinthenstengel abknickte.

Jetzt gab es kein Halten mehr. Sie klappte den Deckel auf und ballte die Fäuste. In dem Karton lag so etwas wie ein großes vergilbtes Tuch. Sie griff danach, schüttelte es aus und erkannte, dass es ein früher einmal weißes Betttuch für ein Einzelbett mit Hohlsaum an beiden Seiten und voll bräunlicher Flecken und grünlicher Schmierspuren war. Auf dem Etikett an einer der Schmalseiten entzifferte sie den Firmennamen. Es musste eins von Mrs Tremletts Betttüchern sein, das sie John und Maud zur Benutzung in der Bury Row zur Verfügung gestellt hatte. Im Karton fand sich außerdem ein Zettel auf liniiertem Notizpapier, unterschrieben mit G. Tranter. Ohne Anrede hieß es da: »Das hat Mr Hoddle aus der Bury Row in seinem Garten ausgegraben. Mutter sagt, dass sie es nicht haben will.«

Es musste ein Laken aus dem Bett sein, in dem John geschlafen hatte, während ganz Dartcombe dachte, er liege mit Maud im Ehebett, wie sich das gehörte. Das Laken trug Mrs Tremletts Initialen. Maud hielt den Beweis in Händen, dass Bertie mit John in diesem Bett gelegen hatte. Recht geschah es ihm, dass er nun bald gehängt würde. Am liebsten hätte sie auch Ronnie Clifford und dessen Frau, Mrs Tremlett und deren Tochter, Mrs Imber – jetzt Brown – und sämtliche Imbers an den Galgen gewünscht. Das Betttuch passte nicht in den Heizkessel. Sie würde am nächsten oder übernächsten Tag ein Feuer im Garten machen, beschloss Maud, und zusehen, wie das Tuch in Flammen aufging.

Zehn Tage vor der geplanten Hinrichtung nahm sich Bertie Webber in seiner Zelle das Leben. In amerikanischen Strafanstalten behält man einen zum Tode Verurteilten Tag und Nacht im Auge, aber so sorgfältig wurde Bertie nicht beobachtet. Er drehte Hose und Hemd zu einem Strick und einer Schlinge und erhängte sich an den Gitterstäben des kleinen Fensters. Es war hoch oben in die Wand eingelassen, aber mit Hilfe des Hockers – dem einzigen Möbel außer

Strohsack und Kübel – hatte John Goodwins Mörder es erreichen können. Nachdem er mit den Händen den Sitz der Schlinge überprüft hatte, blieb er noch einen Augenblick stehen, den Kopf an den Strick gelehnt, und dachte an John. Was für ein Trottel! Was für ein Weichei! Wie sein Mund schlaff und die Augen glasig geworden waren … Um den Blödmann war's nicht schade, dachte Bertie und stieß den Hocker mit einem Tritt zur Seite.

Von all denen, die mit Bertie zu tun gehabt hatten – der Gefängnisdirektor, die Wärter, die beiden Betreuer, die ihn besucht hatten –, ahnte niemand etwas von Berties Absicht. Er wirkte stets munter und schien dem, was ihn erwartete, mit Gleichmut zu begegnen.

Nur dem Gefängnispfarrer ging die Sache nach. Bertie war nicht gläubig und war es auch in der Haft nicht geworden. Doch jetzt, zum Schluss, schien er zu begreifen, was Scham und Reue war. »Er hat mich geliebt wie eine Frau«, hatte Bertie gesagt. »Was für ein Trottel. Ich wünschte, ich hätte es nicht getan.«

Der junge Geistliche, ahnungslos und erschüttert, erzählte Guy davon, mit dem er bekannt war. »Ich darf das an Sie weitergeben. Wir sind keine Katholiken, es war keine Beichte.«

In der Zeitung stand nur ein Zweizeiler über die gerichtliche Untersuchung, in der auf Selbstmord oder *felo de se* befunden wurde.

Guy und Elspeth diskutierten, ob sie es Maud erzählen sollten. Würde sie sich weigern zuzuhören, würde sie sich die Ohren zuhalten? Doch Inspector Goshawk kam ihnen zuvor. Er fuhr mit dem Zug nach Ashburton und von dort mit dem Bus nach Ottery St. Jude, um die Nachricht zu überbringen.

Enid Biddle, die Sechzehnjährige, die anstelle von Mrs Newcombe jetzt bei Maud arbeitete und von ihr, der Familientradition folgend, ›das Mädchen‹ genannt wurde, öffnete. Klein, schmal und verschüchtert, führte sie George Goshawk ins Wohnzimmer und bat ihn mit fast unverständlichem Devon-Zungenschlag, auf dem Sofa Platz zu nehmen.

Maud lag nicht im Bett, sondern war, mit einer großen weißen Schürze bekleidet, damit beschäftigt, mit Hilfe ihrer Zuckerzuteilung und den Eiern von Jack Greystock einen Victoria Sponge Cake zu backen, den sie selbst zu essen gedachte, eine Woche lang jeden Tag ein Stück. In pinkfarbenen Schuhen mit hohen Absätzen hatte sie gerade die Backofentür geöffnet, um die Form mit der fast flüssigen gelben Masse hineinzustellen, als Enid zaghaft meldete, da sei ein Herr. Maud nahm die Schürze ab, warf einen Blick auf den Besucher und stellte fest, dass es kein Herr, sondern nur ein Polizist war.

Sie nickte ihm zu und stellte ihre Standardfrage: »Was bringt Sie hierher?«

»Wollen wir uns nicht setzen?«, fragte Goshawk. Maud folgte seinem Vorschlag widerwillig. Mit gedämpfter Stimme und schonenden Worten – schließlich war sie eine Frau – berichtete Goshawk von Bertie Webbers Ende.

Es gab eine kleine Pause, dann sagte sie: »Ich kann nicht behaupten, dass es mir leidtut.«

»Durchaus verständlich, Mrs Goodwin.« Das ›Mistress‹

war für ihn ein Ehrentitel, wie man ihn einer Köchin oder Haushälterin gibt, weil ihre Arbeit Respekt verdient.

Er hatte stundenlang im Zug gesessen und seine Fahrkarte selbst bezahlt, aber sie bot ihm keinen Tee, ja nicht mal ein Glas Wasser an. »Wäre das alles?«

»Ich denke schon.«

»Dann, wenn es Ihnen nichts ausmacht… Ich habe zu tun.«

Ungehobeltes Benehmen, hatte er geglaubt, könne ihn nicht mehr aus der Fassung bringen, aber diese Reaktion traf ihn doch. Schließlich hatte er den Mörder ihres Bruders ausfindig gemacht und ihr die Nachricht von dessen Tod persönlich überbracht. Doch er sparte sich jeden Kommentar. »Dann verabschiede ich mich hiermit«, sagte er. Noch ehe er sich drei Schritte von der Haustür entfernt hatte, fiel diese hinter ihm ins Schloss, und nichts trennte ihn mehr von seiner langen Rückreise nach London.

Maud hatte Inspector Goshawk nicht einmal die Unwahrheit gesagt, auch wenn sie ihm nicht zeigte, was sie so beschäftigte: Sie war damit befasst, die vielen Briefe anzusehen, die für sie kamen, oder vielmehr die Umschläge, die sie nicht alle öffnete. Ihr Name und ihre Adresse waren in Großbuchstaben und oft falsch geschrieben, und sie kamen, dem Poststempel nach, aus Städten und Dörfern in Süd-Devon. Die Absender dieser Beleidigungen und Schimpfworte wussten, dass Bertie bei ihr gewohnt, und auch bereits, dass er Selbstmord begangen hatte. Als Goshawk gegangen war, machte sie einen der Umschläge auf in der leisen Hoffnung, dass ihr jemand vielleicht etwas Nettes geschrieben hatte, aber auch dieser enthielt nur Schmähungen.

Wie viele Liebhaber sie gehabt habe, wollte der Absender wissen. Vielleicht sei es ihr egal, wo sie doch sogar mit dem eigenen Bruder herumgehurt habe, aber sich mit einem Mörder einzulassen sei nun wirklich das Letzte. Bisher hatte Maud alle Briefe aufgehoben mit der vagen Absicht, sie eines Tages der Polizei zu zeigen, aber dieses Schreiben brachte das Fass zum Überlaufen. Dass sie mit John »etwas angefangen« hatte, wie sie es nannte, hatte ihr noch niemand vorgeworfen. Es ist seine Schuld, dachte sie, alles Schlimme hat damit angefangen. Wenn ich die Briefe nicht mehr vor Augen habe, kann ich sie vielleicht vergessen. Sie öffnete die Herdklappe in der Küche und steckte alle Briefe hinein.

Maud gab Enid Biddle den Nachmittag frei, und als das Mädchen weg war, ging sie mit dem Betttuch in den Garten, legte Feuerholz auf die Zeitungen, die Hope im Haus hatte liegenlassen, und packte das Betttuch darauf. Dann goss sie Paraffin darüber und hielt ein brennendes Streichholz daran. Das Lodern des Lakens tat so gut, dass es ihr leidtat, die Briefe schon in den Herd gesteckt zu haben.

26

Abends kam Hope wieder einmal nach Hause, wollte aber nicht bleiben. Guy und Elspeth hatten sie begleitet. Guy wollte Maud von Berties schrecklichem Ende berichten, aber Maud fiel ihm schon beim ersten Satz ins Wort. Sie wisse Bescheid, sagte Maud, und wolle nicht darüber reden. Dann aber holte sie überraschend eine Flasche Sherry und ihre besten Gläser hervor. Offenbar gab es heute für sie einen Grund zum Feiern.

Elspeth und Guy fanden, dass Maud nie besser ausgesehen hatte (»schmuck« war das leicht altmodische Wort, das Guy verwendete). Sie war eine ausgesprochen schöne Frau und wusste das wohl auch, denn warum verwandte sie sonst so viel Sorgfalt auf ihre Kleidung und ihr Make-up? Es war eine Zeit, vielleicht das erste Mal in der Geschichte, in der es für ganz normale Frauen – keine Schauspielerinnen oder Straßenmädchen, sondern für Frauen aus der Arbeiterklasse und Fabrikarbeiterinnen ebenso wie für Frauen aus der Mittelschicht – selbstverständlich geworden war, Puder und Rouge und scharlachroten Lippenstift, farbigen Lidschatten und Augenbrauenstift zu benutzen. Elspeth hatte diese Mode nie mitgemacht, und Hope hatte noch nicht damit angefangen, aber Maud ging nie ohne ihre »Kriegsbemalung« aus dem Haus, wie Guy das nannte. Nur – für wen machte sie das? Für sich, meinte Elspeth, denn außer ihr und Guy hatte Maud jetzt keine Freunde mehr, und auch mit ihnen traf sie sich an diesem Tag zum ersten Mal seit langem. Maud brauchte niemanden. Jack Greystock hatte noch zweimal um ihre Hand angehalten und war zweimal abgewiesen worden, versorgte sie aber nach wie vor mit Lebensmitteln.

Maud gab ihrer Tochter zum Abschied einen Kuss und sagte, es sei nett von Mr und Mrs Harding, sie so lange bei sich zu behalten, und sie solle ihre Gastfreundschaft nicht überstrapazieren. Danach kamen Maud und Hope wochenlang nicht mehr zusammen, und das beunruhigte Elspeth, sie machte sich Sorgen um das Mädchen. Hope, die als Kind der Augapfel ihrer Mutter gewesen war, wurde offenbar mittlerweile als Last empfunden. Elspeth versuchte, Maud unter vier Augen darauf anzusprechen, aber die meinte nur: »Sag's doch gleich, wenn sie dich stört.«

»Natürlich stört sie mich nicht, ich liebe sie, Hope gehört bei uns zur Familie, aber ich glaube, dass sie ihre Mutter braucht.« Elspeth verschwieg, dass Hope fürchtete, Maud könne ihr ins Gesicht sagen, ihre Anwesenheit sei unerwünscht. Hope, gefangen zwischen Kindheit und Erwachsensein, begriff nicht, womit sie die Ablehnung ihrer Mutter verdient hatte, und wäre ohne die Hardings und deren Kinder sehr einsam gewesen.

»Maud verübelt ihrer Tochter jetzt offenbar, dass sie auf der Welt ist«, vermutete Elspeth. Einst habe Hope für Maud höchstes Glück bedeutet, jetzt glaube sie, die Tochter habe ihr Leben zerstört. Was hätte Maud ohne sie nicht alles erreichen können? Ein abgeschlossenes Studium, eine Stelle als Lehrerin, die Ehe mit einem reichen Mann, Kinder…

»Meinst du wirklich, dass sie so denkt?«, fragte Guy.

»Schwer zu sagen. Sie spricht ja nie darüber. Wäre es vielleicht anders gekommen, wenn John am Leben geblieben wäre?«

»Nur wenn sie ihn so hätte akzeptieren können, wie er war.«

»Das hätte sie nie getan.«

Auf dem Land verliefen die letzten Kriegsjahre ruhig und ohne besondere Vorkommnisse. Hope hielt sich an die Schule und ein paar Freundinnen, unter anderem jene Rosemary, die Maud nicht einließ, die aber bei den Hardings freundlich aufgenommen wurde. Als Hope fast fünfzehn war, jenes Alter, in dem ihre Mutter sie empfangen und zur Welt gebracht hatte, erschreckte eine Bemerkung ihrer Mutter Hope mehr als alles, was Maud je zu ihr gesagt hatte.

»Du solltest dir diese Haare abschneiden« –, nicht »dein Haar«, sondern »diese Haare« –, »und zu deiner natürlichen Farbe zurückgehen. Du hast sie gebleicht, das habe ich gleich gemerkt.« Wenige Stunden später sah sie Hope tief in die Augen. »Du siehst nicht sehr gut, stimmt's?«, sagte sie. »Das hast du von meiner Mutter, die war kurzsichtig. Wir werden dir eine Brille besorgen müssen.«

Elspeth, die es sonst nach Möglichkeit vermied, Maud ihrer Tochter gegenüber zu kritisieren, tröstete Hope, sie solle das nicht so ernst nehmen, aber wenn sie wolle, könnte sie einen Sehtest machen. Als Elspeth mit Guy allein war, überlegte sie laut, ob wohl Maud in Hope, die so schnell eine richtige Schönheit geworden war, eine Konkurrentin sah. »Und ich frage mich«, ergänzte Guy, »ob Hope sie zu sehr an ihren Vater erinnert. Ohne zu wissen, wie er aussah, lässt sich das natürlich nicht entscheiden.«

Alicia Brown lud Hope in den Sommerferien und auch im Frühjahr darauf nach Dartcombe Hall ein. Christian hatte in Oxford seinen Abschluss in Neuerer Geschichte mit Auszeichnung gemacht und wollte zur Marine. Hope war fast so groß wie er und unbestreitbar bildschön, aber für Alicia war sie noch immer das kleine Mädchen, das das Glück gehabt hatte, von den freundlichen Hardings aufgenommen – praktisch adoptiert – zu werden, und das dank seiner guten Manieren und seiner Hilfsbereitschaft auch ein gerngesehener Gast bei den Imber-Browns war. Ihr Sohn war jetzt ein Mann, Hope für ihn bestimmt noch ein Kind. Von den Küssen, die Hope und er in dem dämmrigen Garten tauschten, ehe er zur Marine nach Portsmouth aufbrach, ahnte Alicia Brown nichts.

Im Sommer machte Hope den Realschulabschluss mit zweimal Sehr gut, viermal Gut und zweimal Bestanden. Dieses Ergebnis bedeutete, dass sie in die Oberstufe aufsteigen und zwei Jahre später ihr Abitur machen konnte. Maud äußerte sich nicht zu den Erfolgen der Tochter. Doch es musste ihr klar sein, dass Hope sie bereits überholt hatte, während Maud in dem Alter schwanger wurde, was ihrer Kindheit, Jugend und allen beruflichen Chancen ein Ende gesetzt hatte. Hope aber würde studieren, vielleicht in Reading oder Exeter, und dort bestimmt einen passenden und Ronnie Clifford möglichst unähnlichen jungen Mann kennenlernen.

Über diese Gedanken sprach Maud mit niemandem. Seit Jahren hatte sie keinen Kontakt mehr mit ihrer Familie in

Bristol – falls die überhaupt noch in Bristol war, falls ihre Mutter überhaupt noch lebte. Von Sybil immerhin wusste sie, dass die noch »im Land der Lebenden weilte«, wie Maud es ausdrückte, denn pünktlich zu Weihnachten kam jedes Jahr eine signierte Karte mit einem kitschigen Vers darauf. Maud hatte, als John noch bei ihr war, auch Weihnachtskarten verschickt, allerdings nicht mehr als ein halbes Dutzend, aber sie hatten beide unterschrieben, ganz so, als wären sie wirklich Mann und Frau.

27

Nach ein paar Monaten hörten die anonymen Briefe auf. Ein paar Nachbarn und andere Leute im Dorf sahen immer noch weg, wenn sie Maud auf der Straße begegneten, ein paar Frauen kehrten ihr den Rücken. Doch Elspeth Harding hielt treu zu ihr, und Jack Greystock war nach wie vor ihr Verehrer.

Die in Familien üblichen Veränderungen nahmen ihren Lauf. Sie begannen mit einem Trauerfall: Mary Goodwin war gestorben. Maud erfuhr es durch einen frostigen Brief ihrer Schwester Ethel, die ihr Ort und Zeit der Beerdigung mitteilte. Wenn Maud Nachrichten über Menschen bekam, von denen sie lange nichts gehört hatte, pflegte sie sich alle echten oder eingebildeten Kränkungen in Erinnerung zu rufen, die der- oder diejenige ihr zugefügt hatte, und die waren im Falle ihrer Mutter zahlreich. Wenn Maud an ihre Mutter dachte, meldete sich zunächst Empörung, dann Groll und eine dumpfe Verdrossenheit. Die brauchten sich nicht einzubilden, dass Maud bei der Beerdigung aufkreuzen würde! Ihre schlechte Laune ließ Maud an Hope aus, die mittlerweile siebzehn war und eine feste Zusage für einen Studienplatz an der University of Reading hatte. Auch an Hope hatte jemand geschrieben, nämlich Christian Imber, der jetzt in London Jura studierte. Es war nicht der erste Brief, den sie von ihm bekam, Maud aber hatte Hope den

Briefwechsel wohlweislich verschwiegen, weil sie wusste, wie heftig ihre Mutter bei jeder Erwähnung der Familie Imber-Brown zu reagieren pflegte.

Maud hatte den Brief vom Türvorleger aufgehoben, ehe Hope – wie seinerzeit John – ihr zuvorkommen konnte, und hatte Christians Schrift erkannt. »Mich wundert, dass er sich mit dir abgibt, wo er in London die hübschesten Mädchen kennenlernen kann.« Sah Maud ihre schöne Tochter überhaupt nicht? Oder sah sie Hope nur zu deutlich? »Wenn er nicht ganz anders ist als seine übrige Familie, macht er es nicht aus Freundlichkeit.«

Hope sagte nichts. Sie wollte das kommende Wochenende mit Christian in einem Hotel in Kensington verbringen. Im Zuge der Vorbereitungen für diesen Ausflug hatte sie einen Trauring erworben und Maud verkündet, sie werde mit Rosemary deren Familie in Lostwithiel in Cornwall besuchen. Auch Maud hatte romantische Pläne oder vielmehr Pläne, sich einmal mehr nicht auf Romantik einzulassen. Jack Greystock wollte um sechs auf ein Glas Sherry kommen. Als Vorwand diente ihm (und ihr), dass er sechs Eier, einen Kapaun und zwei Gläser Pflaumenmus von seiner Mutter für sie hatte. Zweimal im Jahr machte er ihr einen Heiratsantrag, und die sechs Monate waren nach ihrer Berechnung vorbei. Sie waren sich so nahegekommen, wie Maud das anderen Menschen – abgesehen von Elspeth – gestattete, aber nachdem Jack den »Proviant«, wie er es nannte, abgeliefert und sie sich bedankt hatte, wussten sie beide nicht mehr viel zu sagen. Sie tranken ihr Glas Sherry und danach jeder noch eins. Er sei in sie verliebt, beteuerte er immer, aber das nahm Maud ihm nicht ab. Verliebt? Ja, in ihr Aussehen vielleicht! Ein Blick in den Spiegel zeigte Maud, dass mit knapp dreiunddreißig ihr Gesicht und ihre Figur genau das Ideal waren, das einem Bauerntölpel aus Devonshire vorschweben mochte – blond, blaue Augen, regelmäßige Züge, schmale Taille, hoher Spann, wohlgeformte Beine.

Er hatte einen Haufen Geld. Das Bauernhaus war geräumig und gepflegt. Hätte seine Mutter bei ihm gelebt, wäre das allein kein Anreiz für Maud gewesen, die aber wohnte ein paar hundert Meter weiter in einem großen hübschen Strohdachcottage, wo sie ihre Marmeladen kochte und ihre Clotted Cream produzierte und ihre Soleier machte. Maud war gutgestellt, wusste aber sehr wohl, dass ihr festes Einkommen sich in zehn oder zwanzig Jahren womöglich nicht mehr so üppig ausnehmen würde. Wortkarg saß sie da und wartete auf Jacks Heiratsantrag. Der begann immer mit dem Satz »Du weißt ja, dass ich verrückt nach dir bin!«, so steif und tonlos heruntergeleiert, als hätte er ihn vorher auswendig lernen müssen. Aber diesmal blieb der Antrag aus. Vielleicht war das halbe Jahr noch nicht ganz vorbei? Maud versuchte es nachzurechnen, als er gegangen war. Jetzt hatten sie September, und zum letzten Mal hatte er sie im März gebeten, ihn zu heiraten. Dass es März gewesen war, wusste sie, weil Elspeth im März Geburtstag hatte, und Jack hatte seinen Antrag einen Tag nach Elspeths Geburtstag gemacht. Mauds Leben verlief so gleichförmig, dass sie allem misstraute, was von diesem Trott abwich. Heute allerdings hatte sie selbst die Routine durchbrechen und Jack auf seinen Antrag hin sagen wollen, dass sie es sich überlegen würde.

Da nun daraus nichts geworden war, holte sie die Akte mit den Bankauszügen heraus, sah sie durch und fragte sich zunehmend beunruhigt, warum sie in den Jahren nach Johns Tod ihre finanzielle Situation so rosig gesehen hatte. Auch wenn ihre Lage eigentlich unverändert war, sah sie Armut und ein mittelloses Alter auf sich zukommen. Jack Greystock war ihre einzige Hoffnung.

Wollte sie ihn heiraten? Was sie sich wünschte, war mehr Geld und ein Dasein ohne Sorgen. In ihrem Leben musste etwas passieren, was sie wachrüttelte, was sie dazu bringen konnte, seinen Antrag anzunehmen, das wusste sie, denn so gut kannte sie sich immerhin. Aber was sollte das sein? Es war so lange her, dass überhaupt etwas passiert war.

Hope hatte sich einen Fehltritt geleistet – ganz bewusst und ohne etwaige Folgen zu verhindern. Sie wollte damit ihre Mutter provozieren, die es an Liebe zu ihr hatte fehlen lassen. Erstaunlich war wohl nur, dass sie bis zu dem Zeitpunkt, als sie begriff, was geschehen war, die Ähnlichkeit zu dem, was Maud erlebt hatte, nicht sah. Außer Christian erfuhr es niemand. Mauds Wutausbruch hatten beide nicht vorausgesehen. Hätte Christian auch nur geahnt, zu welch heftigen Wutausbrüchen Maud fähig war, hätte er Hope bei ihrer Enthüllung zur Seite gestanden, statt zur gleichen Zeit bei Alicia Brown in Dartcombe seine eigene Beichte abzulegen.

Hope hatte die vergangene Nacht zum ersten Mal seit vierzehn Tagen in Mauds Haus geschlafen und kam morgens kurz nach neun herunter.

»Du bist sehr spät dran«, sagte Maud. Sie saß am Tisch,

aß wie gewöhnlich mit der linken Hand geviertelte Toast-
scheiben, während sie in der rechten die Teetasse hielt. »So
selten, wie du hier bist, hast du offenbar vergessen, dass in
diesem Haus früh aufgestanden wird.«

»Stört es dich denn, wenn ich nicht so früh aufstehe?«

»Ich muss mich wohl damit abfinden.«

Der Tee war kalt. In River House trank Hope Kaffee
zum Frühstück, aber jetzt brühte sie eine zweite Kanne
Tee, holte zwei saubere Tassen und schenkte ihrer Mutter
und sich ein. Maud bedankte sich zerstreut. Sie sah nicht in
die Zeitung – die kam ihr nicht mehr ins Haus – und las auch
nicht in einem Buch, sondern dachte, wie in diesen Tagen
so oft, an Jack Greystock und wie sie sich ihm gegenüber
verhalten sollte. Die Gerüchte über ihre Vergangenheit, die
Geschichten über Bertie Webber und die Spekulationen
über ihre wahre Beziehung zu John, ganz zu schweigen davon, dass sie mit nur fünfzehn Jahren ein Kind bekommen
hatte, waren ihm doch sicher längst zu Ohren gekommen
– oder hatte er womöglich erst nach seinem letzten Antrag
davon erfahren und deshalb diesmal keinen gestellt? Sie
war mit diesen Überlegungen so beschäftigt, dass sie Hopes
Worte kaum registrierte.

»Wie war das bitte?«

»Ich habe dir etwas zu sagen.«

Ob es Maud auffiel, dass ihre Tochter sie neuerdings
kaum einmal mit Mutter ansprach, geschweige denn mit
dem früher so gern gehörten Mummy, ja dass sie meist jede
Anrede mied?

»Ja, was denn?«

»Bevor man jemandem eine unerwartete Nachricht überbringt, sagt man immer: Setz dich erst mal. Wahrscheinlich aus Angst, dass der andere sonst ohnmächtig wird oder zusammenbricht.«

»Was faselst du da?« Maud war aufgestanden, als ahnte sie, was Hope meinte. »Was hast du mir denn zu sagen?«

»Du willst dich nicht setzen? Also gut. Mach dich auf etwas gefasst.« Hope holte tief Atem. »Ich bin schwanger.«

Maud ließ sich auf den Stuhl plumpsen wie eine doppelt so schwere Frau. »Wie bitte?«

»Du hast richtig gehört. Ich bekomme ein Baby.«

Maud reagierte wie damals, als Sybil ihr nahegelegt hatte, zum Besuch bei ihrem Vater die Kleine nicht mitzubringen. Sie sprang auf, stieß einen lauten Schrei aus und fing an zu zetern: »Das glaube ich nicht! Es ist nicht wahr. Du lügst. Du willst mich umbringen!«

Auch Hope hatte sich erhoben, und Maud, die noch nie gewalttätig geworden war, stürzte sich auf ihre Tochter, schlug sie ins Gesicht, packte sie an den Schultern, schüttelte sie und wiederholte immer wieder, Hope habe gelogen, habe alles erfunden. Doch Hope war größer und viel stärker als ihre Mutter. Sie hielt Mauds Hände fest und drehte den Kopf zur Seite, bis Maud unter Tränen auf ihrem Stuhl zusammensank.

»Ich bekomme ein Baby«, sagte Hope, »so wie du mich bekommen hast, nur dass es mir zwei Jahre später passiert. Ja, ich weiß, wie alt du wirklich bist. Und nimm's mir nicht übel – aber ich habe auch den Eindruck, dass ich vernünftiger bin als du.«

Mauds Antwort kam fast automatisch. »Du wagst es, so mit mir zu reden?«

»Allerdings! Der Vater ist übrigens Christian Imber.«

»Übrigens? Was soll das heißen?«

»Es ist immerhin eine wichtige Information. Kinder wissen eben gern, wer ihre Väter sind, falls dir das noch nicht aufgefallen ist.«

Diesmal sagte Maud nichts über Hopes Mangel an Respekt, aber sie hatte offenbar vergessen, wie ihre Eltern sie in einer ähnlichen Situation behandelt hatten. »Hier kannst du nicht bleiben. Ich habe ohne eigenes Verschulden schon genug Schmach und Schande ertragen müssen, ohne dass du auch noch dazu beiträgst. Ich wusste, dass die Imbers mein Ruin sein würden, vom ersten Tag an, als ich diese Person gesehen habe.«

Hope hatte sich aufs Sofa gesetzt und die Füße hochgelegt. Sie wartete darauf, dass ihre Mutter ihr sagen würde, dass sie zwar Christian, weil er ein Imber war, nicht mochte, doch dass er Hope nun heiraten müsse. Hätte ihr früher jemand gesagt, sie würde eines Tages die Rache an ihrer Mutter genießen, hätte sie es nicht geglaubt. So bin ich nicht, hätte sie vielleicht gesagt – aber vielleicht war sie doch so? Doch Maud reagierte nicht erwartungsgemäß. Sie lief nach oben, wo die erschrockene Enid Biddle die Teppichkehrmaschine hin und her schob, und stürzte in ihr Zimmer. Als sie wieder nach unten kam, trug sie das letzte Kleid, das sie vor der Rationierung erstanden hatte, und einen Hut, den die Tochter noch nie gesehen hatte. Hope fragte nicht, wohin die Mutter wollte, sie wusste es und wusste auch, dass es sinnlos gewesen wäre, sie aufzuhalten.

Es war ein warmer Tag, aber Maud stellte sich in hellblauem Schneiderkostüm, kastanienbraunem Filzhut und hochhackigen braunen Wildlederschuhen bei den Hardings ein. Sie war so herausgeputzt, dass Elspeth zunächst dachte, eine von ihnen hätte sich im Datum geirrt und Maud sei zum Lunch oder gar zu einer Party gekommen. Das stellte sich schnell als Irrtum heraus, denn Maud fing an zu zetern, Elspeth und Guy hätten ihre Tochter vom rechten Weg abgebracht und dafür gesorgt, dass Hope und Christian in ihrem Haus miteinander schlafen konnten. Wo sonst hätte der Fehltritt geschehen können? Den freien Himmel hatte Maud offenbar vergessen. Als Guy erschien und fragte, was denn los sei, nannte sie ihn einen Zuhälter. Die Hardings konnten nur staunen, dass sie dieses Wort überhaupt kannte.

Mauds Schimpftiraden wurden immer hysterischer. Inzwischen war sie im Wohnzimmer und warf mit Nippes, Büchern und Kissen um sich. Zum Glück ging dabei nur eine hübsche kleine Figur aus Royal-Copenhagen-Porzellan zu Bruch. Als Elspeth einen schwachen Versuch unternahm, Maud zurückzuhalten, streifte ein Schlag Elspeths Wange. Guy griff ein, hielt Maud fest und zwang sie, sich zu setzen. Die wütende Erregung verebbte zu heftigen Schluchzern, die abklangen, als Guy ihr ein kleines Glas Brandy an die Lippen hielt. Erst eine gute halbe Stunde später begriff Maud, verheult und noch immer mit den Tränen kämpfend, dass die Hardings keine Ahnung hatten, wovon überhaupt die Rede war.

Als sie einen Tee getrunken und sich halbwegs beruhigt hatte, fuhr Guy sie heim. Maud entschuldigte sich nicht bei ihm für die Szene, die sie gemacht hatte, das war nicht ihre

Art. Als er fort war, hatte sie eigentlich ins Bett gehen wollen, aber erst musste sie noch etwas Wichtiges erledigen. Hope ließ sich nicht blicken.

Was an diesem Tag geschehen war, sollte die Weichen für Mauds künftiges Leben stellen. Sie holte Schreibmaterial, einen Bogen des Briefpapiers mit Briefkopf, das sie bisher so gut wie nie benutzt hatte, den Füller, den Elspeth ihr mal zum Geburtstag geschenkt hatte, und einen Umschlag, auf den sie eine Marke aus dem Briefmarkenheftchen klebte, das Hope irgendwann gekauft und liegengelassen hatte, und den sie an »John Greystock Esq. (wenn die Leute ihn Jack nannten, musste er wohl John heißen), Windstone Farm, Ottery St. Jude, Devon« adressierte. Dann schrieb sie mit Schönschrift:

Lieber Mr Greystock,
 nach sorgfältiger Überlegung bin ich zu dem Schluss gekommen, dass es mir möglich ist, Ihren Antrag anzunehmen. Vielleicht sind Sie so freundlich, mich aufzusuchen, um die Vorbereitungen für das bevorstehende Ereignis zu besprechen. Es wäre mir recht, wenn die Vermählung baldmöglichst stattfinden könnte.

Mit freundlichen Grüßen
Ihre ergebene
Maud Goodwin

Als sie den Brief noch einmal durchlas, fand Maud nichts daran auszusetzen. Einen künftigen Ehemann als »Mr« anzureden, wäre im neunzehnten Jahrhundert vertretbar gewesen, schwerlich aber hundert Jahre später. Dennoch gefiel ihr das Werk, und sie wäre nie auf den Gedanken gekommen, etwas daran zu ändern. Dass Jack seinerseits seinen Heiratsantrag nicht wiederholt hatte und demnach vielleicht gar nicht mehr die Absicht gehabt hatte, sie zu heiraten, war unerheblich. Blieb das Problem mit dem schlimmen Wörtchen ›ledig‹, aber vielleicht konnten sie sich ohne große Umstände in einem Standesamt trauen lassen.

Zufrieden brachte sie ihr Schreiben zum Briefkasten. Als sie heimkam, war es noch früh, aber sie ging nach oben, nahm ein langes, genüssliches Bad und legte sich ins Bett. Schon seit Jahren hatte sie ihre Schlafenszeit nicht mehr von der Uhr oder dem Sonnenstand abhängig gemacht.

28

Als Hope am Nachmittag zurückkam, brachte sie Christian mit. Nach ihren eigenen Erfahrungen hätte Maud nicht damit gerechnet, den Vater von Hopes Kind je wiederzusehen. Selbst wenn er versuchen sollte, ihrer Tochter »beizustehen«, würde seine Mutter ihn daran hindern, dachte sie. Doch weit gefehlt – jetzt stand er vor der Tür. Hope hatte nicht ihren Hausschlüssel benutzt, sondern geklingelt. Maud ging öffnen.

Sie hatte sich vorgenommen, kein Wort mit Christian zu wechseln, ihn nicht einmal anzusehen.

»Heute Vormittag«, sagte Hope, »habe ich vergeblich auf eine Frage von dir gewartet.«

»So? Auf welche denn?«

Hope und Christian kamen herein und betraten das Wohnzimmer.

»Wenn du nicht fragen willst, sagen wir es dir.« Hope sah Christian an, und er lächelte ihr zu.

»Vielleicht ist es am besten, wenn ich es deiner Mutter beibringe, Hope«, sagte er.

Der Satz war kaum heraus, als Maud ihn anschrie: »Untersteh dich, mit mir zu sprechen. Ich habe dich nicht hereingebeten. Raus mit dir.«

»Ich wollte nur sagen, dass wir gerade bei Pfarrer Morgan waren. Er wird uns in drei Wochen trauen.«

Das verschlug Maud die Sprache. Sie sah Christian an, sie sah Hope an, dann fiel sie Hope, die vor dieser ungewohnten Umarmung ein wenig zurückwich, um den Hals. Für den Überschwang ihrer Mutter empfand sie nur Widerwillen, und der triumphierende, fast tugendhafte Ton, mit dem Christian seine Mitteilung vorgebracht hatte, stimmte sie ein wenig traurig. Seit sie von ihrer Schwangerschaft erfahren und ihn eingeweiht hatte, bedauerte sie, dass sie nicht den Mut gefunden hatte, statt zu heiraten, mit ihm »in Sünde« zu leben, was 1947 nicht mehr völlig abwegig war. Sie hatte ihm das sogar gesagt, aber mit einem Hauch von Wehmut, denn sie wusste schon damals, dass sie nicht stark genug sein würde, sich gegen ihn und, wie sich schnell herausstellen sollte, seine Mutter, ihre eigene Mutter und den ganzen Bekanntenkreis durchzusetzen.

An ein Studium war nun nicht mehr zu denken, auch wenn er gemeint hatte, sie könne es ja in zwei, drei Jahren nachholen. Ihr Ruf war gerettet, das Kind würde ehelich zur Welt kommen – das war's. Ohne wirklich zu wissen, was Verliebtsein bedeutet, wusste sie, dass sie in Christian nicht verliebt war.

Ihre Mutter holte eine Flasche Sherry und drei Gläser herbei. Dass Alkohol nichts für eine werdende Mutter war, ließ sie außer Acht. Zum ersten Mal im Leben brachte Maud einen Trinkspruch aus. »Auf Mutter und Kind.«

Hope wollte ihren Augen und Ohren nicht trauen.

Es war alles in allem ein guter Tag gewesen. Die Szene, die sie gemacht hatte, und ihr Randalieren strich Maud schleunigst aus ihrem Gedächtnis. Hope würde einen reichen

Mann heiraten, würde weit weg in Wohlstand leben und war somit versorgt. Auch sie, Maud, würde einen reichen Mann bekommen und sah schon den Verlobungs- und den Trauring vor sich, die er ihr schenken, das Kleid, das sie sich zur Hochzeit machen lassen würde. Aber nein – eine kirchliche Trauung kam ja nicht in Frage. Gut, dann eben ein hübsches Nachmittagskleid mit Hut. Sie könnte sogar überlegen, sich mit Ethel zu versöhnen und das Verhältnis mit Sybil wieder herzlicher zu gestalten. Dann konnten die beiden zur Hochzeit kommen. Und die Hardings? Konnte sie ihnen verzeihen, dass sie Hope zu unmoralischem Tun verleitet hatten? Denn das hatten sie bestimmt getan, da half kein Leugnen. Die Sonne fiel noch voll auf Mauds Gesicht, während sie bereits zufrieden einschlief.

29

Hope und Christian wurden an einem sonnigen Samstag im November in der St. Jude's Church getraut, im Beisein von Christians Mutter und Stiefvater, seinem Bruder Julian und Hopes Mutter Maud. Auch die Hardings kamen mit ihren Kindern und zahlreiche Verwandte der Imbers und Browns. Mitglieder der Familie Goodwin waren nicht eingeladen, und weder Hope noch Maud erfuhren jemals, ob Sybil Goodwin oder Ethel Burrows die Anzeige in der *Western Morning News* gelesen hatten. Rosemary Clifford, die in ihrer zweiten Ehe zu Rosemary Lindsay geworden war, übermittelte Maud Glückwünsche sowie Grüße ihres Bruders Ronnie, der einen Scheck über zwanzig Pfund für seine Tochter beigelegt hatte. Maud warf – für einmal mit gutem Grund – Brief und Scheck ins Feuer.

Christian kaufte ein kleines Haus in einer hübschen Straße in Chelsea, und in einer Klinik in der Sloane Avenue kam im Frühsommer Hopes Sohn zur Welt. Davor hatte in Ottery St. Jude noch eine zweite Hochzeit stattgefunden. Als Jack Greystock Mauds Brief bekam, hatte er schon seit längerem aufgegeben, ihr Heiratsanträge zu machen, und staunte nun nicht schlecht. Er lächelte über das Schreiben, aber er bewunderte es auch. Als Mann mit geringer Bildung, wenn auch bei weitem kein Analphabet, imponierte ihm ihre Ausdrucksweise. Das Wort ›Vermählung‹ zum

338

Beispiel war ihm noch nie untergekommen. Er dachte lange und gründlich über den Brief nach und überlegte, ob er ihn seiner Mutter zeigen sollte, verwarf den Gedanken aber wieder. Dass Maud die Initiative ergriffen hatte, fand er zwar überraschend, aber alles in allem störte es ihn nicht weiter.

Maud war zweifellos eine gutaussehende Frau – tolle Figur, gute Beine, gesundes Aussehen. Sie hatte privates Einkommen und ein eigenes Haus. Die Tochter, die ihm hätte lästig werden können, wenn sie sich bei ihnen herumdrückte, hatte gerade selbst geheiratet und würde in London leben. Außerdem war Hope ein Hinweis darauf, dass Maud eine fruchtbare Frau war und Jack Kinder gebären könnte. Er beschloss, ihren Antrag anzunehmen, sie aber ein paar Tage zappeln zu lassen. Aus den paar Tagen wurde eine Woche, und Maud litt Qualen, als sei sie wirklich in Jack Greystock verliebt. Er würde nicht antworten, das Geld würde ihr ausgehen, seine Mutter würde die Heirat verbieten, einer nach dem anderen würden sie sich, wenn Hope weggezogen war, alle, die ihr noch nahestanden, von ihr abwenden. Das Leiden, das sie sich eingeredet hatte, als sie Hope gesagt hatte, sie sei »kränklich«, äußerte sich jetzt in ständig wiederkehrendem Kopfweh, Rückenschmerzen und abendlichen Fieberschüben.

Diese Symptome – oder eingebildeten Symptome – waren wie weggeblasen, als Jack Greystock vor ihrer Tür stand. Er kam herein, umarmte sie und gab ihr einen Kuss. Maud ließ es sich wohl oder übel gefallen, wenn sie Mann und Frau waren, sagte sie sich, würde das wohl häufiger vorkommen, sie würde sich daran gewöhnen müssen. Ronnie Clifford und die Wiesen im Frühling waren weltenweit entfernt.

Jack, munter und umgänglich, wenn alles so lief, wie er wollte, versicherte Maud ungefragt, dass er den Dorfklatsch nie geglaubt hatte, aber eine Trauung im Standesamt kam für ihn nicht in Frage. Selbstverständlich würde es eine kirchliche Heirat geben. »Wo denkst du hin!«, sagte er, und seine Stimme klang plötzlich fast bedrohlich.

Maud jammerte ein bisschen, gab aber dann schnell nach. Der Pfarrer, ein gutgläubiger Mensch, setzte als selbstverständlich voraus, dass sie Witwe war, und schrieb ins Aufgebot: »Maud Jean Goodwin, Witwe aus dieser Gemeinde.« Maud konnte ihr Glück kaum fassen und war für den Rest des Tages bester Laune. In späteren Jahren aber überlegte sie manchmal, ob dieses eine Wort, diese Unwahrheit, eine Gefahr für ihre Ehe war. Falls Jack freikommen wollte oder womöglich auch sie, konnte dieses eine falsche Wort dann ihre Ehe ungültig machen?

Es war eine kleine Hochzeit, zu der nur Jacks Mutter und ein paar Leute aus dem Dorf – Jacks, nicht Mauds Freunde – kamen, außerdem die Hardings und Mr und Mrs Christian Imber. Jack fuhr mit Maud zu einem langen Flitterwochenende nach Sidmouth, wo Maud zum ersten Mal das Bett mit einem Mann teilte. Dabei fiel ihr ein, wie die Lehrerin Hope und den anderen Mädchen erzählt hatte, Sex zwischen Mann und Frau sei eine »besonders innige Art der Umarmung«. Sie hütete sich, Jack davon zu erzählen. Er sprach nie viel, wiederholte aber immer wieder, er sei verrückt nach ihr. Das wurde zu einer Art Mantra, das zu jeder seiner sexuellen Annäherungen gehörte. Er machte nie einen Rückzieher, denn er hoffte auf Kinder, und sie hätte gar nicht gewusst, wie man verhütete.

Während Hopes Ehe, die sie so jung geschlossen hatte, durchaus glücklich und in zwölf Jahren mit vier Kindern gesegnet war – sie kamen nur so gepurzelt, sagte Christian –, hatte Maud in ihrem Zusammenleben mit Jack einiges auszuhalten. Sie lebte zwar in größerem Komfort als früher, aber er benahm sich, als habe es das inzwischen siebzig Jahre alte Gesetz über das Eigentumsrecht für verheiratete Frauen nie gegeben. Dass alles, was sie besaß, auf ihn übertragen wurde, war für ihn selbstverständlich, aber ein gemeinsames Konto verweigerte er ihr mit der Begründung, Frauen verstünden nichts vom Geld. Jack war ein kleiner Sadist, er genoss es, Maud das Fürchten zu lehren, und rechtfertigte das vor sich damit, dass seine Frau schließlich kein Ausbund an Tugend gewesen war, als er sie geheiratet hatte. Da war einmal das uneheliche Kind, dann die komische Geschichte mit dem Bruder, den sie als ihren Ehemann ausgegeben hatte, ganz zu schweigen von dem Mörder, den sie bei sich aufgenommen hatte. Sie hatte es verdient, dass er ihr ab und zu ein bisschen Bange machte.

Jack Greystock war ein großer, kräftiger Bursche, und wenn sie einmal aufbegehrte und er daraufhin die Fäuste ballte und sagte »Jetzt reicht's aber!«, konnte sie sich nur noch schmollend in eine Ecke verziehen. Er schlug sie nie, ging aber oft mit vorgestrecktem Kinn ganz nah an ihr Gesicht heran und sagte, sie habe ihm bei der Trauung schließlich Gehorsam gelobt. Die Kinder, die er sich gewünscht hatte, blieben aus. Ob Jack ihr die Schuld daran gab, verriet er nicht, seine Mutter allerdings warf Maud manchmal vor, sie »habe in den Plan der Natur eingegriffen«. Materiell ließen die Greystocks es sich gutgehen. Auf der Windstone

Farm herrschte Überfluss, während das Land noch viele Jahre an den Nachkriegsentbehrungen litt. Das Erntedankfest bei den Greystocks war ein großes Ereignis in Ottery St. Jude, für das hauptsächlich Maud kochte – die besten ausgestellten Kuchen waren von ihr. Auch bei den Essen, zu denen Jack häufig seine zahlreichen Freunde mit ihren Frauen einlud, war sie für die Küche verantwortlich. Wenigstens bei diesen Anlässen, wenn Jack Mauds hausfrauliche Talente rühmte und sie stolz in einem neuen Kleid vorzeigte, das er ausgesucht und gekauft hatte, wirkten Jack und Maud wie ein glückliches Paar.

Hin und wieder kamen Hope und Christian mit der ganzen Kinderschar nach Devonshire. Sie verbrachten ein paar Tage auf der Windstone Farm, doppelt so viele bei Alicia Brown und ihrem Mann und ein Wochenende bei Guy und Elspeth. Jack machte keinen Hehl daraus, dass die Besuche der Imbers ihm lästig waren, aber er verdankte ihnen immerhin die Erkenntnis, dass Kinder anstrengend sind und er sich womöglich glücklich schätzen konnte, keine zu haben. Wenn die Familie fort war, kamen er und Maud sich immer auf ein paar Stunden näher, da sie die Browns beide ablehnten – Jack, weil Geoffrey Brown ihn einmal auf der Viehschau vor den Kopf gestoßen hatte, und Maud wegen des nie vergessenen *noblesse oblige*. Die sonst eher enthaltsame Maud feierte die Abreise der Gäste mit einem Glas Sherry, Jack mit reichlich verdünntem Whisky. Maud war unbewusst in die alten Familienmuster zurückgefallen und lehnte Hope, Christian und die Kinder ebenso als Ganzes ab wie Mr und Mrs Goodwin, Sybil und Ethel.

Die Zeit verging, und Mauds Beziehung zu Elspeth und

Guy lockerte sich mehr und mehr. Maud kämen Eier und Milch und Wild ohnehin »aus den Ohren raus«, erklärte Jack, sie habe es nicht nötig, milde Gaben von diesen Hardings anzunehmen, die, wenn sie mit den Browns befreundet waren, nur Snobs sein konnten. An einem Freitagvormittag war Maud nach Ashburton gefahren, um ein Paar Schuhe zu kaufen. Die Zeit der Rationierung war längst vorbei. Jack hatte ihr das Geld gegeben, sie dürfe ruhig ein bisschen klotzen, hatte er gesagt. Am Straßenrand hielt ein Wagen, und Ronnie Clifford stieg aus. Weder ihn noch sie hatten die Jahre bisher wesentlich verändert, und Maud erkannte ihn sofort. Ronnie wusste offenbar auch, wer sie war, denn er wurde dunkelrot. Als er ihren Blick spürte, brachte er ein »Hallo…« heraus, aber das Wort, das danach hätte kommen müssen, blieb aus. Er hatte ihren Namen vergessen.

Ohne etwas zu sagen, ging Maud weiter und betrat das Schuhgeschäft.

2011

I

Ich hatte noch nie ganz allein in einem Haus gelebt, hatte immer mit anderen eine Wohnung geteilt oder Nachbarn über den Gang gehabt. In Dinmont House konnte man sehr einsam sein. Die Decken waren so hoch, das Haus stand zwar in einer Wohnstraße, war aber mit den efeubewachsenen Mauern rundum völlig abgeschottet. Wie damals, als ich über den Treidelpfad gegangen war und der Radler mich fast umgefahren hätte, merkte ich, wie verletzlich ich selbst, wie verletzlich mein Kind war. Meine Mutter hatte das erkannt und mich gefragt, ob ich in den nächsten vier Monaten oder auch noch danach bei ihnen wohnen wolle. Ich war ihr dankbar, aber ich lehnte ab. Sie redete mir zu, ja sie bedrängte mich, was ihr ganz und gar nicht ähnlich sah. Nachdem ich mich ein paarmal am Telefon nicht gemeldet hatte, so dass der Anrufbeantworter angesprungen war, ohne dass ich hinterher zurückgerufen hatte, einigten wir uns auf einen Kompromiss. Nach wie vor war ich entschlossen, nicht zu ihr zu ziehen, aber wenn sie mich mehr als dreimal anrief, ohne dass ich mich meldete, würden sie und Malcolm kommen und nachsehen, ob alles in Ordnung war. Sie hatte offenbar begriffen, dass ich hier sein wollte, wenn Andrew zurückkam. Falls er zurückkam. Das Gespenst, von dem James gesprochen hatte, oder ein Stromausfall beschäftigten mich nicht mehr. Den Geist gab es nicht, und mit Stromausfällen würde ich schon fertig werden.

Meine Freundin Sara kam mit ihrem Baby, Damian kam mit seiner Verlobten Louise und ihrem Baby. Fay, meine Mutter, und Malcolm kamen oft. Um der Einsamkeit zu entfliehen, so heißt es, genügt beliebige Gesellschaft – die Putzfrau zum Beispiel, die für zwei Stunden kommt, oder jemand, mit dem man nur flüchtig bekannt ist. Ich war einsam, weil mir Andrew fehlte, während ich James nicht weiter vermisste, auch wenn ich ihm dankbar für seine Anrufe und seine fürsorglichen E-Mails war. Er hatte gesagt, er werde Andrew nie belügen. Ob er wohl meinem Bruder jedes Mal Bescheid sagte, wenn er sich bei mir meldete? Oder hatte er nur versprochen, die Wahrheit, aber nicht die ganze Wahrheit zu sagen? Als mein Bruder Andrew hier wohnte, waren wir uns manchmal tagelang nicht begegnet, aber ich war nicht einsam gewesen, ich wusste, dass ich ihn am nächsten oder übernächsten Tag wiedersehen würde.

Auch meine Doktorarbeit machte mir Sorgen, und ich rechnete schon mit einer kompletten Ablehnung, als ich einen Termin für mein Rigorosum bekam – einen Tag im Oktober. Die beiden Frauen und der eine Mann, denen ich gegenüberstand, würden zahlreiche Änderungen verlangen, dachte ich, aber zu meiner großen Überraschung begrüßten sie mich als »Dr. Easton«. Danach bekam ich hauptsächlich Lob und Glückwünsche zu hören, und erst als ich schon im Gehen war, hieß es wie nebenbei, um »ein, zwei Kleinigkeiten« müsse ich mich vielleicht noch kümmern.

Ich wusste, dass Kevin Drakes Prozess irgendwann im November war, und redete mir ein, dass die Dinge, wenn Andrew erst einmal seine Aussage gemacht hatte und alles vorbei war, wieder ins Lot kommen würden – obwohl ich keine Ahnung hatte, wie das gehen sollte. Dabei dachte ich zwangsläufig immer auch an die Ungeheuerlichkeit meiner Tat – es war *meine* Tat und nicht so sehr die von James. Ich hätte nein sagen oder ihm zumindest ein Nein zu verstehen geben können – mit einem freundlichen Lächeln, mit einem Kopfschütteln und einem sanften Abrücken von ihm. Im Nachhinein konnte ich mir mein Verhalten kaum mehr erklären. War ich in James verliebt, war ich verrückt nach ihm gewesen, hatte ich ihn begehrt? Nichts dergleichen. Und dennoch: Ohne das, was geschehen war, würde ich jetzt nicht Tess erwarten, die sich kräftig und munter in mir regte.

Der vergangene Winter war bitterkalt gewesen, im November hatte es starken Frost und Schnee gegeben, der uns eines der so seltenen weißen Weihnachten beschert hatte. Dieses Jahr war der November mild, fast septemberwarm. Blumen spitzten hervor, die eigentlich erst im April blühen dürften, und gestern sah ich eine Schwalbe, die eigentlich längst hätte im Süden sein müssen, sich aber durch das milde Wetter hatte täuschen lassen und hiergeblieben war. Ich sorgte mich um diese Schwalbe, auch wenn ich sie nie wiedersah. Ob sie wohl gestorben war? Wir warteten auf die Kälte, die aber kam nicht.

Dass Winter war, merkte man einzig daran, dass es morgens spät hell und abends früh dunkel wurde. Fay kam oft nach der Arbeit vorbei. Ein- oder zweimal konnten wir sogar bei geöffneter Terrassentür im Wohnzimmer sitzen, mit Blick auf den winterlichen Garten, in dem das Laub sich nur langsam, fast widerwillig von den Bäumen löste. An einem dieser Abende, nachdem Fay gegangen war und ich den Eingang verriegelt hatte, klingelte es an der Haustür. Das Geräusch war mittlerweile so wenig vertraut wie das Klingeln des Festnetztelefons. Als ich begriffen hatte, was es war, beschloss ich, nicht zu öffnen.

Als es noch einmal und diesmal nachdrücklicher klingelte, dachte ich an Maud, die in *Kindes Kind* die Türglocke hört, aber nicht aufmacht, als Bertie nach seinem langen Marsch durch eine kalte, nasse Nacht auf der Schwelle steht. Schließlich hat sie dann doch die Tür geöffnet, auf Hopes Fragen hin. Ich musste nicht auf ein kleines Mädchen Rücksicht nehmen. Noch nicht. Nein, ich würde nicht öffnen, abends um acht als Frau allein in einem großen Haus. Stattdessen ging ich ins Arbeitszimmer und sah aus dem Fenster. Ein Mann und eine junge Frau hatten sich schon zum Gehen gewandt, drehten sich aber um, als ich das Fenster aufmachte.

Ihr Aussehen prägte sich mir nachhaltig ein, und das war gut so. Sie waren jung, das Mädchen ein paar Jahre jünger als meine Studierenden. Er mag neunzehn oder zwanzig gewesen sein, trug, was jeder in diesem Alter trägt – eine schwarze Lederjacke, ein blaues Sweatshirt, Jeans. Bei ihr sahen nackte, dralle Schenkel unter dem kurzen Rock hervor. Ihre Haut war von der Kälte gerötet, denn es war frisch. Sie hatte blondgefärbte, fast senffarbene Haare. Sein Schädel war kahl. Im grellen Licht, das aus dem Arbeitszimmer nach draußen fiel, sah ich sogar seine Aknenarben.

Natürlich registrierte ich das alles nicht sofort, sondern erst, als er mich fragte, ob mein Bruder zu Hause sei. Nicht, ob er im Dinmont House wohne, sondern ob er zu Hause sei.

»Ist Mr Andrew Easton zu Hause?«, sagte er mit diesem Londoner Zungenschlag, der oft nicht leicht zu verstehen ist.

Das Mädchen nickte bekräftigend.

Sie waren nicht aggressiv, bedrohten mich nicht, aber ich war auf der Hut und antwortete möglichst unverfänglich. Tess rührte sich leicht. »Er wohnt nicht mehr hier. Er ist schon lange ausgezogen.«

»Wo isser denn hin?« Das Mädchen massakrierte die englische Sprache so erbarmungslos, dass ich sie bitten musste, ihre Frage zu wiederholen.

»Das weiß ich nicht. Ich habe ihn kaum gekannt«, sagte ich.

Was wollten die beiden? Sie wirkten zu jung und dumm und – ja irgendwie verloren, um gefährlich zu sein. Und als ich Andrew verleugnete, kam ich mir vor wie Petrus, auch wenn es nicht mein Stil ist, mich mit biblischen Gestalten zu vergleichen. »Tut mir leid, ich kann Ihnen nicht helfen«, sagte ich und schloss das Fenster.

Sie sahen noch einmal über die Schulter zurück, während ich ihnen nachsah.

Ich schrieb Toby Greenwell, dass mir *Kindes Kind* gefallen habe, es sich meiner Meinung nach zur Veröffentlichung eigne und heutzutage niemand mehr an den unverblümten Hinweisen auf homosexuelle Liebe Anstoß nehmen werde. Ich nahm die geforderten Verbesserungen an meiner Doktorarbeit vor. Doch bei alldem war ich in Gedanken immer wieder bei dem Jungen mit der Akne und dem bizarr blondierten Mädchen. Ich konnte sie nicht vergessen und bereute, dass ich bei mir gedacht hatte, sie habe »die englische Sprache massakriert«. Ein finsterer Ausdruck, der Mord und Totschlag heraufbeschwor. Warum ging mir das so nach? Ich träumte, dass ich einen Fremden, einen Mann aus dem Nahen Osten, in seinem Blut auf dem Gehsteig liegen sah, umgeben von teuflischen Fratzen wie auf einem Gemälde von Breughel.

Ich hatte mit James, seit er nicht mehr hier wohnte, nie von mir aus Kontakt aufgenommen, doch er meldete sich regelmäßig. Momentan aber war er mit Andrew eine Woche auf Urlaub. Dass sie verreist waren, hätte James nicht daran hindern müssen, mich anzurufen, eine E-Mail oder SMS zu schicken, aber bei seinem letzten kurzen Urlaub hatte er das nicht getan. Was mich daran hinderte, mit ihm zu sprechen, war, dass er Andrew alles brühwarm weitererzählen würde. Zu dumm, dass ich mir nicht die Namen des Pärchens hatte geben lassen, dann hätte ich damit zur Polizei gehen können. Doch mit welcher Begründung? Sie hatten nichts getan, sie hatten nur gefragt, wo mein Bruder wohnte.

James rief an, als Andrew und er zurück waren, und fragte, wie es mir ergangen sei. Ich erzählte ihm von meinen Besuchern, und James sagte, es sei ja nichts passiert. Sie hatten nichts preisgegeben, und ich hatte nichts preisgegeben, nur dass Andrew nicht mehr im Dinmont House wohnte. James spielte den Vorfall herunter. Genau wie die Sache mit dem Prozess. Über Martin Greenwells Buch zu sprechen würde ihn vielleicht ablenken, und ich hätte gern gehört, was er über seinen Großonkel wusste und ob er ein ähnliches Schicksal erlitten hatte wie John Goodwin.

Von Fay erfuhr ich, dass die Verhandlung kurz bevorstand. Mitten in der Nacht erwachte ich und überlegte, ob der Kahlgeschorene Gary Summers gewesen sein konnte, der bei der Tat mit Kevin Drake zusammen gewesen war, den aber Andrew und James nicht eindeutig hatten identifizieren können. Die Zeitungen hatten keine Fotos von ihm gebracht, ich kannte seinen Namen nur von Andrew.

Vier Tage vor Beginn des Prozesses hatte ich mich mit Louise zum Lunch in der Hampstead High Street getroffen. Es war ein sonniger, aber ziemlich kalter Tag, und Klein William sah in seinem Einteiler aus braunem Plüsch aus wie ein pummeliger junger Bär. Bei unserem nächsten Treffen würde ich Tess dabeihaben, ähnlich eingepackt. Auch meine Tochter war – woran ich bisher noch nie gedacht hatte – mit James' Großonkel verwandt, eine Urgroßnichte. Louises große Neuigkeit war, dass sie und Damian heiraten wollten, und damit war dann William ehelich, dachte ich automatisch, auch wenn das heutzutage kein Thema mehr war. Nur ich achtete seit meiner Dissertation auf diese Dinge.

Louise kam auf eine Stunde mit zu mir. Wir tranken Tee, dann brachte ich sie zur U-Bahn und trat den ziemlich langen Heimweg an. Die Abenddämmerung begann sehr früh, und da die Sonne sich längst hinter den heranziehenden Wolken versteckt hatte, wurde es dunkel, bis Dinmont House in Sicht kam. Unsere schmale Straße wirkt immer still und scheinbar menschenleer. Die Bewohner der wenigen Häuser fahren mit ihren Autos bis in die Garage, niemand stellt seinen Wagen auf der Straße ab. Es wunderte mich deshalb, dass ein Mann an unserem Gartentor stand. Während ich näher kam, ging er ein Stück weiter. Die Straße hat viele hohe Bäume mit gefleckten Stämmen, Platanen, glaube ich. Unter einem dieser Bäume wartete er und drehte den Kopf weg, bis ich das Gartentor aufgemacht hatte und auf halbem Weg zum Haus war.

Da spiegelte er sich plötzlich hinter mir in dem kleinen verglasten Vorbau. Es ist ein unbehagliches Gefühl, wenn man sich umdreht und statt jemandem in einiger Entfernung nur Zentimeter vor dem eigenen Gesicht ein fremdes sieht, zumal, wenn es mit Schal und Kapuze vermummt ist. »Was wollen Sie?«, schrie ich – auch wenn im Umkreis von zwei- oder dreihundert Metern niemand war.

»Das weißt du ganz genau.« Er presste mir eine Hand auf den Mund, so fest, dass ich mich nicht wegducken konnte. »Wenn du tust, was ich sage, passiert dir nichts.«

Mein einziger Gedanke galt Tess, die sich sanft in mir regte, während ich meinen Angreifer musterte. Es war ein großer, kräftiger Kerl, nicht der Kahlgeschorene.

»Her mit der Handtasche.«

Niemand ist verletzlicher als eine Schwangere. Was ich auch gegen ihn unternahm – ob ich um mich schlug, ihm das Knie zwischen die Beine stieß, ihm auf den Fuß trat –, es konnte sich an Tess rächen. Also gab ich ihm meine Handtasche. Er nahm die Schlüssel heraus, machte die Tür auf und stieß mich vor sich her ins Haus.

»Ich werd verrückt! Hier haben ja hundert Nasen Platz, ohne dass es eng wird.«

Er sprach mehr oder weniger gebildet, so wie die jungen Leute in meinem Tutorium, die als Kinder wie das blondierte Mädchen gesprochen, als Teenager aber einen gewissen Schliff erhalten hatten. Ich dachte an die beiden und dachte kurz auch an Maud. Warum hatte ich mir nie überlegt, was für einen Akzent sie wohl gehabt hatte?

Er nahm seine Hand weg und gab mir einen Stoß. Ich musste mich am Sofa festhalten, um nicht hinzufallen.

»Du weißt, was ich wissen will.«

»Ach ja?« Ich hörte, dass ich quiekte, und schämte mich.

Er sah an mir herunter, vom Scheitel bis zu der Stelle, wo meine Taille gewesen war, und noch ein Stück tiefer. »Das möchte ich dir jedenfalls geraten haben.« Die Drohung war unüberhörbar. Tod für Tess, wenn nicht für mich.

Ich stieß einen leisen Schrei aus, halb Angst, halb Protest.

»Sag mir, wo Andrew Easton wohnt. Diese Schwuchtel, diese Tunte.«

Ich wurde dunkelrot und murmelte, ich wüsste es nicht.

»Klar weißt du's. Ist doch dein Bruder.«

Er steckte meine Schlüssel wieder in die Handtasche zurück, holte das Handy heraus und drückte auf das Kontaktsymbol. »Ich such mir die Adresse raus.«

»Die ist da nicht.«

Manche Leute fügen eine Privatadresse hinzu, wenn genug Platz ist, ich nie. Außerdem hatte Andrew die meiste Zeit hier gewohnt. Wie James mit Nachnamen hieß, wusste der Mann offenbar nicht. Ich solle mich setzen, sagte er, und als ich zum Sofa ging, brüllte er mich an: »Nicht dahin!« Ich solle mir den einzigen Stuhl nehmen, der in der Nähe stand. Dann suchte er in den Taschen seiner wattier-

355

ten Jacke herum und förderte ein aufgerolltes Seil zutage. Um mich zu foltern, um mich auszupeitschen?

»Aufstehen! Und bring den Stuhl mit.« Ich zuckte zusammen und zögerte, aber dann stand ich auf. »Los jetzt. Tu, was ich dir sage.« Er hatte das Seil in der Hand, den Stuhl brachte ich mit. Dann nahm er eine Zigarette aus einer Schachtel, und ich erschrak fürchterlich. Als er den Schal verschob, um an seinen Mund zu kommen, dachte ich an die Zigaretten in den Krimis meiner Urlaubs- oder Flugzeuglektüre, die dort auf den Handflächen der Opfer ausgedrückt wurden.

»Hinsetzen!«, befahl er, als wir im Esszimmer waren, das am weitesten von der Haustür entfernt war. Stattdessen trat ich zurück und hob den Stuhl wie einen Schild. Ohne Vorwarnung schlug er mir heftig ins Gesicht. So wie Maud es mit ihrer Tochter gemacht hatte, aber noch nie jemand mit mir. Ich musste an mich halten, um ihn nicht anzuflehen: »Schlag mich nicht! Tu mir nichts.« Der Gedanke an Gegenwehr kam mir angesichts des glühenden Zigarettenendes nicht mehr.

Von Maud heißt es in *Kindes Kind*, sie habe ein behütetes Leben geführt. Aber ergeht es uns in der westlichen Welt nicht allen so? Mich hatte man nie geschlagen, niemand hatte mir je körperliche Gewalt angetan. Um dem zu widerstehen, braucht man Übung, man muss sich halbwegs daran gewöhnt haben. Ich versuchte nach Kräften, aber vergeblich, unbeweglich dazusitzen, nicht zu zittern. Ich schlotterte vor Angst, während er meine Beine an die Stuhlbeine und meine Hände hinter mir an die Stuhllehne band. Mein Kugelbauch ragte jetzt nach oben, ein anfälliges Ziel, doch immerhin lenkte mich die unbequeme Sitzhaltung ein wenig von meiner Angst ab.

Er zündete sich die nächste Zigarette an. Mein Handy klingelte erneut ins Leere. Er trug keine Sneaker, sondern schwere Stiefel. Den Fuß stellte er, während er mir die Zigarette nah ans Gesicht hielt, auf der Querstrebe des Stuhls ab. Vielleicht war es nicht als Drohung gemeint, aber es sah so aus. »Wo wohnt er?«

Ich war so verängstigt, dass ich, so verrückt sich das auch anhört, James' Adresse vergessen hatte. Natürlich kannte ich sie genau, auch wenn ich nie dort gewesen war. Veritys Bücher, die überall im Haus standen, auch in diesem Zimmer, retteten mich. Mein Blick blieb an den Romanen von Paul Scott hängen. Da fiel es mir wieder ein.

»Paul Paultons Square.« Die Hausnummer wusste ich.

Ich war so unaussprechlich erleichtert, dass mir die Erinnerung gekommen war und der Fuß zurückgezogen und die Zigarette ausgedrückt wurde (allerdings auf einer Sessellehne), dass ich einen Augenblick vergaß, was ich getan hatte. Die Abscheulichkeit dessen, was ich getan hatte.

»Wenn du mich angelogen hast…«

»Nein, bestimmt nicht.«

»Ich riskier mal lieber nichts.«

Louise hatte ihren Schal vergessen, er hing über einem der Sessel, den griff er sich und knebelte mich genau wie im Fernsehen. Ich musste auf den Schal beißen, so dass er halb in meinem Mund war, dann zog er ihn straff. Ich fügte mich, ich hatte keine Wahl. Die Wahl hatte ich getroffen, als ich den Paultons Square preisgab.

»Wenn er da nicht wohnt, siehst du mich wieder.«

Der Knebel tat nicht weh, ich konnte atmen, aber mir war nicht gut. Tess bewegte sich kräftig wie immer um diese Tageszeit. Was würde aus ihr, wenn mir die Luft ausging? Er war kein Fesselkünstler, das merkte ich beim Zappeln und Herumrutschen, aber trotz meiner Bemühungen lockerte das Seil sich nicht, sondern schien sich immer fester zuzuziehen. Wieder klingelte das Handy.

In manchen meiner früheren Wohnungen hätte ich mich nur samt Stuhl auf den Boden fallen lassen müssen, wäre zu der Trennwand zur Nachbarwohnung gerutscht, hätte so laut wie möglich mit den Füßen getrommelt und mit dem Stuhl geruckelt, und dann hätte es nicht mehr lange gedauert, bis jemand bemerkt hätte, dass etwas nicht stimmte. Aber dieses Haus war groß und isoliert, viele Meter trennten es von dem nächsten Nachbarn. Außerdem hätte die harte Landung womöglich Wehen ausgelöst, auch wenn der Geburtstermin erst in drei Monaten war.

Ich wusste nicht einmal, wo er das Handy gelassen hatte. Allerdings hätte mir dieses Wissen auch nichts genützt. Nach der Uhr auf dem Esszimmerkamin war es zehn nach sechs gewesen, als wir ins Haus kamen. Jetzt war es Viertel vor neun. Durch einen Knebel ist eine der Öffnungen blockiert, durch die man Luft holt. Kaum aber hatte ich angefangen zu überlegen, dass mir ja noch eine zweite Möglichkeit blieb, bekam ich Panik, etwas könnte meine Nase blockieren. Durch einen Nieser konnte das passieren, wenn ich mich hinterher nicht schneuzen konnte, und schon meinte ich ein Kitzeln hinter der Nasenscheidewand zu spüren und ein dumpfes Gefühl, das vorher nicht da gewesen war.

All das klingt unheimlich ichbezogen, denn ich hatte mir bis dahin noch kaum Gedanken um Andrews Schicksal gemacht, die aber holten mich jetzt mit Macht ein. Die Adresse hatten sie natürlich haben wollen, um ihn umzubringen. Ein Blick auf die Uhr sagte mir, dass es Viertel nach neun war. Ganz gleich, auf welchem Weg mein Angreifer zum Paultons Square gelangt war – er hatte inzwischen reichlich Zeit gehabt, mit einem oder mehreren Helfern Andrew aufzusuchen. Ich hoffte inständig, dass Andrew und James ausgegangen waren, aber irgendwann mussten sie zurückkommen. Zehn vor zehn klingelte das Handy erneut. Diesmal war es bestimmt James, der mir sagen wollte, dass sie Andrew gefunden hatten. Meine Nase war nicht verstopft, der Mund schmerzte und pochte, und der Knebel war nass von Speichel, aber ich konnte nur an eins denken: dass ich meinen Bruder zum zweiten Mal verraten hatte.

2

Tränen halfen nicht weiter. Trotzdem weinte ich – außer mir vor Furcht. Wenn ich ihm die falsche Adresse gegeben hätte, würde er zurückkommen, hatte er gedroht, aber das hätte ich nie gewagt. Hatte er meine Schlüssel mitgenommen? Ich sah meine Handtasche auf dem Tisch liegen, scheinbar meilenweit entfernt. Es war zehn, und das Handy klingelte erneut. Ich phantasierte, dass ich wie in einem Stephen-King-Thriller es in winzigen Schritten schaffte, mich von meinen Fesseln zu befreien. Der Gedanke beschäftigte mich noch, als es plötzlich an der Haustür klingelte.

Trotz meiner Angst war mir klar, dass es nicht mein Angreifer sein konnte. Irgendjemand wartete darauf, hereingelassen zu werden. Es klingelte wieder.

Diesmal lehnte ich mich so weit wie möglich zur Seite und ließ mich – voller Angst um Tess – fallen. Auf dem Fußboden, auf dem kein Teppich lag, konnte ich bis in die Diele rutschen und dort den einzigen Laut von mir geben, der mir möglich war, ein ersticktes Quäken durch den Knebel hindurch. Die Haustür ist aus massivem Hartholz, aber offenbar nicht Eiche, denn die hätte mehr Widerstand geleistet. Malcom ist ein schwerer Mann, und er und Fay hatten einen Polizisten mitgebracht. So konnten die beiden Männer mit vereinten Kräften die Tür eintreten – und fanden mich zusammengeschnürt wie eine Weihnachtsgans.

Als ich frei war – Tess schlingerte in meinem Bauch wie ein Boot im Sturm –, musste ich berichten. Der Polizist fragte, ob ich glaubte, den Mann identifizieren zu können, aber ich erzählte ihm von der Vermummung unter der Kapuze. »Die Stimme würde ich wiedererkennen«, sagte ich, und dann fragte ich Fay, warum sie und Malcolm gerade jetzt gekommen waren, viel zu spät für einen normalen freundschaftlichen Besuch.

»Wir hatten es doch so abgemacht. Dass wir vorbeikommen würden, wenn du dich dreimal hintereinander auf meinen Anruf nicht meldest. Sag nicht, dass du es vergessen hast. Und jetzt kommst du mit uns mit, ob du willst oder nicht – zumindest, bis die Haustür ersetzt ist.«

Ich nahm meine Handtasche vom Tisch. Meine Schlüssel fehlten tatsächlich. Ich ging mit Fay, während Malcom und der Polizist sich auf die Suche nach Andrew machten. Fay hatte ihn erst am Tag zuvor gesprochen, er war vergnügt und munter, aber nicht bereit gewesen, über mich zu reden. Sie boten mir einen Whisky an, doch das war in meinem Zustand nichts für mich. Wir waren sicher, dass wir kein Auge zutun würden, aber Fay, die optimistischer ist als ich, sagte immer wieder, jetzt wisse ja die Polizei Bescheid, und Andrew könne nichts mehr passieren.

Dies sollte sich als Irrtum erweisen. Summers und noch zwei Freunde von Kevin Drake spürten ihn an einer an sich völlig gefahrlosen Stelle auf – vor dem Kino in der Fulham Road. James war noch einmal zurückgegangen, um sein Handy zu holen. Er meinte, es sei unter seinen Sitz gerutscht. Inmitten einer Menschenmenge bohrten sich fast unbemerkt drei Messer in Andrews Brust und Rücken.

Mein Angreifer – es war tatsächlich Gary Summers – hatte mehrere Stunden Vorsprung vor uns. Erst nach einigen Tagen erfuhr ich, was passiert war. Summers war sofort zu dem Wohnblock im Paultons Square gegangen, hatte die Briefkästen studiert und die Nummer von James' Wohnung herausgebracht. An sich sollte man sich vom Portier telefonisch anmelden lassen, aber Summers schlich sich einfach durchs Treppenhaus hoch. Nachdem er vergeblich bei James geklingelt hatte und sich schon zum Gehen wandte, traf er mit der jungen Frau zusammen, die in der Wohnung gegenüber wohnte. Ja, sie hatte die beiden weggehen sehen, James hatte ihr gesagt, sie wollten ins Kino. Ungefragt setzte sie hinzu, dass der Film um halb zehn aus sei und sie dann essen gehen würden. Sie nannte Summers sogar den Namen des Restaurants, in dem ihre Nachbarn oft aßen.

Die Meldung kam in die Zeitung und ins Fernsehen, und doch hatten sie nach drei Tagen noch niemanden verhaftet. Ich konnte Summers nicht identifizieren, seine Helfer blieben anonym. Aber immerhin war es ihnen nicht gelungen, Andrew umzubringen. Mein Bruder wurde zweimal operiert und befand sich drei Tage in einem kritischen Zustand. Fay war fast die ganze Zeit bei ihm und ich auch ziemlich oft. Der arme James jedoch, der »nur« ein Bekannter war, durfte nicht mit hinein.

»Hätten wir da schon eine eingetragene Lebenspartnerschaft gehabt«, sagte er zu mir, »wäre ich Familie gewesen.«

Die Messerstiche hatten Andrews Herz verfehlt, aber einer hatte seine Milz getroffen. »Wer braucht schon eine Milz«, sagte Andrew, als es ihm besserging. »Keine Ahnung, wozu so ein Ding gut sein soll.«

Wusste er, dass ich zusammen mit Fay und mit James, sobald sie ihn zu ihm ließen, an seinem Bett saß? Ich hatte nie gefragt, und als er wieder bei klarem Verstand war, sich aufsetzen und sprechen konnte, betrat ich zitternd und zagend das Krankenzimmer. Würde er sich abwenden und das Gesicht in den Kissen vergraben? Es kam anders. Er witzelte gerade – typisch Andrew! –, Fay werde jetzt womöglich dafür sorgen, dass der Prozess um Monate verschoben würde, wohingegen …

Als ich hereinkam, sah er auf und streckte die Arme aus. »Vorsicht mit meinen Blessuren. Hi, *Sis*!«

Ich bin Angus Calder und seinem Buch *The People's War: Britain 1939–1945* (Verlag Jonathan Cape) zu Dank verpflichtet für Hintergrundinformationen über den Zweiten Weltkrieg, insbesondere die Auswirkungen des Krieges auf die britische Bevölkerung.

Ruth Rendell

Barbara Vine
im Diogenes Verlag

Barbara Vine (i.e. Ruth Rendell) wurde 1930 in London geboren, wo sie auch lebte. Sie arbeitete als Reporterin und Redakteurin für verschiedene Magazine. Seit 1965 schrieb sie Romane und Stories, die verschiedentlich ausgezeichnet wurden. Barbara Vine starb am 2. Mai 2015.

»Barbara Vine, besser bekannt als Ruth Rendell, ist in der englischsprachigen Welt längst zum Synonym für anspruchsvollste Kriminalliteratur geworden.«
Österreichischer Rundfunk, Wien

»Wenn Ruth Rendell zu Barbara Vine wird, verwandelt sich die britische Thriller-Autorin in eine der besten psychologischen Schriftstellerinnen der Gegenwart.« *Süddeutsche Zeitung, München*

Die im Dunkeln sieht man doch

Es scheint die Sonne noch so schön

Schwefelhochzeit

Königliche Krankheit

Aus der Welt

Das Geburtstagsgeschenk

Kindes Kind

Alle Romane aus dem Englischen
von Renate Orth-Guttmann

Ingrid Noll
im Diogenes Verlag

»Sie ist voller Lebensklugheit, Menschenkenntnis und verarbeiteter Erfahrung. Sie will eine gute Geschichte gut erzählen, und das kann sie.«
Georg Hensel / Frankfurter Allgemeine Zeitung

Der Hahn ist tot
Roman

Die Häupter meiner Lieben
Roman

Die Apothekerin
Roman

Der Schweinepascha
in 15 Bildern. Illustriert von der Autorin

Kalt ist der Abendhauch
Roman

Röslein rot
Roman

Selige Witwen
Roman

Rabenbrüder
Roman

Falsche Zungen
Gesammelte Geschichten
Ausgewählte Geschichten auch als Diogenes Hörbücher erschienen: *Falsche Zungen*, gelesen von Cordula Trantow, sowie *Fisherman's Friend*, gelesen von Uta Hallant, Ursula Illert, Jochen Nix und Cordula Trantow

Ladylike
Roman
Auch als Diogenes Hörbuch erschienen, gelesen von Maria Becker

Kuckuckskind
Roman
Auch als Diogenes Hörbuch erschienen, gelesen von Franziska Pigulla

Ehrenwort
Roman
Auch als Diogenes Hörbuch erschienen, gelesen von Peter Fricke

Über Bord
Roman
Auch als Diogenes Hörbuch erschienen, gelesen von Uta Hallant

Hab und Gier
Roman
Auch als Diogenes Hörbuch erschienen, gelesen von Uta Hallant

Der Mittagstisch
Roman
Auch als Diogenes Hörbuch erschienen, gelesen von Anna Schudt

Außerdem erschienen:

Die Rosemarie-Hirte-Romane
Der Hahn ist tot / Die Apothekerin
Ungekürzt gelesen von Silvia Jost
2 MP3-CD, Gesamtspieldauer 15 Stunden

Weihnachten mit Ingrid Noll
Sechs Geschichten
Diogenes Hörbuch, 1 CD, gelesen von Uta Hallant